姜杉和佘姆赛公主坐上轿子,精神饱满,容光焕发。四位魔役抬着轿子,各把一角,飞行在天地之间。

《第五百二十七夜》(利昂·卡雷 绘)

佘姆赛公主脱去衣服,婢女们也脱下衣服,相继下到河中游泳……

《第五百三十夜》(利昂·卡雷 绘)

脚夫辛迪巴德走进大厅,见正座上坐着一位大人物,相貌堂堂,仪表端庄,豪气洋溢,两鬓斑白,气度非同一般。

《第五百三十八夜》(利昂·卡雷 绘)

这里不是什么海岛,而是浮在海面上的一条大鱼,因为鱼背上堆了沙土,看上去像座海岛,还长出了树木花草。

《第五百三十八夜》(利昂·卡雷 绘)

辛迪巴德走到谷底一看,那里遍地都是钻石。可是,就在那道山谷里,蟒与蛇遍地都是,每条都有枣椰树干那样粗。

《第五百四十四夜》(利昂·卡雷 绘)

那大蛇向我们的一个同伴袭来，一口将他吸进嘴里，顷刻之间，他的整个身子进入了蛇腹。

《第五百四十八夜》(利昂·卡雷　绘)

大门敞开着,两旁有高高的廊柱,石台阶数层,其中有两级是彩色大理石,殿顶和墙壁上均有用金、银和宝石镶嵌而成的图案。

《第五百六十八夜》(利昂·卡雷 绘)

那是一座从未见过的宏伟城郭：宫殿巍峨雄伟，殿顶光彩耀目，房舍鳞次栉比；城中河渠纵横，树木葱茏茂密，鲜花遍地开放。
　　　　《第五百七十二夜》（利昂·卡雷　绘）

小王子发现自己来到了一座城下,但见那里房舍高大,建筑整齐,然而却是一片荒凉,只有猫头鹰和乌鸦翻飞啼鸣。

《第五百八十一夜》(利昂·卡雷 绘)

第八天,青年终于克制不住自己,将锁砸掉,把门推开,见门内有一道狭窄走廊。青年在走廊里走了三个时辰,从一个洞口出来……
《第五百八十九夜》(利昂·卡雷 绘)

她们看见一个人坐在一棵树下，走近一看，发现那是一个老翁，手脚不停地颤抖，面前却放着国王御用的宝物。

《第五百九十八夜》(利昂·卡雷 绘)

朱德尔出海打鱼。从早到晚,不知换了多少地方,最后连一条鱼也没打上来。

《第六百零八夜》(利昂·卡雷 绘)

阿卜杜·赛姆德准备一番,又拿来香抛下,开始念起咒语。片刻后,果见河水干涸,河底见天,露出了宝库大门。

《第六百一十四夜》(利昂·卡雷 绘)

很久以前,有一位伟大君王,名叫康德麦尔。康德麦尔国王骁勇过人,然而岁月不饶人,华年迅速消逝,转眼已成老翁。

《第六百二十四夜》(利昂·卡雷 绘)

埃里布一行来到百花谷,只见那里树木繁茂,百花争艳,溪水清澈,风光秀丽,百鸟鸣啭枝头。

《第六百二十九夜》(利昂·卡雷 绘)

埃里布喝过酒,头重脚轻,迷了路,走进了法赫尔·塔吉公主的闺房。
《第六百三十四夜》(利昂·卡雷 绘)

穆尔阿什和埃里布走进宫殿,殿内装饰富丽堂皇无比,穿过七道长廊,来到内殿,那里有四个厅堂,形式各不相同。

《第六百五十七夜》(利昂·卡雷 绘)

THE

布拉克本全译本

ARABIAN

一千零一夜

NIGHTS

ألف ليلة وليلة

[阿拉伯]佚名 著
李唯中 译
[法]利昂·卡雷 [英]达尔齐尔兄弟 等绘

北京燕山出版社

CONTENTS
目录

2967	第七百一十六夜	3041	第七百三十三夜
2971	第七百一十七夜	3043	第七百三十四夜
2976	第七百一十八夜	3047	第七百三十五夜
2981	第七百一十九夜	3051	第七百三十六夜
2986	第七百二十夜	3054	第七百三十七夜
2989	第七百二十一夜	3058	第七百三十八夜
2995	第七百二十二夜	3063	第七百三十九夜
3000	第七百二十三夜	3068	第七百四十夜
3004	第七百二十四夜	3073	第七百四十一夜
3011	第七百二十五夜	3076	第七百四十二夜
3015	第七百二十六夜	3079	第七百四十三夜
3019	第七百二十七夜	3082	第七百四十四夜
3022	第七百二十八夜	3087	第七百四十五夜
3026	第七百二十九夜	3089	第七百四十六夜
3029	第七百三十夜	3092	第七百四十七夜
3033	第七百三十一夜	3095	第七百四十八夜
3036	第七百三十二夜	3098	第七百四十九夜

3102	第七百五十夜	3218	第七百七十九夜
3106	第七百五十一夜	3220	第七百八十夜
3111	第七百五十二夜	3224	第七百八十一夜
3114	第七百五十三夜	3227	第七百八十二夜
3116	第七百五十四夜	3231	第七百八十三夜
3119	第七百五十五夜	3234	第七百八十四夜
3125	第七百五十六夜	3239	第七百八十五夜
3132	第七百五十七夜	3242	第七百八十六夜
3136	第七百五十八夜	3245	第七百八十七夜
3139	第七百五十九夜	3249	第七百八十八夜
3142	第七百六十夜	3252	第七百八十九夜
3145	第七百六十一夜	3256	第七百九十夜
3152	第七百六十二夜	3259	第七百九十一夜
3156	第七百六十三夜	3262	第七百九十二夜
3159	第七百六十四夜	3267	第七百九十三夜
3163	第七百六十五夜	3270	第七百九十四夜
3166	第七百六十六夜	3273	第七百九十五夜
3170	第七百六十七夜	3277	第七百九十六夜
3173	第七百六十八夜	3281	第七百九十七夜
3176	第七百六十九夜	3286	第七百九十八夜
3179	第七百七十夜	3291	第七百九十九夜
3182	第七百七十一夜	3295	第八百夜
3189	第七百七十二夜	3298	第八百零一夜
3192	第七百七十三夜	3302	第八百零二夜
3197	第七百七十四夜	3306	第八百零三夜
3201	第七百七十五夜	3309	第八百零四夜
3205	第七百七十六夜	3313	第八百零五夜
3208	第七百七十七夜	3317	第八百零六夜
3213	第七百七十八夜	3321	第八百零七夜

3324	第八百零八夜
3327	第八百零九夜
3332	第八百一十夜
3334	第八百一十一夜
3337	第八百一十二夜
3339	第八百一十三夜
3341	第八百一十四夜
3343	第八百一十五夜
3344	第八百一十六夜
3346	第八百一十七夜
3348	第八百一十八夜
3349	第八百一十九夜
3352	第八百二十夜
3355	第八百二十一夜
3359	第八百二十二夜
3362	第八百二十三夜
3365	第八百二十四夜
3369	第八百二十五夜
3372	第八百二十六夜
3374	第八百二十七夜
3375	第八百二十八夜
3379	第八百二十九夜
3382	第八百三十夜
3385	第八百三十一夜
3390	第八百三十二夜

第七百一十六夜

夜幕垂空,莎赫札德接着讲故事:

幸福的国王陛下,舒曼提出向泽娜白求婚之事,祖莱格说:"谁能拿得出聘礼,我就同意她跟谁订婚。"

"她要什么聘礼?"舒曼问。

祖莱格回答道:"泽娜白发过誓,谁能把犹太珠宝商欧兹莱的女儿盖麦尔的锦衣、凤冠、兜肚和金丝帐给她弄来做聘礼,她才与谁订婚、结配。"

阿里·米斯里说:"倘若今夜我不能把那些东西弄来,我就没有资格向泽娜白求婚。"

众弟兄异口同声说:"你若去和盖麦尔玩儿花招儿,会送掉性命的!"

"那是为什么呢?"

"欧兹莱是个诡计多端、背信弃义的魔法师,善于利用妖魔鬼怪,有呼风唤雨之本领。他有一座宫殿,建在城外,围墙全用金砖砌成。当人们坐在那座宫殿里时,宫殿清晰可见;当人们离开那里时,宫殿便随即消失得无影无踪。欧兹莱有个女儿,名叫盖麦尔。盖麦尔的那套锦衣是她父亲从宝库里取来的。欧兹莱把那套锦衣放在一个金盘子上,他打开宫中的窗子,高声喊道:'埃及的盗贼,伊拉克的骗子,波斯的恶棍,你们都来吧!谁能拿走这套锦衣,它就归谁所有!'多少侠客耍尽花招儿,谁也没有将锦衣拿走,反倒中了欧兹莱的魔法，变成了猿猴和毛驴。"

阿里·米斯里听后，心气不减，说道："我一定要把那锦衣弄来，打扮戴丽莱的女儿泽娜白！"

说完，阿里·米斯里转身向犹太珠宝商欧兹莱的店铺走去。

走到店铺一看，发现那位珠宝商是个五大三粗的怪人，只见店铺里放着天平、箔片、金银和火炉，店外还拴着一匹骡子。

片刻后，那位犹太珠宝商站起来，锁上店门，将金、银分装在两个袋子里，又将两个袋子放入鞍袋，然后搭在骡背上，牵着骡子，向城外走去。

阿里·米斯里跟在后面，而犹太商人却全然不知。那犹太商人从袋子里掏出一把沙土，念了几句咒语，随后将沙土撒向天空，霎时之间，面前出现一座无比壮观的宫殿。那骡子驮着犹太商人登上台阶。原来那匹骡子是在犹太商人驱使下的一个妖魔；犹太商人取下鞍袋，那骡子便顷刻消隐，不见踪影了。

犹太商人坐在宫中，阿里·米斯里一直躲在一边留心观察着他的举止。只见他拿出一根金杖，上面吊着一只金盘子，链子也是金的。他把一套锦衣放在盘子里，然后呼喊道："埃及的盗贼，伊拉克的骗子，波斯的恶棍，你们在哪儿？快来呀！谁能拿走这套锦衣，它就归谁所有！"

说罢，他又念了几句咒语，只见一桌美味出现在面前。犹太商人吃饱了之后，筵席自动撤去。

犹太商人再念咒语，只见一桌酒席出现在眼前，他立即自斟自饮起来。

见此情景，阿里·米斯里心想："阿里·米斯里呀！你只能待他酩酊大醉之后，才能去拿那套锦衣。"想到这里，阿里·米斯里抽出宝剑，悄悄接近犹太商人的背后。犹太商人一回头，念了几句咒语，指着阿里·米斯里的手说："停住！"

阿里·米斯里举剑之手果然停在了空中。阿里·米斯里又举起左手，左手也停在了空中，随之右腿也停在了半空，只有一条腿站在地上。

过了一会儿，犹太商人收回用在阿里·米斯里身上的法术，阿里·米斯里的手脚方才恢复常态。

犹太商人取出沙盘，占卜了一卦，得知身后那个人名叫阿里·戴伯格·米斯里，于是回头望着他，说："告诉我！你是何许人？到此地有何事啊？"

"我是阿里·米斯里，是艾哈迈德·戴尼夫的好友。我已向戴丽莱的女儿泽娜白求婚，可她要我拿到你女儿的锦衣作为聘礼，方才与我成亲。你若希望平安无事，那就乖乖地把那套锦衣递到我的手里。此外，你还得皈依伊斯兰教。"

犹太商人说："还要等你死了之后啊！为了这套锦衣，多少人耍尽花招儿，但谁也未能得逞，谁也没有能够取走这套锦衣。假若你接受我的劝告，你将平安无事。他们要你来取这套锦衣，目的在于要你送命。若不是看在你比我幸运的面儿上，我会立即取下你的首级。"

阿里·米斯里听说自己比犹太商人命运好，心中暗暗高兴。他说："我一定要拿走锦衣，你还得皈依伊斯兰教。"

"你非拿不可？"

"正是！"

犹太商人取来一个钵子，倒满水，念了几句咒语，然后边用手蘸水洒在阿里·米斯里的身上，边说："你脱离人形，变成毛驴吧！"

霎时之间，阿里·米斯里生出蹄子，耳朵变长，就连叫声都和驴子一模一样。犹太商人又画了个圈,把驴子赶到圈里。

犹太商人一直把盏开怀畅饮至次日清晨。他对驴子说:"我要骑你,让骡子休息了。"

只见他把锦衣、金盘、金杖和金链子放在一个金柜里。之后,他走来,念了几句咒语,把鞍子放在驴背上,骑上驴子,向城内的店铺走去;与此同时,宫殿消失得无影无踪。

犹太商人回到店铺,把袋子里的金银倒出来,放进面前的火炉子里。阿里·米斯里变成驴子,被拴在店铺外,耳朵听得到,头脑很清醒,却不会说话。

这时,忽见有个人走来,因为好久没有找到轻省活计,只得以卖水为生了。他拿着妻子的手镯来到犹太商人的店铺,说道:"老板,我想把镯子卖掉,用卖得的钱买头毛驴。"

犹太商人问:"你买了毛驴,打算干什么呢?"

"从河里驮水卖,以维持生计。"

"那样的话,你就把我这头毛驴牵走吧!"

那个人用卖镯子的钱换了一头毛驴。犹太商人还把剩余的钱找给了他。然后,他牵着变成了毛驴的阿里·米斯里回到家中。

阿里·米斯里心想:"他让我驮木柴和水袋,干不了多久,我就没命了……"主人的妻子来给毛驴添加草料,他一头将女人撞了个仰八脚儿,继之把她踩住,用舌头舔她的头,直踩得她大声喊救命。邻居们及时赶到,将驴子拉开,主人的妻子这才得救。

做水夫的丈夫回到家中,妻子把发生的事情告诉了他。妻子说:"你要么把我休掉,要么把这头驴子退还给原主。"

"出什么事啦?"丈夫问。

"这是一个驴形魔鬼!他把我撞了个仰八脚儿,还踩我。若不是邻居们及时赶到,硬把他从我身上拉开,非闹出丑事不可。"

丈夫一听，立即牵起毛驴，向犹太珠宝商的店铺走去。

犹太商人见他牵着毛驴走来，问明来意，说道："你为什么要退这头毛驴呢？"

那个人说："这头驴子要侮辱我的妻子。"

犹太商人二话没说，把钱退给他，打发他走了。

犹太商人望着阿里·米斯里变成的驴子，说："倒霉的家伙！你用计谋让买主把你退了回来……"

讲到这里，眼见东方透出黎明的曙光，莎赫札德戛然止声。

第七百一十七夜

夜幕垂空，莎赫札德接着讲故事：

幸福的国王陛下，犹太商人见他牵着毛驴走来，问明来意，说道："你为什么要退这头毛驴呢？"

那个人说："这头驴子要侮辱我的妻子。"

犹太商人二话没说，把钱退给他，打发他走了。

犹太商人望着阿里·米斯里变成的驴子，说："倒霉的家伙！你用计谋让买主把你退了回来。既然你不甘心当驴子，我就把你变成供大人和小孩儿取笑的玩意儿。"

说完，犹太商人骑上毛驴向城外走去。他掏出一把沙土，念了几句咒语，随手撒向天空，只见一座巍峨宫殿出现在眼前。

犹太商人拿出一柄金杖，把放锦衣的金盘子挂在杖上，然后呼喊道："埃及的盗贼，伊拉克的骗子，波斯的恶棍，你们都来吧！谁能拿走这套锦衣，它就归谁所有。"

随后，他念了几句咒语，一桌美味出现在眼前。他吃完饭，再念咒语，面前出现一桌酒席，他开怀畅饮起来。直到喝得醉眼蒙眬，他才取来一盆水，念过咒语，把水洒在驴身上，并且说道："恢复你的原形吧！"

驴子消失，阿里·米斯里站在了那里。犹太商人说："喂，阿里·米斯里，你能接受我的劝告，不再要求与泽娜白结婚，也不取走我女儿的这套锦衣吗？对你来说，这不是件容易的事。你还是抛弃那种贪欲为好！如若不然，我就把你变成一只熊，或变成一只猴子，或者派一名神仙把你扔到嘎夫山之后！"

阿里·米斯里说："欧兹莱，我决心已下，非取锦衣不可！你还要皈依伊斯兰教。如若不然，我将杀死你！"

"阿里·米斯里呀，你真像是核桃，不砸开不能吃啊！"

欧兹莱说完，转身取来一钵水，念过咒语，然后把水洒在阿里·米斯里的身上，并且说："变成一只熊！"

霎时间，阿里·米斯里变成了一只熊。

欧兹莱给熊的脖子上戴上铁环，系上链子，拴在一个铁桩子上，自己继续坐下吃喝，把残骨剩肉扔给熊吃。

第二天早晨，犹太商人收起金盘和锦衣，念过咒语，熊便跟着他向店铺走去。

来到店铺，犹太商人把金银放入火炉里，把熊拴在店铺门外。

阿里·米斯里变成了熊，听得见看得见，头脑清醒，就是不会说话。

就在这个时候，一个商人向犹太珠宝商的店铺走来。那商人说："喂，师傅，你能把这头熊卖给我吗？我的妻子身患疾病，医生说要吃熊肉、抹熊油才能痊愈。"

犹太珠宝商感到高兴,心想:"若能把熊卖给他,让他宰掉,不就一劳永逸了吗?"阿里·米斯里心想:"凭安拉起誓,这个人想宰掉我,我只有向安拉求救了。"

犹太珠宝商说:"喂,兄弟,我就把这头熊送给你吧!"

那个商人牵着熊,路过一家屠夫门前,对屠夫说:"拿着家什,跟我来!"

屠夫拿着刀,跟着商人走去。

屠夫行至商人家,把熊捆了起来,开始磨刀,准备宰熊。

阿里·米斯里见屠夫拿着屠刀向自己走来,奋力一挣,飞上了天空。

变成熊的阿里·米斯里一直飞,最终落在了犹太商人的宫殿里。

阿里·米斯里何以能够腾空飞翔呢?原因在于有妖魔搭救。

犹太商人把熊送给那个商人之后,自己向城外宫殿走去。女儿盖麦尔问父亲发生了什么事,犹太商人把情况全讲给了女儿听。女儿说:"父亲,给我叫个妖魔来,让我问问他,这个花招儿究竟是阿里·米斯里本人耍的呢,还是别人耍的?"

犹太商人念过咒,一个妖魔应声出现在面前。犹太商人说:"你立即把阿里·米斯里抢来,让我问问他,这花招儿是他耍的,还是别人耍的?"

"遵命!"

妖魔转身腾空而起,片刻后带着阿里·米斯里回来了,禀报说:"这就是阿里·米斯里。我看见屠夫把他捆绑起来,磨完了刀,正要宰杀他时,我上去把他抢到手,转身腾空飞上天,把他带来了。"

犹太商人取来一钵水,念过咒,洒在熊的身上,同时说:"恢复你的人形吧!"

阿里·米斯里的熊形立即消失,一个漂亮的小伙子出现在犹太商人父女面前。

盖麦尔见阿里·米斯里英俊潇洒,不禁深深爱在心中,而阿里·米斯里对姑娘更是一见钟情。

盖麦尔问:"喂,倒霉的男子汉!你为什么非要我的锦衣不可,致使你干出这样的事情呢?"

阿里·米斯里说:"我要锦衣是为了给泽娜白筹措聘礼,我想娶泽娜白为妻呀!"

"别人为了获取我的锦衣,曾对我父亲耍过若干花招儿,但都未能得逞。依我之见,你还是抛开你的贪欲吧!"

"我一定要拿走你的锦衣,而且还要你的父亲皈依伊斯兰教;如若不然,我将把他杀死。"

犹太商人说:"女儿啊,你看哪,这个倒霉的家伙怎么自己找死呢?"

他又对阿里·米斯里说:"我要你变成一条狗!"

说完,他转身取来一钵水,念过咒,往阿里·米斯里身上洒了点儿水,同时说:"给我变成狗!"

霎时之间,阿里·米斯里变成了一条狗。父女二人一直畅饮到次日天明。

犹太商人起来,收走锦衣和金盘,骑上骡子,对狗念了句咒语,狗便跟着他走去。路上,群狗对着阿里·米斯里变成的狗狂吠不止。当经过一家旧衣店门前时,老板将群狗赶跑,阿里·米斯里则睡在了旧衣店门前。犹太商人走了一段路,再回头看时,已经看不见阿里·米斯里变成的那条狗了,索性扬长而去。旧衣店老板离开店铺回家,阿里·米斯里跟着他走。

旧衣店老板回到家中,女儿看见父亲身后跟着一条狗,忙把脸捂上,说道:"父亲,你怎么带一个生人回家呢?"

父亲说:"女儿啊,这是一条狗呀!"

"不,这是阿里·米斯里,犹太珠宝商用魔法把他变成了狗。"

旧衣店老板回过头去,问道:"你是阿里·米斯里?"

阿里·米斯里点头称是。

父亲问女儿:"犹太商人为什么要把他变成狗呢?"

女儿答:"就因为他女儿盖麦尔的那套锦衣。不过,我能用魔法救他。"

"如果你能够救他,那么,现在正是时候。"

"但有个条件,如果他能和我结婚,我就救他。"

阿里·米斯里点头,表示同意与姑娘结婚。

姑娘取来一钵水,念过咒,忽然听到一声大喊,水钵掉在了地上,姑娘回头望去,但见父亲的女仆站在身后,原来大声喊叫的是她。

女仆说:"小姐,你我之间曾有约言,这魔法是我教给你的,你施用魔法时,一定要同我商量;娶你为妻的男子,必须同时纳我为妾,你我轮流陪夫君过夜。不是吗?"

姑娘点点头说:"是的。"

旧衣店老板听女仆这样一说,随后问女儿:"谁教她学会魔法的?"

"父亲,这魔法是她教给我的。你问她是谁教给她的吧!"

女仆说:"老爷,我原先在犹太珠宝商那里当女仆。我常常偷听他念咒语。每当他去珠宝店时,我就翻看他的那些书,终于学会了神学。有一天,犹太珠宝商喝得酩酊大醉,要求我陪他睡觉,我拒绝了。我对他说:'你不皈依伊斯兰教,我是不能与你同枕共眠的。'他拒绝皈依伊斯兰教,我便拒绝与他同床。我还说:'你就是能驾驭国王,我也是不同意。'珠宝商一气之下,把我卖给了你。我来到你家之后,把魔法教给了小姐。我与小姐商妥,她要施用魔法,一定要同我商量;与她结婚的男子,必须纳我为妾,我与她共事一夫,轮流着陪丈夫各享一夜枕席之欢。"

说罢,女仆拿来一钵水,念过咒语,往狗身上洒了些水,然后说:"变成人吧!"

阿里·米斯里顿现人形。旧衣店老板向阿里·米斯里问好致安,问他中魔法变形的原因,他从头到尾向旧衣店老板讲了一遍。

讲到这里,眼见东方透出黎明的曙光,莎赫札德戛然止声。

第七百一十八夜

夜幕垂空,莎赫札德接着讲故事:

幸福的国王陛下,女仆拿来一钵水,念过咒语,往狗身上洒些水,然后说:"变成人吧!"

阿里·米斯里立刻变成了人形。旧衣商向阿里·米斯里问好致安,然后问起中魔法变形的原因,阿里·米斯里从头到尾叙说了一遍。

旧衣店老板说:"你娶我的女儿为妻,纳我的女仆为妾,该满意了吧?"

阿里·米斯里说:"我一定要娶泽娜白为妻!"

这时，忽然听到有人敲门。女仆问："谁在敲门？"

犹太珠宝商的女儿盖麦尔答话道："是我！阿里·米斯里在你们这里吗？"

旧衣店老板的女儿说："在这里。你找他有什么事吗？女仆，给她开门去！"

阿里·米斯里见盖麦尔进来，生气地问："坏姑娘，你怎么到这里来啦？"

盖麦尔说："我证万物非主，唯有安拉；我证穆罕默德是安拉的使者。"

盖麦尔朗读过"做证词"，表明她已经成了穆斯林。她说："按照伊斯兰教法规，男方给女方聘礼，还是女方给男方聘礼呢？"

阿里·米斯里答："男方当给女方聘礼。"

"我来向你求婚，并把锦衣、金杖、金链和我父亲的首级拿来，作为你娶我的聘礼。我的生身之父既是你的敌人，也是安拉的敌人。"

话音未落，她把父亲的脑袋甩到了阿里·米斯里的面前，并且说："这就是我父亲的首级！他是你的敌人，也是安拉的敌人！"

盖麦尔为什么要杀她的生身之父呢？原因在于她父亲用魔法把阿里·米斯里变成了一条狗之后，她做了个梦。梦见一个人对她说："你皈依伊斯兰教吧！"于是她便皈依了伊斯兰教。她醒来之后，向父亲宣传了伊斯兰教，并劝他皈依伊斯兰教，结果遭到父亲拒绝。随后，她用蒙汗药将父亲麻醉，然后趁他不省人事之机，割下了他的脑袋，带着锦衣、金杖到旧衣店老板家找阿里·米斯里来了。

阿里·米斯里听盖麦尔这样一说，不禁心中暗喜，随后对旧衣店老板说："明天，我们在哈里发宫见面，以便与你的女儿和女仆成亲!"

阿里·米斯里带着锦衣等物,高高兴兴地向艾哈迈德·戴尼夫的营房走去。

阿里·米斯里正走着,忽然看见一个卖糖果的商贩拍着巴掌说:"无能为力,只有依靠伟大的安拉了!世风日下,人心叵测,欺骗成性。看在安拉的面儿上,我求你尝块儿糖果吧!"

阿里·米斯里走上前去,拿了一块儿糖果,放在嘴里。原来糖里有蒙汗药,阿里·米斯里刚吃下,便昏迷了过去,倒在地上,不省人事。

糖果贩见阿里·米斯里倒下,立即夺过锦衣、金杖和金链,放入糖果箱里,盖上盖子,背起来走去。

糖果贩刚走几步,只听一位法官喊道:"喂,卖糖果的,过来!"

糖果贩站住,放下糖果箱,拿出糖果,问道:"你要什么?"

法官说:"我要糖果和花生糖。"

说罢,法官拿了一点儿,放在手里看了看,说:"这糖果和花生糖都是假货呀!"

随后从衣袋里掏出一块儿糖,对糖果贩说:"你瞧瞧这糖果多好,尝一块儿,以后做这样的东西卖吧!"

糖果贩接过去,放在嘴里。片刻后,糖果贩倒了下去,昏迷不省人事。原来那糖果里有蒙汗药。

法官见小贩倒下,随手抄起糖果箱,把糖果箱背起来向艾哈迈德·戴尼夫的营房走去。

原来那是哈桑·舒曼扮成的法官,哈桑·舒曼为何突然出现在糖果贩面前呢?原来因为阿里·米斯里外出去取盖麦尔的锦衣,结果迟迟不见归返,他派人去找,也没打听到任何消息。这时,艾哈迈德·戴尼夫对部下说:"兄弟们,你们马上出去,分头去找阿里·米斯里吧!"

部下随即外出寻找阿里·米斯里,哈桑·舒曼扮成法官外出巡视,遇到糖果贩,一眼识破他不是什么卖糖果的,而是艾哈迈德·莱吉塔。哈桑·舒曼立即设法将他麻醉,随后将其连同锦衣一起带回营房。其余的四十个人则继续沿着大街觅寻阿里·米斯里。阿里·贾迈勒离开伙伴们,见一伙人聚集在那里围观什么,便走了过去,发现阿里·米斯里躺在地上,不省人事,一看就知道他是被麻醉过去的。

阿里·贾迈勒用解药把阿里·米斯里救醒。阿里·米斯里醒来,见一群人围着自己,问道:"我是在什么地方啊?"

阿里·贾迈勒说:"我们发现你被麻醉过去,但不知是谁干的。"

"一个糖果贩给我吃了含蒙汗药的糖果,拿走了我的东西,那糖果贩到哪里去啦?"

"我们一个人也没有看见呀!"阿里·贾迈勒和伙伴们异口同声说,"还是快跟我回营房吧!"

他们向营房走去。

回到营房,他们见到艾哈迈德·戴尼夫。艾哈迈德·戴尼夫向他们问好,然后问阿里·米斯里:"喂,阿里·米斯里,你把锦衣弄来了吗?"

阿里·米斯里说:"弄来了,而且还弄来了别的东西以及犹太珠宝商的首级。不巧的是路上遇到了一个糖果贩,他将我麻醉,抢去了所有的东西……"

阿里·米斯里把发生的事情从头到尾讲了一遍。他又说:"假若我再见到那个糖果贩,我非惩罚他不可!"

哈桑·舒曼忽然从房间里出来，问道："喂，阿里·米斯里，把东西弄回来了吗？"

阿里·米斯里说："弄来了，还带着犹太珠宝商的首级。不料在路上遇见了糖果贩，他用蒙汗药把我麻醉，抢去了锦衣等物，不知他跑到哪里去了。倘若我知道他躲在什么地方，我非杀掉他不可！你知道那个糖果贩跑到哪里去了吗？"

"我知道他在什么地方。"

随后，哈桑·舒曼把阿里·米斯里带进一个小房间，只见那个糖果贩躺在那里。哈桑·舒曼用解药把糖果贩救醒，他慢慢睁开眼睛，发现自己在阿里·米斯里、艾哈迈德·戴尼夫、哈桑·舒曼和四十个卫士面前，不禁大惊失色。忙问："我现在在哪里？是谁把我抓来的？"

哈桑·舒曼说："是本人把你抓来的！"

阿里·米斯里说："狡猾的家伙，你竟敢对我耍这种花招儿？"

阿里·米斯里又气又恼，想把糖果贩杀掉。哈桑·舒曼急忙阻拦，说："住手！他是你的亲戚。"

"哪儿来的什么亲戚？"

"他就是艾哈迈德·莱吉塔，是泽娜白姐姐的儿子。"

阿里·米斯里问道："喂，艾哈迈德·莱吉塔，你怎么干这种事呢？"

艾哈迈德·莱吉塔说："是我的外祖母戴丽莱指使我干的。因为我的舅姥爷莱格对我的外祖母说：'阿里·米斯里诡计多端，他一定会把那身锦衣弄来！'于是，外祖母把我叫到她的面前，对我说：'喂，艾哈迈德·莱吉塔，你认识阿里·米斯里吗？'我回答道：'我认识他，是我把他带到艾哈迈德·戴尼夫营房里去的。'外祖母说：'你设法把他抓来吧！如果他已把锦衣弄到手，你就要想办法把它夺到你的手里。'我走遍京城的大街小巷,看见一个糖果贩子,我用十枚金币买下了他的衣服和糖果箱,扮成商贩,终于把阿里·米斯里麻醉,夺得了他弄来的锦衣等物。"

阿里·米斯里听后,说:"你去告诉你的外祖母和舅姥爷,就说我已弄来了锦衣,还弄来了犹太珠宝商的首级。另外,请你告诉他俩,明天到王宫里去见我,我要当着哈里发的面儿,把泽娜白的聘礼交给他们。"

艾哈迈德·戴尼夫听后,感到非常高兴,情不自禁地说:"阿里·米斯里,我们对你的培养有了结果,没有白费心血!"

第二天早晨,阿里·米斯里带着锦衣、金盘、金杖、金链,用长矛插着犹太珠宝商的首级,和艾哈迈德·戴尼夫及部下一起来到哈里发宫。

讲到这里,眼见东方透出黎明的曙光,莎赫札德戛然止声。

第七百一十九夜

夜幕垂空,莎赫札德接着讲故事:

幸福的国王陛下,艾哈迈德·戴尼夫听完阿里·米斯里的话后,感到非常高兴,情不自禁地说:"阿里·米斯里,我们对你的培养有了结果,没有白费心血!"

第二天早晨,阿里·米斯里带着锦衣、金盘、金杖、金链,用长矛插着犹太珠宝商的首级,和艾哈迈德·戴尼夫及部下一起来到哈里发宫。

他们向哈里发行过吻地礼,哈里发仔细打量阿里·米斯里,见其英姿勃勃,气宇非凡,自感禁卫军中没有人比他更勇敢,便问禁卫军右卫队队长艾哈迈德·戴尼夫:"这个小伙子是何许人?"

艾哈迈德·戴尼夫说:"信士们的长官,他是米斯尔的青年领袖阿里·戴伯格·米斯里,我的得意门徒。"

哈里发见他满脸英雄气,双目炯炯有神,非常喜欢他。

阿里·米斯里把犹太珠宝商的首级扔在哈里发的面前,同时说:"信士们的长官,你的敌人只能有这种下场。"

哈里发问:"这是谁的首级?"

"这是犹太珠宝商欧兹莱的首级。"

"谁把他杀掉的?"

阿里·米斯里把发生的事情从头到尾讲了一遍。

哈里发说:"他是个魔法师,正是安拉使我有能力杀死了他。"

哈里发派省督去犹太珠宝商的公馆察看,只见犹太珠宝商的无头尸躺在地上。省督即吩咐手下人把尸体装入棺材,抬到哈里发面前。哈里发下令将之烧掉。

就在这个时候,犹太珠宝商欧兹莱的女儿盖麦尔赶到了。她向哈里发行过吻地礼,自我介绍说是欧兹莱的女儿,并且说自己已经皈依了伊斯兰教。随后,她在哈里发面前再次诵读"做证词"。盖麦尔说:"信士们的长官,求你做主让我与阿里·戴伯格·米斯里结为百年之好吧!"

哈里发当面允之,随后将犹太珠宝商的宫殿及其里面的一切赐赠给阿里·米斯里。哈里发说:"你还有什么要求?"

阿里·米斯里说:"我希望你允许我站在你的宫中,与你一道共享美味佳肴。"

"阿里·米斯里,你手下有人吗?"哈里发问。

"我手下有四十名壮士,但他们都在米斯尔。"

"我立即派人把他们接来。你有营房吗?"

"没有。"

这时,哈桑·舒曼说:"哈里发陛下,我已把我的营房及里面的一切全都赠送给了阿里·米斯里。"

哈里发说:"阿里·米斯里,你应该有自己的营房。"

哈里发立即指令司库拨给阿里·米斯里一万第纳尔,让他建造一座有四十间屋子的营房。哈里发问:"阿里·米斯里,你还有什么要求吗?"

阿里·米斯里说:"哈里发陛下,我求你做主,让戴丽莱把她的女儿泽娜白许配给我。盖麦尔的锦衣等物已在我的手中,正好做泽娜白的聘礼。"

哈里发即开口向戴丽莱提亲,戴丽莱欣然同意。

戴丽莱收下金盘、金杖和金链,哈里发请来法官,为阿里·米斯里与泽娜白写了婚书,并且同时为阿里·米斯里与旧衣店老板的女儿、女仆及盖麦尔分别写了婚书。哈里发为阿里·米斯里规定了薪俸,正式任命他在哈里发宫中任职,为他规定了午餐和晚餐的标准,还给他配备了女仆、马夫和一切所需之物。

阿里·米斯里开始筹备结婚典礼,忙碌了整整三十天。

随后,阿里·米斯里写信给他在米斯尔城的兄弟们,信中提及他在哈里发那里备受重用。信中说:"望接信后,立即起程前来京城,以便参加我的婚礼。我已与四个姑娘订了婚,不日即将举行隆重的结婚典礼。"

未过多少日子,四十名兄弟来到了京城巴格达。阿里·米斯里让他们在新建的营房里住下,一番热情周到款待。之后,阿里·米斯里领他们觐见哈里发。哈里发一一向他们赐赠锦袍。

结婚大典如期举行。营房内外，张灯结彩，宾朋满座，热闹非常，伺候新娘的侍女给泽娜白穿上那套锦衣，泽娜白显得分外娇艳，洞房花烛之夜，新郎新娘同席共枕。阿里·米斯里发现泽娜白是一颗未曾打孔的珍珠，又是一匹没鞴过鞍的良牝驹。之后，阿里·米斯里分别与其余三位新娘交欢，发现她们个个天生丽质，纯洁无瑕。

甜蜜的日子匆匆而过。

有一天夜里，阿里·米斯里与哈里发一起聊天。哈里发说："阿里·米斯里，我想听你讲讲自己的经历。"

"遵命！"

阿里·米斯里一口气把自己如何在米斯尔遇到水夫，怎样看到艾哈迈德·戴尼夫的信，又怎样经过长途跋涉到达巴格达城，之后又怎样七盗鱼商钱袋，为泽娜白筹措聘礼，以及自己如何被魔法师变成驴、熊、狗的过程，详详细细向哈里发讲了一遍。哈里发听后，惊叹不已，随即令史官记录下来，并吩咐妥善保存，以备后人翻阅。

从此，阿里·米斯里与妻妾们过着安宁、舒适的生活，直至天年竭尽，各奔东西。

莎赫札德紧接着讲《设拉子王子与伊拉克公主》的故事：

相传，很久很久以前，在波斯帝国的设拉子城中有位国王，名叫赛伊夫·沙赫。国王年事已高，但膝下无子，心境不免黯然。

有一天，他召集众学者和医师，对他们说："诸位爱卿，你们对寡人及王国的国情与制度一清二楚。寡人已经年迈，至今膝下无子,无人继位。我真担心在我百年之后,天下大乱,百姓难以安居乐业啊!"

一位医师说:"国王陛下,我有一秘方,若得安拉默助,国王服下我的药,必有王子继位,定可如愿以偿。"

"那再好不过了。"国王不胜欣悦。

医师一番忙碌,精心配制出一种草药,献给国王服下。国王当夜与王后行房,王后果然有喜了。

岁月不居,转眼王后妊娠期满,十月怀胎,一朝分娩,王后生下一男婴,貌美绝伦,如同当空皓月,取名艾兹德什尔。

国王老来得子,爱若掌上明珠。艾兹德什尔王子备受关怀,健康成长,渐渐长大成人。他习武学文,心有灵犀,一点即通,不知不觉长成十五岁的英俊男子。

当时,伊拉克国王阿卜杜·卡迪尔有个女儿,名叫哈雅蒂·奈菲丝。哈雅蒂·奈菲丝公主身材苗条,明眸皓齿,天生丽质,体态婀娜,花容月貌,堪称国色天香,闭月羞花。

出奇得很,哈雅蒂公主性情怪僻,讨厌男子。不管谁在她面前谈到男子,她不是躲避,就是训斥谈话之人。曾有多位科斯鲁找公主的父亲,向公主求婚,国王一向公主提及求婚之事,公主便说:"我对这种事根本不感兴趣!若父王逼女儿成亲,女儿只有一死了却此生!"

艾兹德什尔王子听说哈雅蒂公主貌美无双,不禁心思神往,一意娶公主为妻。遂将心事告诉了父王。

老国王见儿子整日魂不守舍,常常念及哈雅蒂公主,打心底里同情儿子。他许下诺言,一定要让儿子与那位美丽公主结为伉俪。随后,国王派宰相前往伊拉克,拜见阿卜杜·卡迪尔,代王子向哈雅蒂公主求婚。伊拉克国王当面拒绝,宰相败兴而归。

宰相回到赛伊夫·沙赫国王面前,禀报说自己在伊拉克受到冷遇,未能完成任务。国王心中不悦,继而大怒,说道:"哪有像我这样的国王,派使臣前去提亲,还能达不到目的呢?"

随即派传令官向军队传达国王命令,立即准备粮草、帐篷,准备远征。纵使为此求援借贷,也在所不惜。赛伊夫·沙赫国王说:"本王派宰相前往提亲竟受冷遇,岂有此理!我必发兵,捣毁卡迪尔国王的王宫,把他的人马全部斩尽杀绝,荡平他的国家!"

听说父王要兴师讨伐伊拉克,艾兹德什尔王子心中大为不安,急忙来见父王。他向父王行过吻地礼,说道:"父王陛下,兴师征讨伊拉克,此举万万使不得呀!大可不必因此耗费兵力和财力……"

讲到这里,眼见东方透出黎明的曙光,莎赫札德戛然止声。

第七百二十夜

夜幕垂空,莎赫札德接着讲故事:

幸福的国王陛下,听说父王要兴师讨伐伊拉克,艾兹德什尔王子心中大为不安,急忙来见父王。

王子向父王行过吻地礼,说:"父王陛下,兴师征讨伊拉克,此举万万使不得呀!大可不必因此耗费兵力和财力。诚然,父王手握重兵,国力强大。可是,父王若率大军亲征,一定能把他的宫殿捣毁,把他的国家荡平,斩尽他的人马,把他的财富抢掠一空,阿卜杜·卡迪尔国王也难保住性命。他的女儿得知父王及其手下人丧命,就会自寻短见。到那时,公主不在世上,我也就活不下去了,必定因此断送我的宝贵青春。因此,发兵讨伐,无异于送我一死呀……"

国王听儿子这样一说,不寒而栗,急忙问:"孩子,你说怎么办呢?"

王子说:"儿子亲自求婚。"

"你怎么去呢?"

"我打算扮成商人,设法接近公主,与公主见面,然后见机行事,以求如愿以偿。"

"你决心已经下定了吗?"

"决心已定。"

知道儿子决心已定,赛伊夫·沙赫国王唤来宰相,叮嘱说:"相爷阁下,有一事相托,就请你陪我的宝贝儿子远行一趟,一路上要好好保护他,给他出谋划策,替代我帮助王子达到目的,助他如愿以偿。"

宰相欣然从命,说道:"国王陛下,我一定照您的吩咐办!"

国王和王后为儿子备下三十万金币、大批珍珠宝石、珍奇古玩、名贵衣料等各种货物及旅行所需要的一切东西。

王子去拜见母后,亲吻母后的双手。母后连声为儿子祈祷祝福,然后走去打开箱柜,取出自己珍藏的珠玉项链、金银首饰、珍奇古玩以及先王留下的种种宝贝,一件件价值连城,平常人无缘得见;另外还有上好的绸缎、锦袍罗裳,全都慨然送给了王子。

一切准备妥当,王子随即带上若干奴仆,自己换上商人服装,在宰相陪同下,告别父母亲朋,上路向伊拉克进发了。

艾兹德什尔王子一行穿荒漠,越旷野,日夜兼程,人不离鞍,马不停蹄。眼见道路漫漫其修远,艾兹德什尔惆怅吟诵道:

>相思情缠心,健儿化病夫。岁月折磨我,孤苦无人助。
>昴角二宿①现,爱甚吾似奴。思念情尤甚,每见晨星出。
>情债未得偿,夜来难闭目。我期若难酬,筋疲耐心枯。
>但求主显灵,有情成眷属。待到凤戏凰,一任群敌妒。

艾兹德什尔王子吟完诗,忧心忡忡,情思难抑,竟然昏倒在地,一时不省人事。

宰相急忙取来玫瑰水,轻轻洒在王子的脸上。片刻过后,王子慢慢苏醒过来。宰相对他说:"王子殿下,你要忍耐一下呀!忍耐的结果便是宽慰和喜悦。你现在不正一步一步地实现自己的愿望吗?"

宰相不时地安慰王子,王子的情绪终于安定下来,大队人马继续前进。

王子率人马走了一程又一程,想到自己的意中美人,仍觉路途遥远,凄然吟诵道:

>眼望路遥遥,忧愁加不安。
>心在烈火中,烈火心下燃。
>备尝思念苦,鬓发白霜染。
>相思情难忍,滚滚泪如泉。
>立誓对安拉,唤声我心愿:
>深深恋着你,重荷负在肩。
>情载沉甸甸,他人难承担。

---

① 昴角二宿,星宿名,指昴宿和角宿。昴宿,白虎七宿的第四宿,有金牛宫的七星;角宿,青龙七宿的第一宿,有星二颗。

且请问夜神,夜神吐真言:
当报我实况,通宵未合眼。

艾兹德什尔王子吟罢诗,不禁号啕大哭,边哭边诉说自己心中的情思。宰相不住地安慰王子,答应一定帮助他达到目的。

大队人马经过月余长途跋涉,终于在一天日出时分到达了白伊达城。宰相对王子说:"王子殿下,喜事啊,你高兴吧!你瞧呀,眼下这座城,就是你心中向往的那座城市!"

听宰相这样一说,王子抬眼望去,心中高兴不已,随口吟诵道:

唤声挚友呀,听我表一言:我心被情迷,恋思驻心田。
哭若丧子妇,愁苦夜难眠。夜幕垂空时,恋者无人怜。
风起贵土地,寒袭我心间。泪若雨滂沱,心游泪海宽。

艾兹德什尔王子和仆人随宰相进了白伊达城,问明商旅投宿的客栈,租了三间客房,拿到钥匙,打开房门,将所带货物、行李放好,随即安身休息。

讲到这里,眼见东方透出黎明的曙光,莎赫札德戛然止声。

第七百二十一夜

夜幕垂空,莎赫札德接着讲故事:

幸福的国王陛下，艾兹德什尔王子和仆人随宰相进了白伊达城，问明商旅投宿的客栈，租了三间客房，拿到钥匙，打开房门，将所带货物、行李放好，随即安身休息。

王子一行一夜安睡，待旅途疲劳消除之后，宰相开始为王子出谋划策。

宰相对艾兹德什尔王子说："殿下，我有个想法，但期能帮你达到目的。"

王子说："相爷阁下，你精于安排，考虑周到，有何想法，请讲就是了。"

"我打算在布匹市上给你租一个铺面，你就坐在那里经营生意。因为布匹市场是人们必去的地方，不论高官还是平民，都得穿衣服。依我之见，你坐在店铺里，人们看见你容貌英俊，定会喜欢接近你，争相到你的店铺里买东西。人们不是常说'爱美之心，人皆有之'吗？他们见你相貌堂堂，长得这么漂亮，都会争相多看你一眼，更会因为见到像你这样的美男子而感到心情舒畅。"

"相爷，你的想法很好！就请按照你的想法到市场上去选一个铺面吧！"

宰相立即站起来，转身走去换上最漂亮的衣服，王子也换上一身华丽商人装，带上一千第纳尔金币，向市场走去。

人们见二人衣着与当地人不大相同，纷纷争着多看一眼；又见王子面如皓月，风度翩翩，无不惊羡，异口同声赞叹道："啊！伟大万能的安拉，造就了这么一个美少年！万赞归于安拉！"

有的说："瞧人家是怎么长的！鼻子是鼻子，眼睛是眼睛！"

还有的说："这样漂亮的少年，定是天王仙使！"

更有的说："八成是天堂的守门人里德望一时疏忽，忘记关门，从天堂里跑出了这么一位仙童神子!"

人们争相尾随,一直跟着二人行至布匹市场。

进了布匹市场,王子和宰相在布匹市场一站,便有一位老者走了过来。那老者举止庄重,表情严肃,向二位问安致意,二人随即还礼。老者问:"二位先生,有什么事需要帮忙吗?"

宰相说:"老人家,你是……"

"我是这个市场的监管。"

"老人家,我来给你介绍一下,这是我的儿子,我想给他在这个市场上找个铺面,让他在这里开个店铺,学学经营生意的本领,以便养成商人的品格,日后做一个成功的商贾。"

"好办,好办!"

老监管立即走去取来一处空店铺的大门钥匙,打开店门,吩咐两名经纪人代为打扫干净,随后将钥匙交给二位租主。

宰相接过钥匙,派人为王子买来一个用鸵鸟绒填充起来的高坐垫,上面放着一个小毯子,四边全用金丝线绣成。继之,宰相又吩咐仆人将货物和布匹搬到店铺,店铺顿时琳琅满目。

第二天,艾兹德什尔王子来到店铺,开店门后,坐在鸵鸟绒高垫上,并让两个衣着华丽的仆人坐在自己的面前,又安排两个黑奴在店铺门外守卫。宰相叮嘱王子严格保密,以期实现自己的理想。宰相还嘱咐王子把店铺中发生的事情,每天向他报告,然后离开王子,返回客栈。

艾兹德什尔王子正襟危坐在店铺中的高垫子上,容光焕发,精神抖擞,英姿勃勃,就像一轮皓月。

人们见店主容颜俏丽,深深爱在心中,不管买不买东西,都忍不住要进到店中看艾兹德什尔王子一眼;也有的人来市场,专门为了欣赏这位店主的俊俏容颜、匀称身材、潇洒风度,不住地赞美创造这位美男子及天下美人的伟大安拉。一时之间，店铺门前拥挤不堪，行人难以通过。

艾兹德什尔王子左顾右盼，眼见那么多人用惊异、羡慕的目光望着自己，一时不知如何是好。他十分希望认识一位能接近皇族的人，期盼从那里得到有关哈雅蒂公主的消息，但等了许久，一无所获，不免心中闷闷不乐。宰相每天都在盼望着王子如愿以偿，但总是等不到任何消息。这种情况一直持续了相当长的一段时间。

有一天，艾兹德什尔王子正在店铺中坐着，突见一位老太太走来。只见她衣着合体，面带礼貌、庄重的表情，身后跟着两个姑娘。那两个姑娘体态婀娜，花容月貌，亭亭玉立，娇艳妩媚，天生丽质。

老太太站在店铺门前，仔细打量着王子，随口称赞道："赞美伟大的造物主，给人间送来了这样俊俏的美男子，真是美妙绝伦，难觅难寻！"

老太太走进来向王子问安，艾兹德什尔王子恭恭敬敬地还礼，并让她坐在自己的身边。

老太太问："漂亮的小伙子，你打哪个国家来的呀？"

艾兹德什尔王子回答："老妈妈，我从印度来。我到这里来，目的在于观光赏景。"

"欢迎，欢迎，欢迎尊贵的客人！"

"谢谢你，热情的主人！"

老太太又问："你店里有适于皇家贵族人用的衣料吗？"

王子听老太太这样一问，心中暗暗高兴，立即回答说："有的，不止一种两种。你想让我向你展示一下上等衣料吗？老妈妈，我这里有适于皇家贵族用的所有货色。"

"孩子，那就让我看一看价钱最贵、花色美观的最好货色吧！"

"老妈妈,你是为谁选衣料呢?你若给我说清楚,我定能给你选出适于用者身份、地位的好花色的货物。"

"孩子,你说得太对啦!我想给我们的哈雅蒂·奈菲丝公主挑选衣料。你有所不知,公主的父亲就是我们这个国家的堂堂君主阿卜杜·卡迪尔国王。"

听老太太这样一说,艾兹德什尔王子喜不自禁,心怦怦直跳,高兴得简直要飞起来,心想:"我所盼望的……终于来啦!"王子没有指使仆人,也没有呼唤奴隶,随即伸手取出一个装有一百第纳尔金币的钱袋,递到老太太手里,并且说:"老妈妈,这袋钱,你拿去用吧!"

随后,王子又取来一个包袱,从中拿出价值一万多第纳尔金币的锦袍,递给老太太,并且说:"这是我特地为贵国王族带来的一件豪华锦袍,请看一看吧!"

老太太一看,心中有说不出的惊异,因为她还没有见过这样精致的货色。她说:"哦,真是太漂亮了!这件要多少钱?"

"不要钱!"

"怎能不要钱?做生意的嘛!"

"凭安拉起誓,这件锦袍分文不收。倘若公主不喜欢,就算我送给你的,权作我孝敬你的礼物。我衷心赞美安拉提供如此良机,让我能认识老妈妈,真是我毕生万幸。日后我若有用得着老妈妈的时候,还请老妈妈多多帮忙。"

王子的话如此温柔、客气、礼貌、周到,令老太太受宠若惊。老太太问:"先生,借问你的尊姓大名……"

王子说:"我叫艾兹德什尔。"

"凭安拉起誓,这个名字很少见的,是个好名字呀!只有帝王的儿子才配这样的名字,可是你却是一身商人打扮!"

"因为父亲十分宠爱我，故给我起了这么个美名。不过，名字只是一个符号，不说明任何问题。"

老太太觉得答话非同凡俗，随口说道："孩子，这锦袍，你该收多少钱就收多少钱吧！"

"老妈妈，我已说过，若公主喜欢，我分文不收，权作奉献给公主的薄礼。"

"亲爱的孩子，你知道，诚实是成功之本。你对我如此慷慨厚待，定有要事相托。孩子，你有什么事情，就请直接说吧！说不定我真能帮上你的忙。"

见老太太态度如此诚恳，王子攥住老太太的手，苦苦要求她保密，老太太一口答应，然后王子将自己的心事告诉了老太太，告诉她自己一心爱着哈雅蒂公主，也正是因此远道而来，以期择机向公主求婚。

老太太听后，点了点头，会心地一笑，说："哦，原来如此！不过，孩子，智者有言在先：'欲成一件事，先思可能性。'孩子，你是个商人，即使你手中握着宝库的钥匙，也还是个商人。你若想提高自己的身价和地位，完全可以向法官或亲王的女儿求婚，何苦冒险娶当代国王的女儿为妻呢？哈雅蒂公主是位闺房女子，对世事一无所知，平生只见过她所居住的宫殿和绣房。虽然她的年纪很小，但她很聪明，智力超群，见地非凡，举止稳重。她是国王陛下的独生女，在国王眼里，她胜过掌上明珠，比国王的生命还要宝贵。国王每天都要去看自己的女儿，每天都要呼唤公主数遍。宫中没有不怕公主的。孩子，你有所不知，谁也不敢向她提及婚姻之事，我自己也没有胆量向她提及这方面的事情。孩子，我非常喜欢你，我真希望你能有一日与哈雅蒂公主同枕共眠。可是，孩子，我只能对你讲明这些情况，实在是爱莫能助，但求安拉能成全你的心愿。不过，孩子，我想给你出个主意，我将以我的身心和钱财与你一道冒险，以期实现你的愿望……"

"老妈妈，你有什么主意，请讲！"王子急不可待地问。

"你如果想通过我向宰相的女儿，或者向亲王、大臣的女儿求婚，我愿意全力满足你的要求。有道是，一个人哪，想一步登天，很难很难！"

王子礼貌、理智地说："老妈妈，你是个聪明人，通晓事理。假如一个人头疼，把手包起来又有什么用呢？"

"是啊！头痛包手是没有用的。"

"老妈妈，我一心追求哈雅蒂公主；得不到公主的爱情，我会丧命的。我若得不到热心人的指教，也是活不下去的。老妈妈，看在安拉的面儿上，就求你可怜可怜我这个远离家乡、泪眼不干的人吧！"

讲到这里，眼见东方透出黎明的曙光，莎赫札德戛然止声。

第七百二十二夜

夜幕垂空，莎赫札德接着讲故事：

幸福的国王陛下，艾兹德什尔王子对老太太说："老妈妈，我一心追求哈雅蒂公主；得不到公主的爱情，我会丧命的。我若得不到热心人的指教，也是活不下去的。老妈妈，看在安拉的面儿上，就求你可怜可怜我这个远离家乡、泪眼不干的人吧！"

"凭安拉起誓,孩子,听你这样一说,我的心都要碎了。我实在没有办法,无能为力呀!"

"老妈妈,求你行行好,你能帮我捎一封信给公主,并代我吻一吻公主的手好吗?"

"信?"老太太一愣。

"我给公主写封信,请你带给公主。"

"那倒可以,请你写吧!"

艾兹德什尔王子听老太太说"可以",心中高兴。随后,王子吩咐仆人取来笔、墨和纸,给哈雅蒂公主写了这样一首诗:

唤声哈雅蒂,听我表心声。情痴远离乡,企求得爱情。
我本享清福,而今落火坑。漫漫长夜里,无眠泪叮咚。
切怜痴情郎,相思眼哭肿。期化爱中雀,醉鸣晨阳升。

王子写完,折叠好,吻了吻,把信交到老太太手里,伸手从钱箱里掏出一个内装一百第纳尔的钱袋,递到老太太的手中,并且说:"这些钱,分给你的两个女仆吧!"

老太太说:"孩子,你太客气了。"

王子表示感谢,说道:"这是必不可少的。"

老太太接过信和钱,吻了吻王子的手,便转身离去了。

回到宫中,见到哈雅蒂公主,老太太说:"公主,我给你带来了一件本城人谁也没有见过的东西,这东西来自一位举世无双的美少年,这美少年真像是从天堂里下来的仙童!"

公主说:"姥姥①,那个少年是从哪里来的?"

---

① 姥姥,这里是对年老保姆的尊称。

老太太回答:"他从印度来。他给了我这么一件金缕绣花锦袍,上面缀着无数颗珍珠、宝石,恐怕只有波斯国王和罗马皇帝才能穿上这样好的衣服。"

老太太打开包裹,公主见到做工实在精细,加上无数宝石、珍珠闪闪发光,将宫殿照得通亮。宫中人无不惊异万分,一时词穷语塞,不知如何夸赞这件宝衣。

公主仔细打量一番,自觉其价值连城,心想恐怕相当于父王的全年税收。

公主问老太太:"姥姥,这锦袍是从美少年那里拿来的,还是从别人的手里拿来的?"

老太太答道:"从美少年那里拿来的。"

"姥姥,这个商人是本城商人还是外乡人?"

"公主,他是外乡人,刚来本城不久。凭安拉起誓,那小伙子真是人品高尚,慷慨大方,容貌俊美,举止端庄。除公主外,我没有见过比他更漂亮的人。在他身边还有很多奴仆。"

公主听后,低头沉思片刻,然后抬起头来,说:"姥姥,这就怪啦!"

"怪什么?"老太太问。

"这么一件用金钱难以估价的锦袍,怎么会落在一个商人手中呢?姥姥,这件锦袍真好,他对你说这件衣服要多少钱?"

"公主,凭安拉起誓,他没有说这衣服值多少钱,他说这是他送给公主的礼物,因为这衣服只适合于公主穿,他拒绝收我的钱,并且立誓说,如果公主喜欢,他就奉送给公主,权作薄礼,分文不收。他还对我说:'如果公主不喜欢,就算是送给你的。'"

"哦,凭安拉起誓,这真是一位慷慨大方、宽宏大量的人哪!不过,我真担心此事会带来什么麻烦。姥姥,你没有问问他,是否有什么事情要你帮忙？"

"公主，我问过了。我说：'小伙子，你有什么事要我帮忙吗？'小伙子说：'老妈妈，我有一事相托。'但他没说什么事，只给了我一张纸条，并叮嘱我说：'请你带给公主。'"

老太太说到这里，将那封信递给公主。

公主接过信，打开一看，顿时面色蜡黄，常态尽失，勃然大怒道："你这个该死的老太婆！这个坏东西怎敢对本公主说这种话？我和他们不当、户不对，他凭什么给我写这种信？凭渗渗泉、哈推姆①之主伟大的安拉起誓，若不是出于对安拉的敬畏，我非派人把他抓来，割下他的鼻子和耳朵，将他钉在他的店铺所在的市场门楼上示众不可！"

老太太见公主怒火万丈，不禁面色泛黄，周身打战，瞠目结舌，一时不知如何是好。

片刻后，老太太镇静了下来，鼓了鼓勇气，对公主说："公主息怒！那张纸条上究竟写了些什么，致使你发这么大的脾气呢？莫非他改变了向你送礼的承诺，只是向你诉说他饱受穷困和压迫之苦，期望你帮助他吗？"

公主说："不是的！凭安拉起誓，姥姥，他写的是一首诗，词语低俗下流。不过，姥姥，我猜想这个坏东西不外乎三种情况……"

"哪三种情况？"

"第一，小伙子是个疯子，思维混乱，精神失常；第二，他想自杀，或想借助我的力量对付某一暴君；第三，他听人说我是个淫妇，谁拉就跟谁去过夜，所以才给我送来这种淫诗，借此毁坏我的声誉。"

"公主，凭安拉起誓，你说得很对。不要理睬那个疯子，因为

---

① 哈推姆，麦加圣寺天房外面的小围墙。

他什么也不懂。公主只管住在这深宫大院,风吹不着,鸟飞不进来,就让他在外面胡思乱想、不知所措地待着去吧!"

说到这里,老太太沉思片刻,接着又说:"公主,不过,依我之见,你可以给他写封信,狠狠地骂他一顿,一点儿情面不要留!你还要用死亡狠狠威胁他一下,就说:'坏商人,你千里迢迢,穿越荒野,奔走异乡,只不过是想挣一迪尔汗或半第纳尔罢了。你是从哪里认识我的,竟敢给我写这样的信?凭安拉起誓,你若是再不清醒过来,胆敢再说这种话,我就派奴仆把你绑起来,割下你的鼻子和耳朵,把你钉在你的店铺门前示众!'你给他写上这么几句,他就老实了。"

"我担心给他写信反而会招惹起他的什么欲望。"

"他算什么?他还敢对我们有什么欲望?他见了你的信,正是为了中断他的企图,让他吓得魂不附体。"

老太太一再鼓动公主写回信,公主这才动了心。

公主吩咐老太太取来笔、墨和纸,提笔写了这样一首诗:

自诩痴情郎,对夜空幻想:意欲摘明月,堪笑不自量。
一言劝记取,你命临死亡!老话若重提,难逃被劫网。
赋诗劝告你,要把眼揩亮!万物安拉造,丑话宜先讲:
再次发呓语,小心钉树上。

公主写完,折叠起来,递到老太太手中。

老太太接过信,走出宫中,一路小跑来到艾兹德什尔王子的店铺……

讲到这里,眼见东方透出黎明的曙光,莎赫札德戛然止声。

第七百二十三夜

夜幕垂空,莎赫札德接着讲故事:

幸福的国王陛下,公主写完信,折叠起来,递到老太太手中。

老太太拿着公主的信,走出宫中,一路小跑来到艾兹德什尔王子的店铺。

老太太将信呈递给王子,并且说:"孩子,公主回信啦,快看吧!孩子,你有所不知,公主看了你的信,不禁勃然大怒。我好言劝慰了好半天,公主才消了气,给你写了这封信。"

王子一听,欣喜万分。可是,王子打开信一看,却又哭了起来。见此情景,老太太心中难过,忙问:"孩子,你哭什么呢?但求安拉不让你哭泣落泪、心中难过。这信中都说了些什么,致使你这样悲伤呢?"

王子说:"老妈妈,公主在信中威胁我,要把我钉死在树上,还劝我以后不要再给她写信。老妈妈,我该怎么办呢?我看我不如死掉。老妈妈,你能再给我捎封信吗?"

老太太说:"孩子,能啊!你写吧!凭安拉起誓,为了帮助你实现自己的愿望,我甘愿拼上这条老命,与你一道冒险。"

王子连声道谢,频频亲吻老太太的手,随后提笔写了一封信。信中写道:

以死相威胁,可知我钟情?一死反快活,死本由天定。

我既遭驱斥,死倒胜过生。情痴无人助,牵线妪有功。
我已成俘虏,意决且行动。情钟实难抑,发自内心中。
呼请诸贤士,怜我落情病!心恋自由人,合理又合情。

王子写毕,折叠起来,递给老太太,随后又给了她两个各装有一百金币的钱袋;但老太太只接了一个,王子再三要老太太拿着,老太太方才收下。老太太说:"不管遇上什么麻烦,我帮忙到底,让你实现自己的愿望!"

老太太转身走去。回到宫中,她立即去见哈雅蒂公主,把信递到公主的手中。

公主问:"姥姥,这是什么呀?"

"这是小伙子写的信。"

公主接过信,打开看过,随手丢在地上,说:"你来回传递这种书信,我们竟然通起信来了,我真怕事情泄露出去,使我出丑。"

"公主,怎么会呢?谁敢泄露这件事?"

公主接过信,打开看过,一拍巴掌,说道:"我们连这小伙子打哪里来都不知道,如今却被他缠上了,真倒霉!"

老太太说:"公主,看在安拉的面儿上,再写封信给他,口气严厉些!对他说,若再给你写信,就把他的脑袋削下来!"

"姥姥,你要知道,这样会没完没了的。依我之见,最好不再给他写信了。这个坏商人,若不听警告,我真要派人削下他的脑袋了。"

"公主,给他写封信,把这个情况告诉他!"

公主吩咐老太太取来笔、墨和纸,她提笔写下这样一首威胁王子的诗:

> 无视灾难者,安知祸来由?对我寄恋情,可晓春与秋?
> 凭空欲登天,追月周天游?当心投烈火,利剑削断头!
> 此间灾沉重,一言劝朋友。寻常不见事,忽见搔白首。
> 切听我规劝,终止心奢求。所求不相宜,劝你早回头。

公主写毕,折叠起来,把信交给老太太,自感信中这样严厉告诫这个小伙子是再高明不过的了,足以阻止那个小伙子的奢望。

老太太揣上信,心中不禁暗喜,随后转身向艾兹德什尔王子的店铺走去。

老太太兴致勃勃地来到王子的店铺,把信递给了王子。

王子拆开信一看,却低下头去,两眼呆滞地望着地面,手指不住地画来画去,不知在画什么,一句话都不说。

眼见此情此景,老太太问:"孩子,你怎么啦?怎么既不说话,也不回信呢?"

王子说:"老妈妈,公主用死威胁我,一次比一次严厉,一次比一次火大,她说要削我的脑袋,要我回头,我还能说什么呢?"

"你给她写个回信,想说什么,就说什么。你是个心地善良的好小伙子,我要想方设法成全你们俩之间的事!"

王子连声道谢,亲吻老太太的双手,随后提笔给公主写了这样一首诗:

> 可叹心石坚,不为恋情动。
> 泪眼泣黑夜,伤情依旧重。
> 此有异乡客,远道慕美名。
> 谨望赐慷慨,济之山海盟。
> 漫漫长夜里,困意一消空。

心在火上烤,身沉泪海中。
莫断吾希冀,心思觅深情。

艾兹德什尔王子写完信,折叠起来,递给老太太,顺手又给了她三百第纳尔,并且说:"老妈妈,这点儿钱给你去做新衣服用吧!"

老太太谢过王子,吻了吻他的手,转身离去。

回到宫中,老太太去见哈雅蒂公主,将信递到公主的手里。

公主拆开信看了一遍,立即丢在地上,站起来,走去换上镶嵌着珍珠、宝石的绣花拖鞋,向父王寝宫走去,只见她额头挂着汗珠,怒气冲冲,目不斜视,好生吓人,谁也不敢和她说话。

公主行至父王门前,问宫女父王是否在宫里,宫女告诉她:"公主,国王陛下外出打猎去了。"

公主得知父王不在宫中,转身回到绣房,就像一头盛怒的猛狮,一连三个时辰,没有同任何人说话。

三个时辰过去,公主的怒气终于消散了。老太太见公主的脸色变了过来,遂走上前去行过吻地礼,说道:"公主刚才到哪儿去啦?"

公主回答:"去父王寝宫了。"

"有什么要紧的事要找国王?"

"我只想把这个坏商人纠缠我的事情告诉父王,求父王派人把那个坏商人抓来,连同他的伙计,全都钉在他们店铺的大门上,从此不准异乡人来本城经商。"

"公主,你去见国王,单单为了这个?"

"是的。不过,父王打猎去了,我没有见到他,我在等他回来呢。"

"公主,但求伟大万能的安拉保佑!你是个聪明无比的人,怎好把这个不该向任何人透露的秘密讲给国王陛下呢?"

"怎么不能?"

"公主,你好好想想呀!假若你把这些话全都告诉给国王陛下,他听了之后,一怒之下,会派人将那个商人及其伙伴绞死在店门口,大家见了,必定会打听原因。人们会说:'这些人勾引了公主!'这些人要败坏公主的名声……"

讲到这里,眼见东方透出黎明的曙光,莎赫札德戛然止声。

第七百二十四夜

夜幕垂空,莎赫札德接着讲故事:

幸福的国王陛下,老太太听公主说要把商人求爱的事儿告诉国王,并让国王派人把商人抓起来,统统钉死在他们的店门上,立即劝公主说:"公主,你好好想想呀!国王若得知此事,一怒之下,会派人将那个商人及其伙伴绞死在店门口,大家见之,必定会打听原因。人们会说:'这些人勾引了公主!'随即关于你的谣言不胫而走,甚至会有人说:'公主离开王宫,和这些人一起厮混了十多天,他们真的开了眼界,享了艳福!'还有的人会制造别的谣言,总之,说什么的都会有。公主啊,贞操就像奶汁,一粒尘埃都会把它弄脏;名誉就像玻璃,一旦碎了就不能复原。这会被人们传成什么样子,谁能知道?公主,千万不要把这件事告诉国王,也不能告诉任何人,免得你的名声被玷污。不管人们说什么,对你都是有百害而无一利的。公主,你仔细掂量我的这些话,究竟有没有道理吧!"

听老太太这样一劝,公主觉得老太太的话很有道理。公主说:"姥姥,你说得很对。不过,我心里很是生气。"

"公主,好在你还没有对任何人说,安拉定会保佑你的。但是,还有件事情我们应该做,那就是我们对这个坏商人的寡廉鲜耻不能保持沉默,要给他写封信,教训他一顿呀!你可以回他一封信,告诉他:'无耻商人,若不是父王外出打猎,我一定让父王把你及你的伙伴全都绞死。不过,此事还不算完。我凭伟大安拉起誓,你若再说这种话,我非让你的踪迹在大地上消失不可!'公主,总而言之,你要对他严厉些,不敢再说那些话,让他从混沌中清醒、明白过来!"

"他能够不再说那种话吗?"

"你把你的怒气告诉他,他怎敢不悔改呢?"

公主随后令老太太取来笔、墨和纸,提笔给王子写了这样一首诗:

厚望寄联姻,一意孤追梦。
因傲人遭罪,企盼以灾终。
利剑不在手,非帝非王公。
此举若在我,意恐惊惧生。
我当宽恕你,期改往日行。

公主写完,交给老太太,并叮嘱:"姥姥,你要好好劝劝那个坏商人,让他终止自己的幻梦,以免我削下他的脑袋,也好不让我们和他一道陷入罪海之中。"

老太太说:"公主,凭安拉起誓,我对他绝不留情面,好好训斥他一顿。"

说罢,老太太揣着公主的信,快步向艾兹德什尔王子的店铺走去。

老太太来到店铺,向王子问安,王子高高兴兴还礼。老太太递上信,王子打开一看,禁不住摇着头说:"我们属于安拉,我们都要回到安拉那里去。"

王子沉默片刻,对老太太说:"老妈妈,我的耐心已经竭尽,身体日渐虚弱,我该怎么办呀?"

老太太眼见王子愁眉苦脸,忙劝说道:"孩子,忍耐是成功必不可少的!但愿安拉能助你一臂之力。你心里想什么,只管写下来,我给你送去。你只管放心,我一定设法让你与公主见面,求安拉保佑。"

艾兹德什尔王子连连为老太太祈祷祝福,随后吩咐仆人拿来笔、墨和纸,提笔给公主写了回信,信上有这样一首诗:

> 已在爱河中,无人助我力;相思压力重,吾必死无疑。
> 日间肠火盛,夜下无宁息。唯卿是我求,怎可轻易弃?
> 求主成全我,赐我以满意。生平慕美人,几乎命休矣。
> 盼主赐恩惠,及早取联系。免遭情威胁,令我心欢喜。

王子写好信,折叠好,递给老太太,随即拿出四百金币的钱袋,送给老太太。

老太太拿起信和钱,告别王子,转身向王宫走去。

老太太来到哈雅蒂公主的绣房,掏出信来,递给公主,但公主不接,问道:"这是什么?"

"那个狗商人又给你写了封信。"老太太答。

"我说的那些话,你告诫过他了吗?"

"告诫过了,这就是他的回答。"

公主这才伸手接过信,从头到尾读了一遍。之后,公主望着老太太,问:"你说的那些话结果何在?"

"公主,他的信里没有悔过、改正之类的话,对过去做的一切表示歉意吗?"

"没有半点儿悔过之意,反倒有增无减,变本加厉呀!"

"公主,不要紧呀!你再给他写封信,他会把我怎样教训他的话告诉你的。"

"没有必要再写信,也用不着他再回信了。"

"给他回封信,我才好训斥他一顿,断绝他的希望呀!"

"你设法断绝他的希望,用不着带信了。"

"我一定要带上公主的亲笔信,才好斥责他,断绝他的希望。"

公主觉得此话有理,遂提笔写了这样一首诗:

斥责几多遍,屡禁你不止。
严正劝诫你,曾寄多少诗?
掩饰你之情,切莫张扬之!
若违我之愿,慢待莫多辞!
旧话若重提,等你只有死;
顷刻风暴起,猛禽啄你尸。
行好必有得,心暗悔无时。

公主写罢,愤怒地顺手往地上一丢,老太太急忙拾起,转身走出绣房,出了宫门,向王子的店铺走去。

老太太来到王子的店铺，递上公主的信，王子从头看到尾，只觉公主对他毫无怜悯之心，而是更生他的气。王子决计用咒骂的语气回一封"伤情"信。王子提笔写道：

　　我落情海里,自陷灾难中。求主遣天使,救我脱灾病。
　　火烈疾入心,谁寄怜悯情？非但无慰语,反做魔帮凶。
　　欺我体衰弱,斥我太痴情。我深恋玉兔,谁知我心境？
　　多少不眠夜,泪眼对星空。此情怎淡忘？耐心消失净。
　　呼唤别离鸟,且请告一声。灾祸频起伏,我可得保命？

王子写完，将信折叠起来，递给老太太，随后拿出装有五百金币的钱袋送给老太太。

老太太接过信和钱袋，转身离开店铺，快步向宫中走去。

老太太进了公主的绣房，把王子的信交给了公主。

公主接过信，打开看了一遍，立即甩到地上，厉声对老太太说："你这个可恶的老太婆，你对我说说，你要尽花招儿，对那么一个狗商人这样热情，究竟是为了什么？你让我给他写了一封又一封信，你带着我的信在我与他之间穿梭往来致使我和他通起信来，这是为了什么？你每次带信回来，都说要制止他的坏行为，中断他的希望。可是，你说这些话的目的却在于让我再次给他写信。你来回奔跑在我和他之间，把我的名声都破坏了……"

公主越说越气，然后高声喊道："来人哪！"

宫女应声而至。公主说："把这个老太婆抓起来，给我狠狠痛打一顿！"

奴仆们将老太太摁倒在地，继之棍棒像雨点儿一样落在老太太的身上，顷刻之间，老太太被打得皮开肉绽，鲜血淋漓，昏迷过去,不省人事。接着,公主令宫女拽住老太太的双腿,将她拖出了宫门。

一个时辰过去,老太太苏醒过来。看守在旁的宫女,按公主的叮嘱,对老太太说:"公主发过誓,不准你再回宫中来,不要去见公主;如若不然,她就下令将你处死!"

老太太说:"我听公主的安排!"

宫女们拿来一个大篮筐,让老太太坐进去,然后叫来脚夫,让他们把老太太抬回她的家中,随后派去医生,为老太太调治棍伤。

经过医生精心调治,又经过一段时间的调养,老太太的伤得以愈合,逐渐恢复了往日的精神和健康。

老太太觉得有了精神,便骑着毛驴,来到艾兹德什尔王子的店铺。

因为老太太好久没有来,王子不知道发生了什么事,很想知道她的情况,故感到十分纳闷儿,痛苦不堪。正当艾兹德什尔王子愁容满面之时,老太太突然出现在他的面前,艾兹德什尔王子不胜惊喜,立即迎了上去,向老太太问安致意。他发现老太太身体虚弱,便问近日情况如何,又问为什么久久没有来。老太太便把公主发怒、命令宫女毒打她的情况,从头到尾向王子讲了一遍。

王子听后,心中感到难过,一拍巴掌,说道:"凭安拉起誓,你的遭遇真叫我感到难过。老妈妈,你为我受苦啦!那位公主为什么那么讨厌男人呢?"

老太太说:"孩子,你有所不知,哈雅蒂公主有座花园,简直像天堂里的花园,美极了,那是举世无双、绝无仅有的一座花园。一天夜里,哈雅蒂公主睡在花园中。她睡得正香时,做了一个梦,梦见自己来到花园,看见一个猎人支起一张网,在网下撒了些小麦,然后到一旁躲了起来,不知不觉进入了梦乡。过了不大一会儿，一群鸟飞来落下，开始啄食小麦粒，不料一只雄鸟被网缠住，那雄鸟拼命地挣扎起来。见此情景，剩余的鸟惊恐而逃，其中包括雄鸟的妻子雌鸟。过了不一会儿，雌鸟飞了回来，走近网子，开始用喙啄缠着雄鸟的网。雌鸟一直啄个不停，终于把网线啄断，救出了雄鸟，双双展翅飞去。雌鸟啄网子时，猎人一直在打瞌睡，那猎人醒来，走近网一看，发现网被啄破，于是立即修补网。猎人将网修补好，再次支起来，又撒了些小麦粒，然后在附近一个地方躲藏了起来。

"过了一个时辰，那群鸟又飞了回来，其中包括那只雌鸟和那只雄鸟。群鸟走近网，开始啄食麦粒。突然间，那只救过雄鸟的雌鸟被网缠住了，随之雌鸟开始拼命挣扎。见此情景，群鸟惊飞而去，曾被雌鸟救出的那只雄鸟也飞走了，而且一走就没有回来。

"猎人睡了好长时间才醒来，看见一只鸟儿落网，心中高兴，立即抓出那只雌鸟，拿去宰掉，烧熟吃了。这时，哈雅蒂公主突然惊醒，叹息道：'啊，原来男人就这样对待女人呀！眼见男人被吊在绞刑架上，女人怜惜男人，敢冒生命危险去救男人；可是，当女人落入灾祸之中时，男人却弃之而逃，把女人救自己的恩情忘得一干二净。但期安拉诅咒那些信任男子的人。男人哪，全是忘恩负义之徒，把女人给予他们的恩惠全忘到了脑后！'孩子，从那天起，哈雅蒂公主便开始怨恨、厌恶男人了。"

听了老太太这段长长的讲述，艾兹德什尔王子问："老妈妈，哈雅蒂公主从此不外出吗？"

"是的，孩子！公主从不外出。不过，公主那座花园里有很多果树，每年果子成熟时，她都要到花园里去赏秋游玩儿一天，但不在园中过夜。公主到园中去，也只是走便门。我想给你出个主意，也许你有用的机会。你要知道，现在离公主赏秋的时节只有一个月时间了。从今天起，你就要去和园丁打交道，交朋友。公主的花园与宫院相连，所以园丁不让任何人进花园。公主要游园时，我将提前两天告诉你。你呢，则照例进出花园，还要设法在那里过夜。当公主到了花园里，你就藏在花园里的一个地方……"

讲到这里，眼见东方透出黎明的曙光，莎赫札德戛然止声。

第七百二十五夜

夜幕垂空，莎赫札德接着讲故事：

幸福的国王陛下，老太太为艾兹德什尔王子出主意，说："公主从不外出。不过，公主那座花园里有很多果树，每年果子成熟时，她都要到花园里去赏秋游玩儿一天，但不在园中过夜。公主到园中去，也只是走便门。我想给你出个主意，也许你有用的机会。你要知道，现在离公主赏秋的时节只有一个月时间了。从今天起，你就要去和园丁打交道，交朋友。公主的花园与宫院相连，所以园丁不让任何人进花园。公主要游园时，我将提前两天告诉你。你要进出花园，还要设法在那里过夜。公主到花园里时，你就藏在花园里的一个地方。你看见公主走来，你就要马上走近她。公主见你长得漂亮，定会一下子爱上你。你要知道，爱情是能够掩盖、淹没一切的。孩子，你的标致容貌定能使她一见倾心。孩子，你的胆子要大些，只管放心就是！我一定能让你和公主见面。"

听老太太这样一说，王子欣喜不已。随后，王子亲吻老太太的手,并送给老太太三块儿亚历山大丝绸和三块儿花色不同的锦缎。那三块儿不同花色的锦缎,每一块都够裁一件上衣、一条裤子和一条头巾,并配上巴勒贝克出产的布做衬里,就能做成三套衣服,一套比一套漂亮。此外,王子还送给老太太一个内装六百金币的钱袋,并且说:"老妈妈,这些钱,你就拿去付做衣服的手工费吧!"

老太太接过绸缎和钱袋,问道:"孩子,你想知道我家怎么走吗?"

"想知道。"王子说。

随后,王子派一个仆从,跟老太太走去认她的家门。仆人也把王子住的地方告诉了老太太。

老太太离去之后,艾兹德什尔王子站起身来,吩咐奴仆们关上店门,返回客栈,

回到客栈,见到宰相,王子把自己与老太太之间的谈话从头到尾向宰相讲了一遍。

宰相听后,说:"王子殿下,你见到哈雅蒂公主,假若她不喜欢你,那如何是好呢?"

王子说:"我没有什么好办法,只有抛弃空话,化为行动,以生命进行冒险,把公主从宫女、奴仆手中抢出来,纵身上马,让公主与我同骑,穿越荒野大漠,驰返故乡。若公主安然无恙,正如我之所望,我也就如愿以偿;假使公主万一有何不测,我也算了却了这件心事,以一死来结束我的残生。"

"孩子,你如此行事,日后如何生活下去?我们远离故土,又如何返回故乡呢?你这样对待一国君王,要知道这位国王手握十万重兵,他必立即发兵截住我们的去路,我们怎么逃脱得了呢?孩子,有智者是不能如此轻率行事的!此想法大为不妥,有百害而无一利。"

"相爷阁下,你说怎么办呢?我必死无疑了。"

"你耐心等一等!明天,我们去看看那座花园,了解一下情况,看我们和园丁打交道的情况如何,然后再想办法……"

次日清晨,宰相和王子口袋里各揣着一千第纳尔金币离开客栈,一直走到公主的花园门前,但见围墙高耸,园中树木繁茂,溪水流淌,果实挂满枝头,百花争奇斗艳,芳香四溢,鸟雀鸣唱,简直就像一座人间天堂。

花园大门里的长凳上,坐着一位老人。宰相和王子走上前去,向老人问安致意。

老人见二位仪表端庄,急忙站起来走出大门还礼。老人说:"先生,有什么事要老夫效力吗?"

宰相说:"老人家,我们是外乡人,走得又累又饿,而我们的住处在城的尽头,路途远着呢!我们想借老人家的光,请老人家开开恩,让我们到园中找片树荫乘乘凉,喝上几口冷水,歇歇脚吧!请拿上这两枚金币,买些吃的东西,我们一道吃一顿,然后再赶路回住处。"

说着,宰相伸手从口袋里掏出两枚金币,递到老园丁的手里。

这位老人就是哈雅蒂公主花园的老园丁。

老园丁年已七十,还是第一次看到手里抓着这么多钱。

老园丁眼见两枚金币在握,神采飞扬,欣喜难抑,急忙打开园门,让二位客人进去,在一棵树下坐了下来。老园丁对二人说:"二位贵客,请进吧!"

来到一棵树下,老园丁说:"二位贵客请坐在这里休息,千万不要到花园里边去!因为园中有一个便门,直通哈雅蒂公主的宫院。"

宰相和王子说:"老人家,放心吧!我们坐在这里歇歇脚就满足了。"

老园丁转身走出了园门，去为二位客人买吃的东西去了。

一个时辰过后，老园丁带着一个脚夫回来了，只见那脚夫头顶着一个大盘子，盘子里放着烤羊肉和发面饼。脚夫把东西放下，拿了脚钱离去。宰相、王子和老园丁一道吃喝，边吃边谈了一个时辰。

他们吃喝完毕，宰相左顾右盼，发现花园中有座高大宫殿，然而外表已破烂不堪，墙上的包皮已经脱落，柱子也有坍塌的危险。宰相问："老人家，这是自家的花园，还是租来的？"

老园丁说："大人，不瞒你说，这花园不是我的财产，也不是租来的，我只是替人家看园子的园丁。"

"主人给你多少薪水？"

"每月一第纳尔金币。"

"老人家，他们亏待你了！难道他们不知道你家有妻儿老小？"

"大人，凭安拉起誓，我有八个孩子，负担很重呀！"

"无能为力，只有依靠伟大的安拉！老人家，凭安拉起誓，你的忧愁使我感到不安。可怜的老人，我想接济一下你的家庭生活，你乐意接受吗？"

"大人，你如此大恩大德，我求之不得呀！不管你做什么好事，那都是在安拉那里积德呀！"

"老人家，这座花园很漂亮，可惜园里却有这么一座破宫殿，实在大煞风景呀！我想把那宫殿修葺一新，粉刷涂彩，让它变成园中一景。修完之后，园主来园中一看，见宫殿壮美如初，定会问你：'是谁装修的呀？'你就对主人说：'主人哪，是我修的。我见宫殿墙皮剥落，破烂不堪，没有人能够利用它，任何人都不能到里面坐一坐，所以我就花钱雇人来把它修整了一下。'主人若问钱是从哪里来的,你就说:'用我自己的一点儿积蓄,以便在主人面前露露脸,也好得到一点儿奖赏。'主人听你这样一说,定会把修理费全部偿还给你。我明天就去请泥瓦匠、粉刷匠和油漆工,开始修缮这座宫殿,费用全部由我付。"

宰相说罢,从口袋里掏出装有五百第纳尔金币的钱袋,说:"老人家,你拿着这些钱,留作抚养儿女吧!让他们为我和我的儿子祝福吧!"

王子艾兹德什尔不知道宰相为什么这样说,遂问:"这是为什么?"

宰相说:"你将看到它非同寻常的效果!"

讲到这里,眼见东方透出黎明的曙光,莎赫札德戛然止声。

第七百二十六夜

夜幕垂空,莎赫札德接着讲故事:

幸福的国王陛下,宰相给了老园丁五百第纳尔,并对老人说:"老人家,你拿着这些钱,留作抚养儿女吧!让他们为我和我的儿子祝福吧!"

王子艾兹德什尔不知道宰相为什么这样说,遂问:"这是为什么?"

宰相说:"你将看到它非同寻常的效果!"

老园丁接过一袋子沉甸甸的金币,不禁心花怒放,欣喜难抑。

急忙俯下身去,亲吻宰相的双脚,同时连声为宰相及其儿子祈祷祝福。

宰相和王子离去时,老园丁说:"明天一早,我在这里等二位贵客。愿安拉永远不把我与你俩分开,日日夜夜,永远在一起。"

第二天,宰相带着泥瓦匠领班来到花园。老园丁看见宰相准时到来,十分高兴。宰相随即把修缮宫殿的工钱和料钱全部交给了老园丁。随之,工匠们开始了紧张的修复、粉刷、油漆工作。

宰相把工匠们召集在一起,对他们说:"师傅们,请你们听我讲一讲关于装修这座宫殿的要求。充分理解我的意图和目的。诸位有所不知,我有一座花园,和这座花园一模一样。一天夜里,我睡在花园里,做了一个梦,梦见自己来到花园中,看见一个猎人撑起罗网,撒了些麦粒,然后远远地藏了起来。也许那个猎人太累了,不知不觉进入了梦乡。过了不大工夫,一群鸟飞来,落下便啄食网下的麦粒,不料一只雄鸟被网缠住,开始拼命挣扎。见此情景,其余的群鸟展翅惊飞而去,其中包括雄鸟的妻子雌鸟。过了一会儿,雌鸟飞了回来,走近网子,开始啄那缠着雄鸟的网绳。雌鸟一直啄个不停,终于啄断网绳,救出了雄鸟,然后双双展翅飞走。雌鸟啄网子时,猎人一直在打瞌睡。当那个猎人醒来时,走去一看,发现网被啄破了,于是立即修补网。猎人把网补好,再次支起来,撒上麦粒,然后躲在一个地方藏起来。一个时辰过后,那群鸟又飞了回来,其中就有那只雄鸟和雌鸟。群鸟落下,走近网子,开始啄食麦粒。突然间,那只雌鸟被网缠住,开始拼命挣扎。见此情景,群鸟惊飞,曾被雌鸟救过的那只雄鸟也随群飞走了,而且一去再没有飞回来救雌鸟。猎人一觉醒来,走去收拾罗网,发现网中有只大鸟,心中不胜喜悦,拿去宰掉烧熟吃了。那只雄鸟为什么没有飞回来救雌鸟呢?原来那只雄鸟在逃飞途中遇到一只兀鹰,不幸落入兀鹰爪中,血被吸干,肉被吃光……各位师傅,我希望你们能把我的梦境按照我给你们描绘的情景,用鲜艳的油彩、高超的技法,完完全全描绘在宫中的内墙壁上,使之成为一幅完美、和谐、逼真的壁画,使画与花园高墙、绿树珠联璧合,相映成趣,雅俗共赏。你们要画出猎人、罗网、麦粒、雌鸟、雄鸟、群鸟以及惊飞、搭救等画面,尤其是要画好兀鹰抓雄鸟的情景……若画得我满意,我一定给你们加工钱,还要外加赏金!"

油漆工们听主人这样一说,个个兴高采烈,人人干劲倍增,又特别唤来一名画匠,精心绘制宰相的梦境。

经过工匠们的一番忙碌,宫殿修缮工程竣工,《梦境图》也绘成了,随后,他们请宰相来看。

宰相走来一看,发现那幅《梦境图》正合自己的心意,与他向油漆匠们叙述的情形一模一样,欣喜不已,连声感谢工匠,一一重赏他们。

艾兹德什尔王子不知道宰相的妙计,照平日习惯进园游玩儿。走进花园,王子见宫殿修葺一新,又看那幅《梦境图》,尤其看到墙上画着花园、猎人、罗网、鸟群以及雌鸟救雄鸟、雄鸟被兀鹰捕食的画面,不禁惊异难言。

王子回到客栈,见到宰相,说道:"相爷阁下,我今天看到了一种奇迹,假若用笔记录下来,足以供后人借鉴。"

"什么奇迹?"宰相问。

"我不是曾把哈雅蒂公主的梦告诉过阁下吗?"

"是的。"

"公主正是由于做了那么一个梦,她才讨厌起男人来了。"

"是的,你曾对我讲过。"

"相爷阁下,凭安拉起誓,如今,公主的梦境被绘在花园里宫殿的墙上了。妙呀！一模一样，仿佛我也做了那样一个梦。不过，我还看到了公主所未曾看见过的一个场面，凭借那个场面，我就可以如愿以偿了！"

"什么场面？"宰相问。

"我看见雌鸟落入罗网之后，雄鸟飞走了，没有飞回救雌鸟。因为雄鸟在飞逃途中，遭猛禽扑杀，血被猛禽喝干，肉被猛禽吃掉了。假若公主梦中看见这种情景，知道雄鸟被猛禽捕食掉了，因此无法回去救雌鸟，那该多好啊！"

宰相说："王子殿下，凭安拉起誓，这实在是一个奇迹！"

艾兹德什尔王子惊叹彩绘美妙绝伦，为哈雅蒂公主没有看见雄鸟丧生的情景而深感惋惜。王子心想："假若公主能够在梦中再一次看到这所有场面，哪怕是在噩梦之中，那该有多好啊！"

宰相说："王子殿下，你曾问我为什么要修整那座宫殿，我回答说：'你将看到它的非同寻常的效果！'现在，效果已经摆在你的面前了。这件事就是我办的，是我吩咐工匠们把梦境绘上去的，并且让他们把雄鸟画在猛禽的利爪中，继之血肉遭猛禽的啄食。哈雅蒂公主看到这幅画，重见自己的梦境，知道雄鸟被猛禽捕食，故不能回去救雌鸟脱险，她就会立即明白雄鸟不能救雌鸟的原因，放弃以往的想法，不再憎恶男人了。"

王子听宰相这样一说，连忙亲吻宰相的手，感谢宰相的高明作为，说道："妙哉！妙哉！你真是父王的高明宰相。事成之后，我们返回京城，见到父王，我定要在父王面前替你美言一番，要求父王为你加官晋爵，委以重任，依从你的高见行事！"

宰相听后，喜在内心，忙吻了吻王子的手。

过了一会儿，宰相和王子一起到老园丁那里去了。

见到老园丁，宰相说："老人家，你瞧瞧，这宫殿和花园变得漂亮多了!"

老园丁说:"全托你们的福呀!"

"老人家,倘若园主问你这宫殿是谁出资重修的,你就对主人说:'这是我花钱修的,以期给主人带来吉祥如意。'"

"遵命!"

从那天起,王子每天都去拜访老园丁。

哈雅蒂公主赶走了老太太,与艾兹德什尔王子的书信中断了,心中感到高兴,确信那个"狗商人"已经回国去了。

一天,国王派人送来一盘水果,上面盖着丝帕。公主揭开丝帕一看,发现是满盘的新鲜水果。公主问:"金秋季节到啦?"

"是的,公主。"宫女们异口同声回答。

"准备一下,我们就到花园赏秋!"

讲到这里,眼见东方透出黎明的曙光,莎赫札德戛然止声。

第七百二十七夜

夜幕垂降,莎赫札德接着讲故事:

幸福的国王陛下,哈雅蒂公主赶走了老太太,与艾兹德什尔王子的书信来往中断了,心中感到高兴,确信那个"狗商人"已经回国去了。

有一天,国王派人送来一盘水果,上面盖着丝帕。公主揭开丝帕一看,发现是满盘的新鲜水果。公主问:"金秋季节到啦?"

"是的,公主。"宫女们异口同声回答。

"准备一下,我们就到花园赏秋去!"

宫女们说:"公主的主意真好!凭安拉起誓,我们早就想到花园一游呢!"

"往年赏秋,姥姥总是给我们讲果子的品种及其妙用;现在,姥姥被我赶走了,谁给我们讲呢?我真后悔,万万不该把老人家赶走,不管怎样,她对我有养育之恩哪!无能为力,只有依靠伟大的安拉了。"

女仆们听公主这样一说,立即向公主行吻地礼,然后说:"公主,既然这样,看在安拉的面儿上,你就宽恕姥姥,派人把她老人家接回来吧!"

"我也这样想。你们谁愿意去接姥姥?我已经给她准备好了一套上等锦袍。"

两个宫女走来,一个叫夜莺,另一个叫戴胜,是哈雅蒂公主身边最受宠的两个丫头。她俩对公主说:"公主,我俩愿意去接姥姥!"

"好吧,就派你俩去!"

夜莺姑娘和戴胜姑娘相伴来到老太太家门前,轻轻推门,进到老太太家中。

老太太一眼便认出了两个宫女,上前拥抱两个姑娘,表示热烈欢迎。

两个姑娘坐稳,对老太太说:"姥姥,我们好想你老人家呀!公主已经宽恕你了,要你回宫去,派我俩接你陪公主赏秋。"

老太太说:"回去?那怎么可能?哪怕是给我灌迷魂酒,我也不回去。难道她忘记了在那么多喜欢我的人面前毒打我了吗?把我打得皮开肉绽,鲜血染红了衣衫,差点儿把我打死,又像拖死狗一样把我拖出宫门,难道她都忘光啦?凭安拉起誓,我绝不回她身边去,我再也不愿意看她一眼了。"

"姥姥,你老人家不要让我俩白跑一趟呀!姥姥,你对我们的宽容和厚待到哪里去啦?你看是谁来接你的?在公主眼里,还有比我俩更得宠的丫头吗?"

"求安拉保佑我平安无事。我知道你俩得宠,比我地位高。不过,公主也曾十分敬重我,让我在婢女和仆人当中独享高位,甚至于我一发脾气,得宠的丫头们也吓得浑身发抖。"

"情况和过去一样,没有什么变化,而且比你知道的还要好些。公主向你低头了,并主动要与你重归于好,不要任何人从中说情。"

"如果不是你俩来,说什么我也不回去,哪怕是要我的老命。"

两位宫女感谢老太太的高看。随之,老太太穿好衣服,跟着两位宫女走去。

三人回到宫中,走进公主绣房,公主立即站起来上前迎接。老太太说:"安拉,安拉保佑!公主,是我错了,还是你错了呢?"

公主说:"错在我的身上,请姥姥宽恕、原谅我!凭安拉起誓,姥姥,你在我的心中享有很高地位,你对我有抚育之恩,恩重如山,情深似海。如你所知,伟大安拉给人四种东西,那就是品格、信仰、生计和寿限。人的力量有限,无力反抗天命。姥姥,我没有管住自己的脾气,也无法收回自己的过失。我对自己的行为感到非常懊悔。"

听公主这样一说,老太太心中的怒气顿时消散,跪下身去,恭恭敬敬地向公主行吻地礼。

公主吩咐宫女取来一件锦袍,给老太太穿在身上,老太太喜形于色,众宫女纷纷向老太太道贺。

大家散去,公主问老太太:"姥姥,赏秋时间到了,花园里的果子怎么样啦?"

老太太说:"凭安拉起誓,公主,市场上的水果,我倒是都看了一遍。我这就去园中看一看,回来禀报公主。"

老太太在公主那里得到一番极其热情的款待之后,离开那里,快步向艾兹德什尔王子的店铺走去。

王子看见老太太来了,急忙把她接进店中。

王子见老太太走来,高高兴兴地迎接她,上前和老太太热情拥抱。因为王子等待她很久很久了,很想见见她。

老太太把近来发生的事情向王子讲了一遍,并把公主赏秋的消息告诉了王子。

讲到这里,眼见东方透出黎明的曙光,莎赫札德戛然止声。

❖— 第七百二十八夜 —❖

夜幕垂降,莎赫札德接着讲故事:

幸福的国王陛下,王子看见老太太来了,急忙把她接进店中。

王子见老太太走来,高高兴兴地迎接她,上前和老太太热情拥抱。因为王子等待她很久很久了,很想见见她。

老太太见到王子,把自己与公主之间发生的事情向王子述说了一遍,并且告诉王子说公主将在某某天到花园游玩儿,之后,老太太问王子:"孩子,你去找看门的那位老人了吗?你给了他什么好处了吗?"

王子说:"我都照老妈妈的嘱咐办了。我与那老园丁已成了好朋友,进出花园如履平地;我求他办什么事,都没困难。"

接着,王子把宰相修缮花园宫殿的情况告诉了老太太,并把画上的猎人、罗网、猛禽等内容详详细细跟老太太讲了一遍。

老太太听后,高兴极了。她说:"凭安拉起誓,你应该把令尊大人的功绩牢牢记在心里。他的作为证明他智慧超群;正是他的努力,帮助你达到了目的。孩子,你的愿望就要实现了。你快去洗个澡吧!洗完澡,换上最漂亮的衣服。我们没有比这更有效的办法了。过一会儿,我就去找老园丁,让他设法叫你在花园里过夜,花多少钱,都不要在意。你要知道,公主赏秋的日子,是不准许任何人进入花园的。你进到花园,藏在一个人眼看不见的地方,等听到我说:'藏礼物的人,一切平安无事!'你就出来,展示你的英俊面容、匀称身材,然后躲到树林中去。你的容貌这样俊秀,月亮见了都会躲避,哈雅蒂公主看到你,就会打心底里喜欢上你。到那时候,你的目的就达到了,你内心上的愁云就消散了。"

艾兹德什尔王子一听,喜在心里,口中答道:"遵命!"随即取出一个内装一千第纳尔金币的钱袋递给老太太。

老太太接过钱袋,转身离去。

王子去洗过澡,换上比波斯科斯鲁王服更加漂亮的衣服,腰系一条缀着各种宝石的腰带,头缠缀着珠宝的金丝绣花方巾。只见王子英姿勃发,面颊红润,白里透红,双唇泛红,双目炯炯有神,格外引人注目。他穿戴整齐,腰间挂着一个内装一千第纳尔的钱袋,英姿勃勃,潇洒利落,摇摇晃晃,像是有着几分醉意,又像是春风拂动的杨柳,飘飘然地向哈雅蒂公主的花园走去。

王子来到花园大门口,敲过门后,看守的老园丁把门打开。

老园丁一看见王子,不禁兴奋难抑,一番亲切问安。片刻后,老园丁见艾兹德什尔王子满面愁云，便问："孩子，看来你不大高兴，为什么？"

王子说："老人家，你有所不知，我父亲一向很喜欢我，今天出现了意外，对我发起脾气来，因为一句话，他先是骂我，继之狠抽了我一耳光，还棍棒相加，把我赶了出来。我在这里人地两生，一个朋友都没有，一时不知投奔哪里。老人家，我父亲一发脾气是很厉害的。我只有来投奔你了。你就行个好，让我在你这里过一夜吧！以期待安拉让我父亲息怒，让我与他老人家重归于好。"

老园丁一听，深为这父子俩之间发生的不快之事感到难过。老园丁说："究竟出了什么事？能允许我去见见你的父亲，让我给你们俩说和说和吗？"

王子说："老人家，你不了解我父亲的脾气。现在他正在气头上，你去说和，他根本不会接受的。"

"是这样！孩子，你就跟着我回家，和我的孩子们过一夜吧！这样是不会有人为难我们的。"

"老人家，我很不愉快，想独自在一个地方静一静。"

"你看我又不是没有家，让你独自在花园里过夜，那多不好意思呀！"

"没关系！我想清静一下，消消心中的怒气。我还是不去你家住，在这里过夜，会引起父亲对我的同情。"

"你既然想在这里过夜，我回家给你拿被褥去，免得你受凉。"

"这倒无妨。"

老园丁走去，没过多久便给王子抱来了被褥，但他不知道公主就要游园赏秋了。

老太太去看过园中的果树，然后去见公主，向公主报告了果子成熟的消息。公主听后说："姥姥，明天你陪我去游园赏秋吧！但愿伟大安拉成全我的意愿。你去告诉看园老人，就说我们明天要到园中去游玩。"

老太太立即派丫头通知老园丁，说明日公主游园，照例不让花匠、杂工留在园中，也不允许任何人出入花园。

老园丁得知消息，把园中小径打扫了一遍，然后去见王子。他对王子说："孩子，这座花园的主人就是当今国王的女儿哈雅蒂公主。你们父子俩给了我许多周济，我非常感谢你们。不过，我不是花园的主人，我得听主人的命令。明天上午，公主要来游园，不让任何人留在园中。真是对不起你了，你得离开这里。公主只在园中游玩儿一天，等过了明天，你在这里玩儿上十天半月，都是无妨的。"

王子一听，说："老人家，莫非我给你带来了什么麻烦？"

"说到哪里去了，没有，没有！孩子，你给我带来的只有荣幸，哪里会有什么麻烦。"

"老人家，假若事情真是这样，从我们这方面给你带来的全是好处，绝不会有什么害处。我可以藏在花园里，不让任何人看见我，直到哈雅蒂公主离开花园，返回宫中，不就平安无事了吗？"

"孩子，万一被公主发现这里有人影，公主会把我的脑袋割掉的，我的性命难保啊！"

讲到这里，眼见东方透出黎明的曙光，莎赫札德戛然止声。

第七百二十九夜

夜幕垂降,莎赫札德接着讲故事:

幸福的国王陛下,因为哈雅蒂公主要到花园赏秋,园中不得留任何人,老园丁要王子离开花园。王子说:"老人家,莫非我给你带来了什么麻烦?"

"说到哪里去了,没有,没有!孩子,你给我带来的只有荣幸,哪里会有什么麻烦。"

"老人家,假若事情真是这样,从我们这方面给你带来的全是好处,绝不会有什么害处。我可以藏在花园里,不让任何人看见我,直到哈雅蒂公主离开花园,返回宫中,不就平安无事了吗?"

"孩子,万一被公主发现这里有人影,公主会把我的脑袋割掉的,我的性命难保啊!"

王子说:"我藏得严严实实的,谁也看不到我的影子,我保证不让公主发现。老人家,你今天给孩子买东西还得用钱吧?"

说着,王子从口袋里掏出五百第纳尔金币,递到老园丁的手里,并且说:"老人家,拿着这些钱,去给孩子们买些好吃的东西,他们一定会高兴的!"

老园丁一看见那袋闪闪发光的金币,心立刻软了下来,叮嘱说:"孩子,你一定要藏好哇!千万不能露面,免得出差错!"

随后,他让王子坐了下来。

次日天刚亮,仆人们来见哈雅蒂公主,公主即吩咐他们打开通往花园的便门。

公主一番梳妆打扮，穿上一件缀着宝石的衬衣，外罩一件缀着珍珠、宝石的金丝绣花波斯皇家专用的锦袍，华美俏丽至极，难以用语言描述，足以令神仙见之不知所措，能给胆怯者以足够勇气。公主头戴镶嵌着珍珠、宝石的赤金凤冠，脚蹬缀着珍珠的嵌金木屐。

哈雅蒂公主梳妆打扮完毕，手搭着老太太的肩膀，吩咐众女仆出发。

哈雅蒂公主由老太太引路，在众宫女的簇拥下走出便门。来到了花园，老太太抬头望去，只见园中已挤满了男仆女婢，有的赏果树，有的戏溪水，都想痛痛快快地玩耍一顿，一片热闹景象。

老太太见此情景，对公主说："公主，你聪明、知事达理，用不着我多嘱咐。你知道，你来花园赏秋，用不着这么多男仆女婢；即使你从父王的宫殿里走出来，有那么多人跟着，也不过是对你的一种敬重罢了。如今你是从便门来到花园里玩儿，谁也看不到你，也就更不需要这么多人跟着了，你说不是吗？"

公主说："姥姥说得很对。可是，他们都已来到了这里，怎么办呢？"

"我已经对你说过，来这么多人，只是出于对国王的敬重。你可以吩咐他们回宫去嘛！"

公主立即让他们回去了。

老太太对公主说："公主，你看呀，留在你身边的丫头也太多了，她们都是等着在这里玩儿。依我之见，留下两个贴身丫头，其余的都让她们回去吧！"

公主即让夜莺和戴胜两个姑娘留下，其余的相继离去。花园中顿时显得安静、幽雅，公主和老太太都笑了。

老太太说:"公主,时间到了!我们好好游览一下吧!走,我们到花园中去吧!"

公主搭着老太太的肩膀,在两个婢女的引领下,悠闲地向花园深处走去。老太太边走边向公主讲解果树品种,不时地给她摘果子,让她品尝。老太太领着公主走了一个地方,又来到另外一个地方,边走边欣赏风景,终于来到那座刚修葺一新的宫殿门前。

眼见那座本已破烂不堪的旧宫殿焕然一新,公主惊异不已,问老太太:"姥姥,你看这座宫殿呀,柱子重新修过,墙体粉刷一新了。这是什么时候重新装修的?"

老太太说:"公主,凭安拉起誓,我听人们说,一些商人给了老园丁一些布匹,老人把它卖掉,用换得的钱买来砖、瓦、灰、石等材料。我问老人买那些东西何用,他说要修修这座宫殿。之后,老园丁对我说:'商人们来讨债,我说要等公主亲眼看看;若公主满意,我就找公主要钱还他们。'我问他为什么要修,老园丁说:'公主的花园这么漂亮,宫殿这么破烂不堪,柱子坍塌,墙皮脱落,却不见一个人肯出资修缮,大煞风景啊!我这才想了办法修它。我希望公主能给适当报偿。'我对老园丁说:'老人家,公主慷慨无比,你定会得到报偿,只管放心就是了。'公主,这老园丁心善啊,为公主想得多周到!"

公主听后,说:"凭安拉起誓,老园丁是个慷慨大方、义气满怀的老人。姥姥,你去把司库喊来!"

片刻后,司库来到公主面前。公主说:"你马上给老园丁两千第纳尔金币,作为他修缮宫殿的赏金。"

老太太立即派人去见老园丁。差使见到老园丁,说:"老人家,公主召唤你!"

老园丁一听差使说了一句没头没脑的话,周身战栗不止,心想："糟了！我千不该、万不该让那小伙子留在花园里呀……今天将是我倒霉的日子……"

随后，老园丁急忙回到家中，把此事告诉了妻子和儿女，一番叮嘱之后，同她们告别，全家人都哭了起来。

老园丁离开家，来到花园，站在公主面前，只见老人的脸色红得像郁金香。身子站都站不住，几乎瘫倒在地。

见此情景，老太太急忙走上前去，说："老人家，快给公主行礼吧！盛赞伟大的安拉，为公主祈祷祝福吧！你筹款把宫殿修葺一新，我全告诉了公主，公主非常高兴，要给你两千第纳尔赏钱，你去司库那里领到赏钱，向司库祝福，行吻地礼，就可以离去了。"

听老太太这样一说，老园丁惊魂方才安定下来，缓缓走去，领了两千金币，又回来向公主行了吻地礼，连声为公主祈祷祝福。之后他高高兴兴地回家去了。

家人们见老园丁平安回来，欣喜不已，连声为老人祝福，并为给他出主意的那一父一子祈祷。

讲到这里，眼见东方透出黎明的曙光，莎赫札德戛然止声。

第七百三十夜

夜幕垂降，莎赫札德接着讲故事：

幸福的国王陛下，老太太急忙走上前去，对老园丁说："老人家，快给公主行礼吧！盛赞伟大的安拉，为公主祈祷祝福吧！你筹款把宫殿修葺一新,我全告诉了公主,公主非常高兴,要给你两千第纳尔赏钱,你去司库那里领到赏钱,向司库祝福,行吻地礼,就可以离去了。"

听老太太这样一说,老园丁惊魂方才安定下来,缓缓走去,领了两千金币,又回来向公主行了吻地礼,连声为公主祈祷祝福。之后他高高兴兴地回家去了。

家人们见老园丁平安回来,欣喜不已,连声为老人祝福,并为给他出主意的那一父一子祈祷。

老园丁走后,老太太对公主说:"公主,这个地方变得很美。我从未见过这样漂亮的色彩和油漆活儿。公主,你猜猜,究竟是宫殿外墙美呢,还是宫殿里面美呢?也许外墙白,殿里黑,我们到宫殿里面去看看吧!"

公主跟着老太太进到殿中,发现殿内油漆、装饰一新。公主边走,边左右环顾,一直走到宫殿正中央,站了下来,注目凝视着墙上的那幅《梦境图》,被那幅画吸引住了。

老太太知道公主在观赏那《梦境图》,于是将两个婢女拉到自己的身边,不让她俩走上前去,以免影响公主的注意力。

公主留心地看墙上那一节节一段段绘画,惊奇不已,不时地拍着手说:"喂!姥姥,你来看哪!这里有件东西,真是奇妙极了!若是记录下来,足以让天下后人借鉴。"

老太太问:"什么东西呀?公主!"

"你到殿中央看一看,给我讲一讲吧!"

老太太走到殿中央,仔细观看了那幅《梦境图》,然后回过头来,惊叹不已地对公主说:"公主,这幅画可以称为《猎鸟图》!你看哪!画面上有花园、猎人、罗网,等等,都是你在梦中看到的景象。你瞧呀,那雌鸟被网缠住了,雄鸟飞走了,没有能够回来救雌鸟，原来是遇到了不可逾越的障碍。我看到那只雄鸟在飞回途中，遇到一只猛禽，雄鸟落入了猛禽的利爪，结果血被猛禽喝掉，肉被猛禽啄食，所以不能飞回去救雌鸟了。公主，能把你的梦境绘出来，真是奇迹！就是你来画自己的梦境，恐怕也不可能呀！凭安拉起誓，这真是一桩奇闻，堪载入史册。公主，也许奉命掌管人类的天神们得知雄鸟受了冤枉，知道我们埋怨雄鸟不回来解救雌鸟，于是有意为雄鸟辩护，向我们展示雄鸟的遭遇。我们现在看明白了，不是雄鸟不来救雌鸟，而是雄鸟遇到了天敌，被猛禽捕食去了。你看哪，那雄鸟还在兀鹰爪中挣扎呢！"

公主听老太太这样一讲解，若有所悟，说："姥姥，常言道，'天命难违'呀！天命夺去了雄鸟的生命，使它不能回来救雌鸟。唉，我冤枉雄鸟了！"

老太太趁机说："公主，你说得对，如今已经真相大白了，雄鸟是无辜的。冤家对头到头来都要到安拉面前相见。假若那雄鸟不落入猛禽爪中，猛禽也就不可能饮它的血，吃它的肉，雄鸟定会救雌鸟脱险。面对死神，无处可逃，人类也无例外。一个男人，宁可自己饿着，也要让妻子吃饱；宁可自己赤身裸体，也要让妻子穿着整齐；为了让妻子高兴，他能触怒家人；为了顺从妻子，有时不惜违背父命。妻子最了解丈夫的秘密和隐私，一时也不能离开丈夫；倘若丈夫一夜不回来，妻子就睡不安稳。在妻子看来，丈夫是最亲的人；她对丈夫的珍视，远远胜过父母。夫妻同枕共眠之时，相互搂抱，丈夫搂着妻子的脖子，妻子搂着丈夫的脖子，亲密无间，卿卿我我。继之，丈夫吻妻子，妻子吻丈夫。正如诗人所云：

娇妻枕吾腕，同衾共席眠。我言夜且长，圆月当空悬。
安拉未曾造，如此妙夜晚；初夜甜如蜜，夜末苦无边。

相传，有一位国王，王后一病不起，后来一命归天。国王因为十分爱王后，终于将自己活着埋在王后的身边。正是因为丈夫与妻子之间的情意深厚，国王才甘心以死报答妻子的恩情。相传，还有一位国王，一朝疾病缠身，命归安拉。当人们抬着帝王的尸首去墓地埋葬时，王后对家人说：'你们把我活埋在我的丈夫身旁吧！如若不然，我就自杀，为丈夫殉葬。我求你们照我说的执行！'家人们知道王后决心已下，只得依从了她。随后，王后跳入坟坑，与丈夫同穴合葬，以报夫妻之间的恩爱深情……"

老太太一口气讲了好几个夫妻恩爱的故事，终于消除了公主内心厌恶男人的情感。当老太太察觉到公主心中怀春之火复燃时，便说："公主，我们该到花园中赏秋去了！"

公主和老太太步出宫殿，漫步在林间小径，缓缓行进，逍遥清闲。

就在这时，藏在林中的艾兹德什尔王子一抬头，透过林木间隙，目光落在了哈雅蒂公主的身上。

艾兹德什尔王子凝神望去，但见哈雅蒂公主身材高挑，亭亭玉立；面目姣好，面色红润；一双明眸，炯炯有神；天生丽质，风姿绰约，行止妩媚，真是国色天香，名不虚传。

眼见公主如此俏丽迷人，艾兹德什尔王子惊喜不已，目不转睛地凝视着公主，只觉得心飞出胸间，魂遨游天际，甘愿把自己的身心奉献给这位国色天香的美人儿。他情感难抑，激动不已，不知不觉昏迷过去，倒在地上，不省人事了。

片刻过后，王子慢慢从昏迷中苏醒过来，发现哈雅蒂公主的身影已消隐在浓密的林木之间。

讲到这里，眼见东方透出黎明的曙光，莎赫札德戛然止声。

第七百三十一夜

夜幕垂降,莎赫札德接着讲故事:

幸福的国王陛下,眼见公主如此俏丽迷人,艾兹德什尔王子惊喜不已,目不转睛地凝视着公主,只觉得心飞出胸间,魂遨游天际,甘愿把自己的身心奉献给这位国色天香的美人儿,不禁爱火顿时燃遍了周身,情感难抑,激动不已,不知不觉昏迷过去,倒在地上,不省人事了。

片刻过后,王子慢慢从昏迷中苏醒过来,发现哈雅蒂公主的身影已消隐在浓密的林木之间

这时,王子深深地叹了口气,吟诵道:

眼见窈窕女,钟情撕我心。公主可知我,倒地时断魂?
公主步翩跹,将我神吸引。看在安拉面,求怜我情真。
期在未入土,作美结姻亲。颊上愁迹消,拥抱接亲吻。

老太太带着公主在花园中漫步,终于来到了艾兹德什尔王子藏身的地方。

蓦地,老太太说:"藏礼物的人,一切平安无事!"

艾兹德什尔王子听到这句话,立即从藏身处走了出来,只见他气度潇洒,步履翩跹,缓缓行走在林木之间,身材匀称,足以使树木枝条感到害羞;前额挂着汗珠,两颊红里透白,精神抖擞,神采

奕奕。赞美安拉造就了这么一位美男子!

公主无意中一扭头,看见了王子,随之情不自禁地朝那位美男子注视了许久。公主见那小伙子容貌俊秀,身材匀称,眼睛胜过羚羊眼,身条令柳枝害羞,致使公主魂飞魄散,心被美男子夺去,神被小伙子的目箭射穿。公主问老太太:"姥姥,那个容颜俊秀、身材匀称、风度翩翩的美男子是从哪里来的?"

老太太装出惊异的神态,问:"美男子?在哪儿?"

"就在附近的林子里呀!"

老太太四下环顾一番,忙于搜寻公主说的小伙子,好像她完全不知道小伙子是谁一样,忙问:"谁把那美男子带进园中来的?"

公主说:"谁能把这位小伙子的情况告诉我们呢?赞美安拉造就了这么漂亮的美男子!姥姥,你认识他吗?"

老太太佯装仔细观察一番,然后似恍然大悟地说:"哦,公主,他就是让我给你带信的那个青年!"

此时此刻,公主已深深沉浸在爱河之中,无法掩饰自己的内心情感,对老太太说:"姥姥,他多英俊呀!他的面容真漂亮!我想天下再没有比他更标致的男人了。"

老太太一听便知公主爱上了那位小伙子。她说:"公主,我不是对你说过,他确实是面如皓月的美男子嘛!"

"姥姥,帝王的女儿久居深宫,不了解世情,无缘见世上美男子,更没有和他们相处、交往过,哪有机缘与他们相见,到他们身边去呢?姥姥,我有什么办法与他见上一面呢?我应该对他说什么?他又会对我说什么呢?"

"关于这样的事情,我已经不知道如何是好了。现在,我有什么办法好想呢?"

"姥姥,世界上因爱情而死的,恐怕除了我没有别人。我相信我马上会死去的。所有这些,都是因为我的爱火太盛啊!姥姥,能帮我忙的,除了你老人家,还有谁呢?你快想个办法吧!如若不然,我会寝食难安的。"

老太太觉察到公主的确迷上了艾兹德什尔王子,于是说:"公主,美男子就在你的面前,你还没办法认识他吗?你年纪小,不便于去看他,这倒是情有可原的。走,我带你去见他;我跟他说话,免得你感到害羞。这样,用不了多大一会儿,你俩就相互熟悉了。"

"姥姥,就这样!你领我去!安拉规定的都是不能避免的。"

老太太带着公主向艾兹德什尔王子走去。

走近一看,正在坐着沉思的艾兹德什尔王子果然漂亮不凡。

老太太说:"小伙子,你看哪!是谁来到了你的面前?她就是卡迪尔国王的女儿哈雅蒂·奈菲丝公主。小伙子,你要知道她的身份、地位。如今她亲自来到你的面前,赶快站起来,向公主行礼问安,表示敬重吧!"

艾兹德什尔王子立即站起来,两个人的目光相遇了,都像无酒自醉的模样。王子更加迷恋公主。公主和王子都张开了双臂,恋情难抑,爱意倍增,情不自禁,双双搂抱在一起,顷刻间昏迷过去,倒在地上,不省人事了。

二人昏迷了许久,老太太担心发生意外,便叫人将王子和公主抬进宫殿,自己在宫门外坐了下来。

老太太对婢女们说:"公主要休息一下,你们到花园里去玩儿一会儿吧!"

婢女们走去自由游园。

过了不大一会儿,王子和公主从昏迷中慢慢苏醒过来。王子发现自己躺在修葺一新的宫殿里,惊诧地问公主:"喂,美丽的姑娘,请告诉我,我这是在做梦,还是在幻想之中呢?"

这对青年男女相互拥抱起来，无酒自醉，互相倾诉着思恋的痛苦与焦虑。

艾兹德什尔王子吟诵道：

> 她脸升朝阳，晚霞话双颊。身现人面前，群星羞避她。
> 笑唇绽霞云，黎明漫天涯。族人着其衣，柳枝妒性发。
> 只期晤一面，求主保佑她。她给天上月，一份光与华。
> 太阳欲仿之，心愿成空话。日难得其美，月怎掠其佳？
> 人怨我痴情，半诚半瞎话。一眼占我心，情侣还思哈？

讲到这里，眼见东方透出黎明的曙光，莎赫札德戛然止声。

第七百三十二夜

夜幕垂降，莎赫札德接着讲故事：

幸福的国王陛下，艾兹德什尔王子吟罢诗，哈雅蒂公主将王子紧紧搂在怀里，频频亲吻王子的嘴和眉心。

艾兹德什尔王子精神焕发，开始向哈雅蒂公主诉说自己对她的热恋、思念、痴情之心以及公主的冷酷给他带来的痛苦。

哈雅蒂公主听完王子的倾诉，连连亲吻王子的手。继之揭开自己的盖头，只见黑暗顿时消失。皓月从公主的面颊上升起。公主说："亲爱的，我的希望，我的寄托，愿安拉使我们永不分离。"

两个人紧紧拥抱，泪水流在一起。公主吟诵道：

美男羞日月,俏健夺我命。利剑目中藏,出鞘安逃生?
二眉弯似弓,情箭穿心胸。双颊有果园,不摘果怎行?
身材如枝条,握之采果用。几多夜无眠,爱你尽任性。
安拉光照路,缩短途中程。切怜一颗心,对你怀深情。

哈雅蒂公主吟罢诗,激情难抑,不禁泪水潸然落下。

见此情景,艾兹德什尔王子似火烧,深深沉浸在公主的情海之中,眷恋凝视着哈雅蒂公主,亲吻公主的双手,情思难禁,眼泪横流。

哈雅蒂公主与艾兹德什尔王子同席对饮,吟诗作对,互诉衷情,直至晡时宣礼时分,眼见分散的时辰来临了。公主说:"亲爱的,我的心肝儿,我的宝贝儿!分别的时候到了,我们何时能够再相会呢?"

王子心中情箭穿心,难以用语言表述,说道:"凭安拉起誓,我不喜欢提及分别之事。"

公主走出宫殿,王子望着公主,发现公主泪眼模糊,低声呻吟,悲切凄然,不禁心沉爱河,情感难抑,惆怅地吟诵道:

唤声心寄望,知我深爱你!
神心难得宁,何处得求医?
靓女荣耀日,乌云令夜泣;
身似杨柳枝,眸明羚不及。
纤细腰肢俏,酥胸高耸起;
涎水胜佳酿,鲜香气洋溢。
切望赐柔情,慷慨莫吝惜!

哈雅蒂公主听完王子吟诵的诗歌，转过脸去，将王子紧紧搂在怀里，只觉心似被离别的火烧得疼痛难耐，频频亲吻，亦无法浇灭那熊熊烈焰。

公主说："谚语说得好，'对情人来说，忍耐是必不可少的。'我一定要想方设法安排我们见面。"

说完，告别王子，因为过分思恋王子，一时不知如何抬脚迈步。

公主好容易走过便门，回到自己的绣房，一下子倒在了床上。

公主回到绣房，王子满怀眷恋之情返回住处，食不甘味，夜里久久难以安睡。

公主吃不下饭，疲惫不堪，只觉得夜是那样长，好像天故意与她作对，故意不让东方透亮。

公主好不容易才盼来了天亮，只觉神情恍惚，不知如何是好。

天刚亮，公主立即派女仆去喊老太太。

老太太来到公主面前，见公主神情恍惚，无精打采，一时不知如何是好。未等老太太开口问话，哈雅蒂·奈菲丝公主便说："姥姥，你就不要再问我的情况了！因为我的一切情况，你是都知道的。姥姥，我那意中人到哪儿去啦？他现在在哪里？"

老太太说："公主，他是什么时候离开你的？难道他不是夜里和你告别的吗？"

"姥姥，我一时都不愿意离开他。姥姥，你快想想办法，让我和他见面吧！我的魂都快丢了！"

"公主，你忍耐一下！等我给你俩安排安排，让你俩在任何人都不知道的情况下进行幽会。"

"凭安拉起誓，你若今天不能把他带来，我一定要禀告父王，说你把我折腾成了这个样子,父王定会取下你的首级的。"

"看在安拉的面儿上,我求你宽限两天,忍耐一下!因为这件事很危险。"

老太太再三求情,公主终于答应给她三天时间。公主又说:"姥姥,对我来说,三天就像三年似的。第四天你若还没有把他带到我的面前,我定要你以命相抵。"

老太太苦苦哀求,公主答应给三天的时间。老太太回到家中,苦思冥想了三日。第四天,老太太请来当地的一位梳妆婆,要她把打扮姑娘的粉黛、胭脂等化妆品带来。梳妆婆按时如数将一切东西送到老太太家中。老太太打开一口箱子,从中取出一件做工精美、价值五千第纳尔的锦袍和一条缀着珍珠、宝石的金丝绣花腰带,然后把艾兹德什尔王子叫到家中。

老太太问王子:"孩子,你想与哈雅蒂公主见面吗?"

"求之不得呀!"王子说。

随后,老太太拿出剃须刀,梳妆婆开始给王子修面、画眉、点眼,接着让王子脱下衣服,给王子搽粉,从肩膀搽到胳膊、手和指尖,直至大腿和小腿,将全身搽遍。刹那间,王子变得像雪花石上的一朵红色玫瑰花。继之,给王子穿好内衣、裤子、外衣,再罩上那件锦袍,束上那条金丝绣花腰带,并给他戴上面纱。一番梳妆打扮之后,标致的王子变成了一位花容月貌风姿绰约的姑娘。

之后,老太太教王子模仿女子走路。老太太说:"先迈左脚,后迈右脚……"

王子心有灵犀,一点即通,按照老太太的指导,未教多少时间,王子走动起来就像是天园下凡的一位仙女。

老太太说:"孩子,你要鼓足勇气呀!过一会儿,我就带你进王宫。王宫有许多卫兵把守;到了那里,只要你有半丝迟疑、惊惶,他们就会把你抓起来进行审问。他们一旦认出你来,必然为我们带来伤害,说不定我们的命就都保不住了。如果做不到这一点,你可以告诉我。"

王子说:"老妈妈,你只管放心就是了,这件事吓不倒我,也难不住我,我能面不改色!"

说罢,老太太在前面走,王子在后面紧跟,一直走到王宫大门前。眼见那里有许多卫兵,老太太回过头去,望了望姑娘打扮的王子,看他有无恐惧、猜疑的表情。老太太发现王子表情如常,面未改色,泰然自若。

卫队长一眼认出了老太太,却见身后跟着一位俏丽迷人的姑娘,心想:"老太太是公主的贴身保姆,怎么身后还跟着那么一位身材苗条、漂亮的姑娘?在世间,只有哈雅蒂公主才能与她的容颜、姿色、风度媲美呀!可是,哈雅蒂公主终年坐守绣房,今天怎会走出来呢?难道她就是哈雅蒂公主?公主是常年不出门的呀!究竟得到国王的允许没有……"

想到这里,卫队长迎了上去,向老太太打听情况,数名卫兵也跟了过去。

眼见这么多卫兵走上前来,老太太吓得魂不附体,随口说:"哎,无能为力,我们属于安拉,我们都要回到安拉那里去。完啦,我们的命马上就没了……毫无办法,只有依靠伟大的安拉了!"

讲到这里,眼见东方透出黎明的曙光,莎赫札德戛然止声。

第七百三十三夜

夜幕垂降，莎赫札德接着讲故事：

幸福的国王陛下，老太太带着艾兹德什尔王子来到王宫的大门前，卫队长迎了上去，向老太太打听情况，数名卫兵也跟了过去。

眼见这么多卫兵走上前来，老太太吓得魂不附体，随口说："哎！无能为力，我们属于安拉，我们都要回到安拉那里去。完啦，我们的命马上就没了……毫无办法，只有依靠伟大的安拉了！"

卫队长听老太太说了这样一句话，反倒惊惧起来。因为他知道公主是国王的掌上明珠，公主要出门，国王是不会阻拦的。他想："也许国王盼望老太太带公主去办什么事，不想让任何人知道她的情况。假若我出面拦她，她必对我心存怨恨，说：'一个宫仆，怎敢在宫门口盘问我？'说不定会设法杀掉我呢！此事与我无关，我何必去多管闲事。"

想到这里，卫队长后退了，卫兵们也跟着后退了几步，并立正向老太太致意。老太太大大方方走进宫门，频频向仆役们还礼，王子跟着老太太，平安闯过了第一关。

老太太与王子一前一后，顺利走过一道道把守的宫门，终于来到第七道门。

第七道门是王宫中最大的一道门，国王的宝座就在那道门内，由那里可以到达嫔妃们宿身的后宫及公主的绣房。老太太站下来，对艾兹德什尔王子说："孩子，我们已经平平安安地来到了这里，赞美保佑我们的伟大安拉吧！孩子，夜里与公主幽会是最好的，因为只有夜幕才能掩护我们。"

王子说："老妈妈说得对！可是，现在该怎么办呢？"

"你先藏在这个黑暗的地方吧！"

王子蹲在一个角落里，老太太到另外一个地方藏了起来。

夜幕垂降，老太太来叫王子，二人进了大门，来到哈雅蒂公主绣房门前。

老太太敲过门，一个宫女走出来，问道："谁呀？"

老太太答声："我把那位姑娘带来了，请公主允许我带她进去见公主。"

宫女走去报告公主，公主说："给老太太开门，让她带姑娘进来吧！"

老太太带着王子走进公主的绣房。

老太太进绣房一看，但见房内收拾得干干净净、整整齐齐。灯盏成行，地上满铺丝毯，靠枕放得整齐有序，金银烛台上插着炽燃的蜡烛，桌子上摆放着鲜果和甜食，龙涎香、沉香和麝香散发着扑鼻的香气。哈雅蒂公主坐在灯光和烛光之间，只见公主的脸上光芒四射，盖过了所有的亮光。

公主见老太太带来一个姑娘，便问："姥姥，我那意中人呢？"

老太太说："公主，我没见到那个美男子呀！不过，我把他的同胞妹妹带来了。"

"姥姥，难道你疯啦？你知道，我不需要他的妹妹。人头痛的时候，把手包扎起来有什么用呢？"

"公主，凭安拉起誓，你看看这姑娘呀！我想你一定会喜欢她的。就让她留在你这里吧！"

话音未落，老太太撩开了王子的面纱。

公主眼见姑娘刹那间变成了心上人，立即站起来，上前把王子搂在怀里；与此同时，王子也紧紧抱住了公主。此时此刻，情侣相遇，分外激动，双双坐下，不知不觉昏了过去。

过了一会儿，老太太取来玫瑰水，洒在二人的脸上，二人方才慢慢苏醒过来。公主抱住王子，百吻千吻，总觉吻不够，他们深深沉浸在爱的海洋里。公主吟诵道：

> 我的心上人,秘密来造访。
> 起立示敬重,如宾坐绣房。
> 我有话要问,可心意中郎。
> 不怕守夜人,将你拦门旁？
> 他言怎不怕？无奈情火旺。
> 彼此相拥抱,怕意一消光。
> 掸去衣上土,倾心情波漾。

讲到这里，眼见东方透出黎明的曙光，莎赫札德戛然止声。

第七百三十四夜

夜幕垂降，莎赫札德接着讲故事：

幸福的国王陛下，哈雅蒂公主眼见姑娘刹那间变成了心上人，立即站起来，上前把王子搂在怀里；与此同时，王子也紧紧抱住了公主。此时此刻，情侣相遇，分外激动，双双坐下，不知不觉昏了过去。

过了一会儿,老太太取来玫瑰水,洒在二人的脸上,二人方才慢慢苏醒过来。公主抱住王子,百吻千吻,总觉吻不够,他们深深沉浸在爱的海洋里。

公主吟完诗,对艾兹德什尔王子说:"我见你来到我的绣房,与我亲密无间,伴我把盏对饮,莫非这一切都是真的,不是在梦中?"

公主完全沉浸在了爱河之中,高兴得简直要飞起来了。她接着吟诵道:

> 夜来相幽会,原系我久盼。
> 泣声亦悦耳,欢迎不待言。
> 对颊千百吻,拥抱意舒展。
> 我说愿已酬,尽情把主赞。
> 良宵共欢度,不觉晨光灿。

哈雅蒂公主与艾兹德什尔王子相互倾吐衷情,只嫌夜短,不知不觉东方已经放亮。公主站起来,把王子带到一个没人看到的地方,王子一直在那里待到夕阳落山。

夜幕垂降,哈雅蒂公主叫出王子,二人坐下,把盏对饮。王子说:"亲爱的,我想回国去,把你的情况告诉父王,以便让父王派宰相来,拜见你的父王,正式为我向你求婚。"

公主说:"亲爱的,我真担心你回去之后,你的注意力会立即转移,把我们的爱情全忘到了脑后。此外,我还害怕你的父王不同意这桩婚事,致使我小命休矣,一切完结。依我之见,你先不要走,就住在我这里,我们可以天天相见,日日畅谈,等待我设法,趁机一起出逃,到你们的国家去。因为我已对父王不抱任何希望。"

"就照你的想法办!"

此后,王子与公主夜夜对饮畅谈,边饮边谈,话语入心,情意绵绵。

一天夜里,公主与王子对饮畅谈,没打盹儿,更未入眠……

天亮了。

一位国王送给哈雅蒂公主的父王一批礼物,其中有一条项链,上面有二十九颗稀世宝石,岂止价值连城,简直可以说任何君王倾其宝库都换不到它。

阿卜杜·卡迪尔国王拿起那条项链,观赏片刻之后,说:"这条项链,只有我的女儿哈雅蒂才配戴它!"

国王说罢,把目光转向一个宫仆,那宫仆曾因一件事被公主打掉臼齿。国王对那个宫仆说:"你来!把这条项链给哈雅蒂公主送去,让她戴上。你对她说:'这条项链是一位君王送来的,价值不止连城,足以换天下君王的宝库。'"

宫仆接过项链,说道:"但期伟大的安拉使这条项链成为公主的另一件心爱的首饰;正是公主使我的臼齿失去了功用。"

宫仆带着项链来到公主的宫门外,见大门紧锁,又见老太太睡在门旁。宫仆叫醒老太太,老太太惊问:"有事儿吗?"

宫仆说:"国王陛下要我送件东西给公主。"

"钥匙不在这里,你去取吧!"

"我不便再到国王那里去。"

听宫仆这样一说,老太太感到害怕,借口自己去取钥匙,悄悄溜走了。

宫仆等了一会儿,不见老太太回来,害怕国王责斥他的行动迟缓,于是走上前去,使劲地推搡大门,把门钉锦搡断,门开了。

宫仆穿过六道门,来到第七道门,那便是哈雅蒂公主的绣房门。

宫仆推开门,进屋一看,发现里面陈设精美,灯光辉煌,不禁觉得奇怪。他缓步行至窗前,但见床上挂着缀有宝石网的罗纱宝帐。

宫仆撩开宝帐,见公主怀中搂着一个比她还漂亮的小伙子,不禁大吃一惊,自感出乎意料,忙赞美创造一切的伟大安拉。宫仆叹道:"一个自称厌恶男人的女子,竟然有此举动,多么奇妙的行为呀!怎么会到这个地步呢?她打掉我的臼齿,该是因为有了这个小伙子吧!"

宫仆说完,放下宝帐,转身向房门跑去。

公主从睡梦中惊醒,望见宫仆背影,大声喊道:"卡夫尔!"

宫仆没有回头。公主跳下床,追上去,扯住宫仆的衣角,举过自己的头,俯身亲吻宫仆的双脚,哀求道:"卡夫尔,求求你,安拉掩盖的事情,你就不要把此事说出去啦!"

宫仆说:"安拉不会掩盖你,也不会掩盖想掩盖的人。因为我谈及男人,你打掉了我的一颗牙,并要我不再谈任何关于男人的事情。这样的事还掩盖得住吗……"

话未说完,宫仆快步走去,将门锁上,还另派了一名宫仆把守。

卡夫尔回到国王面前,国王问:"公主喜欢那条项链吗?"

卡夫尔说:"凭安拉起誓,你应该多送给公主一些东西!"

"出什么事啦?快对我说呀!"

"我得单独对国王陛下讲。"

"不用单独讲了,现在就讲吧!"

"国王陛下,能赦我无罪吗?"

国王随后将象征无罪的"赦免帕"丢给卡夫尔,卡夫尔这才开口说:"国王陛下,我走到哈雅蒂公主的绣房一看,发现公主躺在一个小伙子的怀抱里,我锁上了门,立即回来禀报国王陛下。"

听宫仆这样一说,国王立即站起来,拔剑出鞘,高声喊道:"卫队长!"

卫队长应声而至。国王吩咐道:"立即带人去公主的绣房,把那个小伙子给我抓来!连同被子,将公主和他一起裹来!"

讲到这里,眼见东方透出黎明的曙光,莎赫札德戛然止声。

❖ 第七百三十五夜 ❖

夜幕垂降,莎赫札德接着讲故事:

幸福的国王陛下,国王将象征无罪的"赦免帕"丢给卡夫尔,卡夫尔这才开口说:"国王陛下,我走到哈雅蒂公主的绣房一看,发现公主躺在一个小伙子的怀抱里,我锁上了门,立即回来禀报国王陛下。"

听宫仆这样一说,国王立即站起来,拔剑出鞘,高声喊道:"卫队长!"

卫队长应声而至。国王吩咐道:"立即带人去公主的绣房,把那个小伙子给我抓来!连同被子,将公主和他一起裹来!"

卫队长带人赶至公主的绣房,进门一看,只见哈雅蒂公主和艾兹德什尔王子正站在屋里号啕大哭。卫队长说:"小伙子,像刚才那样,你和公主都躺在床上吧!公主,你也躺上去吧!"

公主怕王子遇到什么不测，对王子说："现在不是反抗之时，听他们的吧！"

王子和公主像刚才那样躺在床上，众卫兵立即动手，将二人裹在被子里，然后抬到了国王面前。

国王揭开被子，发现女儿和一个小伙子躺在一起，怒火万丈，想立即将公主杀掉。王子站起来，扑到国王怀里，说："国王陛下，公主没有罪，罪责全在我一个人身上。请陛下先杀我吧！"

国王想杀掉那小伙子，公主立即扑到父王怀里，苦苦哀求道："父王，罪责全在我身上，您就把我杀掉吧！您千万不要杀他！他是当今天下第一大王的儿子——设拉子王子！"

听女儿这样一说，国王回头望着那个出坏主意的宰相，问道："宰相阁下，你说该怎么办？"

宰相说："凡干这种事的人，必定撒谎。因此，依臣之见，对他俩先动刑，后斩首。"

国王立即喊道："传刽子手上殿！"

刽子手们带着手下人应声上殿，来到国王面前，问："陛下有何吩咐？"

国王下令道："把这个骗子拉出去杀掉，然后再杀这个小娼妇！杀掉之后，烈火焚尸，就这么办！不要再与我商量了！"

刽子手走去推公主的后背，想把她带走。这时，国王顺手拿起一件东西，向刽子手投去，险些砸着刽子手的脑袋，同时训斥道："你这个笨蛋，怎么对我憎恶的人如此慈悲？揪住她的头发，把她搡倒在地，拖出去！"

刽子手果然执行国王的命令，将公主搡倒在地，继之拖王子，将二人拖出大殿，拉到了刑场。

刽子手从王子的衣襟上撕下一块儿布，将王子的双眼捂上，抽出锋利的宝剑,准备先斩王子,然后再斩公主,期待有人说情,免公主一死。

刽子手的宝剑在王子的头上挥舞了三次,士兵们相互对泣垂泪,祈求安拉拯救这对青年男女,免二人一死。

刽子手终于狠下心来,高举锋利的宝剑,正要砍向王子的脖子时,忽见宫墙外荡起一缕烟尘,顷刻间弥漫了整个天际……

原来是艾兹德什尔王子的父亲赛伊夫·沙赫国王率领的大军来到了阿卜杜·卡迪尔国王的京城郊外。

赛伊夫·沙赫国王之所以发兵,原因在于宰相陪王子艾兹德什尔远行求婚,结果一去杳无音信,以为定是出了什么意外,因而亲率大兵,开进伊拉克,寻找儿子和宰相。

阿卜杜·卡迪尔国王见城外烟尘遮日,问文武百官:"列位大臣,烟尘遮天,出什么事啦?"

宰相说:"我立即去城外探探虚实!"

宰相转身往城外走去。他走到城外一看,但见那里人山人海,马匹成群,旌旗招展,遍布山野、谷地和丘陵,简直多如蝗虫,数不胜数。

宰相回来向国王禀报说:"国王陛下,兵临城下,大势不好!"

国王说:"你再去详细打听一下,了解他们来到我们国家的目的,问问他们的将领是何人,并代我向统帅致意。请告诉他们,如果有什么困难,我们可以帮助他们解决。如果是为君王报仇来的,我们立即策马助战;若需要什么礼物,我们一定奉送。这支大军来头不小,人多势众,我真担心他们踏平我们的国土。"

宰相按照国王的旨意,来到城外,走进营地,一直走到傍晚,方才行至一个星罗棋布的帐篷群。只见那里站着无数名手持宝剑的卫兵。穿过那里,见到若干位王公大臣、侍卫和将领,继续前行,终于到了国王的大帐前。

众大臣见一个人走来,齐声高喊道:"跪下去,向我们的国王行礼!"

宰相马上跪了下来,向他们行吻地礼。宰相见那些人气势威严,三步一跪一行礼,好不容易才走进了国王的大帐。

宰相向赛伊夫·沙赫国王行过吻地礼,说:"国王陛下,我们的国王要我代他向陛下致意问安。阿卜杜·卡迪尔国王问陛下率大军到此有何原因;若大王要讨伐宿敌,我们一定助战;若大王另有他事,我们的国王必全力相助。"

赛伊夫·沙赫国王说:"尊敬的使臣,请禀告卡迪尔国王陛下,就说赛伊夫·沙赫国王的儿子艾兹德什尔离家时间已久,杳无音信,心中十分不安。为寻我的儿子,特来贵国一看。假若我的儿子在贵国京城,让我将他带走就是了;假若在此出现什么意外,遭到你们的迫害。那么,他的父王就要指挥大军踏平你们的家园,抢走你们的财产,杀死你们的壮男,掠走你们的妇女。你赶快回去禀告你们的国王吧,以免大祸临头还不知原因何在!"

"遵命!"

宰相闻声,不禁周身战栗,又跪下十二次,只觉得头晕目眩,方才得以离开国王的大帐,匆匆回返。

宰相边走边思考着那位国王的威严及所率大军的雄伟阵势。当他回到王宫,见到阿卜杜·卡迪尔国王时,因恐惧不安而面色苍白,周身战栗。

国王见宰相失魂落魄的样子,问道:"大军究竟为何而来?"

宰相声音颤抖地说:"赛伊夫·沙赫国王寻找他的儿子……"

讲到这里,眼见东方透出黎明的曙光,莎赫札德戛然止声。

第七百三十六夜

夜幕垂降，莎赫札德接着讲故事：

幸福的国王陛下，宰相边走边思考着那位国王的威严及所率大军的雄伟阵势。当他回到王宫，见到阿卜杜·卡迪尔国王时，因恐惧不安而面色苍白，周身战栗。

国王见宰相失魂落魄的样子，问道："大军究竟为何而来？"

宰相声音颤抖地说："赛伊夫·沙赫国王寻找他的儿子……"

阿卜杜·卡迪尔国王问："他的儿子是谁？"

"就是陛下要斩杀的那个小伙子！赞美安拉，幸亏还没有动手啊！若是把他的儿子杀掉了，我们的国家将被他的大军荡平，他们会抢走我们的财产，男的被杀，女的被劫……不堪设想啊！"

"这还不是你出的坏主意！这位国王的儿子现在在哪里？"

"国王陛下，你已下令刽子手杀掉了呀？"

阿卜杜·卡迪尔听宰相这样一说，大惊失色，后悔不已，厉声喊道："快去追刽子手，要他们千万不要动手！快！"

宫役们立即去喊来刽子手。刽子手说："国王陛下，有何吩咐？"

国王急切地问："那个小伙子怎么样啦？"

"我已照国王陛下的命令，把他杀掉了。"

国王大怒道："你真的把他杀掉啦？如果真是这样，我也要送你一死。"

"国王陛下,这是您的命令呀!而且不许我再和你商量啦!"

"当时我正是盛怒之时。快说,实际情况怎样,免得你白白送命。"

"报告陛下,那个漂亮的小伙子还活着。"

阿卜杜·卡迪尔国王一听,喜不自禁,遂令将小伙子带来。

艾兹德什尔王子来到正殿,国王立即站起来,上前亲吻王子的眉心,然后说:"孩子,我求安拉宽恕我。我求你千万不要把这件事告诉你的父王。"

"我父王?他在哪里?"艾兹德什尔问。

"就在城外大帐中。你父王找你来了。"

"凭国王陛下的尊严起誓,不挽回我的名声和公主的清白,我是不能离开这里的。我和公主之间并没有发生任何破坏贞操之事,不曾有任何越轨行为,公主仍然是个很完整的处女。请国王陛下叫来产婆为公主验身,假若发现公主已经不是女儿身,我甘愿受王法处置,立即斩下我的首级;如果公主仍是女儿身,就请陛下在文臣武将面前宣布我和公主纯洁无瑕。"

国王立即叫来产婆,为公主做检查。产婆发现公主仍然是女儿身,遂禀国王,并要求国王赏赐。接着,当着文武百官宣布王子与公主纯洁无瑕。

国王立即吩咐仆人向产婆和宫女们赐赠锦衣。之后,取出香水,向朝廷命官、国家重臣们的身上喷洒,顿时大家沉浸在极度欢乐之中。国王紧紧拥抱艾兹德什尔王子,一番好言安慰、款待,继之吩咐宫仆为王子沐浴更衣,整个宫中充满欢快气氛。

艾兹德什尔王子沐浴完毕,换上国王赐赠的金丝绣花锦袍,戴上镶嵌着珍珠、宝石的紫金冠,佩上一条缀着珍珠、宝石的金丝绣边绶带,在众宫仆的伺候下,跨上一匹鞴有金鞍的宝马。之后,国王吩咐大臣们上马,组成一支马队,护卫着王子去见他的父王。临行前,阿卜杜·卡迪尔叮嘱王子:"王子殿下,见到你的父王,请告诉他,阿卜杜·卡迪尔国王随时听候他的召唤。若国王陛下用得着我,我必令行禁止,俯首听命。"

"国王陛下,我一定照办!"艾兹德什尔王子说。

艾兹德什尔王子告别阿卜杜·卡迪尔国王,在众官员和侍卫的陪伴护送下,一行人马浩浩荡荡向城外赛伊夫·沙赫国王率领的大军走去。

赛伊夫·沙赫国王见儿子艾兹德什尔突然出现在自己的面前,不禁欣喜若狂,急忙站起来,走上前去,和儿子紧紧拥抱在一起。部将们听说艾兹德什尔王子平安转回,兴高采烈,欣喜异常。

文武百官纷纷来到艾兹德什尔王子面前,一一向王子行礼问安,为王子到来感到格外高兴。那一天成了他们的节日。人人欢呼,个个雀跃,喜悦空前。

艾兹德什尔王子领着阿卜杜·卡迪尔国王派来护送他的文武百官和侍卫,访问赛伊夫·沙赫国王的大军营帐,没有一个人阻拦他们。他们亲眼看到赛伊夫·沙赫国王的无数雄兵及其威武阵势,无不为这支大军的雄伟而由衷赞叹。

阿卜杜·卡迪尔国王的文武百官中,有不少人去过艾兹德什尔王子的绸布店,许多人都见过艾兹德什尔,使他们感到奇怪的是,一位显赫富贵的王子为何上市经商?此时此刻,他们恍然大悟,原来是因为艾兹德什尔王子深深爱上了哈雅蒂公主,远行异国,栖身他乡,目的在于求婚。

赛伊夫·沙赫国王大军来临的消息广泛传播开来。哈雅蒂公主听后,立即登上殿顶,朝山野眺望,发现那里帐篷林立,旌旗招展,人山人海。当时,公主正被囚禁在父王的宫中;究竟处她一死,斩首焚尸,还是赦她无罪,看守正等着国王下命令。

哈雅蒂公主见城外满山遍野是军队,知道那是艾兹德什尔王子的父王发来的兵。公主担心王子舍弃自己而立即回国,更怕父王把自己杀掉,于是喊来贴身侍女,叮嘱说:"你快去找艾兹德什尔王子,不要害怕!见了王子,先行吻地礼,然后自我介绍一下,对他说:'我们的公主向你问安。她现在被囚禁在阿卜杜·卡迪尔国王的宫中,究竟被无罪释放,还是被杀掉,现在正等待国王下令。公主求你不要忘掉她,不要丢下她不管。你现在是有能力的;不论你说什么,谁也不敢驳你的面子。你若能把她救出来,带她到你这里,公主必将记住你的恩德,因为公主为了你才遭这种磨难的。你若认为自己的命已保住,无心再做好事,那就请你的父王找公主的父王求个情,不把公主放出来,他就不离开这里,并且要公主的父王立个誓言,做个保证,决不伤害公主。更不要杀公主。'你记住了吗?你要对王子说,这是我对他说的最后一句话,代我祝王子顺利平安。"

讲到这里,眼见东方透出黎明的曙光,莎赫札德戛然止声。

第七百三十七夜

夜幕垂降,莎赫札德接着讲故事:

幸福的国王陛下,哈雅蒂公主叮嘱贴身侍女:"你快去找艾兹德什尔王子,不要害怕!见了王子,先行吻地礼,然后自我介绍一下,对他说:'我们的公主向你问安。她现在被囚禁在阿卜杜·卡迪尔国王的宫中,究竟被无罪释放,还是被杀掉,现在正等待国王下令。公主求你不要忘掉她,不要丢下她不管。你现在是有能力的;不论你说什么,谁也不敢驳你的面子。你若能把她救出来,带她到你这里,公主必将记住你的恩德,因为公主为了你才遭这种磨难的。你若认为自己的命已保住,无心再做好事,那就请你的父王找公主的父王求个情,不把公主放出来,他就不离开这里,并且要公主的父王立个誓言,做个保证,决不伤害公主。更不要杀公主。'你记住了吗?你要对王子说,这是我对他说的最后一句话,代我祝王子顺利平安。"

侍女告别公主,离开王宫,向城外走去,费了一番周折,如愿找到了艾兹德什尔王子。侍女见到艾兹德什尔王子,把公主的话原原本本向王子讲了一遍。

艾兹德什尔王子听后,禁不住泪水簌簌落下,哭得很是伤心。他对侍女说:"你告诉哈雅蒂公主,我是她的奴仆,我已成为她爱情的俘虏,我没忘记我俩之间的爱情,更没有忘掉别离时的痛苦。你吻完她的双脚之后,对公主说,我立即把她的处境禀报我的父王,让父王派宰相去见她的父王,正式向她求婚,因为宰相是不会反对此事的。你要告诉公主,假如她的父王派人来和她商量这桩亲事,要她不要反对。还请你告诉她,我不带上她,我是决不离开这里的。你记住了吗?"

"记住啦!"

侍女告别艾兹德什尔王子,高高兴兴回到宫中。她先吻公主的双脚,然后把王子的话原原本本向哈雅蒂公主说了一遍。

哈雅蒂公主听罢女仆的转达,高兴得喜泪纵横,连声赞美伟大的安拉。

当夜，艾兹德什尔王子来到父王的大帐中，与父王畅谈。王子把自己的经历从头到尾向父王讲了一遍。父王说："儿啊，你还有什么事要我办吗？你如果希望把阿卜杜·卡迪尔的国家荡平，我立即行动，决不留情，踏平他的王宫，将他的财产掠夺一空，把他的王后、嫔妃统统当作俘虏带走。"

王子说："父王陛下，不能啊！因为阿卜杜·卡迪尔国王没做什么对不起我的事情。我希望与公主取得联系。请父王立即多备些贵重的礼物，派宰相将之送到国王面前，向国王为我求婚。"

"孩子，我一定满足你的要求！"

说罢，国王走去，拿出多年珍藏的国宝，放在儿子的面前，儿子看后甚为喜欢。随后，国王又喊来宰相，要他带上即去拜见阿卜杜·卡迪尔国王，代王子向公主求婚。

宰相带着贵重礼物，向着阿卜杜·卡迪尔国王的王宫走去。

自从艾兹德什尔王子骑马离去之后，阿卜杜·卡迪尔国王愁容满面，忐忑不安，如坐针毡，生怕赛伊夫·沙赫国王动兵，踏平他的国土，抢走他的财产。

就在阿卜杜·卡迪尔国王愁眉苦脸、一筹莫展之时，赛伊夫·沙赫国王的宰相突然来了。

阿卜杜·卡迪尔国王见宰相进殿，立即站起身来，恭恭敬敬地迎接这位使臣。

宰相见国王站起来，急忙走上前去，跪了下去，亲吻国王的双脚，问过安，同时说："尊敬的国王陛下，请宽谅！我是低贱的老奴，像你这样的伟大国王怎好起立对我表示欢迎啊！国王陛下，艾兹德什尔王子到了他父王那里，谈了许多情况，特别提到陛下对他的善待；为此，国王对您深表谢意，国王要臣带来礼物一份，并向您致意问安,还请国王陛下笑纳。"

阿卜杜·卡迪尔听使臣这样一说,简直不敢相信自己的耳朵。因为他正处于极度恐慌之中,焉敢盼有礼物相赠呢?

国王走上前去,仔细观看礼物,发现那都是无价之宝,任何国王都难得拥有此物,禁不住自感低微,于是连声感赞安拉,并向艾兹德什尔王子表示谢意。

宰相说:"尊敬的国王陛下,请听老奴说。正如陛下所知,赛伊夫·沙赫国王此次带兵来贵国京城,意在结交亲善,故特派老奴代他儿子艾兹德什尔王子向陛下的哈雅蒂公主求婚,期盼您的金枝玉叶与王子结为美满姻缘,如果陛下有意,就请陛下与老奴面商婚姻大事。"

阿卜杜·卡迪尔国王一听,喜在心中,乐上眉梢。立即回答说:"天作之合,天作之合呀!这是我求之不得的。至于我的女儿,我想她是非常通情达理的,她的事完全由她自己做主。"

国王说完,把目光转向大太监,吩咐道:"你去公主那里,把这些情况告诉她。"

"遵命!"

大太监走到绣房,见到哈雅蒂公主,行过礼,将阿卜杜·卡迪尔国王的旨意告诉她,并说艾兹德什尔王子已派使臣向她求婚来了。大太监最后问公主:"王子求婚,公主有什么话要说?"

公主说:"我愿意接受王子的求婚!"

讲到这里,眼见东方透出黎明的曙光,莎赫札德戛然止声。

第七百三十八夜

夜幕垂降,莎赫札德接着讲故事:

幸福的国王陛下,大太监走到绣房,见到哈雅蒂公主,行过礼,将阿卜杜·卡迪尔国王的旨意告诉她,并说艾兹德什尔王子已派使臣向她求婚来了。大太监最后问公主:"王子求婚,公主有什么话要说?"

公主说:"我愿意接受王子的求婚!"

大太监走去禀报国王,国王听说女儿同意这桩婚事,欣喜若狂,立即吩咐宫仆取来一件锦袍,赐赠给赛伊夫·沙赫国王的宰相,并给宰相一万第纳尔金币。阿卜杜·卡迪尔国王对宰相说:"使臣阁下,请把喜讯禀报赛伊夫·沙赫国王陛下,并请国王陛下允许我去拜见他。"

"一定如实转达!"

宰相告别阿卜杜·卡迪尔国王,回到赛伊夫·沙赫国王的大帐中,将结果禀报了国王。赛伊夫·沙赫国王听后,欣喜异常。

艾兹德什尔王子听说哈雅蒂公主答应了他的求婚,不禁心花怒放。

第二天,阿卜杜·卡迪尔国王骑着马,在文武百官的陪同下,来到城外,赛伊夫·沙赫国王立即率百官出帐相迎,亲切问安。

两位国王坐下,艾兹德什尔王子来到两位国王面前。

这时,阿卜杜·卡迪尔国王的随从中,有一位演说家,但见奉阿卜杜·卡迪尔国王之命,站起来,慷慨陈词,口齿伶俐,言辞动人,热烈预祝艾兹德什尔王子与哈雅蒂公主结为美满伉俪。

演说家坐下之后,赛伊夫·沙赫国王吩咐侍从取来一口箱子,打开箱盖,里面满装珍宝;随后取来另一口箱子,箱子里装着五万金币。打开箱子,赛伊夫·沙赫国王对阿卜杜·卡迪尔国王说:"国王陛下,孩子的事,由我全权代办,请收下这份聘礼!"

阿卜杜·卡迪尔国王接过珍宝和五万第纳尔金币,表示为哈雅蒂公主收下了聘礼,随即请来法官和证人,让他们为哈雅蒂公主和艾兹德什尔王子写就了婚书。

那是值得纪念的日子,亲爱者为之兴高采烈,嫉妒者愤怒难耐。京城大小街巷张灯结彩,宫内宫外焕然一新,为艾兹德什尔王子和哈雅蒂公主举行盛大结婚庆典,仪式隆重,场面宏大,热闹非常,整个京城沉浸在盛大节日气氛之中。

婚礼毕,新娘新郎入洞房。

洞房花烛之夜,对于一对新人来说,自然是最美妙的时刻。艾兹德什尔王子发现哈雅蒂公主是一枚没有穿孔的玮珠,又是一匹未曾鞴鞍的牝马,真是风姿绰约,楚楚动人。

快乐的日子总是不知不觉飞逝而过,转眼间到了分别的日子。

赛伊夫·沙赫国王对儿子说:"孩子,我们就要回国了。起程之前,你还有什么事情要办吗?"

艾兹德什尔王子说:"有的。"

"什么事呀?"

"父王大人,我要找残害我们的那个宰相和那个造谣生事的宦官报仇!"

赛伊夫·沙赫国王立即派人去见阿卜杜·卡迪尔国王,请他交出那个宰相和那个宦官。

阿卜杜·卡迪尔国王得知其中秘密，立即派人把那个宰相和宦官抓起来，押解到赛伊夫·沙赫国王面前。问明情况之后，阿卜杜·卡迪尔国王下令将宰相、宦官绞死，尸悬城门示众。

喜事办完，仇恨已报，赛伊夫·沙赫国王及其大军又小住了一些时候，便要携王子回国，向阿卜杜·卡迪尔国王告辞了。

阿卜杜·卡迪尔国王欣然同意哈雅蒂公主随其丈夫一同返归故里。

经过一番准备之后，阿卜杜·卡迪尔国王为女儿特制了一辆镶金嵌银、披珠挂宝的豪华轿车，由四十匹马拉着，踏上了归程。公主带着自己的婢女、男仆，并且召回了那位姥姥，让她和自己同赴设拉子。

赛伊夫·沙赫国王和艾兹德什尔王子飞身上马，阿卜杜·卡迪尔国王纵身跃上马背，亲率文武百官及众多百姓送别女婿和公主。

那是最美好的日子。大队人马离开京城，威武雄壮，浩浩荡荡。

阿卜杜·卡迪尔国王与百官骑马送了一程又一程，不知不觉离京城很远了。

千里相送，总有一别，赛伊夫·沙赫国王一再请阿卜杜·卡迪尔国王留步回返，阿卜杜·卡迪尔国王这才下马，上前与赛伊夫·沙赫国王热烈拥抱，亲吻赛伊夫·沙赫国王的眉心，感谢他的种种善举，并把女儿托付给他，表示告别。

阿卜杜·卡迪尔国王又走去与艾兹德什尔王子和哈雅蒂公主拥抱吻别，女儿频频亲吻父王的双手，父女依依惜别，泪水潸潸流淌。

阿卜杜·卡迪尔国王回返京城，王子与公主双双随赛伊夫·沙赫国王返回故乡大地。

回到设拉子,赛伊夫·沙赫国王再次为王子和公主举行隆重婚礼,热闹了整整四十天。

自此,艾兹德什尔王子与哈雅蒂公主过着幸福、美满、甘甜与平静的生活,直至天年竭尽。

这就是故事的结尾。

妹妹杜娅札德说:"这王子与公主相爱,终成眷属的故事真精彩,真绝妙!"

莎赫札德说:"如蒙国王陛下厚恩,能再留我一夜,我将讲一个关于国王与公主相见相恋、终成眷属的故事,那将比刚讲过的这个故事精彩得多。"

舍赫亚尔国王说:"天色尚早,你接着讲这个故事吧!"

"遵命!"

莎赫札德开始讲《白德尔国王与朱海莱公主》的故事:

相传,很久很久以前,在波斯大地的呼罗珊,有一位国王,名叫舍赫尔曼。

舍赫尔曼国王有一百位嫔妃。虽然如此,却没有一位嫔妃为国王生过一男半女。国王想到自己年事已高,膝下无子,无人继承王位,心中不免感到忧伤,不禁愁云满面。

一天,舍赫尔曼国王正端坐在宝座上,忽有一名宫仆进来,禀报道:"大王陛下,宫外有一商人,领着一位姑娘,貌美无与伦比。"

国王听后,吩咐道:"把商人和姑娘带进宫来!"

"遵命!"

片刻后,宫仆把商人和姑娘带到了国王面前。

舍赫尔曼国王仔细端详那位姑娘，只见那姑娘身材苗条，天生丽质，风姿绰约，亭亭玉立，确实明艳动人，举世无双。姑娘身披金丝绣花斗篷，蒙着缀有珍珠的银丝面纱。国王走上前去，撩开姑娘的面纱，但见姑娘容光闪烁，将王宫照得通亮；姑娘梳着七根辫子，直垂脚踝；秀目含娇，腰肢纤细，臀部丰隆，足以祛患者之疾，熄含恨者的心中怒火。正像诗人所描绘的那样：

> 美女多妖艳，柔条纷冉冉。
> 挽袖见素手，皓腕闪金环。
> 丰臀托细腰，绝美世罕见。
> 罗衣轻飘起，裙尾随风还。
> 容华耀朝日，谁不慕令颜！

舍赫尔曼国王见姑娘花容玉貌，身材高挑，明眸皓齿，秀目含娇，心中惊喜不已，问商人："喂，老人家，这姑娘卖多少钱？"

商人说："国王陛下，我是花两千第纳尔金币从一个商人手里买来的。三年来，我带着姑娘走遍各地，终于来到了这个地方。光在她的身上，我花了足足三千第纳尔金币。如果国王喜欢，我就把她奉献给国王陛下吧！"

舍赫尔曼国王听后，心中快慰不已，立即赐赠商人锦袍一袭，又奉送了一万第纳尔。

商人接过锦袍和钱，吻了吻国王的双手，感谢国王的圣恩豪泽，然后转身离去了。

国王把姑娘交给梳妆婆，并叮嘱她们："你们要好好给姑娘梳洗、打扮一下，给她安排一处宫殿，让她进房安歇。"

随后，国王又令侍卫送去姑娘所需要的一切，侍卫们从命，立即把姑娘所需之物送到房中。

舍赫尔曼国王的王国位于大海边上,王国的都城名叫"白伊达城"。

梳妆婆为姑娘安排的宫殿,窗子面对着大海……

讲到这里,眼见东方透出黎明的曙光,莎赫札德戛然止声。

第七百三十九夜

夜幕垂降,莎赫札德接着讲故事:

幸福的国王陛下,舍赫尔曼国王听后,心中快慰不已,立即赐赠商人锦袍一袭,又奉送了一万第纳尔。

商人接过锦袍和钱,吻了吻国王的双手,感谢国王的圣恩豪泽,然后转身离去了。

国王把姑娘交给梳妆婆,并叮嘱她们:"你们好好给姑娘梳洗、打扮一下,给她安排一处宫殿,让她进房安歇!"

随后,国王又令侍卫送去姑娘所需要的一切,侍卫们从命,立即把姑娘所需之物送到房中。

舍赫尔曼国王的王国位于大海边上,王国的都城名叫"白伊达城"。

梳妆婆为姑娘安排的宫殿,窗子面对着大海。

过了不大一会儿,国王便来到姑娘的房中。

国王进了房门,姑娘并没有站起来迎接,而是纹丝不动,仿佛根本没有看见有人进来。见此情景,国王心想:"唉!好像她来自于一个未曾受过文明礼貌教育的部落。"

国王定睛望去,只见姑娘体态婀娜,面似皓月,真是玉貌花容,如艳阳悬挂中天。姑娘的美貌绝伦,令国王惊叹,不由得打内心里赞美伟大安拉的超凡造物之工。

国王走上前去,坐在姑娘身旁,抱住姑娘,让她坐在自己的大腿上,然后亲吻、吮吸她的涎水,只觉得甜似蜂房里的蜜。

随后,国王吩咐宫女摆上筵席,饭菜品种齐全,色香味俱佳。国王陪姑娘吃饱喝足,姑娘却一句话没说。国王问姑娘叫什么名字,姑娘一言不发,只是低头望着地面;因为国王总是留心欣赏姑娘的姿容,虽百问不得回答,国王却一点儿也不生气。国王心想:"赞美安拉创造了这么一位绝代佳丽,多么漂亮啊,只是她一言不发!一切完美都属于伟大的安拉!"

国王问宫女们:"你们听姑娘说过话吗?"

宫女们说:"自从她来到这里,一句话都没有说,也没有使唤过任何人……"

国王得知姑娘进宫后没有说一句话,即吩咐宫中歌舞伎们来为姑娘唱歌跳舞,和她一起玩儿,但期姑娘能开口说话。

宫女和歌舞伎们在姑娘面前尽献绝技,乐声伴着歌舞,悠扬动人,使得在场的人们都高兴得手舞足蹈,唯独那位姑娘仍然望着她们一声不吭,面无笑容。

见此情景,国王心中惆怅,将歌舞伎打发走,独自与姑娘待在一起。国王脱下自己的衣服,然后又脱下姑娘的衣裙,发现姑娘的胴体如同银锭,冰清玉洁,不禁深深爱在心中,欲火难平。国王情不自禁,与姑娘相抱亲热,发现她是一颗不曾打孔的玮珠,心中欢喜不禁。国王心想:"真是奇妙至极呀!这女子如此娇美秀丽,妩

A. B. 霍顿 绘

媚迷人，那个商人怎么未触动过她呢？"

自此之后，国王疏远了其余嫔妃，全身心地投入了这位爱妃的怀抱，白日与这位新爱妃对坐畅饮，夜来共枕同席，颠鸾倒凤，莺娇燕喘，乐不可言，不知不觉一年时间逝去，仿佛仅仅过了一天似的，但姑娘仍然不说一句话。虽然如此，国王对新爱妃的爱却有增无减。

有一天，国王对这位爱妃说："亲爱的，我太爱你了！为了你，我疏远了所有的妻妾、嫔妃，把你变成了我唯一的爱妃，和你一起生活了整整一年时间。我求伟大安拉软化你的心，让你开口与我对话。假若你是哑巴，你就用手语和我交谈。我期望你给我生个儿子，日后好让他继承我的王位。因为我的年事已高，没有人继承我的帝业。看在安拉的面儿上，你若能满足我的愿望，就请有所表示吧！"

爱妃听国王这样一说，低下头去，沉思片刻，然后抬起头来，对国王微微一笑，国王顿觉房间里一片光明，如同电闪。

爱妃说："伟大的国王，威武的雄狮，安拉已经答应了你的要求，我腹中怀有你的胎儿，分娩的时候就要到了。不过，我不知道这腹中的胎儿是男是女；假若我没怀着你的孩子，我是绝不会和你说半句话的。"

国王听到爱妃终于开口说话，喜不自禁，忙亲吻妃子的头和双手，然后说："赞美伟大安拉实现了我的两个愿望，其一，听到你开口说了话；其二，你已怀上了我的孩子。"

随后，国王离开爱妃，高高兴兴地端坐在宝座上，命令宰相拿出十万第纳尔金币，救济贫苦、孤寡和可怜人，以示对安拉的真挚感赞之情。宰相立即行动，完全照办。

片刻后，国王回到爱妃房间，坐在她的身边，将她抱在怀里，问道:"亲爱的,我与你日夜相伴,整整过了一年时间,你为什么一直不说话,直到今天才开口说话呢?"

爱妃说:"国王陛下,你有所不知,我是一个可怜的异乡人,因为远离家人而忧心忡忡,闷闷不乐。"

国王听爱妃这样一说,明白了爱妃的心思,忙说:"你说自己是个可怜人,这就太不适当了。我有足够的钱财供你享乐、花用,何必说你是个可怜的异乡人呢?你要知道,连我都成了你的奴隶。至于说你远离了家人,则请你告诉我,他们现在在哪里;只要说出他们的住处,我立即派人把他们接来就是了。"

"国王陛下,我的名字叫基娜梓·白哈里。家父是位海王,过世后,留给我们大笔钱财。我们依靠父亲的家产生活,不期一位海上之王冲进我们的家园,抢走了我们的家产。我有个哥哥,名叫萨里哈。我的母亲是大海的女儿。我与哥哥发生了口角,决计嫁给陆上男子,于是离开了家,离开了大海,在一座海岛边上坐了下来。我登上海岛不久,一个男子来到我面前,将我带往他的家中。那男子百般调戏我,我一气之下,抄起木棒朝他的头上打去,险些送他一死。之后,他把我带出来,将我卖给了一个商人,就是那天送我到王宫的那个商人。那个商人信仰坚定,慷慨宽厚。若不是陛下如此宠爱我,把我置于所有嫔妃之上,我是不会在你这里待上一个时辰的,恐怕我早从这窗子纵身跳入大海,回去见我的母亲和家人了。如今,我已怀上了陛下的孩子,我不好意思回去见他们。假若我回去告诉他们,说一位国王花钱将我买去,把我视作他当世的一份享乐,把我看得比他的嫔妃们都重要,他们定会认为我变坏了,绝不会再相信我的。国王陛下,这就是我的身世。"

讲到这里,眼见东方透出黎明的曙光,莎赫札德戛然止声。

第七百四十夜

夜幕垂降，莎赫札德接着讲故事：

幸福的国王陛下，舍赫尔曼国王问起姑娘的身世，姑娘说自己名叫基娜梓·白哈里，是海王的女儿，然后把自己的身世从头到尾向国王讲了一遍。

舍赫尔曼国王听完基娜梓·白哈里这番话，连声感谢她，频频亲吻她的眉心，并对她说："亲爱的基娜梓·白哈里，我已离不开你，哪怕是一个时辰；一旦离开你，我会立即死去。既然如此，怎么办呢？"

基娜梓·白哈里说："国王陛下，我就要分娩了，一定要把我的家人接来，好让他们照顾我。因为陆地上的女子是不知道海中女子是如何生儿育女的，而海中的女子也不晓得陆地的女子如何分娩。我的家人来了，他们就能帮我的忙。"

"他们怎样在海上行走，不会把衣服打湿吗？"

"我们在海上行走，就像你们在陆地上行走一样，都是凭借苏莱曼·本·达伍德大帝戒指上那些圣名的威力。我的母亲和哥哥到来之后，我要告诉他们，陛下是用钱把我买下来，给我做了许多好事，待我十分宽厚。你应该让他们相信我的话，让他们亲眼看看我在这里的生活状况，知道你是帝王之后。"

"爱妃，你就完全按照自己的想法去办吧！我完全听从你的安排。"

"国王陛下,我们在海里行走时,总是睁着眼睛,不仅能看到海里的一切,也能看见太阳、月亮、星辰和天空。那里的一切都像地面上一样,海水对我们没有任何影响。不过,海中世界里的东西要比陆地上的多得多,形态各异,五彩缤纷;与海中的东西相比,陆地上的东西太少了。"

国王听后,惊异不已。

基娜梓·白哈里从口袋里取出两块儿沉香,点着火炉,取一点儿沉香,投入火炉中稍许,然后打了一声口哨,念了几句谁也听不懂的咒语,但见香烟袅袅升腾,顿时弥漫房间。

国王站在旁边,仔细留心看着爱妃的一举一动,迷惑不解。

基娜梓·白哈里说:"国王陛下,请站起来,到小房间去,我让你看看我的母亲、哥哥和其他家人,而他们却看不见你。我想把他们全接来,让你在这个非同寻常的时间里,站在这个地方看看他们。我想,你一定会因伟大安拉创造的各种形式的奇妙形象而感到万分惊异。"

国王听后,立即站了起来,向小房间走去,观看基娜梓·白哈里如何行事。

基娜梓·白哈里边焚香边念咒语,顷刻之间,只见大海波涛汹涌,一个青年从海中走了出来。但见那青年容颜俊秀,风度翩翩,面颊红润,前额光灿,就像一轮圆月;在国王看来,那小伙子又像珍珠、宝石,和他的爱妃基娜梓·白哈里的面目相仿。见此情景,国王情不自禁,随口吟诵道:

　　　　天上有明月,每月一次圆。
　　　　你的美面容,每日一次满。
　　　　降临一高塔,家家沐光环。

A. B. 霍顿 绘

接着,从海中走出一位老太太,身边站着五个姑娘,个个花容玉貌,人人妩媚娇艳。都像基娜梓·白哈里那样俊俏秀丽。

国王看见那个青年和老太太以及姑娘们轻盈漫步海面,向着宫殿的窗子走来。当他们接近窗子时,基娜梓·白哈里望着他们,站起身来,高高兴兴地迎接他们。

他们看见基娜梓·白哈里,一眼便认了出来,快步来到她的身边,和她热烈拥抱,不禁喜泪纵横。

那个青年说:"喂,基娜梓·白哈里,你离开我们四年了,我们不知道你到了什么地方,这是怎么回事呀?凭安拉起誓,你走之后,我们觉得天地狭窄,心神不安,夜不成寐,食不甘味;因为过分思念你,我们夜里哭泣,白日落泪。"

基娜梓·白哈里亲吻那个青年的手,那个青年就是她的哥哥萨里哈。接着,基娜梓·白哈里亲吻母亲的手,继之吻那些姑娘。

他们坐下来,询问基娜梓·白哈里的情况。基娜梓·白哈里对他们说:"我离开家,走出大海,刚在一个海岛边上坐下来,便被一个人带走了,然后把我卖给一个商人。后来,那个商人把我带到这座城市,以一万第纳尔金币将我卖给本城的国王。国王纳我为妃,为了我从此疏远了所有后妾嫔妃,而且因此抛弃了一切国家政事。"

萨里哈听妹妹这样一讲,高兴地说:"赞美伟大的安拉,我们终于见到你了,让我们团聚了,不过,妹妹,我希望你跟我们一起走,回我们的国家和亲人身边去。"

国王在小房间里听到了这一句话,不禁神魂不安,担心基娜梓·白哈里听她哥哥的话,而他又不能阻拦她走,虽然他是那样狂爱着她。国王恐怕爱妃离去,一时不知如何是好。

A.B.霍顿 绘

基娜梓·白哈里听完哥哥的话,说道:"哥哥,凭安拉起誓,你有所不知,买下我的那位国王是位伟大的君王,也是位慷慨、理智之人。国王豪爽大度,家财万贯,膝下却无一男半女。他待我恩重如山。自从我来到这里,国王为我做了不知多少好事,却不曾说一句让我不高兴的话。国王不论做什么事,都先同我商量。我与国王生活在一起,幸福安乐。假若我离开他,他会活不下去的;他一时一刻也离不开我;倘若我离开了他,我也会因过分思念他而丧命的。国王爱我,我也爱国王。即使我们的父王活在世上,我在父亲心目中也比不上在这位国王心目中的地位。这位国王是一位伟大的君王,实力雄厚,宽容无比。你们看哪,我已怀上了国王的孩子。赞美安拉,使一个海王的女儿成了一位陆王的妻子。我求安拉赐予国王一个男孩儿,以便日后继承王位。"

讲到这里,眼见东方透出黎明的曙光,莎赫札德戛然止声。

❖— 第七百四十一夜 —❖

夜幕垂降,莎赫札德接着讲故事:

幸福的国王陛下,基娜梓·白哈里对哥哥萨里哈说:"哥哥,凭安拉起誓,你有所不知,买下我的那位国王是位伟大的君王,也是位慷慨、理智之人。国王豪爽大度,家财万贯,膝下却无一男半女。他待我恩重如山。自从我来到这里,国王为我做了不知多少好事,却不曾说一句让我不高兴的话。国王不论做什么事,都先同我商量。我与国王生活在一起,幸福安乐。假若我离开他,他会活不下去的;他一时一刻也离不开我;倘若我离开了他,我也会因过分思念他而丧命的。国王爱我,我也爱国王。即使我们的父王活在世上,我在父亲心目中也比不上在这位国王心目中的地位。这位国王是一位伟大的君王,实力雄厚,宽容无比。你们看哪,我已怀上了国王的孩子。赞美安拉,使一个海王的女儿成了一位陆王的妻子。我求安拉赐予国王一个男孩儿,以便日后继承王位。"

哥哥萨里哈及姑娘们听后,心中十分高兴,异口同声说:"喂,基娜梓·白哈里,你应该知道你在我们心中的地位,也应该知道我们是多么喜欢你。你要知道,你是我们最亲的人;你应该相信,我们一心为了你好,希望你愉快,不遇到任何麻烦。你如果在这里不开心,那就跟我们一道回国,回到我们的亲人身边去;你若在这里感到幸福,这正是我们的希望和期盼。总而言之,我们希望你快快乐乐。"

基娜梓·白哈里说:"凭安拉起誓,我在这里感到非常幸福、愉快安详、如意。"

国王听爱妃这样一说,欣喜不已,放下心来,连声感谢基娜梓·白哈里,更加打心底里爱她。国王知道她就像自己爱她那样爱自己,爱妃希望留在自己的身边,直到生下孩子。

片刻过后,基娜梓·白哈里吩咐宫女们准备筵席,她也亲自下厨烹调。

一切准备妥当,宫女们端来饭菜、甜食和水果,基娜梓·白哈里招呼大家坐下用餐。人们都坐了下来,对基娜梓·白哈里说:"喂,基娜梓·白哈里,你的夫君是陆上人,我们未经他的允许,他也不认识我们,我们便来到了他的宫殿里,请代我们感谢他的恩德。你现在给我们端来饭菜,我们要吃人家的东西,连主人的面都没见到,竟吃喝起人家的饭菜,这怎么能行呢?"

他们都不肯吃喝,而且人人面浮怒色,个个默默无语,对基娜梓·白哈里的举动颇为不满。

藏在小房间的舍赫尔曼国王看到这种情景,心生惧意,担心出现僵局。

基娜梓·白哈里站起来,好言安慰他们。

片刻后,基娜梓·白哈里走进小房间,对国王说:"国王陛下,你看到、听到我在家人面前对你的赞扬、感谢了吗?他们不再要我回去,你听见了吗?"

舍赫尔曼国王说:"我全听到,也全看见了。愿安拉报偿你的美德。爱妃,凭安拉起誓,我现在才知道了你是多么的爱我!我再也不怀疑你的忠贞爱情。"

"国王陛下,人常言'善有善报',你对我那样好,那样善待我,恩深似海,情重如山,为我做了数不清的好事,对我照顾得无微不至,我怎忍心离开你呢?你待我实在太好了;请你出来见见我的亲人,也让他们看看你。你向他们问个安好吧!国王陛下,我的母亲、哥哥和堂妹们都非常喜欢你。他们感谢你,如果见不到你,他们既不吃,也不喝,更不离开这里。他们一心想见你一面,向你问个安好,与你亲近、认识一下。"

舍赫尔曼国王说:"好吧!这正是我的想法。"

说罢,国王站起来,走出小房间,向基娜梓·白哈里的亲人们问安致意。他们急忙站起来,迎上前去,亲切交谈,他们一起坐下就餐。

国王与他们一起度过了三十天的美好时光。

他们想回国了。他们征得国王和王妃基娜梓·白哈里的同意,感谢国王的热情款待,然后告别国王和基娜梓·白哈里,起程回国了。

时隔不久,基娜梓·白哈里妊娠期满,分娩的日子到了。生下一个男婴,容貌俊美,宛如天上圆月。

国王舍赫尔曼暮年添子,填补了大半生无子无女的空白,喜在心中,乐在眉梢。国王下令张灯结彩,装点城郭,大庆七天,人们都沉浸在欢乐的海洋里。

第七天,王妃的母亲及哥哥、堂妹们得知基娜梓·白哈里生下一个男婴,立即赶来贺喜。

讲到这里,眼见东方透出黎明的曙光,莎赫札德戛然止声。

第七百四十二夜

夜幕垂降,莎赫札德接着讲故事:

幸福的国王陛下,基娜梓·白哈里妊娠期满,分娩的日子到了。生下一个男婴,容貌俊美,宛如天上圆月。

国王舍赫尔曼暮年添子,填补了大半生无子无女的空白,喜在心中,乐在眉梢。国王下令张灯结彩,装点城郭,大庆七天,人们都沉浸在欢乐的海洋里。

第七天,王妃的母亲及哥哥、堂妹们得知基娜梓·白哈里生下一个男婴,立即赶来贺喜。

国王热情欢迎他们的到来,对他们说:"我说过,一定要等你们来后,再给我的儿子起名字。你们就用自己的学识给王子起个名吧!"

他们说:"就让王子叫白德尔·巴西姆吧!"

在场的人都说这个名字吉祥如意。

他们把白德尔·巴西姆王子抱给舅舅萨里哈看,萨里哈接过王子,双手抱在怀里,站起身来,在宫中行走了几步,然后抱着王子走出宫,步入咸海,旋即影子消失在国王的视野里。

眼见萨里哈抱着王子消失在大海里,国王失望极了,禁不住号啕大哭起来。

基娜梓·白哈里忙劝道:"国王陛下,你不必担心害怕,不要

A.B.霍顿 绘

为王子而痛苦悲伤。你要知道,母亲疼爱儿子胜过父亲。王子和他舅舅在一起,你大可不必担心他会淹着。他舅舅马上就会带着你的儿子平安转回的。"

未过一个时辰,只见大海波涛翻滚,白浪滔天。顷刻之间,萨里哈抱着小王子出现在海面,旋即从大海飞回到王宫,但见王子还熟睡在萨里哈的怀里,一声不响,面如圆月,平平安安。

萨里哈望着舍赫尔曼国王,说:"国王陛下,我抱着王子踏海,恐怕你为王子的安全担忧了吧?"

"是的。我真为我的儿子担心,怕他遇上什么不测,万万没有想到他能平安回来。"国王说。

"国王陛下,我去给王子点了一种我们所熟悉的眼药,并向他诵读了苏莱曼·本·达伍德大帝神戒上的圣名。在我们的海国里，每有新的生命降生，我们便照此行事。国王完全不必担心他会淹着、呛水或遇到别的什么危险，因为我们在海中行走，就像你们在陆地上行走一样。"

说罢，萨里哈从口袋里掏出一个加封印的包裹。他打开封印，从中取出各种宝石，有三百颗祖母绿，另有三百颗宝石，其中大小如鸵鸟蛋，闪闪放光，耀眼锃亮，胜过太阳和月亮的光芒。

萨里哈指着宝石，对国王说："国王陛下，这些宝石是我送给你的礼物。上次来时，我们没带礼物，因为我们不知道基娜梓·白哈里所在的地方，就连她的一点儿消息都不知道。你既已与基娜梓·白哈里结为伉俪，成了一家人，我便特别给你带了这些礼物。过几天，我们将再次给你送来同样的礼物。在我们那里，这样的宝石多如陆地上的石子儿；对于我们来说，采集宝石是最容易的。"

国王看过那些珍奇宝石，惊异不已，高兴得一时不知如何是好。国王说："凭安拉起誓，这些宝石当中的任何一颗，都可以换取我的全部财产。"

国王感谢萨里哈的厚意。

国王望着爱妃基娜梓·白哈里，对她说："爱妃，你哥哥送给我这么多宝物，陆地上的人难以想象，真是使我感激不尽。"

基娜梓·白哈里连声感谢哥哥慷慨馈赠。

萨里哈说："国王陛下，你对我们有恩情在先，我们感谢你是应该的。你对我妹妹那样好，我们来到你的宫殿里，热情招待我们，应该感谢你的大恩大德。正如诗人所云：

    我落钟情泪，在她哭之先。
    幸运愈心疾，时在后悔前。

她哭我方泣，功德在前贤。

"国王陛下，我就是为陛下效力一千年，也无法偿还你给我们的恩情。"

国王听后，连声向萨里哈道谢。

萨里哈及其母亲、堂妹们在国王宫中住了四十天。

第四十一天早晨，萨里哈走去拜见国王，行过吻地礼，国王问："萨里哈，有什么事吗？"

萨里哈说："国王陛下，我们已经住了四十天，得到国王无微不至的关怀和照顾，使我终生难忘。我们离家已久，思念家乡和亲人，恳请陛下准许我们告辞回国，我们不能再服侍陛下和我的妹妹以及外甥了。凭安拉起誓，我们实在不想离开你们。可是，我们久居海中，不大习惯陆地上的生活，只得请求国王允许我们告辞。"

国王听后，站起身来，同萨里哈及其母亲、堂妹们告别，一时之间，他们都流下了依依惜别的眼泪。萨里哈说："国王陛下，我们很快会再来看你的。我们不会分别太久。"

说罢，他们腾空而起，飞向大海，消失在视野之中。

讲到这里，眼见东方透出黎明的曙光，莎赫札德戛然止声。

第七百四十三夜

夜幕垂降，莎赫札德接着讲故事：

幸福的国王陛下,基娜梓·白哈里的母亲、亲人们想回国了,她的哥哥萨里哈对舍赫尔曼国王说:"国王陛下,我们已经住了四十天,得到国王无微不至的关怀和照顾,使我终生难忘。我们离家已久,思念家乡和亲人,恳请陛下准许我们告辞回国,我们不能再服侍陛下和我的妹妹以及外甥了。凭安拉起誓,我们实在不想离开你们。可是,我们久居海中,不大习惯陆地上的生活,只得请求国王允许我们告辞。"

国王听后,站起身来,同萨里哈及其母亲、堂妹们告别,一时之间,他们都流下了依依惜别的眼泪。萨里哈说:"国王陛下,我们很快会再来看你的。我们不会分别太久。"

说罢,他们腾空而起,飞向大海,消失在视野之中。

舍赫尔曼国王对爱妃基娜梓·白哈里百般宠爱、敬重。王子白德尔·巴西姆发育良好,健康成长。

小王子的舅舅、姥姥和姨娘们每隔一段时间,就要来国王的宫中小住一个月或两个月,然后回返海上王国。

白德尔·巴西姆王子一天天长大,容貌也一天比一天漂亮,当他长到十五岁时,只见他身材匀称,体格健壮,聪明伶俐,活泼开朗,成了能文能武的英姿勃发的青年。他通晓语法、修辞、历史,还学会了骑马、射箭等皇家必备的武艺才能。京城的男女老少无不称赞王子貌美出众、武艺超群。正如诗人所描述的那样:

> 浓密乌鬓挂珍珠,苹果书黛成双行。
> 明眸藏剑存锐气,醉在面颊酒失常。

国王非常疼爱儿子,视若掌上明珠。一天,国王把宰相、文武百官和国家重臣叫到面前,宣布立白德尔·巴西姆为王储,并要他们宣誓，日后拥戴白德尔·巴西姆为王。于是文武百官立即宣誓效忠，并为此感到由衷欢喜。

舍赫尔曼国王是位开明豁达的君主，言谈和善，广济博施，厚待臣民。

第二天，舍赫尔曼国王带领满朝文武大臣在城中巡游，然后回返宫中。当他们走近王宫时，国王下马步行，上前服侍王储白德尔·巴西姆。国王和文武大臣们抱着鞍褥子从王子白德尔·巴西姆面前走过，一直走到王宫廊下。王子离开马背，国王上前拥抱儿子。之后，国家重臣和文武大臣们把白德尔·巴西姆扶上国王的宝座，正式拥王子为国王。

白德尔·巴西姆国王端坐宝椅，开始发号施令，立即宣布清除贪官污吏，任命贤明人士为官……一直忙碌到中午，方才宣布退朝。

白德尔·巴西姆国王离开宝座，去拜见母亲基娜梓·白哈里。白德尔·巴西姆头戴王冠，英姿勃勃，风度翩翩，潇洒利落。

母亲见儿子头戴王冠走来，立即站起身来迎上去，亲切亲吻儿子，祝贺他登上王位，并为他及他的父亲祝福祈祷，愿他战胜敌人，功业长存。

白德尔·巴西姆国王在母亲那里休息到晡时，然后骑上马，随百官前往校场习武。他与父亲及百官在校场习武到傍晚，方才随众官员返回王宫。

自此之后，白德尔国王每日必去校场习武，返回王宫，则处理朝政，发号施令，惩治贪官，为民解忧。就这样，不知不觉一年过去了。

此后，白德尔·巴西姆国王有时骑马外出打猎，有时带官员各地巡视；他像所有贤明君主那样，所到之处，总给臣民带去平安和吉祥。白德尔·巴西姆国王成了当时至尊、至勇、至公的贤明君王。

有一天，白德尔国王的父亲舍赫尔曼病倒了。老国王自感一病难起，即将迁入永恒世界，不免心中难过。老国王病情日渐加重，眼看临终，便把儿子白德尔·巴西姆国王叫到床前，叮嘱他要善待民众，要他孝敬母亲，并要百官再次宣誓，保证全力辅佐、完全效忠于白德尔·巴西姆国王，百官当场立誓，保证执行老国王的训示。

几天之后，老国王舍赫尔曼与世长辞，一命归真。白德尔·巴西姆国王、太后基娜梓·白哈里和文武官员、国家重臣都为老国王的仙逝感到万分悲痛。他们为老国王修建了陵墓，将老国王安葬之后，守丧志哀整整一个月。

萨里哈·白哈里及其母亲、堂妹们前来吊唁。他们对基娜梓·白哈里说："老国王不在了，留下一位超群出众的后生；既有后代留下，虽死犹生。白德尔是一位无比勇敢的雄狮，又是一轮灿烂无双的明月。"

讲到这里，眼见东方透出黎明的曙光，莎赫札德戛然止声。

❖— 第七百四十四夜 —❖

夜幕垂降，莎赫札德接着讲故事：

幸福的国王陛下，几天之后，老国王舍赫尔曼与世长辞，一命归真。白德尔·巴西姆国王、太后基娜梓·白哈里和文武官员、国家重臣都为老国王的仙逝感到万分悲痛。他们为老国王修建了陵墓,将老国王安葬之后,守丧志哀整整一个月。

萨里哈及其母亲、堂妹们前来吊唁。他们对基娜梓·白哈里说:"老国王不在了,留下一位超群出众的后生;既有后代留下,虽死犹生。白德尔是一位无比勇敢的雄狮,又是一轮灿烂无双的明月。"

国家重臣前来拜见白德尔·巴西姆国王。他们说:"国王陛下,先王已经安息,理当节哀,且勿过分难过;悲泣落泪是女子的禀性,男子汉大丈夫有泪不轻弹。先王仙逝,留下像你这样出类拔萃的后代,如同先王在世,虽死犹生。"

他们一再劝慰白德尔·巴西姆国王,然后送他去洗澡。

白德尔·巴西姆国王洗完澡,换上缀着珍珠、宝石的金丝绣花王服,头戴华丽王冠,端坐国王宝座,开会处理朝政,发号施令,惩治贪官污吏,扶助贫苦百姓,制止为富不仁,还公正于贫民。就这样不知不觉一年过去,白德尔·巴西姆国王颇得百姓拥戴,国家安定昌盛。

每过一段时间,海国的亲戚就来看望他一趟。白德尔·巴西姆国王过着平静、安宁的生活,不知不觉又过了很长时间。

一天夜里,白德尔·巴西姆国王的舅舅萨里哈·白哈里来见妹妹基娜梓。

基娜梓·白哈里见哥哥走来,立即站起身,走去拥抱哥哥,然后让哥哥坐在自己的身旁。她说:"哥哥,你好吗?母亲好吗?堂妹们都好吗?"

萨里哈·白哈里说:"他们都好!他们只是很想见你一面。"

基娜梓·白哈里吩咐宫女为哥哥端来饭菜,吃完饭,话题便转向了白德尔·巴西姆国王。

萨里哈·白哈里和妹妹谈到白德尔·巴西姆登上王位,称赞他容貌英俊，身材匀称，聪明伶俐，能文能武，治国有方。

当时，白德尔·巴西姆国王躺在旁边的一个房间里，佯装睡觉，实则毫无困意，母亲与舅舅之间的谈话，他听得清清楚楚。

萨里哈·白哈里对基娜梓·白哈里说："白德尔·巴西姆已经十七岁了，还没有结婚，我真担心发生什么意外，连个孩子也留不下。因此，我想让他与一位和他同样漂亮的海王的公主结为百年之好。"

基娜梓·白哈里说："那些姑娘我全认识。你说的是哪一个？"

萨里哈·白哈里一个一个地说给基娜梓·白哈里听。

基娜梓·白哈里听罢，说道："我只希望我的儿子结配一个像他这样聪明美貌、文武双全、门当户对的姑娘。"

"我已经向你说了一百位姑娘，你一个也看不上，别的姑娘我就不认识了。你去看看你的儿子，看他究竟睡着了没有？"

基娜梓·白哈里走去一看，发现儿子正在熟睡中，于是回来对哥哥说："他睡着了。哥哥，你问这个的目的何在？"

"我想起了一位海王的女儿，说不定和你的儿子正好匹配；我怕一提那个姑娘，你的儿子会立即醒来，一下就爱上那姑娘，而我们一时又无法见到那姑娘，致使他和我们以及满朝文武百官空欢喜一场，白白忙碌一番。不是有这样两句诗吗……"

萨里哈·白哈里吟诵道：

恋情初始甜如蜜，一旦跻身苦似洋。

基娜梓·白哈里听哥哥这样一说，忙问道："你说的是哪个姑娘？她叫什么名字？我认识那些公主和姑娘。如果你看着合适，我就去找姑娘的父亲求婚；即使为此耗去我们手中的全部财产作为聘礼,我也在所不惜。你别怕,就直说吧!因为白德尔已经睡熟了,你说吧,没关系的。"

"我怕他醒着呀!诗人曾留下这样的诗句……"

萨里哈·白哈里吟诵道:

安得一听恋情生,耳常爱在眼之前。

"哥哥,你就直说吧,不要担心什么!"

"凭安拉起誓,只有赛曼德勒国王的女儿朱海莱公主与白德尔最般配。朱海莱公主聪明好学,天生丽质,身材高挑,行止妩媚,俏丽迷人,亭亭玉立,纯洁无瑕;不论在海里,还是在陆上,都找不到比她更俊秀、可爱的姑娘。她那红润面颊、乌亮发髻、高耸酥胸、丰隆臀部、纤细腰肢、姣好面容,足使羚羊自叹弗如,令日月失去光辉,让杨柳枝条也感到害羞。她的俏丽容颜曾令不知多少青年神魂飞扬,不知让多少小伙子食不甘味,夜不成寐。用闭月羞花、倾国倾城、国色天香之类的字眼描绘她,绝对没有什么夸张之嫌。"

"凭安拉起誓,哥哥说的全是实话。我曾多次见过那位公主,她是我的好朋友。她小时候,我就见过她;只是因为现在相距遥远,已有十八年没有见过她了。说实在的,也只有她才能配得上我们的白德尔·巴西姆。"

舅舅和母亲谈及公主的那些话,白德尔·巴西姆听得一清二楚。白德尔·巴西姆听说公主貌美出众,禁不住胸中情火炽燃,心荡神驰,但他依旧躺在那里,纹丝未动,依旧佯装熟睡。

讲到这里,眼见东方透出黎明的曙光,莎赫札德戛然止声。

A. B. 霍顿 绘

第七百四十五夜

夜幕垂降，莎赫札德接着讲故事：

幸福的国王陛下，王妃基娜梓·白哈里对哥哥萨里哈说："凭安拉起誓，哥哥说的全是实话。我曾多次见过那位公主，她是我的好朋友。她小时候，我就见过她；只是因为现在相距遥远，已有十八年没有见过她了。说实在的，也只有她才能配得上我们的白德尔·巴西姆。"

躺在里屋的白德尔·巴西姆听了舅舅和母亲谈及一位容貌俊俏的公主，便打心底里爱上了那位公主，禁不住胸中情火炽燃，完全沉浸在了一个无边无底的爱海之中，虽然如此，白德尔·巴西姆依旧佯装熟睡，纹丝未动。

萨里哈望着基娜梓·白哈里，说："妹妹，凭安拉起誓，在海王当中，没有比朱海莱公主的父亲更呆板、固执的了，但也没有比他权势更大的海王了。我们正式向这位海王求婚之前，你先不要对白德尔·巴西姆提及朱海莱公主。我们一去求婚，赛曼德勒国王若一口答应，那当然好；假若那位国王拒绝我们的要求，我们也没有什么遗憾的，另给白德尔·巴西姆选亲就是了。"

基娜梓·白哈里说："这个办法好！"

说完，兄妹各自安歇去了。

白德尔·巴西姆仅仅听舅舅和母亲谈到朱海莱公主，心中便燃起了思恋朱海莱公主的烈火，一时心怦怦直跳，深深爱上了她，久久未能平静。但他没对母亲说什么，更未向舅舅吐露自己的心事。

次日一早，白德尔·巴西姆和舅舅萨里哈一起入澡池沐浴，出了浴室一起进早餐。吃罢早餐，洗过手，萨里哈对白德尔·巴西姆说："我今天要回去了。我在这里已经住了几天，母亲和家里人还在等着我回去呢！"

白德尔·巴西姆对舅舅说："舅舅，你就在这里多住几天吧！"

萨里哈同意再多留一天。白德尔·巴西姆说："走吧，我们到花园去玩儿一玩儿吧！"

二人随即向花园走去。他俩在花园中游逛了一会儿，走到一棵树荫浓密的无花果树下时，便坐了下来，想休息一下，睡上一觉。这时，白德尔·巴西姆忽然想起舅舅描述美丽公主的那些话语，不禁热泪盈眶，凄然吟诵道：

情火心中燃,肠里火更旺。有人来问我,见面会怎样?
视作最亲人,还把杯水当?容我答一言,亲请缠心肠。

继之，白德尔·巴西姆呻吟、哭诉，又吟诵道：

世间有美羚,容颜盖朝阳。我已坠情海,谁能助一膀?
我深爱着她,每思心神荡;海王贵公主,念之情火旺。

萨里哈一听白德尔·巴西姆吟的诗，便知诗中的七分含义，一拍巴掌，说道："万物非主，唯有安拉；穆罕默德是安拉的使者。无能为力，只有依靠伟大的安拉了！"

萨里哈又说："孩子，我和你母亲关于朱海莱公主的那些谈话，你都听到啦？"

白德尔·巴西姆说:"是的,舅舅!我听你们一说,便打心底里爱上了那位公主,而且再也无法忍耐下去了。"

"走吧,我俩一起去见你母亲,把事情告诉她,请她允许我带着你去向朱海莱公主求婚。同你母亲告别一下,马上就去。若不经你母亲允许就走,她会生气的,因为这种权利是属于她的。假若我让你离开你的母亲,将你母亲一人留在这没有国王的京城中,无人料理朝政,恐怕你的王权会旁落。"

白德尔·巴西姆听完舅舅的话,说道:"舅舅,若把此事告诉母亲,她不会让我去的。我不去见母亲,更不能与她商量这件事。"

白德尔·巴西姆话未说完,便哭了起来,边哭边对舅舅说:"我和你一道去,不要告诉母亲。"

萨里哈见白德尔·巴西姆这样心急,一时不知如何是好,只得说:"只有依靠伟大的安拉了!"

萨里哈见白德尔·巴西姆不肯去见母亲,很愿意和他一道去,便从手指上摘下一枚刻着安拉美名的戒指,递给白德尔·巴西姆,并且说:"你戴上这枚戒指,就不担心溺水等海中灾难浸身了。"

白德尔·巴西姆接过戒指,戴在自己的手指上,旋即二人潜入海中。

讲到这里,眼见东方透出黎明的曙光,莎赫札德戛然止声。

第七百四十六夜

夜幕垂降,莎赫札德接着讲故事:

幸福的国王陛下，萨里哈见白德尔·巴西姆不肯去见母亲，很愿意和他一道去，便从手指上摘下一枚刻着安拉美名的戒指，递给白德尔·巴西姆，并且说："你戴上这枚戒指，就不担心溺水等海中灾难浸身了。"

白德尔·巴西姆从舅舅手中接过戒指，戴在自己的手指上，旋即二人潜入海中。

白德尔·巴西姆跟着舅舅继续前进，进入萨里哈的宫殿。当时，白德尔·巴西姆的外祖母和其亲人们正坐在宫中。二人走上前去，一一亲吻他们的手。外祖母看见白德尔·巴西姆进来，忙站起来迎接，抱住白德尔·巴西姆，亲吻他的眉心。外祖母说："孩子，你的到来，为我们带来了吉祥如意。你妈妈好吗？"

白德尔·巴西姆说："我妈妈挺好的。她向你老人家问安，还向姨妈们问好哪！"

萨里哈把与妹妹基娜梓·白哈里商量的事情及白德尔·巴西姆爱上赛曼德勒国王的女儿朱海莱公主的情况，从头到尾向母亲讲了一遍。萨里哈说："白德尔·巴西姆来就是为了向朱海莱公主的父亲求婚，并与公主结亲的。"

母亲听萨里哈这样一说，不禁勃然大怒，愁云霎时满面，心中惆怅万分。她说："孩子，你在你的妹妹面前提朱海莱公主，真是大错特错了。因为你不知道赛曼德勒是个头脑昏愚、行为霸道的君王，对他女儿的婚事把得很紧很紧。曾有多少君王向他的女儿朱海莱公主求婚，都被他拒绝了，他一点儿都看不上。他对前来求婚的人说：'你们的容貌、仪表全都配不上我的女儿！'我真担心我们也像那些人一样被赛曼德勒一口拒绝；我们是有头有脸的人，失望而归，该是多么不光彩呀！"

萨里哈听后，说："母亲，白德尔·巴西姆听了我给他母亲讲了朱海莱公主的情况，已经深深爱上了公主。事到如今，该怎么办呢？白德尔·巴西姆说，假若他不能与朱海莱公主成亲，他会丧命的。他说：'我们一定要找赛曼德勒国王向公主求婚，哪怕耗尽我的一切财产。'"

萨里哈沉默片刻，又说："母亲，我的外甥比朱海莱公主长得还漂亮，而且他的父亲本是波斯国王，本人现在已登上了王位，与朱海莱公主正相般配。我已下定决心，带着珠宝美玉等贵重礼品前去求婚。他若说自己是国王，我就说我的外甥也是国王；他若说朱海莱公主长得漂亮，我就说我的外甥长得比公主还漂亮；他如果说自己的王国版图大，我会说我外甥的国土更大，而且兵多将广，财富无数，而且远远胜过他。总之，我一定要帮助白德尔·巴西姆实现自己的愿望，即使付出我的生命。因为这件事是我提议的，是我把白德尔·巴西姆抛入了情海之中，我一定要想方设法让白德尔·巴西姆与朱海莱公主成亲结配。但期伟大安拉帮助我实现白德尔·巴西姆的愿望。"

母亲说："既然如此，就照你的想法办吧！你同赛曼德勒国王谈话时，千万要温和，不要急躁、粗鲁。那位国王的呆板与霸道你是一清二楚的。我真担心他对你动武，因为他不把任何人放在眼里。"

"我记住了。"

说罢，萨里哈站起身来，去取珍宝，准备前往拜见赛曼德勒国王。

萨里哈带上两满袋的珍珠、玛瑙、翡翠等各种宝石，让仆人拿着，他带着外甥白德尔·巴西姆来到赛曼德勒王宫门前。

萨里哈获准入宫后，行至王宫大殿，来到赛曼德勒国王面前，恭恭敬敬向国王行吻地礼。

赛曼德勒国王看见萨里哈，立即站起来，迎上前去，热情欢迎,随后让他坐在自己身边。国王说:"欢迎你,萨里哈!许久不见了,很是想念呀!你有什么事,只管讲就是,我一定给你办!"

萨里哈站起来,再次向国王行吻地礼,然后说:"国王陛下,国王英名远扬,慷慨好施,从善如流,天下无不称赞陛下宽容大度,仁慈豁达。我此次前来拜见国王,有事相求安拉和国王陛下!"

说罢,萨里哈打开袋子,取出珍珠美玉,摆放在赛曼德勒国王面前,同时说:"国王陛下,这区区薄礼,实在不成敬意,但盼笑纳,以慰在下的一片诚心。"

讲到这里,眼见东方透出黎明的曙光,莎赫札德戛然止声。

第七百四十七夜

夜幕垂降,莎赫札德接着讲故事:

幸福的国王陛下,萨里哈站起来,再次向国王行吻地礼,然后说:"国王陛下,国王英名远扬,慷慨好施,从善如流,天下无不称赞陛下宽容大度,仁慈豁达。我此次前来拜见国王,有事相求安拉和国王陛下!"

说罢,萨里哈打开袋子,取出珍珠美玉,摆放在赛曼德勒国王面前,同时说:"国王陛下,这区区薄礼,实在不成敬意,但盼笑纳,以慰在下的一片诚心。"

国王问:"你何必带这么多贵重的礼品!有什么事儿,你就直说吧!你的事儿,我能办到的,一定给你办,用不着麻烦;如果我没有办法解决你的难题,那就只能求安拉相助了。"

听国王这样一说,萨里哈急忙站起来,第三次向国王行吻地礼,并且说:"国王陛下,我所求之事,对于国王来说,定能办到,且易如反掌,因为大权在你的手中。我无意为国王添麻烦,更不敢强国王所难。智者有言:'若要他人从命,就得让人做力所能及之事。'我求陛下之事,陛下完全有能力办到。"

"有什么事,只管说就是了。"

"我这次来,是向陛下的掌上明珠——朱海莱公主求婚的。国王陛下,万勿让我失望。"

赛曼德勒国王听萨里哈这样一说,不禁哈哈大笑起来,直笑得前仰后合,对萨里哈充满蔑视之意。国王说:"萨里哈呀萨里哈,我本以为你是个有头脑、善判断、通情理、知深浅的好小伙子!你究竟中了什么魔,竟敢出此狂言,异想天开,向帝王公主求婚呢?你怎么到了这步田地,胆敢向我说这种话?"

"但求安拉保佑!国王陛下,我不是为我自己求婚的!即使我向公主求婚,也是匹配有余的。正如陛下所知,家父本是一位海王,虽然陛下今天已经成了我们的国王。不过,这次我是代波斯国王白德尔·巴西姆向陛下的公主求婚的。白德尔·巴西姆国王的父亲就是舍赫尔曼国王,关于他的权势,陛下是一清二楚的。假若你说自己是伟大君王,白德尔·巴西姆则是一位更伟大的君王;你说自己的女儿如花似玉,而白德尔·巴西姆国王的容颜、门第都要胜过公主一筹,不愧为当今雄狮,一代天之骄子。国王陛下,你若答应我的要求,你就是办了一件恰到好处的事情;倘若你看不起我们,那就是亏待了我们,阻断了我们的正道。国王陛下,朱海莱公主总是要出嫁的。贤哲说得好:'姑娘出路,非结配,即入土。'陛下若决心让公主结配,那么,我的外甥白德尔·巴西姆国王与公主是再般配不过的了。"

赛曼德勒国王听后，勃然大怒，几乎丧失理智，灵魂险些离开躯壳，愤然道："坏家伙，像你这样的人，怎配对我讲这种话呢？你说你的外甥能配得上我的女儿，你是何许人？你的妹妹是何许人？你的外甥又是何许人？你外甥的父亲又是何许人？你怎敢对我说这种话呢？你们与我的女儿相比，只能算作一群狗子狗孙！"

说完，一声大喊："来人哪！"

侍卫应声而至，国王发令道："侍卫们，将这小子的首级拿下！"

侍卫们手握利剑，直逼萨里哈。

萨里哈见势不妙，拔腿就跑，直向宫门飞奔而去。

萨里哈跑到宫门口，只见他的堂兄弟、亲友、仆役，计有千名

A. B. 霍顿 绘

骑士集聚在那里，个个身披甲胄，人人手持利剑。他们见萨里哈惶惶飞奔出宫，便问："情况如何？"

萨里哈把求婚的情况向他们讲了一遍。

原来那是萨里哈的母亲派来的人马，特地为他来助威的。

他们听完萨里哈的述说，确信赛曼德勒国王是个粗暴的君王，于是纷纷下马，手持利剑，闯入王宫。入宫一看，只见赛曼德勒国王坐在宝椅上，怒气未消，根本不抬眼看他们，宫役们则呆呆地站在那里，毫无准备。赛曼德勒国王一抬眼，见众勇士手持利剑冲了进来，对自己的侍卫大声喊道："该死的奴才，快把这些狗东西的首级给我取下来！"

刹那之间，宫中一片刀光剑影，喊杀声不绝于耳。未过一个时辰，赛曼德勒国王的侍卫们大败，纷纷弃械逃遁。萨里哈手下人马将赛曼德勒国王生擒，随后将之绳捆索绑。

讲到这里，眼见东方透出黎明的曙光，莎赫札德戛然止声。

第七百四十八夜

夜幕垂降，莎赫札德接着讲故事：

幸福的国王陛下，刹那之间，宫中一片刀光剑影，喊杀声不绝于耳。未过一个时辰，赛曼德勒国王的侍卫们大败，纷纷弃械逃遁。萨里哈手下人马将赛曼德勒国王生擒，随后将之绳捆索绑。

赛曼德勒国王的女儿朱海莱公主从梦中惊醒，得知父王被俘，宫役们死的死、逃的逃，不免惊恐万状，慌忙逃出宫门，来到一座岛上，爬上一棵大树，隐藏起来。

白德尔·巴西姆遇到惊惶而逃的宫役，问他们出了什么事，他们把双方拔剑厮杀的情况告诉了他。白德尔·巴西姆听说赛曼德勒国王被抓起来，担心自己会遇到什么麻烦，心想："这场厮杀是由我引起来的，他们定会找我算账！"想到这里，他也拔腿逃走了。

白德尔·巴西姆一时不知该往哪里逃，也许是命运把他带到了朱海莱公主隐身的那座岛上。当他行至朱海莱公主藏身的那棵大树下时，因为过度疲惫，一下瘫倒在了地上，很想好好休息一下。然而幽冥世界的事情，谁也难以知道，刻意追求的，往往得不到；而停止追求时，所求之物却突然出现在眼前，正所谓"铁鞋踏破无觅处，得来全不费工夫"。

白德尔·巴西姆刚刚躺下，无意中抬眼朝树上望去，却见一位美丽的姑娘坐在树上，容颜俊秀，宛如天上的一轮圆月，情不自禁地赞叹道："安拉万能，无所不能，创造了这样美丽的容貌！"

白德尔·巴西姆心想："假若我猜得不错，这一定是赛曼德勒国王的女儿朱海莱公主。想必是因听说他的父王与我舅舅打起来，于是逃到了这座岛上，藏在这棵大树上；假若她不是朱海莱公主，那么，这定是一位比朱海莱公主更漂亮的姑娘。"

白德尔·巴西姆沉思片刻，又想："我何不起来抓住她，问问她的情况？假若她是朱海莱公主，我就开门见山，向她求婚。对！就这么办！"

想到这里，白德尔·巴西姆抖擞精神，站起身来，对姑娘说："喂，姑娘，请告诉我，你是谁呀？是谁把你带到这里来的呢？"

朱海莱公主望着白德尔·巴西姆，发现小伙子眉清目秀，英姿勃勃，风度翩翩，落落大方，如同从乌云中闪现出的一轮皓月，心中不胜欢喜。她答道:"漂亮的小伙子,我是赛曼德勒国王的女儿,人称朱海莱公主。我是自己逃到这个地方来的。因为萨里哈领兵与我父王厮杀,杀死了无数宫役,还把父王俘虏去了。我怕自己有什么不测,慌忙逃了出来。"

朱海莱公主停顿片刻,又说:"我之所以逃到这个地方来,是怕死于非命。我不晓得父王的情况如何了。"

得知这位美丽的姑娘就是朱海莱公主,白德尔·巴西姆心中只觉得一阵意外惊喜,心想:"太巧啦!无疑我的愿望将因她的父王被俘而得以实现。"

白德尔·巴西姆说:"公主啊,请下来吧!我已深深爱上了你,你的眼神已将我俘虏。这场灾祸就是因为你我之间的事情而起的。公主,你有所不知,容我自我介绍一下:我就是波斯国王白德尔·巴西姆,萨里哈是我的舅舅,正是他带我来拜见你的父王向你求婚的。为了你,我丢下王权;说来也巧,我们竟在此时此刻相会在此地。公主,请你快下来,然后你我一起到你父王的王宫中去,求我舅舅将你的父王放掉,我能立即与你结为合法眷属。"

朱海莱公主一听,心想:"这场灾难的发生,父王的被俘,王宫侍卫们被杀,我离开绣房逃到这么一个荒岛……原来责任全在这个小子身上。假若我不设法稳住他,他就会强下手,达到他的目的。因为他是个恋人。恋人无论怎样行动,都是无可责备的。"

想到这里,朱海莱公主便开始用甜言蜜语哄骗他,而白德尔·巴西姆却不知道公主在想什么。公主说:"亲爱的,你就是基娜梓·白哈里公主的儿子白德尔·巴西姆国王?"

讲到这里,眼见东方透出黎明的曙光,莎赫札德戛然止声。

第七百四十九夜

夜幕垂降，莎赫札德接着讲故事：

幸福的国王陛下，赛曼德勒国王的女儿朱海莱公主听完白德尔·巴西姆国王的述说，心想："这场灾难的发生，父王的被俘，王宫侍卫们被杀，我离开绣房逃到这么一个荒岛……原来责任全在这个小子身上。假若我不设法稳住他，他就会强下手，达到他的目的。因为他是个恋人。恋人无论怎样行动，都是无可责备的。"

想到这里，朱海莱公主便开始用甜言蜜语哄骗他，而白德尔·巴西姆却不知道公主在想什么。公主问："亲爱的，你就是基娜梓·白哈里公主的儿子白德尔·巴西姆国王？"

"是的，我的公主。"白德尔·巴西姆回答道。

"安拉断送了我父王的生命，剥夺了他的财产。假若他想找比你更漂亮、禀性更完美的人，安拉绝不会宽慰他，必定让他客死异乡。凭安拉起誓，我父王头脑简单，不善安排。"

朱海莱公主停顿片刻，又说："国王陛下，我父王的所作所为，请你不要见怪。你能爱我一拃，我就能爱你一臂。我已经落入了你的情网，成了你爱情的俘虏。你身上的那种情感已经转移到了我的身上，与我对你的深情相比，你对我的爱只不过是一成罢了。"

说罢，公主从树上下来，走近白德尔·巴西姆，将他紧紧搂在怀里，亲了又亲，吻了又吻。

白德尔·巴西姆见朱海莱公主对自己这样好，更加爱她了，认定她已爱上了自己、相信自己，于是将她紧紧搂在怀里，热烈亲吻她。白德尔·巴西姆对公主说："亲爱的公主，凭安拉起誓，你太美了，而我舅舅萨里哈连你十分之一的美都没有讲出来。"

朱海莱公主搂着白德尔·巴西姆，念了几句咒语，然后走开，同时说："给我变成一只鸟儿，白羽毛，红嘴巴，红脚红腿！"

话音未落，白德尔·巴西姆国王顿时失去了人形，果然变成了像公主说的白羽、红嘴、红腿、红脚的鸟儿。鸟儿抖了抖身子，站立起来，望着朱海莱公主。

朱海莱公主身边有个侍女，名叫麦尔西娜。她也和朱海莱公主一起逃出来躲在另一棵树上。麦尔西娜从树上下来，公主望着侍女，说："凭安拉起誓，若不是我担心落在他舅舅手中的父王的安危，我早就把这小子杀掉了！安拉是不会降福给他的。他的到来给我们带来了多少不幸！这场灾难就是他一手造成的。麦尔西娜，你把他带到那座干旱岛上去，把他丢在那里，渴死他！"

侍女麦尔西娜把白德尔·巴西姆国王变成的鸟儿带到干旱岛上，便想转身回去。这时，侍女怜悯之心顿生，心想："凭安拉起誓，这样漂亮的一个小伙子，让他干渴而死多可惜呀！"想到这里，侍女把他带出干旱岛，领到另一座岛上，那里树木繁茂，果实累累，河渠纵横，一片美好景色。侍女将鸟儿放在那里，方才转身回到公主身旁。

侍女对公主说："我已把他送到了干旱岛上。"

白德尔·巴西姆国王的舅舅萨里哈俘虏了赛曼德勒国王，杀死了他手下的许多宫役和侍卫，然后去找朱海莱公主。但是，他找遍王宫，不仅没有找到朱海莱公主，就连跟他而来的白德尔·巴西姆也不见了。萨里哈一时不知如何是好，只得返回家中。

见到母亲，萨里哈问："母亲，白德尔·巴西姆回来了吗？"

A.B.霍顿 绘

母亲说:"没有哇!我猜想他看见你们与赛曼德勒国王厮杀,定会感到害怕,也许躲到什么地方去了。"

听母亲这样一说,萨里哈甚为担忧。他说:"母亲,是我疏忽了,没有照顾好白德尔·巴西姆。我真担心他出什么意外,或者落入赛曼德勒兵士手中,说不定会被朱海莱公主抓去;如果出现这种意外,怎好向他的母亲交代!因为我没经他的母亲允许,便把他领出来了。"

随即,萨里哈派人分头去到海上各个方向寻找,结果没有得到任何消息。仆人们回来后如实报告。

白德尔·巴西姆下落不明,令萨里哈忧愁缠心。

萨里哈带着外甥不辞而别,基娜梓·白哈里久等不见儿子回来,心中忐忑不安,如坐针毡。她又等了几天,仍不见白德尔·巴西姆的身影,于是起身回娘家去了。

母亲见女儿基娜梓·白哈里回来,忙起身迎接,上前亲吻、拥抱女儿。堂妹们得知堂姐回来,纷纷前来拜见。

基娜梓·白哈里问母亲:"白德尔·巴西姆到这里来过吗?"

母亲说:"他跟着他舅舅来的。他舅舅带着珍珠、宝石,领着白德尔·巴西姆去拜见赛曼德勒国王,向朱海莱公主求婚。赛曼德勒国王不但不答应,不仅如此,还用大话威胁你哥哥。因此,我派去一千名骑士,和赛曼德勒国王大战了一场。安拉默助萨里哈,斩杀了国王的无数将士,连国王本人也沦为俘虏了。白德尔·巴西姆得知这一消息,似乎怕出什么意外,便逃走了,不知去了什么地方,连点儿消息也没打听到。"

基娜梓·白哈里又问哥哥的情况,母亲说:"萨里哈如今坐上了赛曼德勒国王的宝座,已派人四处寻找白德尔·巴西姆和朱海莱公主……"

听母亲这样一说,基娜梓·白哈里不禁万分难过,深为儿子担忧。埋怨萨里哈不打招呼便把白德尔·巴西姆带入海中。她说:"母亲,我真担心王权、王位出现什么闪失,因为我出门时没有告诉任何人。如果我迟迟不回去,恐怕有人篡夺王位,江山丢失。我看还是先回去,把国家大事安排一下。白德尔·巴西姆嘛,那就求安拉保佑他了。母亲,白德尔·巴西姆的事,你们就多操心了!倘若巴西姆出什么事,我也就活不成了。因为在这个世界上,没有他,我也就失去了一切;有他在,我才能享受到生活的乐趣。"

"孩子,你只管放心就是了!看不见白德尔·巴西姆,我们的心里多么难过,就不用说了。"

旋即基娜梓·白哈里的母亲派人四处打听白德尔·巴西姆的下落。

基娜梓·白哈里告别了母亲,回到家中,心里难过极了,泪水不住地流淌,焦急愁闷难耐。

讲到这里,眼见东方透出黎明的曙光,莎赫札德戛然止声。

第七百五十夜

夜幕垂降,莎赫札德接着讲故事:

幸福的国王陛下,基娜梓·白哈里担心,她不回国,王权、王位出现什么闪失,便向母亲告别。母亲说:"孩子,你只管放心就是了！看不见白德尔·巴西姆，我们的心里多么难过，就不用说了。"

旋即基娜梓·白哈里的母亲派人四处打听白德尔·巴西姆的下落。

基娜梓·白哈里告别了母亲，回到家中，心里难过极了，泪水不住地流淌，焦急愁闷难耐。

这便是基娜梓·白哈里的情况，让我们回头看看白德尔·巴西姆国王的情况。

白德尔·巴西姆中了朱海莱公主的魔法，变成了一只白羽、红嘴、红腿、红脚的鸟儿，且被侍女送往干旱岛，而且叮嘱侍女，让白德尔·巴西姆渴死在那座岛上。好心的侍女没有执行公主的命令，将变成鸟儿的白德尔·巴西姆带到了一座有树、有果、有水的景色美丽的岛上。白德尔·巴西姆身呈鸟形，不知该去哪里，也不会飞，只得靠吃野果、喝河水度日。

有一天，白德尔·巴西姆正在树枝上站着，忽见来了一个猎人。猎人看见那只白羽、红嘴、红腿、红脚的鸟儿，觉得十分美丽可爱，心想："这只鸟儿太美了！我狩猎多年，从未见过这样美丽的鸟儿！"

随后，猎人用网扣住鸟儿，带往城中，心想："我把鸟儿卖掉换几个钱花花吧。"

猎人带着鸟儿来到城中，一个人走了过来，问道："喂，猎人兄弟，这只鸟儿多少钱？"

"你想买鸟儿？"猎人问。

"是啊！"

"你买它做何用？"

A.D.霍顿 绘

"宰掉吃肉呀！"

"这么漂亮的鸟儿，谁舍得把它宰掉吃肉？我不卖给你，我要把它献给国王，国王给我赏钱比你们给的多得多。国王得到这只鸟儿，不会宰的，定会留下欣赏它的美丽羽毛。我打了一辈子猎，还没有见过这么漂亮的鸟儿呢！不管是在海上，还是在陆地上，都见不到这么漂亮的鸟儿。凭安拉起誓，你给我多少钱，我也不卖给你，因为这是无价之宝。"

说罢，猎人带着鸟儿向王宫走去。

国王看见那只白羽、红嘴、红腿、红脚的鸟儿，非常喜欢，立即派宫仆去把鸟儿买下来。

宫仆看见猎人带着鸟儿，问道："你这只鸟儿卖吗？"

猎人说："不卖。我要把它献给国王陛下。"

宫仆把猎人带到国王面前，说猎人要把鸟儿献给国王。国王听后，十分高兴，接过鸟儿，赏给猎人十枚金币。猎人接过金币，行过吻地礼，转身高高兴兴而去。

宫仆把鸟儿带到宫中，放在一只漂亮的金笼子里，挂在走廊上，又放些粮食和水。

国王退朝，对宫仆说："把鸟儿放在哪里了？给我拿来，让我欣赏一下；说实话，我压根儿还没有见过这样漂亮的鸟儿。"

宫仆走去，提着鸟笼子走来，国王发现笼子里的粮食和水一点儿没动。国王说："凭安拉起誓，我不晓得这鸟儿喜欢吃什么；假如知道，我一定给它弄来。"

国王令宫仆端来饭菜，片刻后一桌子美味备齐了，国王开始就餐。

那鸟儿看见桌子上的肉、饭、甜食和水果，便飞出笼子，站在桌子上，一样吃了一些。

国王见此情景，觉得十分新鲜，不禁一惊，在座的人无不觉得奇怪。国王对周围的宫仆、侍卫们说："说实话，我从未看见过这种吃人食的鸟儿呀！"

随后，国王派人叫来王后，让她观看这稀有奇景。女仆走去，对王后说："娘娘，国王陛下请你去欣赏欣赏他买的那只鸟儿；我们刚端上饭，那鸟儿却飞出金丝笼，落在桌子上，和我们一样吃喝起来。娘娘，你快去看看吧！"

王后走来，一看见那只鸟儿，便立即放下面纱，扭头就走。国王追过去，问道："这里没有宫女、仆人，你何必蒙面呢？"

王后说："那不是鸟儿，而是一个男子，像你一样的男子汉。"

国王不以为然，随口说："别开玩笑了！那明明是只鸟儿，怎么说是男子汉？"

"凭安拉起誓，我绝不是开玩笑，我说的是真话。那是白德尔·巴西姆国王，波斯国王舍赫尔曼的儿子，他的母亲叫基娜梓·白哈里。"

讲到这里，眼见东方透出黎明的曙光，莎赫札德戛然止声。

❖❖❖ 第七百五十一夜 ❖❖❖

夜幕垂降，莎赫札德接着讲故事：

幸福的国王陛下，王后走来，一看见那只鸟儿，便立即放下面纱，扭头就走。国王追过去，问道："这里没有宫女、仆人，你何必蒙面呢?"

王后说:"那不是鸟儿,而是一个男子,像你一样的男子汉。"

国王不以为然,随口说:"别开玩笑了!那明明是只鸟儿,怎么说是男子汉?"

"凭安拉起誓,我绝不是开玩笑,我说的是真话。那是白德尔·巴西姆国王,波斯国王舍赫尔曼的儿子,他的母亲叫基娜梓·白哈里。"

听娘娘这样一说,国王诧异地问:"一位王子,他怎么变成了一只鸟儿了呢?"

"赛曼德勒国王的女儿朱海莱公主施了魔法,让他变成了这样的一只鸟儿。"

接着,王后把白德尔·巴西姆国王事情的始末向国王讲了一遍。王后说白德尔·巴西姆国王找赛曼德勒国王,向朱海莱公主求婚,赛曼德勒国王不允,白德尔·巴西姆的舅舅萨里哈便和赛曼德勒国王的侍卫厮杀起来;萨里哈战胜了赛曼德勒,并将那位国王俘获了。

国王听王后这样一说,觉得非常奇怪。

王后是当时最通魔法、妖术的女性。国王对她说:"你快快救救白德尔·巴西姆国王,不要再让他受折磨了!愿安拉斩断朱海莱公主的手!她怎么那样坏,竟把一位国王变成了鸟儿?她是多么狡猾、可恶啊!"

王后对国王说:"请陛下对白德尔·巴西姆说,'白德尔·巴西姆,进小库房去吧!'"

国王照之说了一遍,那只鸟儿果然飞进了小库房。

王后用面纱遮住脸,端着一钵水,进入小库房,对着水念了一番咒语,随之洒在鸟儿的羽毛上,接着说:"凭伟大安拉的美名和

《古兰经》起誓，凭创造天地、起死回生、主宰生死的伟大安拉起誓，你脱离现状，恢复安拉给你的原形吧！"

话音未落，鸟儿一抖羽毛，登时变成了一位英俊无比的小伙子，那就是白德尔·巴西姆国王。

白德尔·巴西姆见自己恢复了本来的面目，忙念道："万物非主，唯有安拉；穆罕默德是安拉的使者。万赞归于创造万物、主宰生死的安拉！"

随后，白德尔·巴西姆走到国王面前，亲吻国王的手，祝国王万寿无疆。国王吻了吻白德尔·巴西姆的头，然后说："喂，白德尔·巴西姆，把你的身世和经历给我讲一讲吧！"

白德尔·巴西姆如实相告，国王听后大惊。国王问："白德尔·巴西姆，安拉把你从魔掌中拯救了出来，日后有何打算？"

白德尔·巴西姆说："国王陛下，我想求国王给我准备一条船，并派一些宫役，带上我所需要的一切，送我回国。我离家时间已久，担心国事有变，大权旁落。我久出不归，恐怕母亲也为我离家而痛苦、惆怅，因她不知道我现在的情况如何，甚至不晓得我是否还活在人间。国王陛下，我恳求你行善到底，满足我的要求。"

国王见小伙子容貌英俊，口舌伶俐，心甚爱之，随口答道："我一定满足你的要求！"

随后，国王为白德尔·巴西姆准备了一条船，装上全部必需品，又派数名宫役随行。白德尔·巴西姆与国王告辞后，登上船，开始了返回故国的航行。

白德尔·巴西姆一行顺利航行了十天。第十一天，海上风高浪急，帆船上下颠簸得厉害，水手几乎掌不住舵。狂风巨浪最终把他们的船打到一块儿巨礁附近，船撞在礁石上，被撞得粉碎，船上的人全部落水，只有白德尔·巴西姆命大，几经挣扎，险些丧命之后,抓住一块儿破船板,开始了海上漂游,不知会被海浪推向何处,也无法控制那块儿木板,只有抓住木板,随波逐流。

白德尔·巴西姆在海上漂泊了三天,第四天被风浪推到了岸边。他抬眼望去,但见那是一座白色城市,就像一只羽毛极白的鸽子。那座城市在海边,城墙高大,房舍建筑精美。白德尔·巴西姆看见那座有城市的海岛,心中十分欣悦。

此时此刻,白德尔·巴西姆又饥又渴,疲惫不堪,离开木板,想登岛进城。就在这时,却看见无数驴骡和马匹朝他走来。挡住了他的去路,使他无法前行。

白德尔·巴西姆只好潜水转到城市的背后,登上岸去,却不见一个行人,心中好生奇怪。他想:"这座城市是谁的?该城既没有

A.B.霍顿 绘

国王,也没有人,那些驴骡和马匹是从哪里来的呢?"

白德尔·巴西姆边想边走,但不知道该向何处走。过了一会儿,看见一个卖水果蔬菜的老人,白德尔·巴西姆立即走上前去问好。

老人仔细打量白德尔·巴西姆,见小伙子长相英俊,身材匀称,眉清目秀,便问:"小伙子,你打哪儿来呀?"

白德尔·巴西姆把自己的经历向老人讲了一遍。老人听后,惊奇不已。老人问:"你在路上一个人也没看见?"

"是的,老伯伯,这座城空无一人,真使人觉得奇怪。"

"孩子,快进店铺来,免得饿坏了。"

白德尔·巴西姆走进店铺,坐在那里,老人端来饭菜给他吃。老人说:"孩子,你到里面躲一躲吧!赞美安拉,是他使你免遭女妖魔的折磨!"

白德尔·巴西姆听后,感到非常害怕。他吃完饭,洗了洗手,望着老人,问:"老伯伯,你说这个话原因何在?你的话使我对这座城市及城里的居民感到害怕。他们是什么妖魔呀?"

"孩子,你有所不知,这座城是座魔城,城中有个女妖魔,简直就像个魔鬼。她是个魔法师,奸诈狡猾,背信弃义。你看见的那些驴骡、马匹,他们原来都是像你一样的好人,只不过是外乡人罢了。他们进城时,也都是像你这样的小青年,就是那个女妖魔将他们一一带走,和他们一起待上四十天,便对他们施魔法,使他们有的变成毛驴,有的变成马,就是你在海边看到的那些驴骡、马匹……"

讲到这里,眼见东方透出黎明的曙光,莎赫札德戛然止声。

第七百五十二夜

夜幕垂降，莎赫札德接着讲故事：

幸福的国王陛下，卖水果蔬菜的老人对白德尔·巴西姆说："孩子，你有所不知，这座城是座魔城，城中有个女妖魔，简直就像个魔鬼。她是个魔法师，奸诈狡猾，背信弃义。你看见的那些驴骡、马匹，他们原来都是像你一样的好人，只不过是外乡人罢了。他们进城时，也都是像你这样的小青年，就是那个女妖魔将他们一一带走，和他们一起待上四十天，便对他们施魔法，使他们有的变成毛驴，有的变成马，就是你在海边看到的那些驴骡、马匹。"

老人接着说："这座城里的人，都中了那个女妖魔的魔法。如果你想上岸，他们一定会为你担忧，怕你也像他们一样中魔法，他们会用手语对你说：'千万不要上岸，以免女妖魔看见你！'他们同情你，怕女妖魔像对待他们那样对待你。那女妖魔已用魔法占据了这座城市。她的名字叫'拉卜'；这个名字的阿拉伯语意思是'教化太阳'。"

白德尔·巴西姆一听，心中害怕极了，周身似风中空竹，颤抖不止。他说："我刚摆脱了魔法的折磨，如今命运又把我抛入了一个更加可怕的深渊。"

白德尔·巴西姆低头沉思着自己的处境和经历。

老人见他惶恐不安，便说："孩子，你到店门口，看看那些人以及他们的衣着吧！他们不曾中过魔法。不要害怕！女王及城中人都喜欢我、关心我，从不找我的麻烦。"

白德尔·巴西姆听老人这样一说，走去坐在店铺的门槛上，观察过往行人。人们熙来攘往，走过他的面前，热闹非常。

人们看见白德尔·巴西姆，便问老人："老人家，这个小伙子是你近来抓到的俘虏和猎物吗？"

老人回答："这是我的侄子。他的父亲过世了，我就派人把他接到了我这里来。"

"嗨，好漂亮的小伙子！不过，我们担心拉卜女王若是看见这么标致的小伙子，给你带来不利，她会把他要走的，因为女王喜欢漂亮的小伙子。"

"女王是不违背我的意愿的，而是关心我，喜欢我。若知道这是我的侄子，定不会亏待他的，也不会给我找麻烦，使我为难的。"

白德尔·巴西姆在老人那里住了几个月，深得老人喜欢。

一天，白德尔·巴西姆像往常一样坐在老人的店铺里。突然间，一千名宫役骑着阿拉伯纯种马走来，个个手持印度利剑，人人身穿华服，腰里束着镶嵌着珍珠的腰带，经过老人店门前，一一向老人问安。紧接着而来的是一千名宫女，个个容颜俊秀，如花似玉，腰佩短剑，英姿飒爽；众宫女当中有位女子，骑着一匹背荷各种宝石金鞍的阿拉伯纯良驹。她们走过老人店铺前，一一向老人致意。

拉卜女王在众侍卫的簇拥下，来到老人的店铺前。女王望着站在店门口的白德尔·巴西姆，立即被小伙子的俊秀容貌所吸引。女王仔细打量白德尔·巴西姆，见他风度翩翩，身材匀称，举止得体，禁不住深深爱在心中。

女王来到店门前，离鞍下马，然后和白德尔·巴西姆一起坐下来。女王问老人："这位漂亮小伙子是谁呀？"

A.B.霍顿 绘

"他是我的侄子。"老人答道。

"让他今晚去我那里玩儿玩儿吧!我要和他谈谈心。"

"千万不要对他施魔法呀!"

"不会的。"

"那你对我立个誓言吧!"

女王当即对老人立誓,说她决不伤害白德尔·巴西姆,更不会对他施魔法。

说罢,女王吩咐手下人给白德尔·巴西姆牵来一匹宝马,配有镶着珍珠、宝石的金鞍和金笼头,并赐赠给老人一千第纳尔金币,并且说:"老人家,拿这些钱贴补生活吧!"

随后,女王带着白德尔·巴西姆离去。

人们见一个标致的小伙子跟在女王的后面,一方面惊叹小伙子的美貌;另一方面深深为之担忧。人们相互议论说:"凭安拉起誓,这么漂亮的小伙子,不应该遭受女王的折磨啊!"

白德尔·巴西姆听到人们的议论,默不作声,决计把自己的一切交给安拉,跟着女王向王宫走去。

讲到这里,眼见东方透出黎明的曙光,莎赫札德戛然止声。

第七百五十三夜

夜幕垂降,莎赫札德接着讲故事:

幸福的国王陛下,女王带着白德尔·巴西姆离去。

人们见一个标致的小伙子跟在女王的后面,一方面惊叹小伙子的美貌;另一方面深深为之担忧。人们相互议论说:"凭安拉起誓,这么漂亮的小伙子,不应该遭受女王的折磨啊!"

白德尔·巴西姆听到人们的议论,默不作声,决计把自己的一切交给安拉,跟着女王向王宫走去。

拉卜女王一行人马回到王宫门前,文武官员相继离鞍下马。

女王要贴身侍卫传达她的命令,让文武官员退去,只见他们一一到女王面前行吻地礼,然后各自离去。

女王带着白德尔·巴西姆进了王宫。

白德尔·巴西姆进到宫中,但见宫殿华丽无比,宫墙全用黄金砖砌成。宫院中有座大花园,花园当中有个巨大水池;池上挂着无数银丝、金丝鸟笼,里面养着各种鸣禽,鸟鸣声此起彼伏,有的歌声令人听了欢快,也有的鸟鸣令人听后忧伤。见此情景,白德尔·巴西姆右手抚胸,望着天空叹道:"赞美伟大安拉慷慨、慈悲,而且宽容无比,给不崇拜自己的生命亦打开生活之门!"

进入殿内,女王在临花园的窗前的牙雕床上坐下,床上铺着绸褥丝毯。白德尔·巴西姆在女王的身边坐下来,女王把他搂在怀里,连连亲吻他的眉心。

片刻后,女王吩咐宫女摆筵席。随即,宫女们用镶嵌着珍珠、宝石的金盘、银碗、玉碟端来各种美食菜肴,色香味俱佳,应有尽有。

女王和白德尔·巴西姆吃罢饭,洗过手,宫女又送来美酒和金杯玉盏以及各种鲜花和水果。片刻后,女王一声呼唤,只见十名歌伎怀抱乐器飘然而至,个个如花,人人似月,娇艳妩媚,难以描绘。

女王斟满一杯酒,一饮而尽,随后又斟满一杯,递给白德尔·

巴西姆，白德尔·巴西姆接过酒，仰脖喝下。就这样，二人轮流把盏对饮，直至喝得有几分醉意。

女王令歌伎们献艺，随即见她们边弹边唱，歌喉甚为悦耳，歌声动人。白德尔·巴西姆自觉完全醉在了歌声之中，仿佛整个宫殿都在欢快地跳舞，不禁心花怒放，神魂飞扬，忘掉了自己身在异乡，情不自禁地说："这位女王真是一位漂亮的女子，我再也离不开她了。因为她的权力比我的大，国土比我的宽广，而且长相比朱海莱公主漂亮！"

白德尔·巴西姆一直陪伴着女王喝到夜幕垂降。

天色暗下来，女王吩咐宫女点上灯和蜡烛，焚上名贵香。白德尔·巴西姆继续与女王把盏对饮，直喝得酩酊大醉。而歌伎们的演唱未曾终止。

女王拉卜喝醉后，这才躺在床上，宫女歌伎相继离去，继之女王让白德尔·巴西姆躺在自己的身旁，二人旋即进入梦乡，不觉一觉睡到东方大亮。

讲到这里，眼见东方透出黎明的曙光，莎赫札德戛然止声。

❖❖ 第七百五十四夜 ❖❖

夜幕垂降，莎赫札德接着讲故事：

幸福的国王陛下，白德尔·巴西姆情不自禁地说："这位女王真是一位漂亮的女子，我再也离不开她了。因为她的权力比我的大，国土比我的宽广，而且长相比朱海莱公主漂亮！"

白德尔·巴西姆一直陪伴着女王喝到夜幕垂降。

天色暗下来，女王吩咐宫女点上灯和蜡烛，焚上名贵香。白德尔·巴西姆继续与女王把盏对饮，直喝得酩酊大醉。而歌伎们的演唱未曾终止。

女王拉卜喝醉后，这才躺在床上，宫女歌伎相继离去，继之女王让白德尔·巴西姆躺在自己的身旁，二人旋即进入梦乡，不觉一觉睡到东方大亮。

女王起床，入浴室沐浴，白德尔·巴西姆陪同。二人洗完澡，女王吩咐宫女给白德尔·巴西姆穿上最漂亮的衣服，然后让她们端来饭菜，二人进餐。

女王与白德尔·巴西姆喝完酒，她拉着白德尔·巴西姆的手，走到床边，坐了下来，随之吩咐宫女端上饭菜，吃罢饭，洗过手，宫女们送来鲜花、水果、干果，二人边吃边欣赏歌伎们的弹奏、歌唱，直到夜幕垂降。

夜色暗下来，宫仆点上灯和蜡烛，女王与白德尔·巴西姆把盏畅饮。

就这样，天天吃喝，日日赏歌，不知不觉四十天飞闪而过。

一天，女王问白德尔·巴西姆："喂，白德尔·巴西姆，这里比你叔父的蔬菜水果店好吧！"

白德尔·巴西姆说："女王陛下，凭安拉起誓，当然是你的王宫好啦！我叔父是个穷人，小本经营，靠卖蔬菜水果勉强维生呀！"

女王听后，笑得前仰后合。

翌日大清早，白德尔·巴西姆醒来，见女王不在身边，不免心中有些纳闷儿，感到奇怪。他想："女王究竟到哪里去了呢？"

女王离去，白德尔·巴西姆感到寂寞，一时不知如何是好。

女王离去了一个时辰,不见回来,白德尔·巴西姆心想:"她能到哪里去呢?"白德尔·巴西姆穿上衣服,外出去找,不见女王踪影,他想女王可能到花园里去了,于是立即向那里走去。

来到花园,白德尔·巴西姆见那里有一条小溪,小溪畔落着一只白鸟,旁边有一棵树,树上落着许多鸟儿,羽毛五彩斑斓,煞是好看。白德尔·巴西姆望着鸟儿,而鸟儿却不看他一眼。突然间,一只黑鸟落在了那只白鸟身上,像老鸽子给雏鸽子喂食那样,嘴亲着嘴。过了一会儿,那只黑鸟连续三次跳上那只白鸟的背上。一个时辰过后,白鸟抖身一变,成了一个女子;白德尔·巴西姆仔细一看,原来那女子就是女王拉卜,黑鸟是个中了魔法的男子。原来女王恋着那个变成了黑鸟的男子,于是将自己变成一只白鸟,来与黑鸟幽会。

见此情景,白德尔·巴西姆心中顿生嫉妒之情,对女王与黑鸟幽会之事大为恼火,随后转身回到宫中,躺在床上。

又过了一会儿,女王回来了,忙走到床边,与白德尔·巴西姆亲吻拥抱,和他戏耍开心,但白德尔·巴西姆怒气未消,根本不理睬她,一句话也不说。这时,女王拉卜意识到自己与黑鸟幽会交尾之事已被白德尔·巴西姆发觉,可她没有向白德尔·巴西姆说什么,而是守口如瓶。

事情过后,白德尔·巴西姆对女王说:"女王陛下,我很想念叔父,想回他的店铺里去,因为我已四十天不见他的面了。"

女王说:"好吧!快去快回,因为我已经离不开你了。离开你,连一个时辰也忍耐不了。"

"好吧!"

白德尔·巴西姆骑着马来到老人的水果店前,老人忙上前拥抱白德尔·巴西姆,并问道:"孩子,你和那个女王在一起的情况怎么样?"

白德尔·巴西姆说:"起初的情况很好,但昨天夜里,情况就不同了。夜初,她睡在我的身边,当我醒来时,却不见她的身影了。我立即穿上衣服,到处找她,终于走到花园里……"

白德尔·巴西姆把在花园溪边见到白鸟与黑鸟交尾的情景,向老人从头到尾讲了一遍。

老人听后说:"孩子,你要格外小心才是!你有所不知,树上的那些鸟儿都是外来的中了魔法的小伙子变成的,因为女王深深恋上了他们。你所看到的那只黑鸟,本是女王的一个奴仆,女王非常喜欢他,而他却将目光转向了一个宫女……"

讲到这里,眼见东方透出黎明的曙光,莎赫札德戛然止声。

第七百五十五夜

夜幕垂降,莎赫札德接着讲故事:

幸福的国王陛下,老人听了白德尔·巴西姆关于白鸟、黑鸟在河边交尾的述说,对他讲道:"你所看到的那只黑鸟,本是女王的一个奴仆,女王非常喜欢他,而他却将目光转向了一个宫女。因此,女王生了嫉妒心,施魔法将之变成了一只黑鸟,她则到时变成一只白鸟,以便定期交尾。假如女王觉察到你知道了她的情况,定会对你怀恨在心,不再与你友好。不过,你倒用不着害怕,因为有我关心、保护你。"

老人停顿片刻，又说："孩子，我是个穆斯林，名叫阿卜杜拉。在当代，没有比我更通晓魔法的人。不过，不到万不得已时，我是不用这一手的。我曾多次破掉女妖魔的魔法，从她的手中救出过许多青年人。那女妖魔对我没有什么威胁；恰恰相反，她非常怕我。这座城里的人都像女妖魔一样，个个是魔法师，他们也都怕我。他们全是拜火教徒，不崇拜伟大的安拉。你明天到我这里来，我将教你如何对付她。她今夜就要设法害你，我将告诉你如何挣脱她的诡计。"

白德尔·巴西姆告别老人阿卜杜拉，转回宫中，发现女王正坐着等他。

女王见白德尔·巴西姆回来，站起身来迎了上去。对他表示欢迎，让他坐下，随后吩咐宫女端来吃的喝的。二人吃饱，洗过手，令人端上酒来，把盏对饮，直到半夜。女王频频向白德尔·巴西姆敬酒，白德尔·巴西姆终于被灌得酩酊大醉，昏昏沉沉。

女王见白德尔·巴西姆已醉，便对他说："以你所崇拜的神起誓，假若我问你一些事情，你能如实相告吗？"

醉醺醺的白德尔·巴西姆说："能啊！"

"亲爱的，你醒来见我不在，便去找我，终于在花园小溪畔看见黑鸟与我交尾的情景。我把实际情况告诉你吧！那只黑鸟本是我的一个奴仆，我非常喜欢他。只因他勾引我的一个宫女，令我忌恨在心，便把他变成了一只黑鸟，以期在外幽会。幽会的情景，你都看到了，因而招惹起了你的嫉妒之意。我凭光、火、影和热起誓，我对你的爱有增无减，已把你看作我今世享乐的一部分。"

昏沉沉的白德尔·巴西姆说："你所说关于我生气的原因是对的。我正是因为这一点才怒火燃烧胸膛的。"

女王抱住白德尔·巴西姆，亲了又亲，显得亲近非常。

过了一会儿,女王躺下,白德尔·巴西姆也在她的身边躺下睡了。

夜半时分,女王悄悄起来。白德尔·巴西姆觉察到她的行动,但佯装熟睡,不时睁眼看看女王的举动。他发现女王从口袋里掏出一包红色的东西,将之种在宫殿里,顷刻间,地上突然出现一条河,水流湍急,波涛汹涌,就像大海一样。接着女王抓来一把大麦,撒在土里,浇上水,麦苗随即破土而出,渐渐长高,抽穗成熟。女王收割麦子,去壳磨面,然后将面粉放在一个地方,这才又上床睡觉了。

次日清晨,白德尔·巴西姆起床后,洗过手脸,告别女王,向卖蔬菜水果的老人店铺走去。

白德尔·巴西姆见到老人,把昨晚的情况讲了一遍。

老人听后一笑,说:"凭安拉起誓,这个妖婆要耍阴谋害你了。不过,你不要害怕,对付她的办法是有的。"

老人拿出一磅面粉,递给白德尔·巴西姆,并叮嘱说:"你带着这些面粉,马上会派上用场。女王看见你,问这是什么,想做何用,你就说:'为了好上加好,锦上添花!'说罢,就吃上两口。假若她拿出自己的面粉,你就说:'请吃我这面粉吧!'你要让她看见你在吃。你要记住,但不要真吃,哪怕是一点点。你若吃她的面粉,哪怕是一点儿,就会中她的魔法,只要她对你说一声:'脱离人形,变成……'她想把你变成什么动物,你就会变成什么动物。如果你一点儿不吃她的,她的魔法就失去了作用,不但不会给你带来任何损害,反而会使她羞得无地自容。那时,她会对你说:'我是在和你开玩笑,让你知道我是多么爱你!'所有这些,无一不是伪善,都是她的诡计。你呢,只管对她表示友好,对她说:'太太,亲爱的,吃些我的面粉吧!你尝尝,多么可口啊!'只要她肯吃,哪怕是吃上一点点,你就马上蘸点儿水,洒在她的脸上,对她说:'脱离人形,变成……'你想让她变成什么,你就说什么。事成之后,你离开她,到我这里来,我再给你出主意,想办法。"

白德尔·巴西姆听完老人面授机宜,告别老人离去了。

回到王宫,白德尔·巴西姆去见女王。女王见白德尔·巴西姆回来,立即站起来,说道:"欢迎你,欢迎你!"

女王上前拥抱、亲吻白德尔,并且说:"亲爱的,你怎么到现在才来呢?"

白德尔·巴西姆回答道:"我在叔父那里逗留了很长时间。"

白德尔·巴西姆见女王正和面,便问:"我叔父已经让我吃过这种面了。我们那里还有比这更好的面,吃我的面吧!"

女王从白德尔·巴西姆手中接过面,放在一个盘子里,而把自己的面放在另一个盘子里。女王说:"你吃吃我的面吧!我的面比你带来的面好。"

白德尔·巴西姆装出吃面的样子。女王看见白德尔·巴西姆吃了自己的面,即用手蘸了点儿水,随后洒在白德尔·巴西姆的身上,并且说:"坏蛋,狡猾鬼,脱离你的人形,给我变成一匹独腿骡子!"

话说出去,白德尔·巴西姆仍是个漂亮的小伙子,没有任何变化。见此情景,女王忙去亲吻白德尔·巴西姆,并且说:"亲爱的,我在和你开玩笑,因此你没有变形。"

白德尔说:"凭安拉起誓,太太,我根本不会变的。我相信你是爱我的。请吃我带来的好面吧!"

女王拿起面,吃了一口。她刚咽下去肚子里就开始翻腾起来。白德尔·巴西姆趁机蘸了一点儿水洒在女王的脸上,同时说:"给我脱离人形,变成一匹白头骡子!"

A.B.霍顿 绘

话音未落，女王果然变成了一匹白头骡子，女王见自己形容丑陋，不禁泪水簌簌落下，直淌腮边，急忙用前腿擦腮上的泪珠。

白德尔·巴西姆给骡子套上笼头，骡子不让套，他随即离开骡子，到阿卜杜拉老人那里去了。

白德尔·巴西姆向老人报告了情况，老人取出一副笼头，对白德尔·巴西姆说："你把这副笼头给骡子戴上去吧！"

白德尔·巴西姆接过笼头，回到宫中，来到骡子跟前。骡子见白德尔·巴西姆走来，立即迎上去，让白德尔·巴西姆给自己套上笼头。之后，白德尔·巴西姆骑上骡子，走出宫门，向菜果商贩阿卜杜拉老人的店铺走去。

阿卜杜拉看见女王变成的骡子，说道："你这个可恶的老妖婆，终于受到了安拉的惩治！"

老人对白德尔·巴西姆说："孩子，你不能再在这里住下去了！你骑上骡子，愿意去哪里，就去哪里吧！千万不要把缰绳交给任何人！"

白德尔·巴西姆谢过阿卜杜拉老人，依依惜别离去。

白德尔·巴西姆骑着骡子跋涉了三天，来到一座城下，遇到一位老头儿。那老头儿见白德尔·巴西姆容貌端正，便问："孩子，你从哪儿来？"

白德尔·巴西姆回答："我从女妖王城来。"

"今夜就到我家去住吧！"

"多谢老人家！"

白德尔·巴西姆跟着老头儿走去。

没走多远，遇见一个老太太。那老太太看见白德尔·巴西姆骑的白头骡子，不禁泪水如注，边哭边说："万物非主，唯有安拉！这头骡子很像是我儿子那匹死了的骡子，令我日夜伤心，思念百倍。先生,看在安拉的面儿上,求你把这头骡子卖给我吧!"

白德尔·巴西姆说:"凭安拉起誓,老妈妈,我是不能卖掉它的。"

"看在安拉的面儿上,请先生千万不要拒绝我的请求!假若我不买回这头骡子,我的儿子必死无疑。"

老太太再三哀求,白德尔·巴西姆只得说:"这头骡子,非给一千第纳尔金币才能卖⋯⋯"

白德尔·巴西姆刚说完这句话,心想:"这个老太婆到哪里去弄一千第纳尔金币呢?"

说也奇怪,白德尔·巴西姆话音未落,老太太从腰间取出一个装有一千第纳尔金币的钱袋,递向白德尔·巴西姆手里。

白德尔·巴西姆见老太太有钱,急忙改口说:"老妈妈,我是跟您开玩笑!这头骡子,您出多少钱,我也不能卖!"

老太太瞪眼望着白德尔·巴西姆,说:"孩子,这个地方没有人撒谎;谁撒谎,就会被杀掉的。"

老太太这样一说,白德尔·巴西姆不敢违抗,只得离鞍下地⋯⋯

讲到这里,眼见东方透出黎明的曙光,莎赫札德戛然止声。

第七百五十六夜

夜幕垂降,莎赫札德接着讲故事:

幸福的国王陛下，白德尔·巴西姆见老太太有钱，急忙改口说："老妈妈，我是跟您开玩笑！这头骡子，您出多少钱，我也不能卖！"

老太太瞪眼望着白德尔·巴西姆，说："孩子，这个地方没有人撒谎；谁撒谎，就会被杀掉的。"

老太太这样一说，白德尔·巴西姆不敢违抗，只得离鞍，把缰绳交给了老太太。

老太太接过缰绳，取下嚼子和笼头，用手蘸了一点儿水，洒在骡子的身上，同时说："我的女儿，恢复你的原形吧！"

骡子一抖身子，变成了一个女人，原来就是那个女妖王，母女俩随即拥抱在一起。

见此情景，白德尔·巴西姆知道自己中了老太太的诡计，转身想溜走，却听老太太打了一声口哨，刹那间，一个大山似的魔鬼出现在他的面前，白德尔·巴西姆吓得魂不附体，一时不知如何是好。

老太太跃上魔鬼背，让女儿坐在身后，把白德尔·巴西姆抱在胸前，魔鬼腾空而起，飞行不到一个时辰，便到了女王拉卜的魔城。

女王重新坐在宝座上，对白德尔·巴西姆说："你这个坏蛋，来到这个地方，我就可以为所欲为了。我将让你看看我怎样处置你和那个卖菜的老头儿！我对他那样好，他却暗算我。你是通过他才达到目的的。"

说着，女王蘸了点儿水，洒在白德尔·巴西姆的身上，并且说："你脱离人形，给我变成一只形容极丑的鸟儿！"

话音未落，白德尔·巴西姆果然变成了一只难看的鸟儿，女王将之关在笼子里，既不给食吃，也不给水喝。

一宫女见此情景，顿生怜悯之心，偷偷给鸟儿送水添食。一天，宫女趁女王不注意时，溜出宫门，向卖菜的阿卜杜拉老人报告了这个情况，并且说："老人家，女妖王拉卜要害死你的侄子，快设法救救他吧！"

老人衷心感谢宫女，并说："我一定把本城从她的魔掌中解救出来，让你取代她而成为本城的女王！"

说罢，阿卜杜拉老人打了一声口哨，一只生着四只翅膀的飞魔出现在他的面前。老人对飞魔说："把这位宫女送到基娜梓·白哈里及其母亲珐拉莎那里去，她俩是当今最通晓魔法的大师。"

老人又叮嘱宫女："孩子，到了那里，你告诉那母女俩，就说白德尔·巴西姆被女王拉卜抓去了。"

飞魔抱着宫女，腾空而起。仅过一个时辰，便落在基娜梓·白哈里的宫殿顶上。

宫女走下殿顶，见到基娜梓·白哈里，把白德尔·巴西姆的处境告诉了她。

基娜梓·白哈里感谢宫女报告儿子的情况，随即设宴热情款待宫女一番。

国王白德尔·巴西姆有了下落，喜讯迅速传遍全城，国家重臣们喜不自禁。

基娜梓·白哈里及母亲珐拉莎、哥哥萨里哈即唤来神兵海将，准备发兵解救白德尔·巴西姆。因为赛曼德勒国王被俘，他手下的神王兵将也全部归顺了萨里哈。

神兵、海将、神王听基娜梓·白哈里一声令下，当即腾空而起，一直飞到魔城。他们动手将女妖王拉卜的宫殿洗劫一空，然后抢劫全城，转眼之间杀光了城中的全部异教徒。

基娜梓·白哈里问宫女："我的儿子在什么地方？"

宫女走去，提着一只笼子走来，指着笼中的鸟儿，说："夫人，这就是你的儿子。"

基娜梓·白哈里取出笼中鸟儿，用手蘸了点儿水，洒在鸟儿的身上，同时说："恢复你的原形！"

话音未落，鸟儿一抖身子，变成了容颜英俊的白德尔·巴西姆。

母亲看见儿子，急忙走上前去，将儿子紧紧抱在怀里，亲了又亲，吻了又吻，喜泪纵横，痛哭失声。

萨里哈及其母亲珐拉莎，还有几位堂妹，相继走上前去，亲吻白德尔·巴西姆。

基娜梓·白哈里派宫女请来阿卜杜拉老人，对他关怀、体贴白德尔·巴西姆的善举表示衷心感谢，随后将那位宫女许配给老人，当即举行婚礼，新娘新郎入洞房，共享天伦之乐。

旋即，基娜梓·白哈里委任阿卜杜拉老人出任那座城的国王，并召集城中穆斯林，要他们宣誓效忠阿卜杜拉国王。穆斯林们立誓服从阿卜杜拉国王的命令，决心全力效劳。

一切安排停当，基娜梓·白哈里一行告别阿卜杜拉国王，起程回返故国京都。

他们回到京城，城中居民装点城郭，张灯结彩，热烈迎接白德尔·巴西姆国王平安归来，整个京城沉浸在一片巨大欢乐之中。

白德尔·巴西姆对母亲说："母亲，我该成家立业了，以期团团圆圆，尽享天伦之乐。"

基娜梓·白哈里说："孩子，你的想法很好！不过，你要耐心等一等，容我打问一下，看哪位国王的千金能配得上你。"

外祖母珐拉莎、舅舅萨里哈和姨妈们异口同声地说："白德尔·巴西姆，我们都会帮助你实现你的愿望的！"

随后，他们分头为白德尔物色美女。

基娜梓·白哈里把众宫女叫到面前，让她们骑着飞魔去为白德尔·巴西姆选美。基娜梓·白哈里叮嘱她们说："宫女们，你们不要放过一座京城，不要忽略任何一座宫殿，要留心打量、端详那里的每一位公主，从中选出最美丽的姑娘，让她做你们的王后！"

白德尔·巴西姆认为选美之事会累坏宫女们，于是对母亲说："母亲，不必麻烦她们了！除了赛曼德勒国王的女儿朱海莱公主，我谁都不要。因为朱海莱公主就像自己的名字一样，真是一块儿美玉①，净洁无瑕，美妙无双。"

"哦，我明白你的心思了！"母亲惊叹道。

基娜梓·白哈里把赛曼德勒国王和白德尔·巴西姆叫到面前，白德尔·巴西姆国王亲口向赛曼德勒国王的女儿朱海莱公主求婚。赛曼德勒国王听后，喜不自禁，笑逐颜开地说："国王陛下，小女是国王的女仆，随时准备为陛下效力。"

随后，赛曼德勒国王派飞魔们去接朱海莱公主，并让他们告诉公主，说她的父王就在白德尔·巴西姆国王的宫中。

飞魔得令，立即腾空而起，飞上天空。一个时辰过后，他们便带着朱海莱公主降落在白德尔·巴西姆国王的宫殿里。

朱海莱公主一眼看见父王，快步走上前去，扑到父王的怀里。

赛曼德勒国王望着女儿，说："孩子，父王高兴地告诉你，我已把你许配给当今最伟大的天子白德尔·巴西姆国王。白德尔·巴西姆国王门第高贵，地位显赫，容颜俊美无比，只有你才配得上他，也只有他才配得上你。"

朱海莱公主说："父王，我不违抗父命，就照你的意思办吧！"

---

① 朱海莱，音译，在阿拉伯语中，意为"美玉""宝石""珠宝"。

一切商量妥当，派人请来法官、证人，为白德尔·巴西姆国王和朱海莱公主写就婚书。

得知白德尔·巴西姆国王将要成亲，京城居民欢呼雀跃，兴高采烈，张灯结彩，装点城郭，顷刻间人们沉浸在一片节日气氛之中。

随即，白德尔·巴西姆国王发令，大赦天下，接济鳏寡孤独，向文武百官赐赠锦袍。继之，举行盛大结婚庆典，大摆筵席，一连十天，宫内宫外，欢声雷动，歌舞彻夜，热闹空前。

婚礼毕，白德尔·巴西姆国王向赛曼德勒国王赠送了锦袍，并派大队人马护送赛曼德勒国王及亲属回国。

自此之后，他们尽享天伦之乐，直至各眠丘山。

愿安拉怜悯他们。

讲到这里，莎赫札德戛然止声。

妹妹杜娅札德说："姐姐，你讲的故事真精彩，真奇妙，真动人！"

莎赫札德说："如蒙国王陛下厚恩，能再留我一夜，我明夜讲的故事将更加精彩，更加美妙，更加动人。"

舍赫亚尔国王说："天色尚早，你就接着讲下去吧！"

莎赫札德开始讲《赛伊夫·穆鲁克与白迪阿·贾玛丽》的故事：

相传，许久许久以前，有位波斯国王，名叫穆罕默德·本·赛巴义克。他统治着呼罗珊大地，每年总要发兵攻打印度、信德、中国等被异教徒统治的国家。

穆罕默德是一位公正、勇敢、慷慨、仁慈的君主。他素喜对饮畅谈、朗诵诗歌、讲故事，尤其喜欢夜下谈论先贤的奇闻逸事。每逢有人给他讲一个精彩的故事，他必给以重赏。

相传，有一次，一位异乡客给他讲了一个奇妙的故事，他认为极为精彩，令其欣喜异常，当即赏一千第纳尔金币，并还赏给一匹鞍鞯齐全、精美的宝马，另赐赠锦袍一身。那位异乡客从头到脚衣着一新，带着钱，骑上宝马，欢快而归。还有一次，一位外乡人给他讲了一个美妙的故事，同样得到了金钱、锦袍和骏马，外加一千第纳尔。

穆罕默德国王重赏讲故事人的消息不胫而走，迅速传遍各国。有一位巨商，名叫哈桑，听到这个消息，很想把一个奇妙的故事献给国王。这位巨商品格高尚，慷慨大方，博学多才，喜诗善文，待人宽厚。

穆罕默德国王的宰相是个小肚鸡肠之辈，心术不正、嫉贤妒能，既不喜欢富人，也不喜欢穷人。每当有人来拜见国王，给国王讲上一个故事，国王赏赐讲故事的人时，宰相的心里总是酸溜溜的，必对其生嫉妒之心，甚至说："此类事空耗钱财；长此以往，必毁江山社稷。"牢骚、怨恨之情昭然若揭。

国王听说商人哈桑才学出众，遂派人将他召入宫中。

国王对哈桑说："哈桑先生，不瞒你说，因为我赏赐墨客文人和讲故事的异乡客，我的宰相对我大为不满，牢骚满腹。尽管如此，我仍希望你能给我讲个故事。如果你讲的故事确实精彩，是我从未听过的，我不仅给你封地，而且还将让你担任我的宰相，代我治理国家，掌管臣民；假若你讲不出我所期待的故事，那么，我可就不客气了，不但要没收你的全部家产，还要把你赶出这个国家。"

哈桑听后，回答道："国王陛下，奴才悉听圣命！不过，恳请陛下给我一年时间，我定能奉献一个前人未曾讲过、陛下未曾听过的故事，那定是一个再好不过、无与伦比的精彩故事。"

"好吧！一言为定，给你一年时间！"

国王说罢，令宫役取来一件锦袍，给哈桑穿在身上。

国王又叮嘱说："哈桑先生，一年之内，你要静守家中，不得骑马外出，直至实现我的要求。到那时，你如果能讲个精彩的故事给我听，必有重赏，我把答应的一切，全部给你；如若不然，你是你，我是我，你就只能自饮苦酒了。"

讲到这里，眼见东方透出黎明的曙光，莎赫札德戛然止声。

第七百五十七夜

夜幕垂降，莎赫札德接着讲故事：

幸福的国王陛下，国王穆罕默德·本·赛巴义克要商人哈桑讲一个新奇故事，哈桑要求国王给他自己一年时间，国王一口应允，并说："哈桑先生，一年之内，你要静守家中，不得骑马外出，直至实现我的要求。到那时，你如果能讲个精彩的故事给我听，必有重赏，我把答应的一切，全部给你；如若不然，你是你，我是我，你就只能自饮苦酒了。"

哈桑听后，向国王行过吻地礼，告辞转身离去。

哈桑回到家中，挑选出五个家仆，个个识文断字，人人博古通今，哈桑发给每人五千第纳尔金币，然后对他们说："俗话说，'养兵千日，用兵一时'，我今天就要用你们了。你们必全力助我，把我从国王的利剑下拯救出来……"

家仆一听，大惊失色，问道："老爷，究竟发生了什么事？何以到剑下救人的地步？"

"说来话长，只能日后再讲了。我有件急事，要你们办！"

"我们愿为老爷赎身！"家仆异口同声。

"我想派你们外出，每人到一个地方，广泛接触文人学士，尤其要访问故事大王，把《赛伊夫·穆鲁克与白迪阿·贾玛丽》的故事给我搜集来。如果听到或见到这个故事的本子，要不惜重金买下，即使索价一千第纳尔金币，手中没钱，也要立即买下，答应几日之后将钱如数送到。谁能够找到这个故事，我必有重赏，并让他成为我的至亲密友。"

接着，商人哈桑对第一个家仆说："你去印度、信德及周围地区！"

又对第二个家仆说："你去马格里布及其周边国家。"

……

最后，哈桑对第五个家仆说："你去沙姆、埃及……"

任务分配完毕，哈桑为他们选择了一个吉利的日子，对他们说："你们今天出发吧！你们务必努力满足我的要求，千万不可懈怠，竭尽全力，只准成功，不能空劳！"

五个家仆告别主人，各奔一方，扬鞭策马而去。

四个月转眼过去，有四个家仆一无所得，空手而归。他们回来向主人报告情况后，哈桑十分失望，闷闷不乐。

第五个家仆进入沙姆，到达大马士革城，但见那是一个安静、祥和的美丽城市，树木繁茂，河渠纵横，百花争艳，鸟雀啼鸣，合赞创造日和夜的唯一伟大的安拉。

他在那里住了几天，四处打听主人托付的那个故事，结果没有人能说出个究竟。正当他想离开大马士革,到别的地方去时,忽见一个小伙子急速跑来,不期绊了一跤,跌倒在地。家仆忙走过去,拉起小伙子,问:"喂,小伙子,你跑什么呢?你这么急,莫非有什么急事?"

那青年回答道:"我们这里有位老人,年高德劭,满腹经纶,每天都来讲故事。他讲的故事新奇动人,都是我们没有听过的。我跑这么快,就是想占一个座位,离讲故事的老人近一点儿;因为听的人太多,我怕去晚了,占不到座位。"

"你带我一道去听故事好吗?"

"好哇!那就快跟我走吧!"

家仆关上门,跟着那个青年走去。

二人来到老人讲故事的地方,商人哈桑的家仆定神望去,只见那是一位容貌端庄的老人,坐在一张椅子上,正在给人们讲故事。于是,家仆挤到离老人很近的地方坐了下来,侧耳聆听老人讲故事。

日落之时,老人讲完一段故事,众人散去,哈桑的家仆方才走上前去,向老人致意问安,老人非常礼貌地回礼,再三向他致安。

哈桑的家仆对老人说:"老人家,您德高望重,所讲的故事美妙动听,我想向您打听一件事情,不知是否方便?"

老人爽朗地说:"小伙子,想打听什么,只管开口就是了。"

"您老手中可有《赛伊夫·穆鲁克与白迪阿·贾玛丽》的故事?"

"你是从哪儿听来的,是谁告诉你有这样一个故事的?"

"我不是从任何人那里听到的。晚辈远道而来,就是为了寻求这个故事。老人家,只要您有这个故事,您就开个价,要多少钱,我就付多少钱。老人家,晚辈恳求您把这个故事给我,权作您的一次恩赐；若能如愿，晚辈定会报答您的厚恩，纵使我捐出生命，也在所不惜。"

老人说："小伙子，你只管放心，我会把这个故事讲给你的。不过，这个故事不能讲给路人听，我也不能把原稿交给任何人。"

"老人家，看在安拉的面儿上，求您对我网开一面，千万不要吝啬啊！要多少钱，您只管开价。"

"你如果非要这个故事不可，那就给我一百第纳尔金币，另外要依我五个条件。"

商人哈桑的家仆得知这故事确实在老人手中，心中十分高兴，连忙说："老人家，我给您一百第纳尔金币，另加十第纳尔金币作酬金。莫说外加五个条件，就是加十个条件，我也接受。"

老人说："你回去拿钱吧！付了钱，我就把故事给你。"

家仆站起来，吻了吻老人的手，然后告别老人，高高兴兴地回到住处，拿出一百一十第纳尔金币，放在钱袋里，方才宽衣安睡。

次日天一亮，家仆便早早起床，穿好衣服，带上钱，直奔老人家的宅门。

家仆见到老人坐在门口，上前问安。老人回过礼，家仆把钱袋递到老人的手里。老人接过钱袋，把家仆领进家门，让他坐下。旋即，老人取来笔、墨和纸，接着拿出一本书，对家仆说："《赛伊夫·穆鲁克与白迪阿·贾玛丽》的故事就在这本书中，你开始抄吧！"

哈桑的家仆坐下，挥笔抄写，不多时便把故事抄完了。随后，他给老人读了一遍，老人一番仔细校阅。校完之后，老人对哈桑的家仆说："孩子，听我讲那五个条件，第一，不得把这个故事讲给众人听；第二，不得把这个故事讲给太太、小姐和女仆听；第三，不要把这个故事讲给不懂礼貌的愚民听；第四，不得把这个故事讲给童子听;第五,只能把这个故事讲给帝王将相和有识之士听。"

哈桑的家仆表示完全接受这五个条件,他站起来,热情亲吻老人的手,向老人告别后,转身离去。

讲到这里,眼见东方透出黎明的曙光,莎赫札德戛然止声。

第七百五十八夜

夜幕垂降,莎赫札德接着讲故事:

幸福的国王陛下,哈桑的家仆坐下,挥笔抄写,不多时便把故事抄完了。随后,他给老人读了一遍,老人一番仔细校阅。校完之后,老人对哈桑的家仆说:"孩子,听我讲那五个条件,第一,不得把这个故事讲给众人听;第二,不得把这个故事讲给太太、小姐和女仆听;第三,不要把这个故事讲给不懂礼貌的愚民听;第四,不得把这个故事讲给童子听;第五,只能把这个故事讲给帝王将相和有识之士听。"

哈桑的家仆表示完全接受这五个条件,他站起来,热情亲吻老人的手,向老人告别后,转身离去。

就在当天,哈桑的家仆收拾行装,立即踏上了归程。因为得到了《赛伊夫·穆鲁克与白迪阿·贾玛丽》的故事,家仆心花怒放,一路快马加鞭,正所谓"春风得意马蹄疾",日夜兼程,不几天,便进入了自己的国境。

家仆派随从先向主人哈桑报喜,说他已经圆满完成了任务,不日即可平安返回。当他带着故事回到主人面前时,离国王给商人哈桑的限期仅仅剩下十天时间。

第五个家仆胜利返回,见到主人哈桑,报告得到了《赛伊夫·穆鲁克与白迪阿·贾玛丽》的故事的情况,哈桑喜不自禁,若痴若狂。

旋即,家仆将故事抄本交给主人哈桑。

哈桑见到《赛伊夫·穆鲁克与白迪阿·贾玛丽》的故事的抄本,欣喜不已,立即赏给这个家仆一身锦袍、十匹骏马、十峰骆驼、十头骡子,外加三个奴隶和两个女仆。

商人哈桑取来笔墨和纸,亲手抄了一个副本,随后带着原抄本径直向王宫走去。

哈桑来到大殿,向国王行过吻地礼,说:"国王陛下,我带来了一个故事,新奇美妙,谁也不曾听过。"

国王听商人哈桑这样一说,立即召集文武百官,文人雅士、诗人贤哲等博学多才者一齐进殿。商人哈桑坐下来,开始向国王讲这个故事。

哈桑讲完《赛伊夫·穆鲁克与白迪阿·贾玛丽》的故事,国王及在座者无不称奇叫绝,纷纷解囊,向哈桑赠送金银和宝石。国王赐赠锦袍一身,加封庄园一座,随后拜哈桑为右丞相。国王还令宫廷录事将故事用金水抄写下来,将之永远保存在皇家文库里;每当国王烦闷之时,便请右丞相哈桑给他讲这个故事。

究竟《赛伊夫·穆鲁克与白迪阿·贾玛丽》的故事新奇绝妙何在,且请列位慢慢听来!

相传,很久很久以前,埃及有位国王,名叫阿绥姆·本·萨夫旺。

阿绥姆国王是个慷慨大度、威风凛凛的君王。他统治着许多地方，手握重兵，城堡无数。他有一位宰相，名叫法里斯·本·萨里哈。他们原本崇拜太阳和火，而不信唯一万能的安拉。

阿绥姆国王已是一位年高一百八十岁的老人，体弱多病，老态龙钟，膝下却无一男半女，因而整日心中惆怅不安。

有一天，阿绥姆国王端坐宝椅，文臣武将分站两厢。国王见众臣子都带着自己的孩子，少则一个，多则俩仨，国王心想："看上去，每位朝臣都因为自己有子嗣而高兴，而寡人无后，一旦挺腿儿合眼，我的王位、田园、金钱与家产，不就都被他人拿去了吗？到那时，世人将把我忘得一干二净……"

想到这里，阿绥姆国王不禁忧伤难耐，头也不抬，伤心地哭了起来。随后，他离开宝座，坐在地上，号啕大哭，泣不成声。

宰相及在场的大臣们见此情景，一时不知如何是好，宰相对大家说："退朝，退朝！等国王平静下来，我再去呼唤大家上朝。"

众臣子退下，大殿里只剩下国王和宰相二人。

国王慢慢平静下来，宰相向国王行过吻地礼，然后说："国王陛下，你为何难过落泪呢？莫非文臣武将中有谁反对国王陛下？若真有这样的事情，陛下只管明说，臣定会将之抓来，令之骨肉与灵魂分家。"

国王还是低着头，一句话都不说。

宰相再次向国王行吻地礼，然后说："国王陛下，我就像陛下的儿子和奴仆，正是陛下一手培养了我。假如我不了解陛下忧愁、郁闷的原因何在，那么，谁还能了解呢？在你的面前，谁又能取代我的位置呢？请陛下把哭泣、痛苦的原因告诉我吧！"

阿绥姆国王依旧头不抬、口不张，一句话都不说，反而哭得更伤心，继之失声痛哭起来。

宰相耐心等了一会儿,说:"国王陛下,你若不把内心的忧郁告诉臣子,我便立即死在国王面前,也好免得臣见此情况伤心。"

国王听说宰相寻死,这才抬起头来,擦了擦眼泪,说:"相爷阁下,就不要问我忧愁和焦虑的原因了!我心中的痛苦已够我忍受的了。"

"国王陛下,你为何哭泣落泪呢?请告诉我吧!也许安拉会通过我使你得到宽慰,使你的忧愁得到排解。"

讲到这里,眼见东方透出黎明的曙光,莎赫札德戛然止声。

❖ 第七百五十九夜 ❖

夜幕垂降,莎赫札德接着讲故事:

幸福的国王陛下,阿绥姆国王依旧头不抬、口不张,一句话都不说,反而哭得更伤心,继之失声痛哭起来。

宰相耐心等了一会儿,说:"国王陛下,你若不把内心的忧郁告诉臣子,我便立即死在国王面前,也好免得臣见此情况伤心。"

国王听说宰相寻死,这才抬起头来,擦了擦眼泪,说:"相爷阁下,就不要问我忧愁和焦虑的原因了!我心中的痛苦已够我忍受的了。"

"国王陛下,你为何哭泣落泪呢?请告诉我吧!也许安拉会通过我使你得到宽慰,使你的忧愁得到排解。"

国王说:"相爷阁下,我之所以落泪,非为名,非为利。如今,寡人一百八十岁，不曾有一男半女，一旦入土，我的形体和容貌必被抹去，无人会记起我的名字。到那时，外人将坐上我的宝座，王权归他人所有，家财、庄园等，不就都改姓了吗……想到这些，我怎会不痛哭流泪！"

"国王陛下，我比您还要长一百岁，不也是没有儿子，同样日日夜夜沉浸在忧愁苦恼之中吗？我们该怎么办呢？不过，国王陛下，我听说苏莱曼·本·达伍德大帝不像我们崇拜太阳和火，而是崇拜唯一的万能之主，我们应该带着礼物去访问他一趟，让他求他的万能之主赐予我和您各一个儿子呢？"

听宰相这样一说，阿绥姆国王的脸上绽现出一丝希望之光，沉思片刻后，说："不妨一去！不妨一去！"

宰相告别国王，经过一番准备，带上贵重礼物，踏上了拜访苏莱曼大帝的征程。

安拉降默示给苏莱曼大帝："苏莱曼，埃及国王已派他的宰相携带礼物和珍宝前来，想拜见你……请你即派宰相阿绥福·本·白尔海亚前往迎接，带上膳食，送往安营之地。他来之后，你要对他说……然后对他说，他的要求尽可满足……最后动员他皈依伊斯兰教。"

苏莱曼大帝得到安拉默示，马上派宰相阿绥福率侍从带着膳食及牲口吃的草料，前往来客的安营处，热情欢迎贵客来访。

阿绥福宰相来到埃及宰相法里斯安营之地，上前表示热烈欢迎，亲切问安，给来客送上膳食，为牲口提供草料。

阿绥福宰相说："欢迎远方来客！保你们如愿以偿，请只管放心就是。"

法里斯宰相听主人这样一说，甚是纳闷儿，心想："谁告诉他们，我们来此有求呢？"随后问："宰相大人，谁告诉你们我们来此有求呢？又是谁把我们的来意告诉阁下的？"

阿绥福宰相说："苏莱曼大帝告诉我们的。"

"谁默示给大帝的？"

"当然是创造天、地及一切的唯一万能之主告诉大帝的。"

"真是伟大神灵啊！"

"你们不崇拜万能之主？"

"我们崇拜太阳，向太阳叩头。"

"太阳只是安拉创造的一颗星球，不是万物的主宰。太阳时出时落，而万能的安拉无处不在，无时不在，无始无终，无所不能。"

交谈片刻，阿绥福宰相立即接远道来客进城。来客收起营帐，宾主一道起程，走了没有多长时间，来到了苏莱曼大帝的京城附近。

苏莱曼大帝即令他的神将神兵等列队路旁；只见海兽、大象、老虎、豹子等在路旁排成两列，按类别分行排队；各种妖魔鬼怪都露出了眼睛，形态各异，容颜吓人；各种鸟儿张开翅膀，为来客遮阴蔽日，同时用各种语言、声调唱着欢快的歌。

埃及客人的队伍到此一看，人人恐惧万分，简直不敢迈步前进。

阿绥福宰相对他们说："请在他们中间往前走吧，不要害怕！他们都是苏莱曼大帝的臣民，不会给你们造成任何麻烦和伤害。"

阿绥福宰相走在欢迎队伍中间，客人们随后走去，其中包括埃及宰相法里斯，但见他们人人面浮惧色，个个心存疑虑。

他们走进京城，主人把埃及宰相法里斯一行安排在迎宾馆内，对他们热情款待；三天之后，将客人带到苏莱曼大帝的面前。

他们见到苏莱曼大帝，都想向大帝行吻地礼，但大帝立即阻拦说："人只能向开天辟地的伟大之主安拉顶礼膜拜。你们要站要坐，随便吧!"

宾主们服从苏莱曼大帝的旨意,法里斯宰相及部分侍从坐了下来,几个小官员则站在那里伺候他们。

宾主落座,摆上筵席,一道进餐。

宴毕,苏莱曼大帝说:"宰相阁下,有何要求,只管开口讲就是,什么也不要怕。你远道而来,必定有要事,请照直说出,我来帮你解决困难。宰相阁下,你的来意,让我先说一遍吧!埃及阿绥姆国王陛下,因为年迈体弱,不曾生养一男半女,故日夜沉浸在忧愁之中。一天,阿绥姆国王端坐宝椅,接受群臣朝拜。国王见前来朝拜的百官个个膝下有子,少则一个,多则俩仨,自己心里甚觉难过。百官们站在那里伺候国王,国王却想到自己无子无女,不禁十分伤心。国王心想:'我死之后,谁将继承我的王位呢?莫非将是一个异乡陌生人统治我的江山,仿佛我这个人根本不存在过。'国王想到这里,深深陷入忧虑之中。他想着想着,不禁惆怅万分,潸然泪下。随之用手捂住脸,大哭起来。随后,国王离开宝座,坐在地上,号啕大哭不止……"

说到这里,苏莱曼大帝叹了口气,接着说:"其实,阿绥姆国王的心事,只有伟大安拉全知。"

讲到这里,眼见东方透出黎明的曙光,莎赫札德戛然止声。

第七百六十夜

夜幕垂降,莎赫札德接着讲故事:

幸福的国王陛下,苏莱曼大帝又把国王同宰相之间的谈话从头到尾详细地对法里斯说了一遍,然后问:"宰相阁下,我说的符合实际情况吗?"

法里斯宰相说:"安拉的先知啊,大帝陛下说的与实际情况不差分毫。不过,我有一事不明,想问一下,我与国王谈话时,没有第三人在场,我也没向别人透露过,谁也不知道这件事,谁能把此事告诉陛下呢?"

"伟大的安拉全知,是安拉降默示给我的。安拉能见肉眼见不到的东西,能知人心底里的隐秘。"

"正如大帝所说,这真是万能之主啊!"

说罢,法里斯宰相与其随行人员齐声说:"我证万物非主,唯有安拉;我证易卜拉欣是安拉的使者。"

之后,他们全都皈依了伊斯兰教。

苏莱曼大帝说:"相爷阁下,你还带来了礼物和珍宝。"

接着,苏莱曼大帝如数家珍,把宰相带来的礼物述说了一遍,一件不多,半件不少。苏莱曼大帝说:"相爷阁下,这些礼物,我全收下了。不过,我要把它全部赠送给你。你和你的随行人员到宾馆先休息一下,我们明天再谈,也好消除旅途疲劳。但期按照创造天、地及万物的伟大安拉定的意志,满足你的要求。"

法里斯宰相告别苏莱曼大帝,前往下榻处休息去了。

第二天清晨,法里斯宰相按时前往拜见苏莱曼大帝。苏莱曼大帝对法里斯宰相说:"宰相阁下,你回到埃及,见到阿绥姆国王,约他一起攀上一棵树,待在树上,不要吱声。等到午后天气凉爽下来时,就从树上下来,你们会发现树下有两条蛇爬出来,其中一条头像猴头,另一条的头像魔鬼头。你们看到那两条蛇后,立刻搭弓放箭，将蛇射死。蛇死之后，掐其头去其尾，各裁下一拃长，将中段拿回家去炖熟加味，让你的夫人和国王的王后吃下去，当夜行房，便可蒙伟大安拉默许得以怀孕，妊娠期满，必有男婴降生。"

随后，苏莱曼大帝拿来一枚戒指，一把宝剑和一个包裹，包裹中包有两件缀着宝石的锦袍，一起赠送给法里斯宰相，并叮嘱说："法里斯宰相阁下，日后二位的公子长大成人，这两件锦袍，给二位公子各一件。"

苏莱曼大帝稍稍停顿，又说："相爷阁下，伟大安拉已满足了你的要求，我不便久留你，你该起程返里了。因为阿绥姆国王日夜急切地等着你，双目朝夕望着大路，正所谓心急如焚，望眼欲穿哪！"

法里斯宰相吻过苏莱曼大帝的手，接过礼物，依依惜别，然后踏上了归途。

法里斯宰相如获至宝，喜在心里，乐在眉梢，轻松踏上归途，扬鞭策马，日夜兼程，人不离鞍，马不停蹄，一直抵达埃及边境。宰相立即打发一侍从赶往京城，向阿绥姆国王报告喜讯。

阿绥姆国王得知宰相完成任务，胜利归返，他及文武百官都为宰相平安顺利感到不胜喜悦。

法里斯宰相到了王宫，君臣相见，宰相急忙上前行礼，向国王说明圆满完成了任务，并向国内外宣讲伊斯兰教教义，国王随即皈依了伊斯兰教。

阿绥姆国王对法里斯宰相说："相爷阁下，你先回家好好睡上一觉，洗个热水澡，过一周，我们再共商大计。"

宰相行礼告辞，转回家中。

法里斯宰相一连休息了七天。之后进宫去见国王，把自己与苏莱曼大帝之间的全部谈话，向国王说了一遍。宰相说："国王陛下，随我来吧!"

阿绥姆国王随宰相走去,各持一张弓、一支箭,然后攀上一棵大树,静静地等到红日西斜,晡时来临,方才从树上下来。

二人刚刚站稳,果见两条蛇从树根下爬了出来,周身金黄色环纹,一条长着猴头,另一条长着鬼头,新奇罕见。国王见蛇身上有黄色环纹,不禁喜在心里,觉得那蛇十分可爱。国王对宰相说:"相爷,你瞧这两条蛇身上都有金色环纹,头又不一般,真是罕见得很哪!我们把它逮回去,放在笼中观赏吧!"

宰相说:"安拉创造了这样两条蛇,必有大用!快搭弓放箭,你射杀一条,我射杀另一条吧!"

宰相说罢,二人搭弓放箭,顷刻间,两条蛇顿时丧命箭下。之后,按苏莱曼大帝叮嘱的那样,掐其头去其尾,各裁下一拃长,剩下中段,带回家中,交给御厨主事,并叮嘱道:"拿去炖熟,加好佐料,分盛在两个小碗里,按时送来,不得有误!"

讲到这里,眼见东方透出黎明的曙光,莎赫札德戛然止声。

第七百六十一夜

夜幕垂降,莎赫札德接着讲故事:

幸福的国王陛下,阿绥姆国王和法里斯宰相从树上下来,看见那两条蛇,国王对宰相说:"相爷,你瞧这两条蛇身上都有金色环纹,头又不一般,真是罕见得很哪!我们把它逮回去,放在笼中观赏吧!"

宰相说:"安拉创造了这样两条蛇,必有大用!快搭弓放箭,你射杀一条,我射杀另一条吧!"

宰相说罢,二人搭弓放箭,顷刻间,两条蛇顿时丧命箭下。之后,按苏莱曼大帝叮嘱的那样,掐其头去其尾,各裁下一拃长,剩下中段,带回家中,交给御厨主事,并叮嘱道:"拿去炖熟,加好佐料,分盛在两个小碗里,按时送来,不得有误!"

御厨主事接过蛇肉,精心洗净,加火炖好,放上佐料,分盛两碗,按照规定的时间,送到了国王和宰相面前。

国王拿去送给王后吃下,宰相带回交给夫人吃下,当夜各抱妻子一番云雨情,王后和相国夫人果然当夜有喜。

不知不觉三个月过去了。阿绥姆国王有些怀疑,心想:"难道这种事真会发生吗?是真还是假呢?"

一天,王后坐在寝宫,忽然感觉到胎儿在腹中动弹起来,这才知道自己真的怀了孕,一时感到疼痛难忍,脸色都变白了,急忙唤来大太监,对他说:"快,你快去找国王,不管国王在哪里,都要找到!你告诉国王,说王后腹中的胎儿动了……快去!"

大太监高高兴兴去见国王,但见国王独坐一处,手托着下巴,正在沉思着什么。

大太监走上前去,向国王行吻地礼,禀报说:"国王陛下,王后觉腹中胎动……"

听大太监这样一说,国王站起来,欣喜若狂,忙亲吻大太监的手和头,随手将身上的锦袍脱下来,赐赠给了大太监。

国王带着大太监快步来到大殿,对文武百官说:"谁敬重本王,就请慷慨解囊,向大太监赠礼吧!因为他向我报告了一个最重要的消息……"

一时之间,文武百官闻声立即行动,大太监收到了金银财宝无数、珍珠宝石若干、骏马、骡子数匹,花园、果林和庄园数处。

恰在这个时候,宰相法里斯来到宫中,对国王说:"国王陛下,我刚坐在家中,心乱如麻,一直在思考着妻子怀孕之事,心想:'难道我的妻子真的怀孕了?'这时,家仆突然进来向我报喜,说我的妻子哈图妮真的怀孕了,而且胎儿在腹中动弹呢,疼得她脸色都变了。我听家仆这样一说,太高兴了,马上把身上的锦袍送给了他,还给了他一千金币,提升他为家仆领班。"

国王说:"相爷阁下,伟大安拉降恩泽、吉祥给我们,为我们指出正道,给我们以正确信仰,对我们宽厚、仁慈,待我们恩深似海,把我们从黑暗中拯救出来,引导我们来到了光明世界。因此,我想把这个喜讯告诉我的臣民。"

"国王陛下,请按照你自己的意愿行事吧!"

"相爷,你立即行动,宣布大赦天下,把关押在牢中的罪犯全放出来,把那些欠债者也都放出来,然后斟酌情况,分别给予济助,免除他们三年赋税。在京城城墙四周砌灶安锅,召集厨师日夜加工各种饭菜,供城周边居民尽情吃饭,开怀畅饮,饱餐三日,还可以把东西带回家中。此外,让全城居民张灯结彩,装点城郭,店铺日夜营业,连续热闹七天七夜。"

宰相立即执行国王的命令,京城居民立刻齐动员,开始装点城堡、高塔,城中大街小巷顿时展现出一片节日景象。人们身着节日盛装,五颜六色,处处流光溢彩,人们吃着、喝着、玩着、乐着,走亲访友,欢乐异常,整个京城沉浸在一片欢乐气氛之中。

王后妊娠期满,阵痛开始了。阿绥姆国王照城中习俗,将知名学士、天文学家和占卜师召进王宫,等候婴儿降生,以便为婴儿的一生占卦算命。

未过多时，王后生下一男婴，容貌俊秀，美丽可爱，就像天空中的一轮圆月。

占卜师和天文学家忙碌起来。经过一番占卜，他们恭恭敬敬地向国王行过吻地礼，向国王表示祝贺，对国王说："国王陛下，我们为王子卜了一卦，卦象表明，王子一生平安幸福；但是，王子前半生，或许遇到一些风险，其中详情，实不敢如实相告。"

国王说："实话实说，不必介意！"

"国王陛下，王子长大成人之后，将远离故土，周游他乡。旅途上，王子乘船，将遇惊涛骇浪，或溺水，或沦为俘虏，备受折磨。总之，王子会遇到重重艰难险阻；若能冲破这些艰险，必定会平安到达目的地。王子后半生顺利平安，王权日渐巩固，疆土日渐扩大，仇敌及嫉妒者，必将拜倒在他的脚下。"

国王听占卜师这样说，似乎满不在乎，随口说道："万事皆由安拉定。人生总要冲破千难万险，方才能度过一生，谁也不能例外。"

随后，国王赠每人锦袍一身，他们一一谢过国王，相继告辞离去。

占卜师、天文学家刚刚走，法里斯宰相兴冲冲走来，向国王行过礼，然后报喜说："国王陛下，我妻子刚刚分娩，生下一男婴，容貌俊美，美如皓月。"

国王说："相爷阁下，恭喜恭喜！快把公子抱进宫来，同时也将夫人送到宫中，让母子与王后母子一起生活吧！"

宰相随即派人将夫人、儿子送进王宫。

七天过后，保姆和乳娘抱着两个孩子来到国王面前，说："国王陛下，给王子和公子起个名字吧！"

国王说："你们给他俩起名吧！"

"国王陛下,新生儿的名字,要由其生身父亲来起。"

国王说:"王子嘛,就用祖先的名字,叫赛伊夫·穆鲁克;相爷的儿子嘛,就叫萨阿德。"

随后,国王赐赠给保姆、乳娘每人锦衣一套,并叮嘱说:"要精心照料两个孩子!"

保姆和乳娘尽心尽力,两个孩子茁壮成长。

两个孩子年满五岁,国王即请名师、大家教他俩识字、读书,请伊斯兰教法学家教他俩背诵《古兰经》。

两个孩子年满十岁,国王请武士教他俩骑马、射箭、击剑和打马球。当年满十五岁时,赛伊夫·穆鲁克和萨阿德身强力壮,精通各门武艺,骑马术尤为超群出众。

国王眼见赛伊夫·穆鲁克王子和萨阿德长大成人,而且武艺超群,心中有说不出的喜悦。

赛伊夫·穆鲁克和萨阿德长成二十岁的青年时,国王对宰相说:"相爷阁下,我有件事情想和你商量一下,听听你的意见。"

宰相说:"陛下想做什么事,就请做吧!你的意见高明可行。"

"朕年事已高,老态龙钟,想躲在一个角落里,专心膜拜安拉,把王位和权力交给我的儿子赛伊夫·穆鲁克。孩子已长大成人,识文断字,武艺超群,已是为王佳期。相爷阁下,你有何意见哪?"

宰相说:"国王陛下,你的想法很好!这是个好主意!赛伊夫·穆鲁克当上国王,我就把相印交给我的儿子萨阿德。萨阿德与王子情同手足,定能很好合作共事;你我一旁观看,可以为他俩出谋划策,足可把他俩引上正道。"

"相爷阁下,请立即草拟诏书,令信使连夜送至各个地区、要塞,吩咐头领在指定的时日内赶至'大象广场'。"

宰相法里斯立即拟就诏书,令信使立即出发,送至阿绥姆国王统治下的各个地区、城堡、要塞的总督、头领处，命令他们在诏书中指定的日期，赶至"大象广场"；同时通知京城居民，不论地位高下，在规定日期，一律到广场参加庆典。

一段时间过后，阿绥姆国王命令宫役们在广场中撑起圆顶大帐篷，精心装点一番，然后将国王只有在盛大节日庆典上才坐的宝椅移入大帐之中。宫役们从命，一一照办。

庆典的日子到了。这天，国王在众侍卫簇拥下步出王宫。国王吩咐传令官沿街高声呼喊："奉大慈大悲安拉之名！公众们，到广场参加庆典喽……"

国家重臣、文官武将、各地公侯相继来到"大象广场"，按照等级、爵位排好，有的坐着，有的站着。

国王下令摆上筵席，人们开始吃喝，纷纷为国王祈祷祝福。国王吩咐侍卫，要他们向人们发布国王命令："公众们，谁也不要离开，国王陛下有话要讲。"

帐帘拉开，国王开始讲话："臣民们，请坐下来，听我讲话。"

只见人们全都坐了下来，广场上一片寂静，大家心里的恐惧感消失一净。

国王站起来，要人们坐好，继续讲道："王公大人、国家重臣、文武官员及在座的所有臣民，你们可知道，这江山是我从祖辈那里继承下来的吗？"

听者们异口同声回答："国王陛下，我们都知道这一点。"

"我和你们一样，本来全都崇拜太阳和月亮。伟大安拉给我们降示了正教，把我们从黑暗中解救出来，将我们带入了光明天地，引导我们皈依了伊斯兰教。你们要知道，如今我年事已高，老态龙钟，体弱多病，我打算静坐在一个角落里，专心膜拜安拉，求安拉宽恕我的罪过。这是我的儿子赛伊夫·穆鲁克。你们都知道他是个好青年，口齿伶俐，聪明机敏，博古通今，品格高尚，为人正派。现在，我要把王权交给他，让他担当你们的国王，要他坐在我的宝椅上，执掌大权，发号施令，治理国家，替你们排忧解难。你们拥护我的主张吗？"

在场的人站起来，一齐向国王行吻地礼，继之异口同声说："圣上英明，我们从命！"

人们又说："国王陛下，你是我们的保护人，我们完全服从你的旨意。即使你让你的一个奴仆来当我们的国王，我们也将毫不迟疑地服从他，更何况是王子赛伊夫·穆鲁克呢！我们一定听你的话，服从你的命令，听你的安排。我们完全拥护你的儿子赛伊夫·穆鲁克当我们的国王。"

随后，阿绥姆国王离开宝座，让赛伊夫·穆鲁克坐在宝座上，然后摘下自己的王冠，戴在赛伊夫·穆鲁克的头上，并把玉带系在王子的腰间。之后，阿绥姆国王坐在儿子旁边的一张椅子上。

文武百官及在场的人们都站起来，向新国王赛伊夫·穆鲁克行吻地礼。礼毕，他们站在那里，相互议论说："赛伊夫·穆鲁克是当之无愧，比任何人都适于担当我们的国王。"

一时间，广场上掌声雷鸣，高声祝福新国王万事如意，长命百岁，祝新国王稳坐江山，永延帝祚。

赛伊夫·穆鲁克见官民都拥戴自己为国王，欣喜不已，随手将大把大把的金币撒向人们，向人们赐赠锦衣华服。

讲到这里，眼见东方透出黎明的曙光，莎赫札德戛然止声。

第七百六十二夜

夜幕垂降，莎赫札德接着讲故事：

幸福的国王陛下，文武百官及在场的人们都向新国王赛伊夫·穆鲁克行吻地礼。礼毕，他们站在那里，相互议论说："赛伊夫·穆鲁克是当之无愧，比任何人都适于担当我们的国王。"

一时间，广场上掌声雷鸣，高声祝福新国王万事如意，长命百岁，祝新国王稳坐江山，永延帝祚。

赛伊夫·穆鲁克见官民都拥戴自己为国王，欣喜不已，随手将大把大把的金币撒向人们，向人们赐赠锦衣华服。

片刻过后，宰相萨里哈站起，走上前去，向新、老国王行吻地礼，然后说："王公大人，国家重臣们，你们知道，阿绥姆国王登基之前，我就已入朝为相了。如今，阿绥姆国王退位，让他的儿子赛伊夫·穆鲁克登上了王位。你们知道这是为什么吗？"

众人异口同声说："我们一清二楚！我们还知道，宰相的祖父、父亲都是宰相，是宰相世家。"

法里斯宰相说："现在，我要退下来，让我的儿子萨阿德担任宰相。萨阿德聪明机敏，博古通今，足当大任。你们认为我的主意如何？"

众人异口同声高喊："只有你的儿子萨阿德最适于担任赛伊夫·穆鲁克的宰相；这一君一臣，珠联璧合，相得益彰。"

听众人这样一说，法里斯宰相摘下自己的宰相头巾给萨阿德缠上，随后将宰相案头专用笔墨放在萨阿德的面前。

群臣们说："赛阿德最适于担当宰相大任！"

阿绥姆国王和法里斯宰相走去打开宝库，向国家重臣、文武百官、王公大人及在场的所有人赠送锦衣，发放赏银，并向官员们颁发了由新国王赛伊夫·穆鲁克、新宰相萨阿德签发的新委任状。

地方官员在京城逗留一周，各自返回任上。

回到王宫，老国王阿绥姆带着儿子赛伊夫·穆鲁克和宰相的儿子萨阿德进入王宫，让管理宝库的仆人取出苏莱曼大帝赠送的戒指、宝剑和包裹，对赛伊夫·穆鲁克和萨阿德说："孩子，你们从这些礼品中挑选自己喜欢的东西吧！"

赛伊夫·穆鲁克伸手拿起戒指和包裹，萨阿德则拿起宝剑和官印。二人一前一后吻了吻老国王的手，相伴回寝宫去了。

赛伊夫·穆鲁克拿走包裹，但并没有打开，而是顺手丢在床上。赛伊夫·穆鲁克和萨阿德一起睡在那张床上。这两个人自小时候开始，就一直在一张床上睡觉。

宫仆为他俩铺好床，二人便上床睡觉了。尽管烛光通明，二人还是安安稳稳地进入了梦乡。

夜半时分，赛伊夫·穆鲁克从梦中醒来，发现那个包裹就在自己头旁，心想："这包裹里究竟包着什么东西呢？"

想到这里，赛伊夫·穆鲁克下了床，悄悄拿起包裹，端起一支蜡烛，走到储藏室，将包裹打开，发现里面包着一件神制锦袍。

赛伊夫·穆鲁克摊开锦袍，看到后背里子上有一幅金线绣成的美人图，图中美人面目姣好，明艳妩媚，俏丽迷人，简直就像梦中的仙女。

眼见美人图,赛伊夫·穆鲁克神魂颠倒,深深爱上了那画中美人,旋即倒在了地上,边哭边批打自己的面颊,捶击着自己的胸脯,不时地亲吻图中的美人,且吟诵道:

初恋甜如蜜,天命送将来。青年踏爱波,情浪激难耐。
恋情夺命脉,岂能涉爱海。无奈心沾水,难料乃未来。

吟罢诗,赛伊夫·穆鲁克激动不已,情不自禁地哭了起来,边哭边批打自己的面颊,终于惊醒了萨阿德。

萨阿德醒来不见赛伊夫·穆鲁克,却见灯烛亮着,心想:"赛伊夫·穆鲁克到哪儿去了?"随即爬起来下了床,端着蜡烛,找遍宫中,最后来到储藏室,看到边哭边批打面颊的赛伊夫·穆鲁克。

萨阿德问:"喂,大哥,怎么啦?你哭什么呢?出什么事啦?"

赛伊夫·穆鲁克既不答话,也不抬头,依旧哭泣、捶胸不止。

见此情景,萨阿德说:"国王陛下,我是你的宰相,又是你的弟弟。你我一块儿长大,还有什么秘密不能对我讲,又有什么话不能对我说呢?"

萨阿德边行吻地礼,边好言好语相劝,足有一个时辰,赛伊夫·穆鲁克却一句话也不说,只是哭泣,泪水簌簌落下。

萨阿德眼见劝说无用,走去取来宝剑,拔剑出鞘,将剑锋对准自己的胸膛,然后对赛伊夫·穆鲁克说:"大哥,你如果再不把原因告诉我,我便一剑结果自己的生命,因为我不忍心再看到你难过的样子。"

这时,赛伊夫·穆鲁克方才抬起头来,望着萨阿德,缓慢地说:"贤弟,我有心事,真是羞于启齿呀!"

"大哥,看在伟大安拉的面儿上,你就把心事告诉我吧!不要害羞。我是你的弟弟,又是你的宰相,情同手足,根本没有什么羞于启齿的事。不管有什么事,兄弟都能给你出主意,想办法。"

赛伊夫·穆鲁克指着袍里子上面的美人图,说:"你看看这幅绣像……"

萨阿德看那袍里子上的金丝绣美人图,仔细观赏片刻,发现丝绣美人的头上方有两行用珍珠绣成的字:

这是白迪阿·贾玛丽的绣像。她的父亲是舍赫亚勒·本·沙鲁赫,原是信奉伊斯兰教的一位神王,如今住在巴比伦城依莱姆·本·阿德大帝的花园里。

萨阿德看过那两行字,说:"大哥,你知道这画中美人是谁吗?你若知道她是谁,我们可以去找她!"

赛伊夫·穆鲁克说:"不知道呀!"

"你来看看这上面的两行字!"

赛伊夫·穆鲁克看过绣像上那两行字,若有所悟地大声喊道:"哦,原来如此!"

萨阿德说:"大哥,这画中人是个真人,名叫白迪阿·贾玛丽,生活在人间。我现在就去把她找来,让大哥如愿以偿。你不要再落泪了,等候国人为你效力吧!天亮之后,把商人们、穷苦人、旅行者以及那些可怜的人都请来,向他们打听那座城市的情况,但期伟大安拉默助,有人能把我们带到阿德大帝的花园中去。"

讲到这里,眼见东方透出黎明的曙光,莎赫札德戛然止声。

第七百六十三夜

夜幕垂降，莎赫札德接着讲故事：

幸福的国王陛下，赛伊夫·穆鲁克和萨阿德看见袍里子上的金丝绣美人图，知道那是巴比伦王舍赫亚勒·本·沙鲁赫的女儿，名叫白迪阿·贾玛丽，萨阿德劝赛伊夫·穆鲁克说："我马上就去找她，让贤兄如愿以偿。你不要再落泪了，等候国人为你效力吧！天亮之后，把商人们、穷苦人、旅行者以及那些可怜的人都请来，向他们打听那座城市的情况，但期伟大安拉默助，有人能把我们带到那座城市的阿德大帝的花园中去。"

次日清晨，赛伊夫·穆鲁克国王起床后，带着神制锦袍去上朝，走进大殿，坐在宝椅上。因为他不管是坐着，还是站着，不论是醒着，还是睡觉，总把那件锦袍带在身边。

国家重臣、文官武将依次站好之后，赛伊夫·穆鲁克国王对萨阿德宰相说："宰相阁下，你告诉群臣，就说本王昨夜不曾安睡，身体不适，立即退朝。"

萨阿德宰相如实传达国王的话，群臣听后，不禁愕然，纷纷退出大殿。

国王身体不适的消息传到老国王阿绥姆的耳里，老国王深感不安，随即请来大夫和星象学家，为赛伊夫·穆鲁克看病，看看新国王究竟患了什么病。大夫看过之后，为国王开了处方，配药让国王喝。

大夫们为国王赛伊夫·穆鲁克调治三个月，不见任何效果，老国王阿绥姆大发雷霆，说道："你们这些无用的庸医，难道你们没有能力看好我儿子的病？若再看不好我儿子的病，我把你们统统送上断头台！"

首席大夫说："老国王陛下，我们知道这是您的儿子。陛下，我们为陌生人看病，尚且认认真真，一丝不苟，不敢有丝毫疏忽，更何况是为王子看病呢？可是，王子的病很难治呀！陛下欲知儿子病情，我们可以向陛下详谈。"

老国王阿绥姆说："我儿子患的究竟是什么病？"

"不瞒陛下，你儿子患的是单相思病呀！他所思的恋人是无法找到的。"

老国王听后，勃然大怒道："你们怎么知道他患了相思病？相思从何而来？"

"就请陛下问问萨阿德宰相吧！萨阿德宰相与国王赛伊夫·穆鲁克情同手足，对国王的情况了如指掌。"

老国王走去问萨阿德："孩子，你哥哥患的是什么病？你就实话实说吧！"

萨阿德说："我不知道真实情况。"

老国王立即唤来刽子手，下令道："把萨阿德抓起来，蒙住他的双眼，斩下他的首级！"

萨阿德一听，吓得周身打战，急忙说："国王陛下，饶命！"

"说实话吧！"老国王阿绥姆说。

"但求国王恕我无罪！"

"说吧！恕你无罪。"

"赛伊夫·穆鲁克恋上了一个姑娘，患的是相思病，是单相思呀！"

"他恋上了哪个姑娘？"

"一位神王的女儿。他从苏莱曼大帝送的那件礼袍上看到了一幅绣像，上面绣着一幅美人图。"

听萨阿德这样一说，老国王阿绥姆立刻走到儿子身旁，对儿子说："孩子，你遭了什么灾难？你恋上了哪位姑娘？为何不告诉我呢？"

赛伊夫·穆鲁克说："父王，在您面前，儿子实在羞于启齿呀！我既无法对您讲，也不好对任何人说。如今，您既已知道了我的情况，就设法医治我的病吧！"

老国王无奈地说："有什么办法好想呢？假若那是人的女儿，我们总是有办法把她接来的；可是，那是神王之女，谁又能把神女娶到人间来呢？除了苏莱曼大帝，谁也爱莫能助，恐都是心有余而力不足呀！孩子，不管怎样，你要振作精神，先到外面去打打猎，散散心，吃饱，喝好，把身体养得棒棒的，我可以给你娶来一百位美丽公主，何必单单追求那个不可得到的神女呢？她们和我们不属同类，无法交往。"

赛伊夫·穆鲁克说："我不能舍弃神女。除了神女，我谁都不要。"

"孩子，这就难为父王了！怎么办呢？"

赛伊夫·穆鲁克说："父王，请把商人、旅行者们都叫来，向他们打听一下，也许安拉默助我们，他们能帮助我们找到巴比伦城阿德大帝的花园。"

老国王把京城中的商人、异乡客和船长们全都召进宫里，向他们打听有关巴比伦城、阿德大帝的花园在什么地方，但谁也说不出个究竟。

群人散去之后，有一个人对老国王说："国王陛下，你若想了解这些情况,应该到中国去;中国是个大地方,兴许能找到一个什么能人,把陛下带往想去的地方。"

赛伊夫·穆鲁克对父王说:"父王,给我准备一条船,让我到中国去一趟吧!"

老国王说:"孩子,你还是稳坐你的宝椅,发号施令,料理国事吧!至于到中国的事,就由老父代你去吧!"

"父王,此事与我关系密切,谁也不会像我那样全身心投入,代替不了我呀!父王让我亲自前往,暂时离开一段时间,不会出什么事的。若能打听到那个姑娘的消息,也就达到了目的;如一无所获,就算旅行了一次,散了散心,得到一种安慰,平安回到你的身边,心里也就平静了。"

讲到这里,眼见东方透出黎明的曙光,莎赫札德戛然止声。

❖— 第七百六十四夜 —❖

夜幕垂降,莎赫札德接着讲故事:

幸福的国王陛下,赛伊夫·穆鲁克决计远行去寻找那位美人儿,并对老国王说:"父王,此事与我关系密切,谁也不会像我那样全身心投入,代替不了我呀!父王让我亲自前往,暂时离开一段时间,不会出什么事的。若能打听到那个姑娘的消息,也就达到了目的;如一无所获,就算旅行了一次,散了散心,得到一种安慰,平安回到你的身边,心里也就平静了。"

老国王望着儿子,自觉无计可施,只得满足他的要求,准许儿子远航,随即备下四十条船,精选了两千名奴仆,准备了大量钱财、物资和各种武器等。

一切准备齐全,老国王阿绥姆说:"孩子,起航吧!祝你一路顺风!我把你完全托付给了伟大的安拉!"

赛伊夫·穆鲁克告别父母,率领四十只庞大船队,装足淡水、干粮、武器,扬帆出发了。他们乘风破浪,持续航行,终于到达中国海岸。

中国海城的居民听说四十条大船已经靠岸,且船上载满武器、重兵,认定是敌人来犯,目的在于围攻、抢劫,于是立即关紧城门,备好弩炮,决计奋力抵抗。

赛伊夫·穆鲁克得知这一情况,赶忙派两名贴身侍卫去见中国国王,临行前叮嘱说:"你们见到中国国王,就说是阿绥姆国王之子赛伊夫·穆鲁克远道而来,打算在贵国京城作短期访问、游览,绝无交战、争斗之意。如果国王欢迎他,他便下船登岸造访;不然,他就立即掉转船头,返回祖国,绝不打扰中国国王,更不为京城居民增添麻烦。"

二使者下船行至城门下,对守城将领说:"我们是赛伊夫·穆鲁克国王的使臣,有要事禀报中国国王。"

守将听二人这样一说,立即打开城门,把二使者带到国王面前。

中国国王名叫戈阿福,与阿绥姆国王有过交往,相互认识。他听说来者是阿绥姆国王之子赛伊夫·穆鲁克,心中不胜欢悦,立即向使臣赠送锦袍,并下令打开城门,迎接贵宾。安排接待事宜,随后亲自率领国家重臣、文官武将出城相迎。

戈阿福国王来到船上,见到赛伊夫·穆鲁克国王,二人紧紧拥抱在一起。戈阿福国王说:"欢迎贵客远道而来!我的京城就是你们的家,我就是你父亲的奴仆,也是你的奴仆;来到这里,我们都听候你们的使唤。"

接待事宜安排停当,赛伊夫·穆鲁克国王率宰相萨阿德及众仆从下船上岸,然后骑马进城,眼见城郭装点一新,耳闻锣鼓喧阗,欢声雷动。

赛伊夫·穆鲁克国王一行人马在中国京城小住四十天,尽享上宾待遇。

有一天,戈阿福国王看望赛伊夫·穆鲁克国王,问道:"贤侄,你好哇!你喜欢这个地方吗?"

赛伊夫·穆鲁克说:"国王陛下,愿安拉永延帝祚,祝陛下万寿无疆!"

"贤侄,你此次远行,必有要事,你有什么需要老夫做的,一定全力效劳。"

"国王陛下,说来也难啊!我爱上了一位画中美人……"

中国国王一听,同情心油然而生,禁不住泪水潸然淌落,哭了起来。他问:"贤侄,你现在有什么打算呢?"

"国王陛下,我想请您把所有的旅行家及有旅行习惯的人给我叫来,向他们打听一下绣像上的那个人是谁,说不定有人能告诉我。"

中国国王立即派人把侍卫、助手和宫役们叫来,吩咐他们去把旅行家们全都召进宫。没过多长时间,大批旅行者聚集在戈阿福国王面前,赛伊夫·穆鲁克国王一一向他们打听巴比伦城和阿德大帝的花园。问遍他们,没有一个人能够回答。赛伊夫·穆鲁克感到失望,一时不知如何是好。

片刻后,有一位船长说:"国王陛下,要了解那座城市和花园的情况,应该到印度群岛去打听。"

赛伊夫·穆鲁克国王、萨阿德宰相听船长这样一说,立即下令备船,装上淡水,给养,告别中国国王戈阿福,率领航队扬帆,开始了驶往印度群岛的航程。

赛伊夫·穆鲁克国王和萨阿德宰相一行在海上航行了四个月,风平浪静,顺利安然。有一天,忽然海上狂风大作,波浪滔天,大雨滂沱,船只相互撞击,大部分船被撞碎了,船上的人和东西相继落水,只有赛伊夫·穆鲁克国王带着几个侍从登上一条幸免于破碎的小救生船,方才保住了性命。

风停下来,雨过天晴,太阳绽露出了笑颜。赛伊夫·穆鲁克看不到大船的影子,只见蓝天与海水之间,只剩下他和几个侍从乘坐的那一叶小船。

赛伊夫·穆鲁克国王问身边的侍从:"我们那些大船在哪儿?萨阿德宰相到哪儿去了呢?"

侍从说:"国王陛下,大船和小船以及船上的人都没有了,船被撞坏了,人都落入海里,变成了鱼食,葬身鱼腹了。"

赛伊夫·穆鲁克一听,凄然的大喊一声:"毫无办法,只有依靠伟大的安拉啦!"

随之,这位国王用力批打起自己的面颊,悔恨不已,恨不得自投海中,一死了之。

侍从急忙阻拦,劝说道:"国王陛下,投海又有何用?这场灾祸是你自己找的;假若当初听你父王的话,何至于如此呢?不过,万事皆由安拉决定,灾难在所难免……"

讲到这里,眼见东方透出黎明的曙光,莎赫札德戛然止声。

第七百六十五夜

夜幕垂降,莎赫札德接着讲故事:

幸福的国王陛下,赛伊夫·穆鲁克一听,凄然的大喊一声:"毫无办法,只有依靠伟大的安拉啦!"

随之,这位国王用力批打起自己的面颊,悔恨不已,恨不得自投海中,一死了之。

侍从急忙阻拦,劝说道:"国王陛下,投海又有何用?这场灾祸是你自己找的;假若当初听你父王的话,何至于如此呢?不过,万事皆由安拉决定,灾难在所难免。陛下出生之时,占卜师们就给陛下卜了一卦。占卜师对你的父王说:'王子一生平安、幸福;但是,王子前半生中,或许会遇到一些风险。'占卜师果然言中了,陛下现在风险之中,陛下只有忍耐,等待安拉解救我们。"

赛伊夫·穆鲁克国王说:"无能为力,只有依靠万能的伟大安拉了。凡是安拉注定的事,都是难以逃脱的。"

说完,赛伊夫·穆鲁克国王吟诵道:

安拉会我心,进退两难时。忧郁来何处,我却不得知。
人们将知晓,我苦忍一事。此事苦难忍,忍无力相支。
我所忍耐事,胜过炭火炽。全权托安拉,我已无计施。

赛伊夫·穆鲁克吟完诗,随之陷入了忧思之中,泪水如注,顺着两颊流淌，他不知不觉进入了梦乡。

一个时辰过去，赛伊夫·穆鲁克醒来，要了一些东西，吃了个足饱。

小船载着他们继续漂游在大海上，任风浪吹打，不知将把他们推向何处。就这样，他们在大海上挣扎了几天几夜，干粮吃完了，正陷入饥饿、恐慌之时，忽见远处出现一座海岛，大家的脸上这才绽露出了一丝喜悦神色。

风把他们的小舟推向那座海岛，他们把小船停泊在海边，下船上岸，仅留下一个人看着小船。

他们登上那座海岛，只见那里遍生果树，水果种类繁多，大家纷纷摘果子充饥。

就在这时，他们突然看见两棵大树之间坐着一个人，长长的脸，形容奇异，长长的胡须和身上穿的衣服都是白色的。那个人高声喊着赛伊夫·穆鲁克的名字，说："喂，不要吃那些果子，那些果子还没有成熟！来呀，到我这里来，我让你们吃熟果子！"

一个侍从扭脸望去，以为那是一位落水的同伴爬上这座海岛，因此感到高兴，便向那个人走去。可是，那仆从怎么能知道幽冥之事，又如何能晓得命运是怎样为他安排的呢？他刚一走近那个白胡子老头儿，那老头儿便纵身一跳，骑到了他的肩膀上，一条腿死死地缠住了他的脖子，另一条腿搭在他的背上。

原来那白胡子老头儿是个魔鬼。那魔鬼对他说："你就是我的驴子！你逃不掉了，背我走路吧！"

那侍从高声呼唤自己的同伴，边哭边说："主公啊，你们赶快出来，逃离这个地方吧！这个人骑在了我的脖子上，他也会骑在你们的脖子上的，你们赶快跑吧！"

赛伊夫·穆鲁克及其侍从听到同伴的哭喊声，立即逃离那里，向海边跑去，然后登上小船，划向海中。

这时，魔鬼的同伴也追到了海边，高声喊着："你们不要走！你们来吧，到我们这里来，让我们骑在你们的背上吧！我们给你们吃的，给你们喝的，让你们当我们的驴子！"

听魔鬼这样一说，赛伊夫·穆鲁克令侍从急速划船离岛而去。

赛伊夫·穆鲁克和几个侍从在海上漂泊了一个月时间，终于又看见一座岛屿，随即登了上去。

他们登上岛去，只见那里树木繁茂，水果种类繁多。他们摘野果充饥，饮溪水解渴。

正在这时，他们发现远处出现一种东西，闪闪发光，于是走了过去。走近一看，发现那是个人，形容丑陋，像一根银柱子，横躺在地上。

一个侍从上前踢了一脚，只见那个人睁开一对大眼，生着一个八瓣裂头和一对大耳朵；睡觉时，一只耳朵垫在头下，另一只盖在脸上。

那个怪人被踢了一脚，立即站起来，将踢他的那个侍从抓住，随后带入岛上的林中。

到了林中，只见那里聚集着一群妖魔，正在那里吃人肉。

那侍从立即高声大喊："伙伴们，赶快逃命吧！这是个魔鬼岛，他们吃人肉，喝人血，他们要把我吃掉啦……"

赛伊夫·穆鲁克听到侍从的喊声，呼唤侍从们立即逃往船上。这一次他们一点儿水都没来得及带走。船离开岸边，又开始了海上漂游……

他们漂泊了几天几夜。有一天，突然前方出现一座小岛，岛上山高林密，他们心中高兴，奋力把小船划到岸边，爬上果树，摘果子以填饥腹。

他们正在摘野果时,忽见林中走出一帮巨人。

巨人们身材高大,足有五十腕尺,锯齿獠牙。

他们仔细留心望去,但见一个巨人坐在石头上,下面垫着一块儿黑毡,周围有许多黑大汉伺候他。黑大汉们走来,将赛伊夫·穆鲁克及其侍从抓去,带到那个巨人面前,禀报说:"大王陛下,我们从树上捉来了几只小鸟……"

原来坐着的那个巨人就是他们的国王。那国王已经饿得厉害,立即吩咐大汉,把赛伊夫·穆鲁克的两个侍从宰掉吃下去。

讲到这里,眼见东方透出黎明的曙光,莎赫札德戛然止声。

第七百六十六夜

夜幕垂降,莎赫札德接着讲故事:

幸福的国王陛下,他们正在摘野果时,忽见林中走出一帮巨人。

巨人们身材高大,足有五十腕尺,锯齿獠牙。

他们仔细留心望去,但见一个巨人坐在石头上,下面垫着一块儿黑毡,周围有许多黑大汉伺候他。黑大汉们走来,将赛伊夫·穆鲁克及其侍从抓去,带到那个巨人面前,禀报说:"大王陛下,我们从树上捉来了几只小鸟……"

原来坐着的那个巨人就是他们的国王。那国王已经饿得厉害,立即吩咐大汉,把赛伊夫·穆鲁克的两个侍从宰掉吃下去。

眼见此景,赛伊夫·穆鲁克惊恐不安,泪流满面,凄然吟诵道:

> 灾难频频至,与我心结友。
> 相互憎恶后,如今相伴走。
> 忧虑不单行,我遇百千愁。

赛伊夫吟完,一阵长叹,然后又吟诵道:

> 时令放利箭,屡屡射我魂。
> 致使箭成被,蒙盖我的心。
> 倘若箭再来,箭碰箭碎身。

巨人国国王听见赛伊夫·穆鲁克哭泣,还以为他在唱歌,于是说:"这些鸟儿会唱歌,声音悦耳,我很喜欢听。把他们关在笼子里,一只笼子放一只。"

黑大汉们立即动手,将赛伊夫·穆鲁克及其剩余的侍从各关在一个笼子里,挂在大王的头上方,供国王听赏。

赛伊夫·穆鲁克及其侍从在笼子里由黑大汉们给食饮水。他们时而哭、时而笑、时而说话、时而沉睡;巨人国王则津津有味地听着他们发出的声音。

赛伊夫·穆鲁克及其侍从们就这样生活了一段时间。

巨人国王有个女儿,已经出嫁,婆家在另一个岛上。她听说父王抓住几只鸟,啼鸣声甚是悦耳,便派人来向父王索要。父王就把赛伊夫·穆鲁克及其三个侍从连同四个笼子让来者给女儿提回去。

那位公主见到笼子,喜不自禁,令仆人将之挂在自己的头上方,静静欣赏。

赛伊夫·穆鲁克眼见自己落入这步田地,想到自己昔日的荣华富贵,禁不住哭了起来;随之,三个侍从也哭了起来。

公主听后,以为他们在歌唱,听来兴致勃勃。每逢有客从埃及或其他地方来,公主总是热情接待,在她那里享受很高的礼遇。也许是安拉有意安排,让赛伊夫·穆鲁克来到她的面前。公主见赛伊夫·穆鲁克容貌俊秀,体态匀称,便令仆人们好好款待他。

有一天,公主与赛伊夫·穆鲁克单独在一起,公主要求他与自己交欢,赛伊夫·穆鲁克断然拒绝,并且说:"太太,我是异乡人。我只爱我所爱的人,决不与他人交欢。"

公主再三挑逗,赛伊夫·穆鲁克无动于衷。公主耍尽手腕,均未能接近赛伊夫·穆鲁克。公主感到无计可施时,开始对赛伊夫·穆鲁克及其侍从大发雷霆,喝令他们伺候自己,给她送柴送水。

赛伊夫·穆鲁克和他的三个侍从如此生活了四年,已感疲惫不堪,随后派侍从求公主放他们走,让他们摆脱这种劳役。

公主得知他们要走,派人把赛伊夫·穆鲁克叫到面前,对他说:"你若同意与我欢乐一次,我就放你走,让你平安回国,且让你满载而归。"

公主再三哀求,赛伊夫·穆鲁克就是不答应,致使公主大怒,转身离去。

赛伊夫·穆鲁克继续在那座岛上当奴隶。当地居民都认为他们是公主养的鸟儿,故而谁也不敢伤害他们半根毫毛。

公主对他们很放心,自以为他们逃不出那座岛,因此平时不大问他们的去向,他们一出去就是两三天时间,走遍岛的各处,拾了柴火送回公主的厨房。他们就这样又苦苦挣扎了五年。

有一天,赛伊夫·穆鲁克和他的三个侍从坐在海边,谈论他们的处境。赛伊夫·穆鲁克想到自己和侍从被困在这座岛上,想起了父母以及好兄弟萨阿德,回忆起往日自己所享受的富贵荣华和尊严,禁不住心中难过万分,泪水簌簌落下,继之号啕大哭不止。

侍从们见自己的国王落泪,也跟着哭了起来。侍从们对赛伊夫·穆鲁克说:"国王陛下,我们要哭到什么时候呢?遭难之时,哭泣落泪又有何用呢?这些灾难都是安拉安排的,我们无法逃脱;这正是天命难违,人力无可奈何,我们只有忍耐,也许有一天会得到安拉的解救。"

赛伊夫·穆鲁克说:"兄弟们,我们有什么办法摆脱这个可恶女人的纠缠呢?依我之见,我们只有等待安拉解救我们了。不过,我有个办法,我们要设法逃走;只有逃走,才能挣脱这种劳役。"

"国王陛下,这个岛上到处都有吃人的魔鬼,我们怎能逃脱得掉呀?我们不论跑到哪里,他们都会把我们抓住;到那时候,不是把我们吃掉,就是把我们送回到原来的地方,听凭公主对我们发脾气,让我们受更大的苦吗?"

"我有个主意!"

"什么主意?"

"我给你们制作一种东西,但期安拉默助我们借之逃离这个岛屿。"

"制作什么呢?"

"我们先砍些大树,剥下树皮,拧成绳索,把木头用绳索捆成木筏,做几个木桨,放入水中;再采上足够吃的果子,装上木筏,我们就可以划着它逃命。伟大安拉是万能的,但期安拉能用这个办法拯救我们,使我们一帆风顺,安全航抵印度,彻底摆脱这个恶女人的折磨。"

"这个办法好!"三个侍从听后,兴高采烈,欣喜若狂。

3169

他们立即开始伐木,有的剥树皮,有的搓绳子,有的捆木头,整整忙碌了一个月时间,终于把木筏造成了。白天造木筏,傍晚时分方才背着一些柴火送到公主的厨房。

木筏造成了,他们将之放在海里,又采了许多果子。一切准备妥当,一天傍晚,他们悄悄登上木筏,荡起木桨,开始了海上航行。

讲到这里,眼见东方透出黎明的曙光,莎赫札德戛然止声。

第七百六十七夜

夜幕垂降,莎赫札德接着讲故事:

幸福的国王陛下,赛伊夫·穆鲁克和他的侍从整整忙碌了一个月时间,终于把木筏造成了。白天造木筏,傍晚时分方才背着一些柴火送到公主的厨房。

木筏造成了,他们将之放在海里,又采了许多果子。一切准备妥当,一天傍晚,他们悄悄登上木筏,荡起木桨,开始了海上航行。

他们在海上漂泊了四个月,不知道木筏带着他们漂向何方。他们带的水果和干粮已经全部吃完了,处于极度饥饿和干渴之中。忽然,海浪汹涌,大浪翻滚,但见一条巨大鳄鱼向着木筏冲来,张开大嘴,将赛伊夫·穆鲁克的两个侍从衔走,旋即吞下肚去。

眼见此情此景,赛伊夫·穆鲁克惊恐不已,哭了起来。木筏上只剩下赛伊夫·穆鲁克国王和他的一个侍从,俩人急忙划着筏子逃离了那鳄鱼出没的地方。

一主一仆划着筏子,继续航行。一天,忽见眼前出现一座大山,高耸入云,二人感到欣喜。不一会儿,一座海岛出现在眼前,主仆二人奋力向前划去。刚想登岸上去,却见海水翻滚,波涛汹涌,随之一条鳄鱼探出头来,将赛伊夫·穆鲁克唯一的侍从叼走,吞下肚去。木筏上只剩下赛伊夫·穆鲁克一个人。

赛伊夫·穆鲁克急忙把木筏划到岸边,登上海岛,爬上山去,但见那里有一片树林。

赛伊夫·穆鲁克进到林中,边走边摘野果吃。走着走着,忽见一棵树上有二十多只猴子,个头比驴还要大。眼见这种情景,赛伊夫心中不胜惶恐。

片刻后,猴子从树上下来,把赛伊夫·穆鲁克包围起来,示意他跟它们走。

赛伊夫·穆鲁克心中惊惶,但又不敢不跟猴子们走,只得跟在猴子们身后,来到一座城堡。

走进城堡一看,只见那里摆放着许多珍珠、宝石,琳琅满目,数不胜数。城堡里坐着一位青年,身材修长,还没长胡子。

赛伊夫·穆鲁克看见那个青年,似乎双方都有一种亲切感,因为那是城堡中绝无仅有的一个人。

青年看见赛伊夫·穆鲁克,喜不自禁,忙问:"你叫什么名字?从哪儿来?你是怎样来到这个地方的呢?请告诉我,什么也不要瞒我。"

赛伊夫·穆鲁克说:"凭安拉起誓,我本不想到这里来,而且这里不是我要去的地方。我只有走过一个地方又一个地方,才能达到自己的目的。"

"你的目的何在呢？"

"我叫赛伊夫·穆鲁克，从埃及来，父亲是萨夫旺国王……"

接着，赛伊夫·穆鲁克把自己的经历向青年讲了一遍。

青年走去伺候赛伊夫·穆鲁克，并且说："国王陛下，我不久前还在埃及，听说你到中国去了。这里不是中国，这里怎么能和中国相比呢？这真是一件奇怪的事呀！"

"你说得很对！不过，我已去过中国，又从中国航行到了印度。不幸的是，我们的船在海上遇到了狂风巨浪，把我们的船只全部撞沉了……"

赛伊夫·穆鲁克把自己在海上的历险情况从头到尾讲了一遍，最后说："经历了这么多危险，才来到了你们这个地方。"

"国王陛下，你经历的磨难真是太多了。赞美伟大的安拉，保佑你平安来到了这里。你就在这里住下，我和你在一起待一辈子。你就留在这里，当这里的国王吧！这个海岛很大，无边无际。这里的猴子都是能工巧匠；你要什么，它们就能给你做什么。"

"兄弟，我达不到目的，是不能在一个地方定居的。为了实现我的理想，我将走遍天下，纵然客死在异乡，也在所不辞。但期安拉助我一臂之力，让我如愿以偿。也许我会走到某一个地方，客死异乡。"

青年向一只猴子使了个眼色，那只猴子离去片刻，带着几只猴子进来，一个个束着腰带，端着一盘盘美味，约一百只金盘、银盘，盘中菜饭品种齐全，色鲜味香。猴子们站在周围，就像伺候国王那样周到礼貌。

青年示意让侍卫坐下，只见担任侍卫的那些猴子坐了下来，而负责招待的猴子们依旧在一旁站立。

他们吃饱之后，猴子送来金盆和金水壶，让宾主洗手。

片刻后,猴子们送来杯盏、美酒,四十种酒器中各盛一种美酒。宾主边饮酒,边欣赏猴子们唱歌、跳舞和杂耍。

赛伊夫·穆鲁克眼见猴子会唱会跳,把背井离乡、屡经磨难、九死一生的旅行忘到脑后去了。

讲到这里,眼见东方透出黎明的曙光,莎赫札德戛然止声。

❖ 第七百六十八夜 ❖

夜幕垂降,莎赫札德接着讲故事:

幸福的国王陛下,青年示意让侍卫坐下,只见担任侍卫的那些猴子坐了下来,而负责招待的猴子们依旧在一旁站立。

他们吃饱之后,猴子送来金盆和金水壶,让宾主洗手。

片刻后,猴子们送来杯盏、美酒,四十种酒器中各盛一种美酒。宾主边饮酒,边欣赏猴子们唱歌、跳舞和杂耍。

赛伊夫·穆鲁克眼见猴子会唱会跳,把背井离乡、屡经磨难、九死一生的旅行忘到脑后去了。

夜幕垂降,猴子们燃点起蜡烛,插在金银蜡扞上。随后,端来水果,大家吃了起来。入睡的时间到了,猴子们给他们铺好床,宾主安然进入梦乡。

第二天清晨,青年照例起床,唤醒赛伊夫·穆鲁克,对他说:"你探头看看窗外有什么东西吧!"

赛伊夫·穆鲁克探头一看,只见满山都是猴子,不计其数,不禁惊奇万分,随口问道:"这么多猴子,真是铺天盖地呀!猴子们为什么在这个时候集聚在这个地方呢?"

青年说:"这是猴子们的习惯。岛上所有的猴子都来了,有的要走两三天的路才能走到这里。每星期六,猴子们都要到这里来,等候我醒来,探出头去,望望它们。它们看见我,向我行礼问安,然后各自回返,忙自己的活计去了。"

说罢,青年探出头去,只见那些猴子看见他,立即一起向他恭恭敬敬行吻地礼;礼毕,各自离去。

赛伊夫·穆鲁克在青年那里住了整整一个月时间,然后告辞离去。青年派了一百只猴子为赛伊夫·穆鲁克送行,一路照顾、伺候他;七天后,把他送到了另一座岛上,然后告别,回到自己的岛上。

从此,赛伊夫·穆鲁克开始独自登山冈、越荒野⋯⋯

赛伊夫·穆鲁克整整跋涉了四个月时间,饿一日饱一日,时吃野菜,时食野果。他不禁后悔自己离开那位青年而自讨苦吃。

赛伊夫·穆鲁克想回青年那里,不期面前突然出现一个黑影,心想:"莫非那是一座黑城,还是别的东西?不能回返,我要进去看看,看看里面究竟有什么东西。"

当他走近那个黑影时,发现那是一座巍峨宫殿。那座宫殿是努哈之子雅福斯所建,是伟大安拉在《古兰经》中曾多次提到的宫殿。经文中说:"有许多城市居民不义,而我毁灭他们,地上屋顶尚存,并且有若干被遗弃的水井和被建成的大厦。"[①] 文中提及的"被遗弃的水井和被建成的大厦"就在那里。

赛伊夫·穆鲁克坐在宫殿门口,心想:"这宫殿内究竟有什么呢?哪位君王住在里面?谁又能把真实情况告诉我?里面住着人,

---

① 见《古兰经》"朝觐章"第四十五节。

还是妖?"

赛伊夫·穆鲁克在那里坐着思考了一个时辰,不见一个人出入。他站起来走了过去,把自己的一切托付给了安拉。走过一道长廊,进入宫殿,仍未见到一个人。他看见右侧有三道门,前面有一道门,门上挂着门帘。赛伊夫·穆鲁克走上前去,掀开门帘,抬头一看,只见那里是一个大厅,地上铺满地毯,当中放着一把金椅子,上面坐着一位姑娘。他仔细端详那位姑娘,但见她秀目含娇,天生丽质,体态婀娜,明艳动人,似出水芙蓉,像天空皓月。姑娘身着艳丽服装,就像洞房花烛之夜的新娘。金椅前摆放着四十桌筵席,金银盘中盛满各种美味佳肴。

赛伊夫·穆鲁克走上前去,向姑娘问安。姑娘回礼之后,问道:"你是人,还是妖?"

赛伊夫·穆鲁克回答道:"我是人。我是国王,我父亲也是国王。"

"你想要什么?你先吃饭吧,然后再把你的事情从头到尾讲给我听。你要告诉我,你是怎样来到这里的?"

赛伊夫·穆鲁克饿得厉害,走上前去,揭开盖在餐盘上的丝帕,大口大口地吃起来。肚子饱了之后,洗过手,方才走到姑娘的金椅旁,坐了下来。

姑娘问他:"你叫什么名字?从何处来?是谁把你送到这里来的?来此有何事?"

赛伊夫·穆鲁克说:"我的事嘛,说来话长啊!"

"你就告诉我,你是什么人?叫什么名字?从何而来?为何到此处来?"

"你先把你的情况给我谈谈吧!你是何人?你叫什么名字?谁把你送到这里来的?你为何独自坐在这里呢?"

姑娘说:"我叫道莱特·哈图妮,是印度国王的女儿。家父住在萨朗迪布城。我父亲有一座漂亮的大花园,在印度及其周边国家,再没有比那更漂亮的花园了。花园中有个大水塘。有一天,我带着宫女进入大花园,走到水塘边,下到水里,开心地戏水玩耍。我们正玩得快活时,忽见一种颇似乌云的东西降落而下,只觉得一个飞魔抱起我,展翅飞上天空。"

说到这里,公主道莱特·哈图妮稍稍停顿,然后接着说:"那飞魔对我说:'喂,道莱特·哈图妮,你不要害怕,只管放心就是了!'时隔不久,那飞魔带着我降落在这座宫殿中。片刻后,那飞魔摇身一变,成了一个漂亮的小伙子,衣冠楚楚,英俊潇洒。他问我:'你认识我吗?'我回答:'先生,我不认识你。'他说:'我是艾兹莱格国王的儿子。家父是位魔王,住在盖勒兹姆城堡。他手下有六十万飞魔和潜水妖精。我在飞行时无意中看见了你,一见钟情,便落下去,将你抢来,带入这座宫中。这座宫殿就是我的住处,没有一个人能到这里来,也不会有任何妖精来。从印度到这里,要走一百二十年时间。因此,我相信你再也看不到你父王的国家了。你就放心地住在这里吧!你需要什么,只管说就是。'王子说完,把我紧紧搂在怀里,亲吻我,还对我说:'你安心待在这里,什么也不要怕!'"

讲到这里,眼见东方透出黎明的曙光,莎赫札德戛然止声。

☙ 第七百六十九夜 ☙

夜幕垂降,莎赫札德接着讲故事:

幸福的国王陛下,印度国王的女儿道莱特·哈图妮对赛伊夫·穆鲁克说:"……那个美男子对我说:'从印度到这里,要走一百二十年时间。因此,我相信你再也看不到你父王的国家了。你就放心地住在这里吧!你需要什么,只管说就是。'王子说完,把我紧紧搂在怀里,亲吻我,还对我说:'你安心待在这里,什么也不要怕!'说完之后,他转身离去。一个时辰过后,他送来桌子、椅子、地毯和床上用品等物。他每逢星期二才来这里,和我一道进餐,和我拥抱亲吻。但是,王子不曾挨过我的身子,我至今仍像伟大安拉创造我时那样,是个处女。我的父王名叫塔吉·穆鲁克。他对我的情况一无所知,不知我现在何处。我的情况就是这样。你谈谈自己的情况吧!"

赛伊夫·穆鲁克说:"我的情况,说来话长啊!我怕说的时间太久,魔王王子会来这里。"

"你来之前一个时辰,那魔怪才走的;不到星期二,他是不会来的。你坐下,放心地讲就是了!把你的情况从头到尾给我详细讲一讲!"

"遵命!"

赛伊夫·穆鲁克随即从头讲起,一直讲到画中美人白迪阿·贾玛丽。

眼见这位印度公主听赛伊夫·穆鲁克提到白迪阿·贾玛丽的名字,不禁泪如泉涌。公主说:"白迪阿·贾玛丽,原来是你呀!白迪阿·贾玛丽,这么长时间,难道你不曾想起过我?莫非你不曾问起道莱特·哈图妮姐姐到哪里去了?"

公主话未说完,伤心地哭了起来,痛惜白迪阿·贾玛丽不曾想起她。

赛伊夫·穆鲁克一惊，问道："公主，你是人，白迪阿·贾玛丽是精灵，她怎会是你的妹妹呢？"

公主说："我和白迪阿·贾玛丽是吃一位母亲的奶长大的。我与她情同手足。一天，我母亲到园中赏花，不料阵痛来临，随后分娩，在花园里生下了我。就在同时，白迪阿·贾玛丽的母亲也在花园中，带着宫女赏花，不料阵痛来临，也在花园里生下了一个女婴，那就是白迪阿·贾玛丽。白迪阿·贾玛丽的母亲派人来找我的母亲，要吃的和分娩所需要的东西，我母亲立即派人送去了她所需要的一切，并请她到父王的宫中来。她抱着白迪阿·贾玛丽来到我母亲身边，我母亲开始给白迪阿·贾玛丽喂奶。白迪阿·贾玛丽跟着她母亲在家父花园中住了两个月时间，方才离去回国。临走时，我母亲给她和她的母亲所需要的一切东西，并对她的母亲说：'日后你有什么事，只管到我这里来。'自那时起，白迪阿·贾玛丽每年都跟着她母亲到我家住上一段时间。赛伊夫·穆鲁克，假若我在母亲那里，我能在我们的国家看见你，而且能有机会见面的话，我一定设法让你如愿以偿。可是，我身居此地，他们根本不知道我的情况，我又有什么办法呢？假若他们知道我在这里，一定能想办法让我们离开这个地方。我只能把一切托付给伟大的安拉了。"

赛伊夫·穆鲁克说："走吧！我们一道逃离这里，到安拉给我们安排的地方去吧！"

"我不能逃呀！说真的，我们即使走上一年时间，魔王之子用一个时辰时间，便可追上我们，将我们置于死地。"

"我可以藏在一个地方，等他追来时，我就一剑把他杀死。"

"你杀不死他，除非先杀死他的灵魂，才能杀死他的躯体。"

"他的灵魂在什么地方？"

"我问过多次，他就是不告诉我。有一天，我苦苦哀求再三，结果他对我大发雷霆,怒道:'你多次问我灵魂何处,目的是什么?'我对他说:'哈帖木,在我的心里,除了安拉,就是你了;只要我活在世上,我就要拥抱你的灵魂。如果我不保护你的灵魂,不把你的灵魂放在眼里,你离开之后,我怎么生活呢?我得知你的灵魂在哪里,我就可以像保护我的眼珠一样保护你的灵魂。'他对我说:'我出生时,占卜师们曾说,我的灵魂将死于一位人王之子手里。因此,我把自己的灵魂放在一只鸟嗉子里了。鸟被关在一个盒子里,盒子放在匣子里,匣子放在七层套匣中,套匣放在七层套箱中,套箱放在石柜中,石柜沉在深海;那深海离人居之地很远很远,谁也无法到那里去。我把秘密告诉你,你不要告诉任何人!因为那是你我之间的秘密……'"

讲到这里,眼见东方透出黎明的曙光,莎赫札德戛然止声。

第七百七十夜

夜幕垂降,莎赫札德接着讲故事:

幸福的国王陛下,印度国王的女儿道莱特·哈图妮对赛伊夫·穆鲁克讲到妖魔哈帖木的情况,她说:"他对我说:'我出生时,占卜师们曾说,我的灵魂将死于一位人王之子手里。因此,我把自己的灵魂放在一只鸟嗉子里了。鸟被关在一个盒子里,盒子放在匣子里,匣子放在七层套匣中,套匣放在七层套箱中,套箱放在石柜中,石柜沉在深海;那深海离人居之地很远很远,谁也无法到那里去。我把秘密告诉你,你不要告诉任何人!因为那是你我之间的秘密。'我听后,对他说:'除了你,谁也不到这里来,我能告诉谁呢?'我对他说:'凭安拉起誓,你已把灵魂放在了一座坚不可摧的堡垒里,谁也不能到那里去,人又怎么能去呢?就算占卜师们说得对,人怎么能够到这个地方来呢?'他听后,对我说:'说不定会有人来。'我问:'谁?'他说:'手指上戴着苏莱曼那枚戒指的人。他来到这里,只要把戴戒指的手放在水面上,说一声'以圣名起誓,某某灵魂出来吧',那石柜就会浮出水面,继之他可以砸开一层层柜子、套箱、套匣,取出盒子,抓住鸟,将鸟掐死,我的灵魂也就亡于他的手里了。'"

听完公主这番话,赛伊夫·穆鲁克说:"这个戴苏莱曼戒指的,不是别人,就是我呀!我就是人王之子;苏莱曼神戒就戴在我的手指上。公主,我们到海边去,验证一下他的话是真是假吧!"

二人站起身来,向海边走去。

二人来到海边,道莱特·哈图妮公主站在海边,赛伊夫·穆鲁克下到海水中,把戴着戒指的手放在水面上,随口念道:"凭神戒上的圣名和咒符起誓,凭苏莱曼大帝起誓,艾兹莱格国王之子的灵魂出来吧!"

话音未落,海水翻腾,石柜果然浮出水面。赛伊夫·穆鲁克把石柜推到岸边,砸开石柜的多层箱匣,取出盒子,抓住那只鸟,回宫殿去了。

二人坐上椅子,忽见烟尘飞扬,登时弥漫宫殿,并听到有人高喊道:"王子殿下,千万不要杀我!我愿做你的奴仆,一定让你如愿以偿!"

道莱特·哈图妮公主说:"那魔王之子来啦!快把鸟掐死,以免妖魔进到宫中,把你杀死,然后要我的命!"

赛伊夫·穆鲁克使劲一掐，那只鸟即死去，魔王之子顿时跌落在地，变成一堆黑灰。

道莱特·哈图妮公主说："我们终于摆脱了这个恶魔的纠缠，我们自由了！下一步怎么办呢？"

赛伊夫·穆鲁克说："赞美安拉，使我们终于摆脱了困境！"

说罢，赛伊夫·穆鲁克走去摘下十几扇宫门，那些宫门全都是用檀香木或沉香木做的，上面钉着金钉或银钉。随后，他找来丝绸、锦缎，搓成绳子，将一扇扇门相互捆绑连接起来，做成了一个木筏。接着，赛伊夫与公主一道将木筏推到海里，用缆绳把木筏拴在岸边。之后，二人回到宫里，把金银盘子、珍珠宝石、细软及便于携带之物，全部放在木筏上，随后二人坐上去，用木板当桨，解开缆绳，便开始了海上航行。

他俩坐着木筏在海上漂泊了整整四个月时间，所带干粮都已吃光，不禁心中惆怅万分，频频祈求安拉解救他们。

在海上漂泊期间，赛伊夫·穆鲁克睡觉时，总让道莱特·哈图妮公主睡在自己的背后，将一口锋利的宝剑横在二人之间。

一天夜里，赛伊夫·穆鲁克熟睡着，而道莱特·哈图妮公主却醒着。碰巧那木筏漂近岸边，进入一个码头。那个码头上停泊着许多条船。道莱特·哈图妮公主望着那里停泊的许多条船，听见一个人在与水手们谈话；听起来，那个人显然是船长。她从船长的话语中，知道那是城市的港口，故断定那是个有人烟的城市，心中感到高兴，随即把赛伊夫·穆鲁克叫醒。

公主说："赛伊夫·穆鲁克，你去找一位船长打听一下，问问这个城市、海港叫什么名字！"

赛伊夫·穆鲁克走去，兴高采烈地找到一位船长，问道："兄弟，这座城市叫什么名字？这个海港叫什么名字？这里的国王叫什么名字?"

那位船长说:"好一个呆钝的美男子!你连这座城市和码头的名字都不知道,怎么就来到这里了呢?"

"我是外乡人。外出经商,乘坐的船被风浪打翻,全部货物和乘客落水,我有幸抓住一块儿木板,才得以漂泊到这个地方。因此,我这样问你,并不奇怪。"

"这座城市叫马利亚,港口名叫克米巴林。"

道莱特·哈图妮公主听船长这样一说,欣喜难抑,随口说:"万赞归主!"

赛伊夫·穆鲁克问公主:"你为什么这样高兴?"

"喂,赛伊夫·穆鲁克,我们有救了!"

讲到这里,眼见东方透出黎明的曙光,莎赫札德戛然止声。

第七百七十一夜

夜幕垂降,莎赫札德接着讲故事:

幸福的国王陛下,道莱特·哈图妮公主听船长说那是克米巴林港,欣喜不已,随口说:"万赞归主!"

赛伊夫·穆鲁克问公主:"你为什么这样高兴?"

"喂,赛伊夫·穆鲁克,我们有救了!这里的国王就是我叔父,名叫阿里·穆鲁克。"

"如此之巧?"

"你问问船长,该城的主人是不是阿里·穆鲁克。"

赛伊夫·穆鲁克走去一问,船长勃然大怒:"你说你是外乡人,从来没有来过这个地方,谁能把该城的主人大名告诉你?"

道莱特·哈图妮公主听到船长的声音,认出那就是父王手下的一名将领,名叫穆仪丁;原来他正是奉了印度国王之命,出来寻找道莱特·哈图妮公主的,终于来到了公主叔父的这座城中。

道莱特·哈图妮公主对赛伊夫·穆鲁克说:"你去对船长说:'喂,穆仪丁,到这里来,公主有话对你讲!'"

赛伊夫·穆鲁克走去把公主的话重复了一遍,那船长怒不可遏,骂道:"狗东西,你是什么人,胆敢直呼本人的大名?"

船长转过脸去,对水手们说:"给我拿棍棒来,把这个家伙的脑袋敲碎!"

船长提着棍子,向赛伊夫·穆鲁克走去。走近一看,发现旁边停着一只木筏,上面放满了金银宝贝,不禁吃了一惊。他仔细看,道莱特·哈图妮公主坐在上面,急忙说:"小伙子,你这里……"

赛伊夫·穆鲁克说:"我这里有位姑娘,名叫道莱特·哈图妮。"

船长听见公主的名字,知道自己已找到了国王的女儿,一时高兴,昏迷过去,不省人事。

船长苏醒过来之后,随即离开港口,向城中走去。他急匆匆来到王宫门口,说有要事见国王。

守门人立即将船长带到国王面前,船长向国王行过吻地礼,然后说:"报告陛下,大喜来临!"

"喜从何来?"国王问。

"陛下的侄女道莱特·哈图妮公主已到本城。公主现在在一条木筏上,有一位漂亮小伙子陪伴着。"

国王一听说侄女来到了本城，欣喜难抑，即令赠予船长锦袍一身，下令装点城郭，张灯结彩，准备迎公主进城，庆祝公主平安返回家园。

国王派出庞大欢迎队伍，让公主和赛伊夫·穆鲁克坐在象轿上，隆重迎进宫中。

紧接着，国王修书给胞兄，令信使快马加鞭送去，报告侄女已在自己的京城。国王见到他俩，向二人问安，祝贺他俩平安抵达京城。国王派人去给胞兄送信，告诉他说侄女已在自己的宫中。

道莱特·哈图妮公主的父王塔吉·穆鲁克得知女儿的消息，立即带领众多人马，来到胞弟阿里·穆鲁克的京城。

塔吉·穆鲁克见到女儿，喜泪纵横。

塔吉·穆鲁克在胞弟阿里·穆鲁克那里住了一个星期，然后带着道莱特·哈图妮和赛伊夫·穆鲁克返回萨朗迪布城。

道莱特·哈图妮公主进到父王宫中，母后早已在那里迎接，为女儿平安回来感到欣喜万分，喜泪浸湿了衣衫。

国王立即举行盛大欢迎宴会，宫里宫外，盛况空前，歌声飞扬，乐声不断，如同节日，热闹了一整天。

塔吉·穆鲁克国王热情款待赛伊夫·穆鲁克，对他说："赛伊夫·穆鲁克，你为我办了一件大事，救出了我的女儿，功劳非同一般，我无法报答你，只有世界之主才能报答你。不过，我想让你取代我，我退位之后，让你登上印度国王宝座，治理这个国家。我将把我的国库、奴婢，全部作为礼物送给你。"

赛伊夫·穆鲁克恭恭敬敬地向国王行吻地礼，衷心感谢国王的美意。他说："尊敬的国王陛下，你给我的厚礼，我全收下；现在，我再将它全部回赠给陛下，切望陛下笑纳。国王陛下，我无意要王权，也无心要财产，只有一个愿望，还求国王满足我。"

"赛伊夫·穆鲁克,无论你要什么,我都会让你如愿以偿;你要什么,只管拿去,不必同我商量。安拉会替我报答你的恩情的。"

"安拉使国王陛下荣华富贵,长命百岁。我既不要王权,也不贪钱财,只想使自己的意愿得以实现。我现在想游览一下这座城市,看看街市、市场。"

听赛伊夫·穆鲁克这样一说,塔吉·穆鲁克国王立即令宫仆牵来一匹宝马。

赛伊夫·穆鲁克纵身上马,穿过大街,向市场走去。他骑在马上,不时地左右观看,穿过大街,向市场走去。他忽见一青年,手里拿着一件斗篷叫卖,呼喊着:"十五第纳尔,十五第纳尔!"

赛伊夫·穆鲁克觉得小伙子面熟,于是留心打量,发现很像自己的宰相萨阿德;其实,那正是他的宰相萨阿德,只因长期漂泊异乡,加之因为过度疲惫,形容确有变化,一时认不清了。

赛伊夫·穆鲁克对侍卫说:"把那个小伙子叫来,我有话问他。"

赛伊夫·穆鲁克又说:"你们把他带到宫中,让他在我的房间里休息,等我游览回来再问他话。"

侍卫们误会了,以为赛伊夫·穆鲁克要他们把小伙子抓来,然后将之投入牢房里。他们说:"也许这是主公的一名奴仆,私自逃走了。"

他们抓住那个小伙子,随后将之送进了监牢,给他戴着镣铐,让他坐在牢中。

赛伊夫·穆鲁克游览市容回来,把他的宰相萨阿德忘了个一干二净,也没有一个人再向他提及那件事。

宫役们带领牢中的囚犯们去干苦力活儿,也把萨阿德带去和囚犯们一起干活儿,终日周身泥土。

萨阿德就这样度过了一个月的时间,不时地回想自己的情况,百思不得其解:"为什么把我关在牢里,让我干苦力活儿呢?"

赛伊夫·穆鲁克却整日舒舒适适,沉浸在欢乐之中。一天,他突然想起在街上抓的那个小伙子,遂问侍卫:"那天你们抓来的那个卖斗篷的小伙子呢?"

侍卫说:"你不是说让我们把他投入监牢之中吗?"

"我没有对你们这样说呀!我是说你们把他带回宫中我所住的房间。"

说罢,侍卫们立即走去,将一个戴着镣铐的小伙子带到赛伊夫·穆鲁克面前。赛伊夫·穆鲁克问:"小伙子,你从哪里来?"

"我从埃及来。"小伙子说。

"你叫什么名字?"

"我叫萨阿德,是埃及宰相法里斯的儿子。"

听小伙子这样一说,赛伊夫·穆鲁克随即令侍卫取下镣铐,上前抱住萨阿德,高兴得哭了起来。赛伊夫·穆鲁克说:"我的贤弟,萨阿德,赞美安拉,你还活在人间,我还能看见你!我是赛伊夫·穆鲁克,阿绥姆国王的儿子!"

萨阿德一听,立即认了出来,两个人紧紧拥抱在了一起,抱头痛哭起来,致使在场的人惊奇不已。

随即,赛伊夫·穆鲁克即令侍卫带萨阿德洗澡更衣。

萨阿德洗罢澡,换上漂亮衣服,来到赛伊夫·穆鲁克面前,赛伊夫·穆鲁克让他坐下。

塔吉·穆鲁克得知赛伊夫·穆鲁克与萨阿德在异乡巧遇,高兴极了,立即走来看望,三个人坐在一起,兄弟俩从头到尾讲述了自己的奇异经历。

赛伊夫·穆鲁克问:"萨阿德贤弟,你是怎样来到这里的呢?"

萨阿德开始讲述自己遭遇的磨难:

说来真是话长啊!

赛伊夫·穆鲁克大哥,我们的船被撞破之后,侍从们相继落水,我和几个侍从抓住一块儿船板,方幸免于丧命。

我们抱着那块儿船板,在海上漂游了一个月时间,之后被风浪推到一座岛边,好容易才爬上了岸。当时,我们又渴又饿,到了岛上,穿行在林木之间,只能靠摘野果充饥。

一次,我们正在吃野果时,突然看见一帮魔鬼似的人朝我们扑来,然后骑在我们的肩上。他们对我们说:"驮着我们走吧!你们都变成了我们的驴子。"

我问骑着我的那个人:"你是什么人?为什么骑在我的脖子上?"

那个人听我这样一问,便用一条腿使劲地夹我的脖子,险些把我夹死,并且用另一只脚狠踢我的后背,几乎把我的脊柱踢断,我一下趴在了地上;因为我又渴又饿,周身一点儿力气也没有。

他见我跌倒在地,知道我饿了,于是拉住我的手,把我领到一棵果树下,那棵树上结满梨子。他对我说:"吃梨子吧!要吃饱呀!"

我吃了一顿梨,然后不由自主地朝前走去。

我走了没几步,那个人追了过来,又骑在了我的脖子上。我时而走,时而跑,时而快走几步,那个人一直骑在我的脖子上,笑个不止。

他说:"好哇!我平生还没看见过像你这么快的驴子!"

后来,有一天,我们采摘了一些葡萄,用脚踩烂,然后放在一个大池子里。过了一段时间,我们再来到那个大池子边,发现那些烂葡萄经太阳一晒,发酵了,变成了葡萄酒。我们高高兴兴地喝起葡萄酒来,一个个喝得醉醺醺的,脸都变红了,接着我们又唱又跳起来。

那些魔鬼走来问我们:"你们的脸怎么变红了?为什么又唱又跳?"

我对他们说:"你们不要问啦!你们问这些做什么呢?"

他们说:"你们告诉我们一下吧,也好让我们明白个究竟嘛!"

"这都是葡萄酒的作用。"

随后,他们把我们带到一道山谷里。那山谷很大,弄不清有多宽多长,只见那里遍生葡萄,一眼望不到边,而且每串葡萄都有二十磅重,已经成熟,到了采摘的季节。

他们说:"你们可以采摘这些葡萄了!"

我们摘了好多好多葡萄。我们发现有一个比那个大池子还要大许多的大坑,于是我们将葡萄踩烂,放进坑里。过了一些时候,葡萄都变成了酒。我对他们说:"酒已酿好,你们用什么来喝呢?"

他们说:"我们原来养着一些像你们这样的驴子,都被我们宰杀吃掉了,但驴脑袋壳还留着,我们就用它来盛酒喝吧!"

他们一个个开怀畅饮,人人都喝得酩酊大醉,先后躺倒在了地上,足有二百多人。

眼见此情此景,我们相互议论说:"这些魔鬼不光要拿我们当驴子骑,还想把我们宰杀吃掉呢!无能为力,只有依靠伟大的安拉了。不过,我们可以把他们全灌醉,趁他们不省人事之机,将他们一一宰掉,也好彻底摆脱他们的折磨。"

于是,我们又把他们叫醒,继续拿人脑壳给他们灌酒,而他们这时却说:"这酒是苦的。"

我们说:"你们怎好说这酒是苦的呢?说这种话的人,假若不多喝些酒,当天就会死去的!"

听我们这样一说,他们都怕死,便对我们说:"那就让我们喝足酒吧!"

他们一个个都大口大口地喝了起来。没过多大一会儿,他们终于一个个喝得烂醉如泥,瘫倒在地,力气皆无,不省人事。

这时,我们将他们一个个拉在一起,捡来许多干葡萄藤,堆放在他们的四周及身上,继之将干葡萄藤点着,我和我的侍从躲得远远的。顷刻间,只见烈火熊熊燃起,同时听到噼噼啪啪的响声……

说到这里,萨阿德的脸上露出了笑容,稍稍停顿,接着又讲……

讲到这里,眼见东方透出黎明的曙光,莎赫札德戛然止声。

第七百七十二夜

夜幕垂降,莎赫札德接着讲故事:

幸福的国王陛下,萨阿德接着讲自己的经历:

我们说:"你们怎好说这酒是苦的呢?说这种话的人,假若不多喝些酒,当天就会死去的!"

听我们这样一说,他们都怕死,便对我们说:"那就让我们喝足酒吧!"

他们一个个都大口大口地喝了起来。没过多大一会儿,他们终于一个个喝得烂醉如泥,瘫倒在地,力气皆无,不省人事。

这时,我们将他们一个个拉在一起,捡来许多干葡萄藤,堆放在他们的四周及身上,继之将干葡萄藤点着,我和我的侍从躲得远远的。顷刻间,只见烈火熊熊燃起,同时听到噼噼啪啪的响声……

大火烧了足有两个时辰,再看他们这些怪物,化成了一堆白灰。

感谢万能之主,我们终于摆脱了魔鬼的折磨。

之后,我们离开了山谷,向海边走去。

后来,我们分手了。我带着两个侍从走进一片树林里。

我们正在树林里摘野果吃时,忽见一个牧羊巨人朝我们走来,那牧羊巨人身材高大,胡子很长,两耳垂肩,两只眼睛就像两柄火炬,赶着一大群羊。

那巨人看见我们,显得很高兴,喜形于色,对我们表示欢迎。他说:"你们好!欢迎你们到我家做客,我款待你们烤全羊。"

我们问他:"你的家在什么地方?"

他说:"离这里不远,就在那座山旁。你们朝这个方向走,不远就能看见一个山洞,进了山洞,可以看见许多像你们一样的客人,你们就到他们中间去,和他们坐在一起,等着我招待你们。"

听了他的话,我们信以为真,随即朝巨人指的方向走去。

我们走进那个山洞,果然看见那里有许多人,但他们都是瞎子。我问他们都是什么人,一个人说:"我是个病人。"

另一个说:"我体弱多病。"

我问:"这是怎么回事?你们为什么都有病呢?"

他们问我:"你们是什么人?"

我告诉他们:"我们是来做客的。"

听我这样一说,他们纷纷说:"谁把你们送到这个可恶的坏蛋手中来的？无能为力，只有依靠伟大的安拉了！这个家伙是个妖魔，是个吃人肉、喝人血的魔鬼。他弄瞎了我们的眼睛，还要把我们吃掉。"

"他怎样把你们的眼睛弄瞎的？"我问。

"他也会马上把你们的眼睛弄瞎。"他们说。

"他怎样弄瞎我们的眼睛呢？"

"他将给你们送来几杯羊奶，对你们说：'旅途辛苦了！喝下这杯奶，暖暖身子吧！'你们只要一喝下奶，立即就会变得像我们一样，什么也就看不见了。"

听他们这样一说，我心想："不用计谋，这场灾难是躲不过去的。"想到这里，我立即挖了一个坑，然后将坑盖上，我就坐在坑上边。

一个时辰过去了，那妖魔来了，果然端着几杯羊奶，分别递给我和我的两个侍从，并且说："你们远道而来，辛苦了。喝下这杯奶，暖暖身子吧！稍等一会儿，我烤全羊给你们吃！"

我举起杯子，使杯子贴近我的嘴唇，装出喝奶的样子，趁他不注意之时，将奶倒入屁股下的坑里，然后高声喊道："哎呀，我的眼睛！我什么都看不见了！"

随手将眼捂住，不住地哭喊着。那妖魔笑了，对我说："不要害怕！不要害怕！"

我的两个侍从把奶喝下肚去，顷刻双眼失明。

那妖魔立即站起身来，走去将山洞门关上，然后走到我跟前，摸了摸我的两肋，发觉我瘦骨嶙峋，没什么肉。随后，他又去摸别的人，发现很胖，高兴地笑了起来。

随即，妖魔宰了三只羊，剥下羊皮，用铁扦子插上羊肉，放在火上烤，随手递给我的两个侍从，他们一起吃起羊肉来。那妖魔走去取来一皮袋子酒,一阵畅饮,趴在地上睡着了,顷刻鼾声如雷。

眼见妖魔睡熟,我心想:"机会来了,我何不趁机将他……"我随手拿起两支烤肉扦子,放在火上烤红,悄悄走近妖魔,用尽全身力气,将火红的铁扦子刺入妖魔的眼里,妖魔顿时两眼瞎了。

这时,妖魔吃力地站起来,想抓住我,我急忙躲闪。我问一位瞎了眼的"客人":"喂,兄弟,我该怎样对付这妖魔?"

那个人说:"喂,萨阿德,你登上这个壁洞,那里有口宝剑;你拿到宝剑,我再给你出主意。"

我立即攀上壁洞,果见那里有一口宝剑,立即顺手提起,然后走到那个人跟前。我问那个人:"我拿到剑了,怎么办?"

那个人说:"你挥剑猛刺那妖魔的腰部,他就会立即丧命……"

我悄悄躲到妖魔的背后,那妖魔已经跑累了,只见他放慢了脚步,正向瞎子走去,想杀死他们。这时,我一个箭步冲了过去,手起剑落,将那妖魔斩为两截。那妖魔惨叫道:"好小子,你既然想杀死我,就再给我一剑吧!"

我正想刺第二剑时,那个人急忙阻止我:"千万不要再刺第二剑;不然,他不但不死,反而会起死回生,然后斩杀我们。"

讲到这里,眼见东方透出黎明的曙光,莎赫札德戛然止声。

❖ 第七百七十三夜 ❖

夜幕垂降,莎赫札德接着讲故事:

幸福的国王陛下，萨阿德继续讲他的经历：

我立即攀上壁洞，果见那里有一口宝剑，立即顺手提起，然后走到那个人跟前。我问那个人："我拿到剑了，怎么办？"

那个人说："你挥剑猛刺那妖魔的腰部，他就会立即丧命……"

我悄悄躲到妖魔的背后，那妖魔已经跑累了，只见他放慢了脚步，正向瞎子走去，想杀死他们。这时，我一个箭步冲了过去，手起剑落，将那妖魔斩为两截。那妖魔惨叫道："好小子，你既然想杀死我，就再给我一剑吧！"

我正想刺第二剑时，那个人急忙阻止我："千万不要再刺第二剑；不然，他不但不死，反而会起死回生，然后斩杀我们。"

我立即从命，放下了已经扬起的宝剑，但见那妖魔随即死挺挺地倒了下去。

那个人说："你快去把山洞门打开，咱们快离开这个地方吧！但期安拉默助我们永远摆脱这个恶魔把守的地方。"

我对他说："我们没有危险了，可以高枕无忧，好好休息一下，不妨宰上几只羊，痛饮一顿美葡萄酒。因为我们面前的路还长着呢！"

我们在那里住了两个月，靠吃羊肉和水果度日。

有一天，我坐在海边，看见远处出现了一条大船，我立即向船上的人打手势，呼喊船上的人。似乎船上的人知道这个岛上有吃人的恶魔，看上去很害怕，只想快速逃离。我们摘下缠头巾，拼命地向他们摆动缠头巾，继之跑向他们，同时高声呼唤。这时，才有一个眼光锐利的人说："乘客们，我看见岛上有人，他们像我们一样，身上穿的不是妖魔那种衣服。"

过了一会儿，他们把船停近了我们一些。当他们确信我们是人时,便向我们问安,我们立即还了礼,并向船上的人报喜,说我们杀死了魔怪。

船上的乘客听我们这样一说,立即向我们表示感谢。

随后,我们从岛上采摘了一些水果,送上船去,接着我们上了船。

船载着我们在海上顺风航行了三天,不料狂风骤起,顿时乌云遮日,一片黑暗,一个时辰不到,船被风浪卷到一座山下,被撞碎了,乘客全部落水。幸得安拉默助,我抓住了一块儿破船板,紧紧抱着那块儿破船板,漂游了两天时间。

风终于平息下来,我坐在船板上,用双脚当桨,划着水前进,平安划到了岸边。

我登上岸去,进入一座城市。我成了那座城市中唯一的一个异乡客,一时不知如何是好。我筋疲力尽,又渴又饿,向市场走去。我身无分文,只有脱下这件外衣,想把它卖掉,换两个钱,买点儿东西吃,然后再听安拉的裁决。

当我拿着这件外衣,人们望着我竞相出价时,你就来了。

贤兄,你看到我之后,令奴仆们把我带入宫中。奴仆们把我带了回来,却将我投入了监牢里。过了这么长时间,你才想起我,把我接到你的面前。

说到这里,萨阿德长长地出了一口气,然后说:"大哥,这就是我的经历。感赞安拉,使我们终于久别重逢了。"

赛伊夫·穆鲁克和道莱特·哈图妮公主的父王听完萨阿德这番长长的谈话,惊诧不已。

塔吉·穆鲁克国王吩咐宫仆为赛伊夫·穆鲁克和萨阿德收拾了

一座宫殿,供二人居住。

道莱特·哈图妮公主不时地去看望赛伊夫·穆鲁克,感谢他的大恩大德。

宰相萨阿德说:"公主姐姐,我希望你能帮助我的贤兄赛伊夫·穆鲁克一下,让他如愿以偿。"

道莱特·哈图妮公主说:"我必竭尽全力,让王子一酬大愿。"

道莱特·哈图妮公主望着赛伊夫·穆鲁克,说:"你只管放心就是了。"

说完,道莱特·哈图妮公主走去见母后,对母亲说:"母亲,带我去花园散散心,焚香呼唤白迪阿·贾玛丽和她的母亲来我们这里欢聚一下吧!"

母后说:"好吧!"

母女带着白迪阿·贾玛丽临别时送的香,来到花园,焚上香,顿时,香烟弥漫,转瞬间白迪阿·贾玛丽和她的母亲相携飘飘降落在花园里。

道莱特·哈图妮公主迎上前去,和白迪阿·贾玛丽相互问好,互相紧紧拥抱在一起。白迪阿·贾玛丽亲吻公主的眉心,祝贺她平安返回,随后二人坐下,促膝谈心。

白迪阿·贾玛丽问:"姐姐,你在异乡的情况怎么样?"

道莱特·哈图妮说:"好妹妹,别问啦!人怎能不遇到万般磨难呢?"

"那是怎么回事?"

"魔王艾兹莱格的儿子把我抢走,将我囚禁在一座远离人间的宫殿之中……"

接着,道莱特·哈图妮公主把自己的经历从头到尾向白迪阿·贾玛丽讲了一遍。又谈到遇见赛伊夫·穆鲁克及其所经历的种种磨难，一直讲到赛伊夫·穆鲁克如何来到巍峨宫殿，怎样杀死魔王艾兹莱格的儿子，又如何摘下檀香木、沉香木门板，绑成筏子，用木板当桨，漂洋过海，终于到达叔父的京城，之后又如何回到父王的宫中……

白迪阿·贾玛丽听后，惊异至极，说道："姐姐，凭安拉起誓，这真是世间最奇妙的故事呀！"

道莱特·哈图妮公主说："是的。我还想把赛伊夫·穆鲁克的历险情况讲给你听，但有一件事，实在羞于启齿。"

"还有什么不可以说的事啊！你既是我的姐姐，又是我的好朋友，你我之间交往这样密切，我知道你都是为了我好，还有什么羞于启齿的事呢？你有什么话，只管说就是了，不要顾虑什么。"

"赛伊夫·穆鲁克从苏莱曼大帝送给他父王的那件锦袍上看到了你的绣像。那件锦袍本是你的父亲送给苏莱曼大帝的，但苏莱曼大帝根本就没有打开看过，便把它当作礼品转赠给了赛伊夫·穆鲁克的父亲——埃及国王阿绥姆·本·萨夫旺国王。阿绥姆·本·萨夫旺国王不曾打开礼品包裹，便送给了儿子赛伊夫·穆鲁克。王子拿到礼品包裹，打开一看，只见里面包着一件锦袍。他拿出锦袍要穿时，看到锦袍里子上有帧绣像。他一见钟情，因而朝也思、暮也想，竟然得了相思病，没有一位医生能治他的病。为了找你，他决计离开故土，四处奔波；正是为了你，他才经历了那么多磨难，吃了那么多苦头。"

讲到这里，眼见东方透出黎明的曙光，莎赫札德戛然止声。

第七百七十四夜

夜幕垂降,莎赫札德接着讲故事:

幸福的国王陛下,道莱特·哈图妮对白迪阿·贾玛丽说:"赛伊夫·穆鲁克从苏莱曼大帝送给他父王的那件锦袍上看到了你的绣像。那件锦袍本是你的父亲送给苏莱曼大帝的,但苏莱曼大帝根本就没有打开看过,便把它当作礼品转赠给了赛伊夫·穆鲁克的父亲,埃及国王阿绥姆·本·萨夫旺国王。阿绥姆·本·萨夫旺国王不曾打开礼品包裹,便送给了儿子赛伊夫·穆鲁克。王子拿到礼品包裹,打开一看,只见里面包着一件锦袍。他拿出锦袍要穿时,看到锦袍里子上有帧绣像。他一见钟情,因而朝也思、暮也想,竟然得了相思病,没有一位医生能治他的病。为了找你,他决计离开故土,四处奔波;他正是为了你,才经历了那么多磨难,吃了那么多苦头。"

白迪阿·贾玛丽一听,羞得满脸绯红。她说:"这比登天还难啊!人与神女怎么交往呢?"

道莱特·哈图妮公主开始跟白迪阿·贾玛丽讲赛伊夫·穆鲁克如何英俊潇洒、武艺高强、品德高尚,坚忍不拔,直至说:"好妹妹,看在伟大安拉的面儿上,你同王子见一面,谈一谈,哪怕说上一句话也好!"

白迪阿·贾玛丽说:"不能啊,姐姐!你的这些话,我不听,也不从。"

仿佛白迪阿·贾玛丽什么也没有听见，赛伊夫·穆鲁克的美貌、风度、武艺、品德等都没入她的心。

道莱特·哈图妮公主再三苦苦哀求，亲吻白迪阿·贾玛丽的双脚，并且说："看在你我同哺一奶的姐妹面上，看在苏莱曼大帝神戒圣名的面儿上，你就听我一次吧！我在被困的宫殿里，已向赛伊夫·穆鲁克做过保证，让他见你一面；看在安拉的面儿上，你就让他见你一面吧！"

话音未落，道莱特·哈图妮哭了起来，再三苦苦哀求，亲吻她的双手和双脚，白迪阿·贾玛丽终于答应了。

白迪阿·贾玛丽说："看在姐姐的面儿上，我就见他一面。"

听白迪阿·贾玛丽这样一说，道莱特·哈图妮的心方才平静下来，随后快步走进园中大殿，吩咐宫女们布置宫殿，放上金座椅，摆上酒具。

道莱特·哈图妮走去见赛伊夫·穆鲁克和萨阿德，向赛伊夫·穆鲁克报喜，说他的愿望就要化为现实。她说："赛伊夫·穆鲁克，你和萨阿德一起到花园大殿里去吧！到了那里，躲在一个谁也看不见你俩的地方，等着我和白迪阿·贾玛丽公主。"

赛伊夫·穆鲁克听公主这样一说，惊喜难抑，立即站起来，和萨阿德一起向公主指的地方走去。

二人进了大殿，见那里摆放着金椅、靠枕，还有美酒，便坐了下来。

一个时辰过去，不见人来，赛伊夫·穆鲁克想起意中人，心绪不宁，思念之波翻腾，再也坐不住，站起来向长廊走去。

萨阿德急忙跟去。赛伊夫·穆鲁克扭过脸去，对萨阿德说："好弟弟，你在那里等着吧！我出去一下，马上就回来。"

萨阿德转身回去，原地坐了下来。

赛伊夫·穆鲁克沉醉在爱情的香醇中,心怦怦直跳,浮想联翩,一时不知如何是好。他低头沉吟道:

> 唤声白迪阿,我心只想你。
> 爱将我俘虏,怜我莫惜力。
> 你是我所求,你系我希冀。
> 可怜我痴情,心中唯有你。
> 但期我明白:可知我哭泣?
> 长夜眼难合,泪淌声凄厉。
> 求你令困神,合上我眼皮;
> 但期入梦乡,梦中看见你。
> 切怜我之情,祈会我的意;
> 冷漠害人死,救人莫迟疑。
> 主为你添兴,赎身有众敌。
> 天下钟情者,眼望我的旗;
> 世间美男子,目光注视你。

赛伊夫·穆鲁克吟罢,哭了起来。片刻后,他又吟诵道:

> 世间窈窕女,永远是我求;那系难言秘,深藏在心头。
> 我若开言道,定赞她俊秀;我若默无语,靓姿居心首。

赛伊夫·穆鲁克吟罢,哭得更加厉害。停顿片刻,接着吟道:

> 有火燃肝火,干柴烧不尽。
> 你系我追求,难表此情真。

> 我一心爱你,决不怜他人;
> 但求你欢乐,不怕苦缠身。
> 钟情肌肤瘦,切求您怜悯。
> 痴情怎表述,体弱病扰心。
> 我情永不改,祈求开浩恩。

吟罢,赛伊夫·穆鲁克泣不成声,一时呜咽无语。过了一会儿,他又吟诵道:

> 愁至春临门,难眠我似你。报你怒气生,主止祸殃及。

坐在大殿里的萨阿德久等不见赛伊夫·穆鲁克回来,心里纳闷儿,急忙走出殿门,到花园里去找赛伊夫·穆鲁克。

萨阿德见赛伊夫·穆鲁克漫步园中,神情恍惚,边行边吟道:

> 万赞归安拉,凭主我起誓。人读"创造者",对之我立誓。
> 阅尽世间美,从未动心思;唯你白迪阿,伴我夜谈时。

赛伊夫·穆鲁克见赛阿德走来,二人一起在园中游逛,边吃水果,边交谈。

让我们回过头来,看看道莱特·哈图妮公主的情况。

宫仆们按照道莱特·哈图妮公主的吩咐,把花园中的大殿进行了精心布置。白迪阿·贾玛丽一番着意打扮之后,跟着道莱特·哈图妮公主来到大殿里,看见公主为她准备好的那把金坐椅,便坐了上去。金坐椅的旁边有一扇窗户，从那里可以看到花园。

紧接着，宫仆们端来各种丰盛菜肴。公主陪白迪阿·贾玛丽吃罢饭，随后吩咐宫仆端上各色甜食，二人吃了一些，洗了洗手。之后，道莱特·哈图妮公主让宫仆送来金杯银盏和葡萄酒，二人开始把盏对饮，频频举杯。

二人正饮酒时，白迪阿·贾玛丽凭窗举目眺望园中，只见那里树木葱郁，果实挂满枝头，好一片秀丽景色。无意之中，一眼望见两个漂亮的小伙子正在园中漫步，且见其中一个边行走，边低声吟诗，致使姑娘见之，不禁思绪万千，惆怅难言……

讲到这里，眼见东方透出黎明的曙光，莎赫札德戛然止声。

第七百七十五夜

夜幕垂降，莎赫札德接着讲故事：

幸福的国王陛下，宫仆们端来各种丰盛菜肴。公主陪白迪阿·贾玛丽吃罢饭，随后吩咐宫仆端上各色甜食，二人吃了一些，洗了洗手。之后，道莱特·哈图妮公主让宫仆送来金杯银盏和葡萄酒，二人开始把盏对饮，频频举杯。

二人正饮酒时，白迪阿·贾玛丽凭窗举目眺望园中，只见那里树木葱郁，果实挂满枝头，好一片秀丽景色。无意之中，一眼望见两个漂亮的小伙子正在园中漫步，且见其中一个边行走，边低声吟诗，致使姑娘见之，不禁思绪万千，惆怅难言……

白迪阿·贾玛丽回过头来，望着道莱特·哈图妮公主，颇带几分醉意地问："姐姐，你瞧，那园中有个小伙子，愁云满面，泪水潸然，痛苦不堪，他是谁？又为何落泪？"

道莱特·哈图妮公主反问："你能允许他到宫中来，让我们看看他吗？"

"如果你能把他叫来，就让他来吧！"

这时，道莱特·哈图妮高声隔窗呼唤："喂，王子殿下，请到这里来，让我们瞧瞧你的英俊容貌吧！"

赛伊夫·穆鲁克听出那是公主的呼声，于是立即转身向大殿走了过来。

赛伊夫·穆鲁克进到殿中，目光一落到白迪阿·贾玛丽的身上，果见与那绣像上的美人不差分毫，当即晕倒在地，不省人事。

道莱特·哈图妮公主走上前去，往赛伊夫·穆鲁克的脸上洒了少许玫瑰水，他才慢慢苏醒过来。

赛伊夫·穆鲁克站起来，走上前去，向白迪阿·贾玛丽行吻地礼。白迪阿·贾玛丽见小伙子相貌堂堂，眉清目秀，英姿勃勃，不禁惊喜万分，心中有说不出的爱慕。

道莱特·哈图妮公主对白迪阿·贾玛丽说："公主啊，这就是我说的那位赛伊夫·穆鲁克王子；正是他凭借安拉之力，把我救了出来。这位王子为了你，历经千辛万苦，你多多关照关照他吧！"

白迪阿·贾玛丽笑了，站起身来，说："谁能出面为他担保这位青年始终信守约言呢？人嘛，他们是最不讲情义的。"

赛伊夫·穆鲁克说："尊敬的公主殿下，我不是那种不守约言的人。人，并非全都是一样的。"

话音未落，赛伊夫·穆鲁克哭了起来，边流泪，边吟诵道：

唤声白迪阿,切怜痴情人。
单因惠一眼,惆怅欲断魂。
双颊娇且艳,白里透红粉。
莫嫌我憔悴,莫怪病缠身。
只缘途遥远,相见迟至今。
此乃我希冀,相爱复相亲。
聚首日盼亲,霜雪染云鬓。

赛伊夫·穆鲁克吟罢,不禁泪水如注,完全陷入爱情的波涛之中。随后,他用诗歌向白迪阿·贾玛丽致意问安:

此有钟情人,向你致敬礼。
同为高贵人,相互怀佳意。
此有钟情人,向你致敬礼。
无处不显现,你的影与迹。
不曾记你名,心中生妒忌。
同为有情人,自然心相依。
切莫断情分,忧伤致病疾。
望星怕意生,思怜觉夜寂。
耐心已竭尽,还有何话提?
且受情痴拜,难表心切急。
孤单寂寞时,愿主陪伴你。

赛伊夫·穆鲁克吟罢,怜情之波汹涌澎湃,诗兴大发,接着又吟诵道:

> 唤声尊公主，容我道心底：当初奔他人，不能达目的。
> 谁美盖过你，致使我入迷？此情难忘怀，赎身正中意。

赛伊夫·穆鲁克吟罢诗，泪水滚滚。白迪阿·贾玛丽对他说："王子殿下，我担心接受你的情谊之后，在你们那里却见不到友情与亲善，因为人类讲信义的少，而背信弃义的多。想王子殿下必定知道，苏莱曼·本·达伍德当初爱上拜勒吉丝。可是，当苏莱曼看到了比拜勒吉丝更美的姑娘时，便疏远了拜勒吉丝。"

赛伊夫·穆鲁克说："亲爱的，安拉创造的人并不都一样。蒙安拉保佑，我将信守诺言，死在你的脚下；你将发现我言必信，行必果。安拉将为我的言行做担保。"

"既然这样，那就请你安心地坐下来吧！你要凭你的信仰向我起誓，我们应该互相立下誓言，互相永不背叛；谁背叛了同伴，就要听候安拉的惩罚。"

赛伊夫·穆鲁克听白迪阿·贾玛丽这样一说，随即坐了下来，相互紧握着手，一番海誓山盟：海可枯，石可烂，忠于对方的心永不变；不管遇到人或神，双方今后不另择伴侣。

立罢誓言，相互紧紧拥抱在一起，狂喜的泪水流在一起，不知不觉一个时辰过去。

赛伊夫·穆鲁克心潮澎湃，激动不已，随口吟诵道：

> 我眼淌情泪，思念心上人。
> 路遥痛苦多，腿短难接近。
> 面对责骂者，容我诉苦闷：
> 心胸本宽广，狭窄今难忍；
> 欲改此现实，力却不从心。

借问世之主,有情可成亲?
巧除心底苦,病能化浮云?

二人相互立誓罢,白迪阿·贾玛丽走去坐下,宫女们端来菜肴和美酒,放在她的面前。随后,二人并肩坐下,开始把盏对饮,边吃边喝,相拥相抱,互亲互吻,不觉一个时辰过去了……

讲到这里,眼见东方透出黎明的曙光,莎赫札德戛然止声。

第七百七十六夜

夜幕垂降,莎赫札德接着讲故事:

幸福的国王陛下,二人相互立誓罢,白迪阿·贾玛丽走去坐下,宫女们端来菜肴和美酒,放在她的面前。随后,二人并肩坐下,开始把盏对饮,边吃边喝,相拥相抱,互亲互吻,不觉一个时辰过去了。

白迪阿·贾玛丽对赛伊夫·穆鲁克说:"王子殿下,我马上派女仆把你送到阿德大帝的花园中去。到了那里,你将看到一顶红绸大帐,帐篷的里子是用绿绸子做的。进到大帐之中,你要振作精神,鼓足勇气,你会看到一位老太太坐在一把镶嵌着珍珠、宝石的赤金宝椅上。老太太看见你,你只管走上前去,恭恭敬敬、礼礼貌貌地向老太太问好。你朝赤金宝椅下看,会看到一双金丝绣花鞋,你拿起鞋子,吻上一吻,顶在头上,然后放在右腋下,默不作声,低着头站在老太太面前。假若老太太问你:'你从哪里来?你是怎样来到这里的?谁把这个地方讲给你听的?你为什么要拿这双鞋?'你千万不要答话。只管默默无言,直到这个女仆出现在你面前时,你才可与她说话,求她为你说情,让她替你说话。但期老太太怜悯你,答应你的要求。"

说罢,白迪阿·贾玛丽呼唤道:"麦尔加娜!"

女仆麦尔加娜应声而至。白迪阿·贾玛丽嘱咐她说:"麦尔加娜,你今天替我去办一件事,千万不要疏忽大意,一定要把事情办好。你若今天把这件事办好了,看在安拉的面儿上,你就成了自由人,必定会得到敬重,就成了我最亲近的人,有秘密我只会向你吐露。"

麦尔加娜说:"尊敬的公主,你有什么事,请说吧!我一定好好去办,绝不怠慢。"

"你带着这个人,飞往阿德大帝的花园,把他带到宝帐之中,让他去见我的祖母。你要好好保护他。进了大帐,你看见他拿起金丝绣花鞋,吻一吻,高高举过头,老太太问他:'你打哪儿来?你是怎样到这里来的?谁把这个地方讲给你的?你为什么要拿这双鞋?你有什么事情要我给你办?'这时,你就赶快走上前去,向老太太问安,对老太太说:'老奶奶,是我带他到这里来的。他是埃及国王的儿子。正是他到古宫殿中去,杀死了艾兹莱格国王的儿子,救出了道莱特·哈图妮公主,还将公主送到了她的父亲身边。我之所以把王子送到这里来,是为了让他向您报喜,让您知道公主平安返回,好让您赏给他点儿银钱。'"

白迪阿·贾玛丽公主稍停片刻,又说:"说完这些话,再对老太太说,'老奶奶,难道这小伙子不漂亮?'我祖母听后,会说:'这小伙子挺漂亮的。'这时,你就对她说:'老奶奶,这小伙子品德高尚,性情豪爽,勇敢坚强,他还有许多好德行。他是埃及国王。'假若我祖母问:'他来这里有什么事呀?'你就说:'我们的小姐向奶奶问安。小姐问:她还要在自己的绣房里独处幽居多久?你们不让小姐结婚,目的何在呢?老奶奶为什么不在自己的有生之年,让小姐的母亲看着自己的女儿像别的姑娘一样出嫁成亲呢?'如果老太太说:'我们怎样安排她的婚事呢?如果她认识了某个小伙子,而且很中她的意的话,那就请她告诉我们,我会尽全力按照她的意见行事,让她高兴的,保她如愿以偿。'这时,你就对她说:'小姐说,你们原想把她嫁给苏莱曼·本·达伍德,并把她的像绣在锦袍里子上,但苏莱曼的心里根本没有她,而且他也没有那个福分,因为他把锦袍送给了埃及国王阿绥姆,而阿绥姆国王又将袍子送给了自己的儿子。他的王子一见到小姐的绣像,深深爱在心中,正所谓一见钟情。随后,为寻觅小姐,王子丢开自己的王位,离开父王母后,弃绝红尘,遍访天下,历经千难万险……'"

麦尔加娜听后,说:"公主,你的话我全记住了。"

说罢,转身抱起赛伊夫·穆鲁克,并且说:"请合上眼!"

旋即展翅腾空而起,飞上了天空。

一个时辰过后,女仆麦尔加娜说:"王子,请睁开眼吧!"

赛伊夫·穆鲁克睁开双眼,见自己已来到了阿德大帝的花园。女仆说:"王子,请进大帐吧!"

赛伊夫·穆鲁克念着安拉的美名,走进大帐,抬眼望去,只见一位老太太坐在赤金宝椅上,左右有宫女侍候。

赛伊夫·穆鲁克恭恭敬敬地走上前去,从椅子下拿起那双金丝绣花鞋,按照白迪阿·贾玛丽叮嘱的那样,吻了吻,先把鞋放在头上,然后夹在腋下。

老太太问:"你是何人?从哪里来?谁把你带到这个地方来的?

为什么要拿这双鞋？为什么亲吻这双鞋？你有什么事情要我给你办吗？"

赛伊夫·穆鲁克没有吱声。

这时，女仆麦尔加娜走来，恭恭敬敬地向老太太问过安好，然后把白迪阿·贾玛丽叮嘱的那些话说了一遍。

老太太听过女仆那番长长的介绍，勃然大怒道："人与神灵怎能协调一致？"

讲到这里，眼见东方透出黎明的曙光，莎赫札德戛然止声。

·━· 第七百七十七夜 ·━·

夜幕垂降，莎赫札德接着讲故事：

幸福的国王陛下，赛伊夫·穆鲁克恭恭敬敬地走上前去，从椅子下拿起那双金丝绣花鞋，按照白迪阿·贾玛丽叮嘱的那样，吻了吻，先把鞋放在头上，然后夹在腋下。

老太太问："你是何人？从哪里来？谁把你带到这个地方来的？为什么要拿这双鞋？为什么亲吻这双鞋？你有什么事情要我给你办吗？"

赛伊夫·穆鲁克没有吱声。

这时，女仆麦尔加娜走来，恭恭敬敬地向老太太问过安好，然后把白迪阿·贾玛丽叮嘱的那些话说了一遍。

老太太听过女仆那番长长的介绍，勃然大怒道："人与神灵怎能协调一致?"

赛伊夫·穆鲁克走上前去,说:"老夫人,我能够与您协调一致,甘愿做您的奴仆,愿为您献身。我将忠于约言。除了您,我谁都不去看。您将看到我言必信,行必果,忠诚老实,绝无谎言,性情豪爽,心地明亮,愿永远为您效力。"

老太太低头沉思片刻,然后抬起头来,说:"漂亮的小伙子,你能信守约言吗?"

赛伊夫·穆鲁克说:"一定能。凭创造天和地的伟大造物主起誓,我一定信守约言。"

老太太听后,说:"但愿我能满足你的要求。你马上到花园中去,吃一顿水果;那里的水果都是世间绝无仅有的。等我的儿子舍赫亚勒回来,我再跟他谈谈那件事;到那时,一切都会好的,因为我儿子会听我的话,不会违背我的意志、违抗我的命令的。你的愿望能够实现。我将把我的孙女白迪阿·贾玛丽许配给你。你只管放心,她将会成为你的妻子。"

赛伊夫·穆鲁克听后,急忙感谢老太太,亲吻老太太的双手和双脚,然后离开那里,向花园走去。

老太太对女仆麦尔加娜说:"你去找找我的儿子舍赫亚勒,看看他在什么地方,让他到我这里来。"

麦尔加娜走去,经过一番周折,方才找到舍赫亚勒,把他带到了他的母亲面前。

赛伊夫·穆鲁克在园中游觅时,忽见五个妖魔出现在他的面前,那妖魔都是艾兹莱格国王的仆从,只见他们走来,指着赛伊夫·穆鲁克相互问道:"这个人从何处而来?谁把他带到这里来的?也许杀害艾兹莱格国王儿子的人就是他。"

他们相互议论说:"我们不妨把他叫来,审问他一番。"

他们慢慢走近赛伊夫·穆鲁克。在花园的一角,他们和赛伊夫·穆鲁克一起坐了下来。

他们问赛伊夫·穆鲁克:"喂,美男子,你做得漂亮啊!你杀掉了艾兹莱格国王的儿子,解救了道莱特·哈图妮公主,真是做了一件好事!那小子是条恶狗,背信弃义,无恶不作,竟然用诡计抢走了公主!若非安拉派你解救了道莱特·哈图妮公主,不知公主会怎样呢?美男子,你是怎样把那个小子杀死的?"

赛伊夫·穆鲁克望了望他们,然后说:"我就是用我手指上戴的这枚戒指把他杀死的。"

他们听后,确信杀死王子的就是眼前这个人。于是两个妖魔一起冲过去,抓住赛伊夫·穆鲁克的两只手,另两个妖魔抓住他的两只脚,剩下的一个妖魔捂住他的嘴,不让他叫喊,以防舍赫亚勒的宫仆们听到设法救他。

妖魔背起赛伊夫·穆鲁克,展翅飞上了天空。

一个时辰后,他们降落在艾兹莱格国王的王宫中,把赛伊夫·穆鲁克带到国王面前。

他们禀报国王:"国王陛下,我们把杀害王子的凶手抓来了。"

艾兹莱格国王问:"凶手在哪里?"

"就是这个人!"

国王问赛伊夫·穆鲁克:"是你杀死了我的儿子?他与你无冤无仇,你为什么要杀他?"

赛伊夫·穆鲁克回答说:"是的,是我杀的。因为你的儿子暴虐成性,与人为敌。你的儿子经常劫持王家子女,将她们投入枯井或古城堡中,使她们远离亲人,任意侮辱她们。因此,我用这枚戒指将他杀死,并且立即将他的灵魂送入火狱。"

艾兹莱格国王听后，认定他是杀害儿子的凶手，即唤来群臣，问道："这就是杀死王子的凶手。你们说我们该怎样处置他呢？我是杀死他，还是折磨他，或者采用别的什么办法惩罚他？"

一位大臣说："砍掉他的肢体！"

另一位大臣说："每日重重打他四十鞭！"

又一位大臣说："把他斩为两截！"

有的说："把他的手指头全剁下来，用火烧焦！"

还有的说："把他钉死在绞刑架上！"

他们每人都发表了自己的意见。

妖王艾兹莱格的宰相颇为精明强干，阅历丰富，老成世故。这位宰相说："国王陛下，我有一言相劝，但大主意还有待国王决定。"

这位宰相是国王的重臣，又是政府首脑，国王很听他的话，按照他的意见办事，从不违背他的意志。

宰相站起来，走上前去，向国王行过吻地大礼，说："国王陛下，关于这件事，我若发表了意见，国王会照我的意见行事，保证我平安无事吗？"

国王随口答道："你就说吧，保你平安无事！"

"国王陛下，假若国王不听我的劝告，把这个小伙子杀掉，我认为这是不合宜的。国王陛下，他现在在你手中，成了你的阶下囚，你随时都可以提审他，任何时候都能处置他。国王陛下，我劝国王忍耐一下，稍稍等上一等再说。这小伙子进了阿德大帝的花园，就要与舍赫亚勒的女儿结为伉俪，成为他们家族的一员。国王手下的妖魔将他抓来，而且他对他们和你，都没有隐瞒自己的任何情况。国王若将他杀掉，舍赫亚勒国王必找你为他报仇，与你为敌；与此同时，为了他的女儿，他必发兵来征讨你，而国王又没有足够力量抵挡那位国王。"

艾兹莱格国王听宰相这样一说，思考片刻，遂下令将赛伊夫·穆鲁克投入监牢之中。

白迪阿·贾玛丽公主见到父王舍赫亚勒，立即派女仆去找赛伊夫·穆鲁克，结果踪影未见。

女仆回来禀报说："公主，王子不在花园里。"

公主随后派女仆把园丁唤来，问园丁们见到赛伊夫·穆鲁克没有，他们回答说："报告公主，我们看见王子正在花园中的一棵树下坐着时，忽见艾兹莱格国王手下的五个妖魔降落下来，和王子谈了一会儿话，便背起王子，还把王子的嘴堵住，旋即展翅腾空而起，飞上天空。"

白迪阿·贾玛丽公主听他们这样一说，神魂不安，大发雷霆，站起来，对父亲舍赫亚勒国王说："父王大人，你这个国王是怎样当的？怎么竟让妖王艾兹莱格手下的魔怪闯入我们的花园，随意将我们的贵客劫走呢？他们怎敢如此大胆放肆，无视你的尊严，连个招呼都不打呢？"

舍赫亚勒国王的母亲太后对儿子说："儿啊，有你在位，任何人都不应该侵犯我们。"

舍赫亚勒国王对母后说："母亲，这个小伙子是人，他杀了艾兹莱格国王的儿子；人杀了妖，所以安拉把他抛入了妖魔手掌之中，我怎好去，又怎好为了一个人而与妖为敌呢？"

太后说："你去一趟，找他要我们的客人！若我们的客人安然无恙，并且把他交给你，你能把他带回来，就算了事；假如他把我们的客人杀掉了，你就要把艾兹莱格国王生擒回来，而且还要把他的妻儿、仆从们全都抓来，我要一个一个地将他们宰掉，然后捣毁他们的家园；如果你不照我的吩咐去办，你就是不孝之子，权当我白养你了。"

讲到这里，眼见东方透出黎明的曙光，莎赫札德戛然止声。

第七百七十八夜

夜幕垂降，莎赫札德接着讲故事：

幸福的国王陛下，舍赫亚勒国王对母后说："母亲，这个小伙子是人，他杀了艾兹莱格国王的儿子；人杀了妖，所以安拉把他抛入了妖魔手掌之中，我怎好去，又怎好为了一个人而与妖为敌呢？"

太后说："你去一趟，找他要我们的客人！若我们的客人安然无恙，并且把他交给你，你能把他带回来，就算了事；假如他把我们的客人杀掉了，你就要把艾兹莱格国王生擒回来，而且还要把他的妻儿、仆从们全都抓来，我要一个一个地将他们宰掉，然后捣毁他们的家园；如果你不照我的吩咐去办，你就是不孝之子，权当我白养你了。"

舍赫亚勒国王见母后真的生气了，只好执行母亲的命令，维护母后的尊严，立即亲率大军踏上了征程。

舍赫亚勒国王率大军日夜兼程，人不下鞍，马不停蹄，不多日便来到了妖王艾兹莱格的京城郊外。两军展开激战，未打几个回合，艾兹莱格的大军便告溃败，国王本人及其妻儿、国家重臣、文官武将统统被俘，一并被押解到舍赫亚勒国王面前。

艾兹莱格被带到舍赫亚勒国王面前，舍赫亚勒问："喂，艾兹莱格,赛伊夫·穆鲁克是我的客人,他现在何处?"

艾兹莱格国王说:"舍赫亚勒国王陛下,你是精灵,我也是精灵,你我同属一类,你何必为一个人而兴师动众呢?要知道,这个人杀死了我的心肝儿、我的宝贝儿,夺去了我的灵魂,你何苦如此大动干戈,杀死我那成千上万的妖兵妖将呢?"

"你休出此言!假如我的客人还活着,你就赶快把他交出来,我就把你及你的妻儿、大臣将相放了;你若已把我的客人杀掉,我就要对你及你的下属斩尽杀绝。"

"国王陛下,莫非在你的眼里,这个人比我的儿子还重要?"

"你儿子暴虐无道,常常劫持平民之子和皇家公主,然后将他们投入枯井和古堡之中,任意侮辱、虐待他们,你的儿子,正所谓恶贯满盈,十恶不赦,活该丧命。"

"国王陛下,赛伊夫·穆鲁克现在我这里,我愿意释放他;不过,恳请陛下让我们与他和解。"

舍赫亚勒当即为他们说和,并向他们赐赠锦袍,随后就此事写下了和解文书,交给艾兹莱格。

和解完成,艾兹莱格国王热情款待舍赫亚勒国王及其大军。舍赫亚勒国王在艾兹莱格那里住了三天,然后带着赛伊夫·穆鲁克回国去了。

回到母后面前,老太太欣喜不已。

舍赫亚勒国王见赛伊夫·穆鲁克相貌英俊,风度翩翩,喜不自禁。赛伊夫·穆鲁克把爱上白迪阿·贾玛丽公主的经过,从头到尾向舍赫亚勒国王讲了一遍。

舍赫亚勒国王对母后说:"母亲,既然您已同意把白迪阿·贾玛丽许配给赛伊夫·穆鲁克,就照您的安排办吧!请母亲将赛伊夫·穆鲁克带到萨朗迪布城去,在那里为他们举行婚礼!赛伊夫·穆鲁克是个漂亮的小伙子,为了见白迪阿·贾玛丽,历尽千辛万苦,诚心可对天地。"

太后带着孙女白迪阿·贾玛丽公主、赛伊夫·穆鲁克及宫女们上路登程,一路平安,顺利抵达萨朗迪布城,来到道莱特·哈图妮公主母亲的大花园。

她们进了大帐,见到道莱特·哈图妮公主及其母亲,太后把艾兹莱格国王为自己的儿子向赛伊夫·穆鲁克进行报复,把赛伊夫·穆鲁克抓进监牢,险些使他丧命的事情向他们讲了一遍,并说都已同意白迪阿·贾玛丽与赛伊夫·穆鲁克结婚。

一天,赛伊夫·穆鲁克对塔吉·穆鲁克国王说:"国王陛下,我有一事相求,不知当不当开口。"

"孩子,凭安拉起誓,你就是要我的命,我也在所不惜。你为我做了好事,使我无以报答。有事只管说就是了。"塔吉·穆鲁克国王说。

"国王陛下,我想求陛下将道莱特·哈图妮公主许配给我的弟弟萨阿德,我们都愿意为你效力。"

"一言为定,我感到不胜荣光。"

塔吉·穆鲁克国王立即唤来满朝文武,请来法官和证人,为萨阿德和道莱特·哈图妮写就婚书。

婚书写罢,国王即令散发金银,令仆人们张灯结彩,装点城郭,举行盛大结婚庆典。

同一夜晚,赛伊夫·穆鲁克与白迪阿·贾玛丽、萨阿德与道莱特·哈图妮新郎新娘双双携手入洞房。洞房花烛之夜,新娘新郎共享天伦之乐,快活自不待言。

两对新婚夫妇蜜月生活水乳交融,情切切、意绵绵,不知不觉四十天过去了。

一天,白迪阿·贾玛丽问赛伊夫·穆鲁克:"王子,你心中还有什么牵挂和忧愁吗?"

赛伊夫·穆鲁克说:"我如今大愿已化为现实,心中再无什么牵挂和忧愁。不过,我很想回埃及去,拜见父王母后,看看他们是否安好。"

"这个好办呀!"

白迪阿·贾玛丽随即吩咐仆役护送赛伊夫·穆鲁克和萨阿德返回埃及。

二人在神仆的护送下平安返回埃及,见到了他们自己的父母,在家中住了一个星期后,告别父母,回萨朗迪布城去了。

自此以后,每当他俩思念父母之时,便回埃及探望双亲,来往方便,旅途轻松。

赛伊夫·穆鲁克与白迪阿·贾玛丽过着幸福、美满、快乐、宽裕的生活;萨阿德与道莱特·哈图妮的生活平静舒适、无忧无虑、幸福安宁。

赞美长生不老、创造人类又使其归真、第一而无始、最后而无终的主!

讲到这里,莎赫札德戛然止声。

妹妹杜娅札德说:"姐姐,你讲的故事多么精彩,多么美妙,多么动人啊!"

莎赫札德说:"如蒙国王陛下厚恩,能再留我一夜,来晚我讲的故事将要更精彩、更美妙、更动人。"

舍赫亚尔国王听莎赫札德这样一说,心想:"凭安拉起誓,我不能杀她。我要把她讲的故事听完。"想到这里,国王对莎赫札德说:"天色还早,你讲下去就是了。"

莎赫札德说了声"遵命",随即开始讲《巴士拉银匠哈桑与羽衣姑娘》的故事:

相传,很久很久之前,巴士拉城有一位富商。他有两个儿子,他死之后,留下大批钱财。两个儿子祭葬完父亲之后,将财产分成两等份,各得一份,分别开了个小铺子。长子当了铜匠,次子当了银匠,银匠名叫哈桑。

有一天,银匠哈桑正在店铺里坐着时,一个波斯人来到市场,穿行在人群之间,行至银匠铺门前。进了店铺,波斯人仔细观看银匠制作的金银首饰,发现工艺精湛,心中感到惊喜。

波斯人边看哈桑加工的金器银器,边点头称赞道:"小伙子,凭安拉起誓,你真是能工巧匠啊!"

当时,银匠哈桑正看一本古书。银匠铺里挤满了人,他们见银匠哈桑容貌俊秀,身材匀称,而且手艺又那么高超,无不称赞叫绝。

晡时时分,顾客们散去,店铺里只剩下哈桑。这时,那个波斯人走进银匠铺,对哈桑说:"孩子,你长得真好看!在看什么书呀?"

哈桑说:"我在看一本古书。"

"孩子,我会一门手艺,有许多人想学,我都没教他们。我膝下无子,也不愿把我会的一种世间绝无仅有的手艺传给任何人……"

讲到这里,眼见东方透出黎明的曙光,莎赫札德戛然止声。

第七百七十九夜

夜幕垂降,莎赫札德接着讲故事:

幸福的国王陛下,晡时走来的那个波斯人进到银匠铺,对哈桑说:"孩子,你长得真好看!在看什么书呀?"

哈桑说:"我在看一本古书。"

"孩子,我会一门手艺,有许多人想学,我都没教他们。我膝下无子,也不愿把我会的一种世间绝无仅有的手艺传给任何人。看了你的金银活儿,你的活儿做得真不错呀!你是个心灵手巧的青年,很想把手艺传给你,并把你当成我的儿子,让你一技在手,永远摆脱贫困,最终抛弃劳作,从辛苦、锤子、炭火之中解救出来。"

"老人家,你何时开始教给我呀?"哈桑急不可待地问。

"明天!明天我就来教你炼铜成金术。"

哈桑一听,兴高采烈,随后告别波斯人,向家中走去。

他回到家中,见到母亲,向母亲问安,和母亲一道吃饭,把波斯老头儿教炼铜成金手艺的事向母亲一说,心里高兴得不得了。母亲却说:"孩子,不要听人胡说八道,尤其是那波斯老头儿的话,千万不要听他的!因为那些人都是骗子,懂了一点儿炼丹术,就到处骗人,坑人家的钱财,尽干那种伤天害理的事。"

哈桑说:"母亲,我们是穷人,他们欺骗我们有什么用呢?我看那波斯老头儿是个和善人,满脸善相,想必是安拉让他怜悯我的,不会捣什么鬼。"

母亲听后很生气,但没有再说什么。

哈桑兴奋不已,想起波斯老头儿的那番话,一夜都没有合眼。

第二天一早,哈桑起床后,拿起钥匙,来到店铺。

哈桑打开店门,刚刚坐稳,波斯老头儿便走了进来,哈桑想吻老人的手,老人却没让他吻,而是说:"孩子,预备坩埚,摆好风箱!"

哈桑马上动手,很快生着火。波斯老头儿问:"孩子,你这里有铜吗?"

"我有个破铜盘。"

波斯老头儿让哈桑取来破铜盘,哈桑随即将铜盘砸成碎片,随后按老头儿的吩咐,将碎铜盘丢入坩埚,开始拉风箱鼓风,直至铜片化成了铜水。这时,老头儿从缠头巾里取出一包药,打开之后,取出黄色眼药似的东西撒入坩埚里,同时吩咐哈桑使劲儿地拉风箱。仅过片刻,眼见那些碎铜变成了一块儿金锭。

眼见此景,哈桑惊异不已,高兴得一时不知如何是好。他上前拿起金锭,翻来覆去地看,又拿来锉刀,锉上一锉,检验一番,发现果然是一块儿纯正的赤金,心中有说不出的惊喜。哈桑弯下腰去,亲吻老人的手。

老人说:"你拿着金锭,到市场上去,把它卖掉,马上换成钱,什么话也不要说!"

哈桑把金锭拿到市场,交给了经纪人。经纪人接过金锭,拿去一验,发现果然是纯金,开拍价是一万第纳尔。随后,商人们竞相加价,终于以一万五千第纳尔的价格卖出。

哈桑拿着钱,高高兴兴地回到家中,把波斯老头儿炼铜成金的新鲜事从头到尾向母亲说了一遍。哈桑说:"母亲,我学会炼铜成金的手艺了!"

母亲听后,随口说:"没有办法,只有依靠伟大的安拉了!"

讲到这里,眼见东方透出黎明的曙光,莎赫札德戛然止声。

第七百八十夜

夜幕垂降,莎赫札德接着讲故事:

幸福的国王陛下,哈桑把金锭拿到市场,交给了经纪人。经纪人接过金锭,拿去一验,发现果然是纯金,开拍价是一万第纳尔。随后,商人们竞相加价,终于以一万五千第纳尔的价格卖出。

哈桑拿着钱,高高兴兴地回到家中,把波斯老头儿炼铜成金的新鲜事从头到尾向母亲说了一遍。哈桑说:"母亲,我学会炼铜成金的手艺了!"

母亲听后,随口说:"没有办法,只有依靠伟大的安拉了!"

母亲非常生气,没有再说什么。

哈桑财迷心窍,昏了头脑,拿起铜乳钵,跑回店铺,将之放在波斯老头儿的面前。老头儿问:"孩子,你拿这铜乳钵来做什么呢?"

哈桑说:"把它放在火里,炼成金锭呀!"

波斯老头儿笑了,说道:"孩子,难道你疯啦?怎好一天之内到市场上抛售两锭黄金?你不晓得这其中的厉害呀!倘若我们被人盯上,我们会丧命的。不过,孩子,既然我教会了你这门手艺,你一年炼上一次,赚的钱也就足够你花的了。"

"老先生，你说得对！"

随后，哈桑好像没有理会，架上坩埚，生上炭火，忙乎起来。波斯老头儿见此情景，问道："孩子，你要做什么？"

"请你教我炼金手艺呀！"

波斯老头儿笑着说："毫无办法，只有依靠伟大的安拉了！孩子，你真是没有脑子呀！你不适于学这门手艺。你想一想，怎么能在大庭广众之下或在市场上，学习这种手艺呢？假若我们在这里摆弄这种东西，人们见了，会说我们在搞炼金术，官方知道了，一定会把我们抓去，我们会丢掉性命的！孩子，你要学这门手艺，咱们要藏到一个地方去才好，就到我家学吧。"

哈桑随即站起来，关上店门，跟着波斯老头儿走去。

在路上，哈桑想起母亲说的那番话，一时顾虑重重，停下了脚步，低头望着地面，一动不动。

老头儿似乎看出了哈桑的心思，便说："你疯了？我满心对你好，你怎么猜想我会害你呢？你若怕跟我去我家，我就跟你到你家去，在你家教你炼金手艺。"

哈桑想了想，说："好吧，那就到我家去吧！"

哈桑在前面带路，波斯老头儿在后面紧跟，一直来到哈桑家门前。

哈桑进了家门，告诉母亲说波斯老头儿已在门外，等候进来。母亲立即收拾了一下房间，随后出门去了。

哈桑走去请波斯老头儿进了门。老头儿进屋后，哈桑拿着盘子到街上去买了些吃的东西回来，对老头儿说："老人家，请吃吧！你我同桌进餐，这便是有了盐米之交；日后谁背弃这种友谊，必遭安拉惩罚。"

"你说得很对，我的孩子！"

波斯老头儿微微一笑,他又说:"孩子,谁能理会这盐米朋友的分量呢?"

老头儿走上前去,和哈桑一起吃了个足饱。老头儿说:"哈桑,你再去买些甜点来吧!"

哈桑走去买回十块儿甜点心,俩人各吃了两块儿。波斯老头儿说:"孩子,安拉会报偿你的!人们都愿意和你这样的人交朋友,乐意把秘密吐露给你,教给你有用的本领。"

波斯老头儿沉默片刻,又说:"哈桑,赶快拿家什来吧!"

哈桑一听,就像小马驹一样,欢蹦乱跳地跑到店铺,迅速收拾起坩埚、风箱之类的家什,赶回家中,放在波斯老头儿的面前。

波斯老头儿对哈桑说:"喂,哈桑,凭盐米之交起誓,假若我不把你看得比我的儿子还亲,我是绝不会教你这门手艺的。"

说着,波斯老头儿从缠头巾里取出一个纸包,打开后,对哈桑说:"我身上只剩下这一包炼金药了。我配好药,放在你的面前,你要留心观察。孩子,你要记住,每十磅铜,只要加半迪尔汗炼金药,就能炼出十磅纯黄金。"

波斯老头儿停顿片刻,又说:"孩子,这袋里的炼金药共有三埃及欧基亚;你用完之后,我再给你配制。"

哈桑接过纸袋,发现里面的东西比第一次用的那种东西颜色还要黄,而且更细。哈桑问:"老人家,这种东西叫什么?这种东西哪里有?是用什么东西配制出来的?"

波斯老头儿耳闻哈桑如此贪心,笑着说:"你问那么多做什么呢?我来做,你不要吭声就是了。"

说罢,波斯老头儿拿起一个铜盘,砸碎之后,放在坩埚里,从纸袋里取出一点儿炼金药,放进铜水里,过了一会儿,铜水立即凝固成一锭黄金。

眼见铜变成了黄色金锭。哈桑惊喜若狂，一时不知如何是好，目不转睛地看了又看，爱不释手，一心想着那块儿金锭。

就在哈桑沉醉于金锭之时，波斯老头儿趁哈桑不注意之机，迅速从缠头巾里掏出一个小袋子，随之从小袋子里取出点儿东西，悄悄放到甜点中，然后对哈桑说："喂，哈桑，你已成了我的儿子，比我的生命和财产都重要。我有个女儿，我想把她许配给你，你看如何？"

哈桑说："老人家，我是你的仆人；你对我好，伟大安拉会报偿你的。"

"孩子，你要树雄心，立大志，眼光放远些，要善于忍耐，定会得到大福。"

说着，老头儿把那块儿甜点心递给了哈桑，说："该歇一歇了！吃块儿甜点，我再给你讲炼金药的配方。"

哈桑高兴地接过甜点就往嘴里填，根本不知道这老家伙的葫芦里卖的是什么药。

哈桑刚刚吃下甜点，忽觉头重脚轻，顷刻倒在地上，昏迷了过去，不省人事了。原来老家伙放进甜食里面的东西是蒙汗药，足以麻醉倒大象。

眼见哈桑倒下，波斯老头儿站起来，望着倒在地上的哈桑，得意地说："哈桑，你这个贪心鬼，你这条阿拉伯狗！我找了你多年，今天终于把你抓到我的手里了。"

讲到这里，眼见东方透出黎明的曙光，莎赫札德戛然止声。

第七百八十一夜

夜幕垂降，莎赫札德接着讲故事：

幸福的国王陛下，哈桑高兴地接过甜点就往嘴里填，根本不知道这老家伙的葫芦里卖的是什么药。

哈桑刚刚吃下甜点，忽觉头重脚轻，顷刻倒在地上，昏迷了过去，不省人事了。原来老家伙放进甜食里面的东西是蒙汗药，足以麻醉倒大象。

眼见哈桑倒下，波斯老头儿站起来，望着倒在地上的哈桑，得意地说："哈桑，你这个贪心鬼，你这条阿拉伯狗！我找了你多年，今天终于把你抓到我的手里了。"

说罢，波斯老头儿立即用绳子将哈桑的手和脚捆绑起来，顺手拿来一口箱子，将箱子里的东西倒出来，把哈桑装在里面，用锁锁住。老头儿又取来一口箱子，把哈桑家中的钱财及炼成的金锭放在箱子里，随手锁好。之后，老头儿迅速跑到市场，唤来两个脚夫，让他们把两口箱子运往停泊在海边的一条船上。

那条船就是那个波斯老头儿准备的，船长正焦急地等着他的到来。水手们见波斯老头儿领着一个脚夫走来，立即上前接过两口箱子，迅速搬到船上。

波斯老头儿打发走脚夫，对船长和水手们大声喊道："事已办妥，目的已经达到，开船！"

船长对水手们说："起锚，扬帆，开航！"

船徐徐离开海岸，乘风破浪向大海驶去。

哈桑的母亲一直等到傍晚时分，仍听不到哈桑的任何消息，于是向家门走去。走到门口一看，发现大门开着，却不见哈桑。走进屋子一看，又发现少了两口箱子，家中的东西几乎被洗劫一空，这才意识到哈桑失踪了，她意识到哈桑是被那个波斯老头儿劫持走了。

母亲连声哀叹命苦，批打着自己的面颊，撕扯着自己的衣服，哭叫着："孩子啊，我的心肝儿，我的宝贝儿……"

哈桑的母亲边哭边吟诵道：

耐心已竭尽，忧愁倍增长。
儿去母泪涌，病疾缠脊梁。
儿走我难耐，生活失希望。
爱子离慈母，谁解母忧伤？
儿去家寂静，为母泪雨淌。
儿在共拒难，儿去求谁帮？
昔日不曾见，儿不在庭堂。

哈桑的母亲从夜晚一直哭到大天亮。邻居们来到她家，问她的儿子到哪儿去了，她把儿子哈桑与波斯老头儿之间发生的事情讲了一遍，而且认为再也见不到儿子了。哈桑的母亲在家中边转边哭。她转来转去时，忽见墙上写着几行字，便马上叫来一位教法学家，教法学家念道：

困神锁眼帘，夜下幻影消。醒时卧旷野，黎明已来到。

>　　再望幻影时,氛围皆改了：荒芜无边际,晤面路途遥。

　　哈桑的母亲听教法学家这样一读,一声大喊之后,说道:"是啊,我的儿子,'荒芜无边际',我们的家成了荒地!'晤面路途遥',到哪里去见面呀?"

　　邻居们再三安慰她,要她忍耐,说哈桑不久就会回来的,然后告别她,相继离去。

　　哈桑的母亲哭泣不止,自夜晚一直哭到天明。后来,她在院子里为哈桑堆起一座坟墓,立上墓碑,刻上哈桑的名字,还注明失踪的日期。从此她终日守在坟墓旁,哀号垂泪。

　　那个波斯老头儿是个拜火教徒,他向来对穆斯林不怀好意。每年他都要抓住一个穆斯林,非置之于死地不可。他是个炼丹术士,心狠手辣,无恶不作,正像诗人所咒骂的那样:

>　　本是狗杂种,狗子复狗孙。老狗何所用,狗种得延伸。

　　那个波斯老头儿名叫白赫拉姆。这个拜火教徒每年都要把一个穆斯林宰掉祭火神。他用计谋抓住哈桑之后,将哈桑装入木箱中,然后搬上船。那条船在海上从早晨航行到了夜晚,天黑时,停泊在海岸。太阳出来之后,船继续航行。白赫拉姆令奴仆们把箱子搬到他的面前,打开箱盖,把哈桑抬出来,用醋熏了熏,又将解药吹入哈桑的鼻孔里。

　　片刻后,哈桑打了个喷嚏,将蒙汗药喷出,慢慢苏醒过来。

　　哈桑睁开眼,环顾四周,发现自己在船上,周围是一望无际的汪洋大海,而且那个炼丹成金的波斯老头儿就坐在自己的面前。此时此刻,他才意识到自己中了计,上了老家伙的当,无可奈何地说:"无能为力,只有依靠伟大的安拉了!我们都属于安拉,我们都要回到安拉那里去。安拉啊,救救我吧!世人的主啊,莫让命运折磨我!"

他又望着波斯老头儿,语气缓和地说:"老人家,这是怎么回事?难道这就是你我之间的盐米之交?你立的誓言哪里去了?你怎好背弃友情呢?"

白赫拉姆凶相毕露,说:"狗东西,像我这样的人会承认什么盐米之交吗?像你这样的小孩子,杀掉你之后,我总共杀了整整一千个人啦!"

拜火教徒白赫拉姆再三呵斥哈桑,哈桑只好默不作声。因为他心里明白,死亡之箭已经射到自己的身上,无计可施,无言以对。

讲到这里,眼见东方透出黎明的曙光,莎赫札德戛然止声。

第七百八十二夜

夜幕垂降,莎赫札德接着讲故事:

幸福的国王陛下,他又望着波斯老头儿,语气缓和地说:"老人家,这是怎么回事?难道这就是你我之间的盐米之交?你立的誓言哪里去了?你怎好背弃友情呢?"

白赫拉姆凶相毕露,说:"狗东西,像我这样的人会承认什么盐米之交吗?像你这样的小孩子,杀掉你之后,我总共杀了整整一千个人啦!"

拜火教徒白赫拉姆再三呵斥哈桑,哈桑只好默不作声。因为他心里明白,死亡之箭已经射到自己的身上,无计可施,无言以对。

白赫拉姆令奴仆为哈桑松绑,给他点儿水喝。

这个拜火教徒笑着对哈桑说:"凭火、光、影和热起誓,我本未预想到你会落入我的罗网中。赞美火神,助了我一臂之力,让我抓到了你,使我如愿以偿,正好把你杀掉,恭祭火神,以换取火神对我的欢悦。"

哈桑说:"你已背叛了盐米之交的情谊,安拉会惩罚你的!"

白赫拉姆一拳将哈桑打倒在地,继之拳打脚踢不止,银匠哈桑登时鲜血顺着嘴角流出,随后昏迷了过去。

过了一个时辰,哈桑才缓缓苏醒过来。

白赫拉姆令奴仆们点着火。哈桑问:"你点火有什么用?"

"火是司光明和黑暗之主,是我所崇拜的神灵。你若也像我一样拜火神,我就把我的财产分给你一半,并把我的女儿许配给你。"

哈桑一听,大声呵斥道:"你这个老不死的东西!原来你是个异教徒!你只拜火,而不拜创造日夜的伟大安拉,安拉会惩罚你的!你所崇拜的火,乃是信仰中的巨大灾难呀!"

拜火教徒白赫拉姆大怒道:"狗东西,照这样说,你是不入我们的教门啦?"

说罢,他命令奴仆们把哈桑摁倒在地,他举起皮鞭,朝哈桑身上猛抽,直打得哈桑皮开肉绽,鲜血直流。哈桑大声求救,无人理他;哈桑求人帮助,无人伸手。他只得抬眼望天,求助于安拉的使者,只觉得难以忍耐,泪如雨注,在面颊上流淌,不禁凄然吟诵道:

专司命运主，裁决我服从。倘使你欢喜，我忍不作声。

他们折磨我，手段无不用。求主施恩泽，恕我未建功。

过了一会儿，白赫拉姆把哈桑拉起来，让他坐下，又吩咐奴仆们给他端来吃的喝的。哈桑不吃也不喝，暗暗向伟大安拉祈祷求救。

拜火教徒白赫拉姆心狠手辣，一路之上，不分昼夜地折磨哈桑，而哈桑则强忍着，暗中向伟大安拉求救祈祷。

那只船在海上航行了三个月的时间。白赫拉姆从未停止折磨哈桑。

有一天，海上突然狂风大作，海面一片黑暗，波浪滔天。船长和水手们说："这都是因为这个拜火教徒总是折磨这个孩子所造成的恶果。看来安拉发现了拜火教徒的罪行，才派风神来惩罚这个老头子了。"

说罢，水手们一起动手，斩杀了波斯老头儿白赫拉姆的奴仆。白赫拉姆眼见水手们发怒，深感自危，于是忙为哈桑松绑，继之脱下自己的衣服，给哈桑换上，低三下四地要求与哈桑和好，答应教他炼金术，并保证送他回家，同时说："孩子，请不要责怪我的所作所为！"

哈桑说："事到如今，我怎么还能相信你呢？"

"孩子，假若没有罪过，也就无所谓宽恕了。我之所以这样对待你，目的不过是想检验一下你的忍耐能力。你说得对，世间万物都掌握在安拉手里。"

水手和船长见波斯老头儿白赫拉姆这样与哈桑说，都为哈桑的解脱感到高兴，连忙为哈桑祈祷、祝福，万般赞美、感谢安拉。刹那之间，风停了下来，黑暗消失，海上风平浪静，一片光明。

哈桑问白赫拉姆："老人家，你到哪里去呀？"

"我要到云山去，孩子！那里有我们的炼金药。"白赫拉姆说。

白赫拉姆再三以火和光起誓，说再没有什么可怕的了，哈桑方才放下心来，高高兴兴地与哈桑一道吃喝，一起谈天，穿老头儿给他的衣服。

他们在海上航行了三个月，船停泊在一条长长的海岸边，但见那里的岸上布满五颜六色的石子儿，有白的，有黄的，有蓝的，有黑的，还有其他颜色的彩石。

白赫拉姆站起来，对哈桑说："喂，哈桑，上岸吧！我们的目的地到了。"

哈桑站起来，跟着白赫拉姆走去。临下船时，白赫拉姆叮嘱船长耐心等待，随后二人离开船，向岸边上走去……

上岸不久，拜火教徒白赫拉姆停下来，从袋子里拿出一面铜鼓和一个金丝绣花鼓槌，上面还绣着许多咒符。他敲击了一阵铜鼓，忽见地面上扬起一缕烟尘。见此情景，哈桑觉得非常奇怪，不禁心里有些害怕，后悔自己跟着这个波斯拜火教徒登上岸来，脸色都变了。

白赫拉姆望着哈桑，问："哈桑，你怎么啦？凭火和光起誓，没什么可怕的。若不是需要你的名字才能办成事，我是不会让你来的。你只管高兴吧！你看，这缕烟尘就是我们将要骑乘的仙尘，它将帮助我们跨越这无垠的大地，为我们解决路上的困难。"

讲到这里，眼见东方透出黎明的曙光，莎赫札德戛然止声。

第七百八十三夜

夜幕垂降,莎赫札德接着讲故事:

幸福的国王陛下,拜火教徒白赫拉姆敲击了一阵铜鼓,忽见地面上扬起一缕烟尘。见此情景哈桑觉得非常奇怪,不禁心里有些害怕,后悔自己跟着这个波斯拜火教徒登上岸来,脸色都变了。

白赫拉姆望着哈桑,问:"哈桑,你怎么啦?凭火和光起誓,没什么可怕的。若不是需要你的名字才能办成事,我是不会让你来的。你只管高兴吧!你看,这缕烟尘就是我们将要骑乘的仙尘,它将帮助我们跨越这无垠的大地,为我们解决路上的困难。"

片刻过后,烟尘消散,出现三峰骆驼。

白赫拉姆骑上一峰,哈桑骑上另一峰,第三峰驮着俩人的干粮和用品。

俩人骑着骆驼走了七天,来到一片空旷大地上,他俩离开驼鞍,站在地上,望见一座圆屋顶,下面有四根赤金柱子支撑,俩人便走了进去,在那里吃喝完毕,休息起来。

哈桑无意中一扭头,看见一个高高的东西,便问白赫拉姆:"老人家,那是什么?"

白赫拉姆说:"那是一座宫殿。"

"我们何不去那里坐一坐、欣赏一番呢?"

白赫拉姆站起来,对哈桑说:"不可以去呀!"

"为什么?"

"你不要对我提这座宫殿,因为那里面住着我的敌人;至于为何成敌,现在还不能告诉你。"

说罢,白赫拉姆敲了敲铜鼓,骆驼走来,俩人骑上驼背,离开了那里。

又走了七天。第八天,白赫拉姆问哈桑:"喂,哈桑,你在看什么?"

哈桑说:"我在欣赏东西方天空之间的云霭。"

"哈桑,那既不是云,也不是霭,而是一座高山,将天空中的云割裂开来;因为山峰很高,上空已没有云彩。那座山,就是我要去的地方;上面有我们所需要的东西;正是为了这种东西,我才带你一道来的。我的要求就要通过你的双手来实现,非你取不下来。"

哈桑听白赫拉姆这样一说,自认生还无望,心中不胜难过。哈桑问:"凭你崇拜的火神和你所笃信的宗教起誓,你带我来,究竟想要得到什么呢?"

"炼金需要一种草;那种草就生长在白天拦腰的山上。山,就是这座山;那种草就在这座山上。我们一旦弄到那种草,我就把炼金术全部过程展示给你。"

哈桑害怕地说:"哦,原来是这样!"

哈桑确信自己生还无望,失望地望着那耸入云中的高山,因远离母亲、家人和祖国而深感难过,后悔自己违背母亲的叮嘱,不禁泪流满面。凄然吟诵道:

  细观主创造,命运理当知。
  欢乐怎样来,宽解相伴至。
  临灾莫失望,几多灾飞逝!

二人朝前走去,来到山下。哈桑朝山上望去,发现山上有座宫殿,于是问白赫拉姆:"那是一座什么宫殿?"

拜火教徒白赫拉姆说:"那是妖魔鬼怪、魑魅魍魉居住之地。"

白赫拉姆离开驼鞍,随后让哈桑也下到地上。

白赫拉姆走上前去,吻了吻哈桑的头,对他说:"孩子,对我的所作所为,千万不要责怪!登上那座宫殿,我会保护你的;你不应该违背我的意志;不论从那宫殿里弄到什么东西,你和我平均分享。"

"好的!"哈桑随口说道。

白赫拉姆打开一个袋子,从里面掏出一盘石磨,又拿出一些小麦,将之磨成粉,随之和成面,在火上烤熟三张大饼。他又取出铜鼓和金丝绣花鼓槌,敲了敲铜鼓,只见一峰骆驼出现在面前。他将骆驼宰掉,剥下皮来,望着哈桑说:"喂,哈桑,我的孩子,你一定要听我的话!"

"我一定听你的话!"哈桑说。

"你钻进这骆驼皮里,我把口缝好,把你丢在地上,就会有兀鹰俯冲下来,衔起驼皮,把你带上山顶。你带上一把刀,当兀鹰落在山顶时,你就用刀割开驼皮,钻出来。那兀鹰看见你会害怕的,就会马上惊飞走。你到了山顶上,再往我这里看,我会告诉你下一步怎么办。"

说罢,白赫拉姆将三张饼、一袋水、一把刀递给哈桑,并且说:"你带上吃的和喝的,钻进驼皮里去吧!"

哈桑带上大饼和水,钻进驼皮里,白赫拉姆将口缝合好,随后远远躲了起来。

片刻过后,一只兀鹰俯冲下来,叼起驼皮,飞上了山顶。当哈桑感觉到兀鹰已把驼皮放在山顶上时,他拔出刀子,割开驼皮,钻了出来,放声向白赫拉姆喊话。

这时,山下的白赫拉姆高兴得手舞足蹈,高声喊道:"哈桑,朝你的背后走!不论看见什么,随时告诉我!"

哈桑转身走去,看见那里有多具腐尸,周围堆满了干柴,立即向白赫拉姆报告了自己所看到的东西。白赫拉姆说:"那正是我们要的东西。你马上弄六捆干柴,扔给我!那就是炼金用的干柴。"

哈桑立即动手,弄了六捆干柴,甩下山去。

白赫拉姆眼见干柴已在自己的手中,微微一笑,对哈桑说:"你这个笨蛋!我要你给我办的事办完了,我也就用不着你了。你如果想待在山上,你就永远住在那里吧;你若不愿意留在那里,只有跳悬崖了。"

说完,白赫拉姆抱着干柴,扬长而去。

哈桑独自待在山顶,一时不知如何是好,自认必死无疑,无可奈何地说:"毫无办法,只有依靠伟大的安拉了。这条老狗把我骗苦了!"

说完,哈桑坐下来,难过地哭了起来,边哭边吟诵道:

世有健全人,耳聪智商高。主使其明理,梦眼迷心窍。
目的达到时,耳目复赐教。世事何如此,主已安排好。

讲到这里,眼见东方透出黎明的曙光,莎赫札德戛然止声。

第七百八十四夜

夜幕垂降,莎赫札德接着讲故事:

幸福的国王陛下,哈桑登上山,把白赫拉姆要的东西扔下山去,白赫拉姆一阵斥责之后,抱起干柴扬长而去。

哈桑独自待在山顶,一时不知如何是好,自认必死无疑,无可奈何地说:"毫无办法,只有依靠伟大的安拉了。这条老狗把我骗苦了!"

哈桑吟完诗,站起身来,左顾右盼,然后向前走去。

哈桑走着走着,来到山的另一侧,但见那里是一片大海,海水湛蓝,波涛汹涌,间或狂浪如山,浪花飞溅。哈桑坐下来,背诵了几节《古兰经》文,默求安拉助他一臂之力,要么让他一死了之,要么默助他摆脱这场灾难,然后为自己做了个祭礼拜,随即纵身跳入了翻腾的大海之中。

出乎意料的是,波浪把哈桑平平安安地推到了岸边。

哈桑登上岸,心中高兴,连声感赞安拉。他想找些东西吃,便向前走去。一个时辰后,他看见自己站在了他和拜火教徒白赫拉姆走过的地方。他又朝前走了一个时辰,只见一座高耸入云的宫殿出现在眼前。他走近宫殿,忽然想起那就是他向拜火教徒白赫拉姆问到的那座宫殿,并且记得当时白赫拉姆对他说:"你不要对我提这座宫殿!因为那里面住着我的敌人;我和敌人之间的事情,现在还不是告诉你的时候。"

想到这里,哈桑说:"凭安拉起誓,我一定要进去看看!也许我能在这里意外地绝处逢生。"

哈桑抬头一看,见宫门大开着,于是走了进去。他发现长廊上放着长椅,上面坐着两位漂亮姑娘,真是如花似玉,天生丽质,妖艳妩媚,明艳动人。哈桑仔细望去,见两位姑娘守着棋盘,正在聚精会神地对弈。

一个姑娘无意中抬头一看,见一个小伙子站在身旁,便高兴地喊道:"嗨,来了一个美男子!我想他就是白赫拉姆今年带来的那个人。"

哈桑听姑娘这样一说,立即跪在地上,痛哭流涕不止,说道:"小姐说得对!我正是那个可怜的人。"

小妹妹对大姐姐说:"姐姐,我来做证,让我遵从安拉的信约与他结为兄妹吧!从此以后,我将随他死而死,跟他生而生,以他的欢乐为欢乐,以他的惆怅为惆怅。"

小妹妹站起来,走去扶起哈桑,与他拥抱亲吻,然后拉着哈桑的手,将他领进宫殿,姐姐随之入殿。

小妹妹帮哈桑脱下身上的破烂衣服,给他换上皇家宫服,继之摆上各种美味佳肴。姐妹俩陪着哈桑吃了起来。

三人边吃边谈。姐姐对哈桑说:"请你谈谈你是怎样和那个无耻的拜火教徒打交道的吧?你又是怎样落入他的手中,又是怎样甩掉他的呢?之后,我们再把我们与他之间的事,从头到尾给你讲一遍,以便你再遇到他时,也好提防他。"

哈桑见姐妹俩这样一说,发现她俩对自己亲切和善,便放下心来,理智也完全恢复了。

随后,哈桑便把与白赫拉姆打交道的情况从头到尾讲了一遍。

妹妹问:"拜火教徒提及过这座宫殿吗?"

"说过。我问他时,他对我说:'那是妖魔鬼怪、魑魅魍魉居住之地。'"

两位姑娘一听,不禁勃然大怒,说道:"这个邪教徒,竟敢说我们是妖魔鬼怪!"

哈桑说:"是的,他是这样说的。"

妹妹说:"凭安拉起誓,这个邪教徒,我一定要杀掉他!我要让他化为世间的一股微风!"

"你怎么抓住他呢?又如何杀死他呢?"哈桑为难地问。

"他住在一个名叫穆舍伊德的花园里。我一定要在近期杀掉他!"

姐姐说:"哈桑说的全是实话,他说的关于那条邪教徒老狗的那些话都是对的。不过,妹妹,你还是先把我们的情况给哈桑讲讲吧!好让他心里有个底儿。"

妹妹说:"哈桑兄,你有所不知,我们本是国王的女儿。我们的父王是一位举足轻重的神王,手下兵多将广,奴婢成群,且有众多神兵神将供父王役使。伟大安拉赐予父王七个女儿,而且是一母同胞。不幸的是,父王狂妄自大,嫉妒成性,无以复加,甚至不让自己的女儿嫁给任何一个男人。有一天,父王召集群臣,说:'你们谁能找一个地方,那里既没人影,也没有妖迹,却要有树、有果、有水的世外桃源?'群臣问:'国王找这样的地方做何用呢?'父王说:'我想把七个女儿送到那里去,让她们与世隔绝。'一位大臣说:'国王陛下,有个妖魔背叛苏莱曼大帝,在云山建造了一座宫殿;妖魔死后,那里既没有人住,也没有妖宿,而且没有任何人再到过那里,一直空着,正好适于公主们住。那座宫殿四周果树成林,果实累累,水甜如蜜,凉如冰雪;患麻风病和癫疮病等皮肤病的人,只要一喝那里的水,疾病便会立即消失。'我们的父王听后觉得是个很理想的地方,便把我们七姐妹送到了这里,而且还派来了大批军队,带来了我们所需要的一切东西。每当父王想来这里,他就敲鼓,神兵神将立即聚集到他的面前,他挑选其中之一供他乘骑,其余的兵将旋即离去。当父王想让我们到他那里时,他就派神兵神将来接我们进宫,一家团聚,共享天伦之乐,然后再送我们回这里来。"

说到这里,小妹妹停顿片刻,然后接着说:"我们其余的五个姐妹,她们到野外打猎去了,这里的野兽数不胜数。我们每个人轮流着留在家里烧饭做菜。今天,正好轮到我和我的大姐在家做饭。我们曾求安拉给我们送来一个男子与我们同欢共乐;感谢安拉终于把你送到我们这里来。你只管放心就是了,你不会受到任何伤害。"

哈桑听罢小妹妹的这番长长的谈话,高兴极了。哈桑说:"赞美安拉给我指出了摆脱灾难的光明大道,感谢安拉万般怜悯我们的心!"

小妹妹站起来,拉着哈桑的手,把他领进房间,取出被褥、床单,样样色泽鲜艳,价值难以估算,让哈桑安心休息。

一个时辰过后,五姐妹打猎回来,大姐和七妹把哈桑的事讲了一遍,她们个个欣喜若狂。

姐妹们相继走进哈桑的房间,向他热情问安,祝贺他平安到来。

自此,哈桑生活在公主们当中,过着快乐、美好、欢乐的日子。哈桑常跟随她们一道外出打猎、屠宰猎物,与她们相处亲密、融洽、和睦。

哈桑生活在公主们当中,备受款待,时而跟她们一道在豪华宫殿里开心娱乐,时而和她们在花园里一起赏花。公主们和哈桑谈心聊天,驱除了哈桑的寂寞感;因为有哈桑和她们在一起玩儿乐、嬉戏,她们兴高采烈,快活无比。随着时间的推移,哈桑的健康得到恢复,感到身强力壮,力气大增。

有一天,小妹妹把拜火教徒白赫拉姆的话告诉了姐姐们。她们听说那个拜火教徒把她们当成妖魔鬼怪、魑魅魍魉,个个愤怒,立誓要斩除掉那个坏蛋。

第二年,拜火教徒白赫拉姆又带着一个穆斯林青年来了。只见那青年面容英俊，戴着手铐脚镣，正遭受着残酷折磨。当白赫拉姆带着青年来到公主们住的那座宫殿时，哈桑正坐在河边的一棵树下。

哈桑看见那拜火教徒白赫拉姆，心怦怦跳个不停，气愤至极，脸色也变了，他一拍巴掌……

讲到这里，眼见东方透出黎明的曙光，莎赫札德戛然止声。

第七百八十五夜

夜幕垂降，莎赫札德接着讲故事：

幸福的国王陛下，有一天，小妹妹把拜火教徒白赫拉姆的话告诉了姐姐们。她们听说那个拜火教徒把她们当成妖魔鬼怪、魑魅魍魉，个个愤怒，立誓要斩除掉那个坏蛋。

第二年，拜火教徒白赫拉姆又带着一个穆斯林青年来了。只见那青年面容英俊，戴着手铐脚镣，正遭受着残酷折磨。当白赫拉姆带着青年来到公主们住的那座宫殿时，哈桑正坐在河边的一棵树下。

哈桑看见那拜火教徒白赫拉姆，心怦怦跳个不停，气愤至极，脸色也变了，他一拍巴掌，对公主说："喂，姐妹们，帮我杀死这个可恶的邪教徒吧！你们看，那个坏蛋又来了！我一定要杀掉他，以解我心头之恨，拯救那位穆斯林小伙子，让他返回自己的家乡，与亲人、朋友团聚。你们做了这样的好事，安拉会报偿你们的。"

公主们说:"我们听从安拉的安排,支持你!"

旋即,公主们戴起面罩,佩上利剑,为哈桑牵来一匹最好的宝马,并给他准备好一切,让哈桑全副武装起来。随后,他们下山去了。

他们走近一看,发现拜火教徒白赫拉姆已宰掉骆驼,剥下驼皮,对青年说:"小伙子,钻进这驼皮筒子里面去吧!"

哈桑悄悄地从背后接近拜火教徒,那拜火教徒完全不知道。

哈桑一声大喊,令白赫拉姆大吃一惊,哈桑走上前去,怒喊道:"可恶的东西,住手!安拉的敌人,穆斯林的顽敌,背信弃义的老狗,无耻的拜火教徒,土匪,骗子!你还以阴影和热气立誓崇拜火吗?"

白赫拉姆扭脸一看,见是哈桑,惊问:"孩子,你是怎样得到解救的?是谁把你接下山的?"

哈桑说:"安拉拯救了我,也是安拉把你投入你的仇人手中的。可恶的邪教徒,你整整折磨了我一路,背信弃义。如今你就要受到惩罚了。你已落入了死坑,没有亲娘,也没有兄弟朋友能够救你了。你说过,谁背叛了盐米之交,会受到安拉惩罚的。你背叛了盐米友情,于是安拉把你送到了我的手中,你逃也逃不掉了!"

"孩子,凭安拉起誓,你比我的生命还重要,你比我的眼睛还珍贵!"

哈桑未等他说完,拔剑出鞘,手起剑落,白赫拉姆的首级顿时被削了下来,安拉将他的灵魂送入了地狱。

哈桑取下白赫拉姆的袋子,掏出铜鼓和鼓槌,一击铜鼓,便有神驼像闪电一样朝哈桑跑来。哈桑随后为青年松绑,扶他骑上驼背,其余的骆驼为他驮着干粮和水,然后对青年说:"小兄弟,去你要去的地方吧!"

安拉通过哈桑之手解救了青年,青年高兴,谢过哈桑,驱驼而去。

公主们见哈桑削下了白赫拉姆的脑袋,一个个欣喜难抑,纷纷围上来,交口称赞哈桑勇敢,感谢他的义举,为他祈祷、祝福。她们说:"哈桑,你干了一件大好事儿,报了仇,雪了恨,伟大安拉一定会嘉奖你的!"

随后,哈桑与公主们一道返回云山宫殿。哈桑和公主们生活在一起,一道吃喝,一道玩儿乐,一起跳舞,一起唱歌,一直过着平静、安然、幸福的生活,忘记了母亲,忘记了家乡。

正当哈桑沉浸在欢乐生活之中时,忽见一股烟尘腾空而起,顷刻遮天蔽日,天地一片黑暗。公主们对哈桑说:"哈桑,你进自己的房间躲一躲吧!倘若你想去花园,也可到那里的果树或葡萄架下躲一躲。你别害怕,不碍事的。"

哈桑起身,走进自己的房间,关上了房门。

烟尘散去,出现一队人马,势如排山倒海,原来是公主的父王派大军来了。

大军到来之后,公主们给他们安排好住处,一番热情周到款待。三天过后,公主们问他们为何而来,他们说:"我们奉大王之命来接公主们。"

公主们又问:"父王要我们回去所为何事?"

"一位国王要举行婚礼,特请你们光临,以观盛大场面。"

"要去多长时间?"

"一去一回,加上庆典活动,要两个月时间吧。"

公主们走去见哈桑,把情况告诉他,并对哈桑说:"哈桑兄弟,我们有事暂时离开这里,你自己在这里住着,我们的家就是你的家,只管放心就是,不要害怕,不要难过,因为没有任何人能到这个地方来。你安心地住在这里，我们很快就会回来的。这是宫中房间的钥匙，你拿着吧！"

小公主指着一道门，叮嘱哈桑说："哈桑哥哥，凭我们之间的情谊起誓，这道门，你千万不要打开，以免出现什么意外。"

说罢，将宫中房间钥匙递给哈桑，公主们跟着大队人马离去。

哈桑独自待在宫中，寂寞难耐。那宫殿虽然宽敞高大，而哈桑却感到天低地窄。实在难以忍受之时，他便外出猎物，带回宫中，独自宰杀，独自烧烤，独自食之，孤独一人，形影相吊。这样一来，哈桑反而觉得更加孤独烦闷。孤寂之时，哈桑想起了公主们，情不自禁地吟诵道：

天狭地复窄，心烦意又乱。自打姐妹走，苦闷泪涟涟。
日坐神无主，夜困难入眠。何时得团聚，对歌纵情欢？

讲到这里，眼见东方透出黎明的曙光，莎赫札德戛然止声。

第七百八十六夜

夜幕垂降，莎赫札德接着讲故事：

幸福的国王陛下，姑娘们离开哈桑那里之后，哈桑独自待在宫中，寂寞难耐。那宫殿虽然宽敞高大，而哈桑却感到天低地窄。实在难以忍受之时，他便外出猎物，带回宫中，独自宰杀，独自烧烤，独自食之，孤独一人，形影相吊。这样一来，哈桑反而觉得更加孤独烦闷。

有一天,哈桑在宫殿中缓缓踱步,走去打开公主们的房间,见里面堆满金银,不禁大吃一惊,深感大饱眼福;不过,因为公主们不在,他毫无心思去看那些金银财宝。

哈桑突然想到那座门,就是公主们不让他开的那道门。哈桑想起小妹妹叮嘱的那几句话,要他莫走近那道门,千万不要开启。他不禁心中燃起一股无名火,心想:"她不让我开那道门,想必是门里有不便让我看的什么东西。凭安拉起誓,我一定要打开它,看看里面究竟有什么东西,哪怕付出生命,我也在所不惜!"

想到这里,他拿起钥匙,走去打开门锁。打开门一看,发现里面空空如也,根本没有金银财宝,仅见屋子中间有座用玛瑙石砌成的阶梯。哈桑走进门,拾级而上,来到殿顶平台,四下一望,禁不住叹了一口气,心想:"原来小妹妹不让我看的就是这么一个地方!"

哈桑在殿顶转了一圈,向殿下望去,但见殿下有一片绿原,草木葱郁,百花吐妍,野兽欢跳;鸟雀鸣唱,歌声悠扬,正赞美伟大万能之主。

哈桑仔细观看那片美丽天地,发现远处有一片湖水,绿波荡漾。

哈桑离开殿顶,缓步走去,来到一座四根柱子支撑的宫院前。他走近一看,发现里面放着许多长凳,都是用金银砖和宝石砌成的,宫院的中央有一汪湖水,湖边有一凉亭,凉亭顶子是用檀香木和沉香木搭成的,柱子外面用赤金、珍珠、宝石镶嵌成各种图案,每颗珍珠都有鸽子蛋那样大。湖岸上放着一排沉香木座椅,椅背上镶嵌着各种宝石,构成和谐有序、雅致美观的图案。座椅旁的柱廊上,挂着一排排用金丝、银丝编织成的鸟笼,笼中养着各种鸣禽,羽毛色彩鲜艳,歌喉响亮动听,争相赞颂着伟大万能的安拉。宫殿富丽堂皇,豪华无比,就连波斯科斯鲁和罗马皇帝都不曾见过。哈桑见之，惊异不已。眼见这片美景，哈桑大有目不暇接之感，心地豁然开朗，深深陶醉其中。他不由自主地坐下，开始欣赏起来。

哈桑正仔细观看、欣赏精美建筑之时，忽见十只鸟儿从旷野上向着宫殿和湖边飞来。哈桑立即看出那些鸟儿一定是来湖上喝水的，于是急忙躲藏起来，以免鸟儿受到惊扰。

鸟儿落在一棵大树下，绕着大树休息、嬉戏。哈桑观察其中有一只大鸟，羽毛最漂亮，其余的鸟儿总是围着它，为它效力；而这只鸟用嘴啄其余的九只鸟，那九只鸟都纷纷躲闪，似乎很敬重那只大鸟。

哈桑远远地观赏着那些鸟儿。片刻后，鸟儿们坐在湖畔的长椅上，各自伸出爪子，取下自己身上的羽毛外衣，忽然变成了十个大姑娘，个个如花似玉，人人体态苗条。

姑娘们剥去羽衣，露出身上穿的绸衣缎裙，坐在草地上，发出一阵阵清脆笑声。片刻后，她们脱下衣裙，下到湖中，开始戏水沐浴。那个非常漂亮的姑娘把伙伴们高高举起，抛入水中；见此情景，其余的姑娘纷纷逃去，谁也不敢把手伸向她。

哈桑眼见姑娘们赤身裸体，个个身材匀称，体态丰满，风姿绰约，风韵可人，不禁心荡神驰，这才领悟到小公主为什么不让他打开那座门，就是因为有这些姑娘们。哈桑打心里深深喜欢上了那位最漂亮的姑娘。

哈桑站在那里，呆呆地望着姑娘们，感到遗憾的是自己不能和她们在一起戏水、玩耍。哈桑见那个貌美出众的姑娘明艳动人，不禁心跳加速，眼望着她，心爱上了她，情火燃烧在心中，止不住眼泪夺眶而出，哭了起来。

过了一会儿，姑娘们一个个上了岸，擦去身上的水珠，穿上自己的衣裙。哈桑依旧站在远处望着她们，而她们却看不见他。哈桑惊羡姑娘们个个天生丽质，娇艳妩媚，人人明眸皓齿，体态婀娜，她们都是那样温柔、可爱。

哈桑望着一丝不挂的那位姑娘,又见她的两条大腿之间有个圆屋顶,就像一个用白银或水晶石制成的碗,其美不可言传,正如诗人描绘的那样:

  天地有何言,世事无穷繁。寸丝谈何佳,全裸妙无边。

姑娘们上了岸,各自穿上自己的衣服,戴上首饰。那位姑娘穿的是一套绿衣裙,其美显胜群芳,又见其容貌耀目,灿若朝阳,身姿娇媚,盖过杨柳……实令观者心荡神驰,神魂颠倒,浮想联翩。正如诗人所云:

  靓女淑且真,容光胜朝阳。
  飘逸云中来,身着绿艳装;
  枝托石榴花,嫩叶点红妆。
  借问伊何在,语柔话绵长。
  爱消心头苦,惠风送芳香。

讲到这里,眼见东方透出黎明的曙光,莎赫札德戛然止声。

第七百八十七夜

夜幕垂降,莎赫札德接着讲故事:

幸福的国王陛下,姑娘们上了岸,各自穿上自己的衣服,戴上首饰。那位姑娘穿的是一套绿衣裙,其美显胜群芳,又见其容貌耀目,灿若朝阳,身姿妖媚,盖过杨柳……实令观者心荡神驰,神魂颠倒,浮想联翩。姑娘们坐下来,边笑边谈。

望着那一个个美丽的姑娘,哈桑深深沉浸在思恋的海洋里,徘徊在爱慕的山谷中,心想:"小公主不让我打开这道门,就是怕我看见这些姑娘,更担心我爱上其中一个……"

哈桑仔细端详那十个姑娘,认定那都是安拉所创造的人间至美,其美胜过所有的人。他觉得其中最美的还是那位姑娘:小嘴像苏莱曼大帝的宝石戒指;鼻子似鹰嘴钩闪着亮光;乌亮的头发比夜色还黑,眉毛像开斋节之夜的新月牙儿;一对明眸赛过羚羊的眼睛;面颊如同秋牡丹,双唇就像珍珠;牙齿整齐洁白,正所谓朱口含玉;脖子就像杨柳枝上的银锭;肚子紧缩,肚脐足以容下九欧基亚麝香水;大腿似雪花石柱,又像是用鸵鸟绒填充的靠枕……好一个标致的姑娘,身材高挑,挺似修竹,柔若杨柳,亭亭玉立,风姿可人。恰如狂放诗人所描绘的美女:

> 世间有靓女,涎水赛蜜甜。
> 明眸两汪水,锋盖印度剑。
> 翩跹三五步,杨柳枝羞惭。
> 微笑唇间溢,如同观闪电。
> 玫瑰比面颊,比喻有缺欠。
> 石榴比乳峰,一笑羞色漫。
> 凭美我立誓,发自心与眼:
> 莫要多比喻,兴味俱不见。
> 人谈园中花,交口不离赞;

>杨柳与玫瑰,与我何相干?
>我若在园中,求我用何言?

姑娘们笑呀,玩儿呀,快活得难以言表。令人无限羡慕。

哈桑躲在角落里,望着一个个光洁的玉体,忘记了寂寞,忘记了孤独,忘记了饥渴,不知不觉夕阳西斜。

那位姑娘对伙伴们说:"喂,妹妹们,天色不早了,我们也玩儿够了,此地离我们的家还很远,准备起程回飞吧!"

姑娘们走去穿起自己的羽衣,刹那之间,变成了十只鸟儿,展翅飞上了蓝天。

望着远去的鸟儿,哈桑大失所望,想站起身来回宫殿中去,却没有力量,眼泪止不住滴滴淌在了面颊上。他想着姑娘们美丽的身影,吟诵道:

>仙女远飞离,方知睡眠香。倩影消逝后,双眼怎合上?
>但求梦中见,只盼梦绵长。无端却思睡,期会在梦乡。

哈桑挣扎了好大一会儿,方才站起身来,往回走了几步,竟连回宫殿的路也认不出来了。

他边走边回忆,照原样锁好那座小公主不让他开的那道门,终于回到那座宫殿中,爬着进了房门。他回到自己的卧室,躺在床上,不吃不喝,整日沉浸在相思的海洋里。他哭泣,他落泪,直到第二天东方大亮。

天刚亮,哈桑坐在床上吟诵道:

>群鸟已飞去,鸣声伴夕阳。相思唯待死,只缘无翅膀。

> 情话难遮掩,思甚必定讲。面对朝阳者,幻影已消亡。
> 我的爱情夜,永不见晨光。我唤光棍汉,他们睡眠香。
> 爱情惠风柔,已吹我面庞。我心复我神,伴泪同紧张。
> 争斗来丽人,灾难大无双。交结艳丽女,人云是罪状;
> 情敌相决斗,却得世赞扬。悭吝无计施,只有豁命上;
> 慷慨献性命,爱中戏一场。思恋意中人,呼喊连号丧。

太阳出来了。哈桑打开那道门,走到原来的那个地方,面对原来观看的方向坐下,一直坐到夜幕垂降,却未看见一只鸟儿飞来。他坐等鸟儿飞临,却不见鸟儿的踪影,不禁泪水横流,直哭得昏迷过去,倒在地上,不省人事。

过了一会儿,哈桑从昏迷中苏醒过来,爬到宫殿中时,夜幕已经笼罩了天地。

哈桑一夜没有合眼,一直哭到天亮。

天亮了,太阳出来了,阳光普照大地和山冈。就这样,哈桑不吃不喝,坐立不安,白日里无精打采,黑夜里合不上眼,如癫如醉,被牢牢地缠绕在相思病网里,不能自拔。正像诗人所描绘的那样:

> 姿足羞朝阳,杨柳自认输。
> 日月听你云,心火已灭无。
> 彼此相见时,拥抱情殊出:
> 面颊贴面颊,胸脯挨胸脯。
> 谁言爱情甜,亦有难忍苦。

讲到这里,眼见东方透出黎明的曙光,莎赫札德戛然止声。

第七百八十八夜

夜幕垂降,莎赫札德接着讲故事:

幸福的国王陛下,银匠哈桑独自在宫中吟诗,寂寞孤单,无人相伴。他不吃不喝,坐立不安,白日里无精打采,黑夜里合不上眼,如痴如醉,被牢牢地缠绕在相思病网里,不能自拔。

正当此时,忽见宫外的旷野上荡起一缕烟尘。哈桑急忙躲藏起来,因为他知道宫殿的主人回来了。

片刻后,大队人马来到宫殿前。随后,七位公主进了宫殿,放下随身带的武器。小妹妹刚刚放下武器,便来到哈桑的卧室,发现室内空空。她找了好大一会儿,方才发现哈桑藏在一个小房间里,只见他面黄肌瘦,两眼凹陷,泪痕满面。原来哈桑因为迷恋上了那位姑娘,日思夜想,吃不下,睡不安,所以瘦得皮包骨头,无精打采,看上去狼狈不堪。

小公主见哈桑如此模样,不禁大吃一惊,忙问:"哈桑哥,你怎么啦?你怎么成了这个模样?快把情况告诉我,让我给你出个主意,想个办法,以便使你摆脱困境。哈桑哥,你说吧!我愿以生命为你赎身。"

哈桑听后,不禁痛哭起来。他吟诵道:

思念意中人,忧烦压周身。内病外浮愁,恋深塞满心。

小公主听罢哈桑吟诵，对他的口才、文才惊叹不已，遂问："哈桑哥，你是什么时候陷入这种恋情之中的？我发现你边吟诗边垂泪。哈桑哥，看在安拉的面儿上，看在你我之间情谊的分儿上，快把情况告诉我，把你的秘密全讲给我吧！我一定有办法帮助你解忧。我们不在之时所发生的事情，你都不要怕。我见你这样不高兴，我的心里很难过。"

哈桑叹了口气，不禁泪如雨注，说道："小妹，只怕我说出自己的要求，你也爱莫能助，反倒会使我苦恼、惆怅而死。"

"哈桑哥，凭安拉起誓，不会的，我绝不会丢下你不管的，哪怕献出我的生命，我都会帮你的。"

听小公主态度如此诚恳，哈桑便把自己打开那道门所看见的情况告诉了小妹妹，而且说自己已深深爱上那位姑娘；因为陷入思恋之中，已有十天不吃不喝了。说完，哈桑哭了起来，边落泪边吟诵道：

还心于胸间，还眼以甜眠。夜将情约毁，并非人改观。

小公主听完哈桑吟诵的诗，也跟着哭了起来，十分同情哈桑，为他远离家乡而感到由衷难过。

小公主说："哈桑哥，你放心就是了！我一定竭尽全力，让你如愿以偿，纵然为此献出我的生命，我也在所不辞。我立即给你想个办法，但期让你能达到目的。不过，哈桑哥，你一定要保密，千万不要讲给姐姐们听，以免你和我丧命。假若她们问你开过这道门没有，你要一口咬定，说从没有开过，你要说：'因为你们离开了我，我独自待在宫中，太寂寞，十分思念姐姐们。'记住了吗？"

听小公主这样一叮嘱，哈桑心里宽舒多了，回答道："我听小妹的！你说得很对。"

　　哈桑亲吻小公主的前额，心中怕意一消而光。因为他违背小公主的行前嘱咐，打开了那道门，心里害怕得要命；小公主的这番话使他的紧张心情得以恢复正常。

　　哈桑向小公主要东西吃，小公主给哈桑端来吃的东西，哈桑开始进食。

　　小公主哭着来到姐姐们面前，姐姐们问何故落泪，小公主说哈桑感到不安，并告诉她们说哈桑病了，十天以来不曾进食。姐姐们问其病因，小公主说："我们走了之后，这里只剩哈桑一人，实在孤独难耐。我们离去的这些日子，在哈桑眼里好像度过了千年似的。他是个外乡人，独自待在这里，觉得孤单，是情有可原的。我们走了，把他一个人留在这里，没有人和他说话，没有人陪他散心，而他毕竟年纪轻轻，免不了想念母亲，思念朋伴，因而吃不下，睡不安，终于病倒了。我们理应去陪他玩儿玩儿，安慰安慰他。"

　　姐姐们听小妹这样一说，也都哭了起来，对哈桑深表同情，她们对小妹说："凭安拉起誓，哈桑的孤单处境实在不难体谅啊！一人在外，思念之情在所难免。"

　　公主们把护送的人马打发走之后，来到哈桑的房间，向哈桑问安，发现他面黄肌瘦，形容憔悴，禁不住落下同情的眼泪。她们相继坐下，好言好语安慰哈桑，把自己所见到的新鲜事及新娘、新郎的婚庆大典盛况一一讲给哈桑听。

　　公主们和哈桑在一起生活了一个月。七位公主百般安慰哈桑，关心照顾备至，而哈桑的病情却不见好转。眼见这种情况，公主们心急如焚，小公主哭得最厉害。

　　又一个月过去了，公主们想骑马外出打猎，要小妹妹和她们一道外出,但小妹妹说:"姐姐们,凭安拉起誓,哈桑的病情不见好转,身体这样糟,我不能跟你们一起去打猎,我要和他待在一起,直至他的健康好转,心中的忧虑云消雾散。所以还是留下来好好照顾他,你们去吧!"

姐姐们听完,无不称赞小妹心地慈善、举止高尚。她们对小公主说:"你待一个异乡人这么好,安拉一定会报偿嘉奖你的。"

说罢,姐姐们让小公主留在宫殿里陪着哈桑,随后骑上马,带上足够二十天吃的干粮,策马外出打猎去了。

讲到这里,眼见东方透出黎明的曙光,莎赫札德戛然止声。

第七百八十九夜

夜幕垂降,莎赫札德接着讲故事:

幸福的国王陛下,又一个月过去了,公主们想骑马外出打猎,要小妹妹和她们一道外出,但小妹妹说:"姐姐们,凭安拉起誓,哈桑的病情不见好转,身体这样糟,我不能跟你们一起去打猎,我要和他待在一起,直至他的健康好转,心中的忧虑云消雾散。所以还是留下来好好照顾他,你们去吧!"

姐姐们听完,无不称赞小妹心地慈善、举止高尚。她们对小公主说:"你待一个异乡人这么好,安拉一定会报偿嘉奖你的。"

说罢,姐姐们让小公主留在宫殿里陪着哈桑,随后骑上马,带上足够二十天吃的干粮,策马外出打猎去了。

小公主估计姐姐们已经走远，来到了哈桑的房间，对哈桑说："哈桑哥，你带我去看看你瞧见姑娘们的地方吧！"

哈桑喜不自禁，说道："好哇，我非常愿意。"

哈桑很高兴，以为自己的目的就要实现了。他想站起来，陪着小妹去看那个地方，但他却站不起来，走不动路。于是，小公主背着哈桑来到那座宫殿前，打开门，登上阶梯，走进那座有湖水的宫院。小公主看后，对哈桑说："你给我讲讲，她们是怎样出现在这里的呢？"

哈桑指着那一汪湖水，对小公主说："小妹，姑娘们就是在这里脱下羽衣，下湖戏水的。"

接着，哈桑把那天看到的情况，详详细细给小公主讲了一遍。

小公主听后，似乎恍然大悟，顿时脸色蜡黄。

哈桑见小公主神色异常，忙问："小妹，你这是怎么啦？你的脸色怎么变黄啦？"

小公主说："哈桑哥，你有所不知，那位姑娘是一位伟大神王的女儿。她父亲的手下助手无数，谋士成群，不仅有人，而且有神，还有妖术师、占卜师、星象师。她的父王统治着广大地域，下属藩王众多；我们的父王，只不过是他的一个藩王而已。因为她的父王兵多将广，实力雄厚，谁也不能与他抗衡。他封给你所看见的那些姑娘一片很大的土地，长与宽各有一年里程，四周有大河护卫，不管是人是神，谁也休想到那个地方去。那个大王手下还有女将两万五千名，个个勇猛善战，人人英姿飒爽，善于操枪舞剑，勇猛、顽强；一旦骑马披挂上阵，一人足以抵挡千名勇士。他有七个女儿，个个勇敢过人，胜过手下的所有女将。刚才提到统治那块儿土地的，就是你看见的那个最漂亮的姑娘，就是他的大公主。大公主智勇双全，堪称女中豪杰，盖过国内群雄。你所看见的陪着大公主来的九个姑娘,就是大公主手下的谋士、助手和女将。"

说到这里,小公主稍稍停顿,接着说:"哈桑哥,那些姑娘赖以飞行的羽衣,都是神工所制,天衣无缝,精巧无双。你若想与大公主结为百年之好,我给你出个主意吧。"

哈桑急不可待地问:"小妹,你有什么好主意?"

"你就坐在那个地方,等候大公主到来。因为她们每月初都到这个地方来。你看见她们来了,就赶快藏起来,千万不要让她们发现你;如若不然,你我的性命难以保住。我的话,你要牢牢记住。你要坐在一个距她们很远的地方,只让你能看见她们,而不让她们看见你。当她们脱下羽衣时,你要看准并记住哪件是那位公主的,然后悄悄走近,将羽衣收起来;要注意,万万不可拿错。那件羽衣将把你送到公主的国家去;你拿到了那件羽衣,就等于得到了那位公主。不过,哈桑哥,你要小心,千万不要受骗。公主不见羽衣,会说:'偷拿我羽衣的人呀,把羽衣还给我吧!因为我已在你的面前,我已属于你!'你听到她说这话,千万不要把羽衣还给她!如果你把羽衣还给她,她不但把你杀掉,还会捣毁我们的宫殿,杀死我的父王。以后的事,我会告诉你怎么办的。"

"小妹,我该怎么办?"

"随从她来的那些姑娘发现她的羽衣丢失,就会展翅飞去,留下她一个人待在那里。看到这种情况,你就走上前去,抓住她的头发,把她拉过来;只要把她拉到你的身边,就表明你已占有了她。拿到羽衣之后,你要妥善保存。因为羽衣在你的手里,公主就在你的掌握之中,没有羽衣,她是没有办法飞回故乡的。你拉住公主后,就把她背到你的房间去。你要记住,千万不要说你拿了她的羽衣。"

哈桑听小公主这么一说,顿觉心定神安,心头的苦闷消失得无影无踪。

片刻后,哈桑站起身来,吻了吻小公主的头,随后二人相伴走下殿顶,各自安睡去了。

哈桑一夜安睡,不觉东方大亮。旭日东升,哈桑起床之后,打开房门,走去登上殿顶,坐在那里,一直等到夜幕垂降。小公主给他送吃送喝,为他更衣,然后回来休息。就这样,哈桑每天日出登上殿顶苦等,日落之后回房休息,直至新的一年来临。

一天夜里,哈桑看见一弯新月挂在天边,心中激动不已,凝神注目,特别留意观察。正当此时,忽见一群鸟儿闪电似的朝湖边飞来。

哈桑看清正是那十位姑娘,立即起身藏在一个隐蔽的地方,他能看见她们,而她们可看不见他。

鸟儿落在湖边,各自占一个地方,脱下羽衣。哈桑所爱的那位公主也脱下了羽衣,放在距哈桑隐身之处不远的地方。

那位公主和姑娘们脱下衣裙,下到湖中,开始沐浴戏水。

哈桑悄悄走去,眼疾手快,拿起公主的羽衣,而那些姑娘只顾欢快地戏水沐浴,谁也没有注意岸上发生什么事。

姑娘们沐浴后,相继登岸,穿上羽衣。当公主要穿羽衣时,却发现羽衣不翼而飞,不禁大惊失色,高声叫喊不止,用力批打自己的面颊,撕扯自己的衣服。姑娘们走来问发生了什么事,她告诉她们说自己的羽衣不见了,姑娘们得知这个情况,高声哭着叫着,不住地批打面颊。

眼见夜色来临,姑娘们再也不敢等下去,各自穿上自己的羽衣,丢下公主,展翅飞去了。

讲到这里,眼见东方透出黎明的曙光,莎赫札德戛然止声。

第七百九十夜

夜幕垂降,莎赫札德接着讲故事:

幸福的国王陛下,哈桑悄悄走去,眼疾手快,拿起公主的羽衣,而那些姑娘只顾欢快地戏水沐浴,谁也没有注意岸上发生什么事。

姑娘们沐浴后,相继登岸,穿上羽衣。当公主要穿羽衣时,却发现羽衣不翼而飞,不禁大惊失色,高声叫喊不止,用力批打自己的面颊,撕扯自己的衣服。姑娘们走来问发生了什么事,她告诉她们说自己的羽衣不见了,姑娘们得知这个情况,高声哭着叫着,不住地批打面颊。

眼见夜色来临,姑娘们再也不敢等下去,各自穿上自己的羽衣,丢下公主,展翅飞去了。

哈桑眼见群鸟展翅飞去,只留下公主一人待在那里,开始留心观察她的动静。他听公主说:"喂,拿走我衣服的人哪,如今我是赤身裸体,无法走出去见人,请把我的衣服还给我吧,好让我遮住羞体,莫让人们看见我这种模样……"

哈桑听后,周身热血沸腾,只觉得更加钟爱那位漂亮姑娘,再也坐不住,立即站起来,向公主跑去。

哈桑飞也似的跑到公主身旁,上去拉住她,带着她行至宫殿前,走进自己的房间,给了她一件衣服。公主哭着,咬自己的手。哈桑将门锁好,便找小公主去了。

哈桑兴致勃勃地对小公主说:"我把公主抱进了我的房间,她坐在那里,边哭边咬自己的手……"

小公主一听,立即站起来,走到哈桑的房间。她见公主痛哭落泪,急忙走上前去,恭恭敬敬地行过吻地礼,然后向她问安。

公主说:"喂,小公主,你们人类怎好这样对待神王的女儿?你知道,我父亲是位伟大的神王,所有神王都在他的管辖之下,无不畏惧他的权势。我父王手下有许多哲人、谋士、星占师和妖术师,还有无数妖魔鬼怪听从他的调遣,谁都不敢违抗他。我父王的手下还有许多兵将,数目只有安拉知道。公主啊,你们怎敢把人藏在这里,怎敢把我们的内情透露给人类呢?这个拿我衣服的人究竟是何许人?从哪里来?"

小公主说:"公主息怒!这个人很讲义气,从善如流,从来没有做过坏事。他非常爱你。公主,因为爱你,险些丢掉小命。女人嘛,本来就是为男人而降生的。假若不是因为他深深爱你,他是不会得病的,险些丢掉了他的性命。这正是你的幸福所在。"

随后,小公主把哈桑如何看见公主们飞来下到湖中沐浴戏水,怎样深深爱上了公主的,又怎样在湖边苦苦等待数日等情况,一五一十地向公主讲了一遍。

公主听后,自感没有挣脱的希望。

小公主走去,取来华丽衣饰,给公主穿戴上,又端来吃的喝的,让公主进餐。公主吃饱喝足,心才平静下来。

小公主继之用温柔的话语安慰公主,说道:"公主,哈桑爱你爱得死去活来,你就可怜可怜他吧!"

小公主善言,欲讨公主的欢心,而公主一直哭泣不止,直到天亮,方才停止落泪,心情也慢慢平静了下来。

公主知道自己无法解脱,便对小公主说:"公主小姐,既然安拉赐予我这样的命运,让我远离家乡,别离亲人,那么,我也只有忍耐了。"

小公主走去为公主收拾了一个顶好的房间,让公主休息。小公主一直陪着她,好言好语安慰,公主的脸上终于绽出了笑容,别离家乡、亲人、姐妹的忧愁和苦闷一扫而光。

小公主走去见哈桑,对他说:"哈桑哥,你到公主的房间里去吧!到了那里,你要吻公主的手和脚。"

哈桑来到公主的面前,吻过她的手和脚,再吻公主的眉心,并且说:"美丽的公主,凭生命起誓,就请你放心吧!我这样把你请到这里来,愿意做你的奴仆,直至世界末日来临。我的这位小妹妹也甘做你的婢女。美丽的公主,我想按照伟大安拉及其使者的法律,与你结为夫妻,带你回我的祖国,与你同住在巴士拉,为你买男仆女婢、公馆庄园。我家有老母,她是一位非常善良的女性,她也将伺候你。当今世上,再没有比我的祖国更美好的地方了。那里一切都好,那里的一切都比其他国家好;那里的人一个个容光焕发,热情好客。"

哈桑百般安慰公主,谈天论地,而公主却只言不发。

这时,忽听有人敲门,哈桑打开门一看,见公主们打猎回来了。他心中甚为高兴,向她们问安好,祝福她们,庆贺她们平安顺利返回。

公主们离鞍下马,回到房间,脱去猎装,换上艳丽的女儿装。她们打来许多猎物,其中有羚羊、野牛、野兔、猎狗,等等;把一部分送去宰杀,另一部分放在宫中喂养。

哈桑扎起彩腰带,走去为公主们屠宰猎物,而她们则开心地围着猎物唱呀跳呀,兴高采烈,欣喜若狂。

屠宰完毕,大家烹煮烧烤,准备一起美餐一顿。

哈桑走向公主们，先吻大姐的头，再一一吻六位妹妹的头。见此情景，六姐妹问哈桑："哈桑兄弟，你在我们这里住了这么长时间，为什么还要这样客气呢？你是人，而我们是精灵呀！"

哈桑泪眼红润，哭了起来。公主们问："哈桑兄弟，你怎么啦？有什么不顺心的事，致使你泪水潸然而下呢？你这样哭，叫我们多难过呀！如果你思念祖国和亲人，我们可以送你返乡，去见你的亲人。"

哈桑说："凭主起誓，我不是想离开你们。"

"既然这样，又为何落泪？"

哈桑羞于对她们说自己爱上公主，恐怕她们反对他那样行事，所以话到嘴边，没有说出口。

小公主走上前去，对姐姐们说："哈桑哥哥抓住了一只飞鸟，想请你们帮忙，让哈桑与飞鸟结为眷属吧！"

姐姐们望着哈桑，异口同声说："哈桑兄弟，我们都愿意为你效力。不管你有什么要求，我们都会满足你的。你只管明说，不要瞒着我们。"

哈桑对小公主说："小妹，我羞于开口，对她们说不出来，还是请你对她们说吧！"

讲到这里，眼见东方透出黎明的曙光，莎赫札德戛然止声。

第七百九十一夜

夜幕垂降，莎赫札德接着讲故事：

幸福的国王陛下,小公主走上前去,对姐姐们说:"哈桑哥哥抓住了一只飞鸟,想请你们帮忙,让哈桑与飞鸟结为眷属吧!"

姐姐们望着哈桑,异口同声说:"哈桑兄弟,我们都愿意为你效力。不管你有什么要求,我们都会满足你的。你只管明说,不要瞒着我们。"

哈桑对小公主说:"小妹,我羞于开口,对她们说不出来,还是请你对她们说吧!"

小公主对姐姐们说:"姐姐们,我们外出旅行时,把哈桑一个人留在宫中。只有他一个人,在这里孤孤单单,闷闷不乐,恐怕有人来伤害他。正如你们所知,人的思想是很活跃的,因此他将通往殿顶的那道门打开了,然后独自沿台阶而上,坐在殿顶上向谷地望去,怕有人到宫殿里来。一天,他正坐在那里时,忽然见十只鸟儿飞来,落在湖边。他发现当中最美丽的那只小鸟用嘴啄其余的鸟儿,而其余的鸟儿都不敢把爪子伸向那只小鸟。片刻之后,鸟儿们纷纷用爪子剥去自己身上的羽毛,霎时之间,十只鸟儿变成了十位亭亭玉立、明艳动人的少女。片刻后,少女们又脱掉身上的衣裙,先后下到湖水中沐浴、戏水。哈桑一直站在那里,这一切他都看得清清楚楚。他看见那个最漂亮的姑娘让其余的少女行进水里,而那些少女谁也不敢把手伸向她。那位姑娘容貌最漂亮,衣着最华丽。姑娘们一直在湖中待到晡时,然后上岸穿上衣裙和羽衣,展翅飞向天空。因为哈桑兄弟爱上了那个漂亮的姑娘,所以觉得爱火烧心,后悔自己没有将她的羽衣悄悄拿走。哈桑因此病倒在床,食不甘味,夜不成寐,苦苦等待鸟儿们再次飞来。就这样,哈桑一直等到新月挂在西天边。一天,他正坐在殿顶时,忽然见鸟儿飞来,照样落在湖边,剥掉羽衣,脱下衣裙,下湖沐浴。这时,哈桑走去,悄悄将那位姑娘的羽衣拿走了。哈桑知道,那位姑娘没有羽衣是飞不走的,于是将羽衣藏了起来,恐怕姑娘发现之后,将他杀掉。"

小公主停顿片刻,接着又说:"哈桑等姑娘们穿起羽衣飞走之后,他便走去,将那姑娘带回来了。"

公主们问:"姑娘在哪里?"

"在哈桑的房间里。"

"她的长相怎样?能给我们讲一讲吗?"

"她貌美似圆月,脸上的光比太阳亮,涎水比蜂蜜甜,身材挺似修竹,双目炯炯有神,大腿似玉石柱,腰肢纤细,臀部丰隆……真是秀目含娇,天生丽质,身材苗条,肤色嫩白,风韵可人,亭亭玉立,风姿绰约,实在美不胜述,可爱可亲。"

姐妹们听罢,无不被那位姑娘的姿色所吸引,异口同声说:"让我们去看看如花似玉的美女吧!"

哈桑心荡神驰,带着公主们来到公主的房间。

打开门,公主们相继进去,向公主行吻地礼。她们见公主果然像小妹说的那样俊秀,一个个发出由衷赞叹,向她行吻地礼,问好致安。她们说:"凭安拉起誓,尊敬的公主,欢迎你,这真是一件非常重要的事情。假若你知道女性们是怎样描述这位小伙子的,你一定会终生喜欢他。这位小伙子是非常爱你的。亲爱的公主,哈桑这样行事绝不是存心胡闹,是打灵魂深处爱上了你,衷心希望合法地向你求爱。哈桑是个好小伙子,心地善良。假若我们知道姑娘不需要男子的关怀,我们会制止他的要求的,虽然他没有派媒人去说媒,而是他亲自把你接到了这里。他告诉我们,他已经把你的羽衣烧了;如若不然,我们会向他讨回羽衣,奉还给你的。"

之后,七姐妹中的一位姑娘与公主一番商量,终于说动了公主,旋即让公主与哈桑订了婚约。哈桑拉着公主的手,经公主同意,二人结为百年之好。姐妹们为哈桑与公主举行了隆重结婚庆典,随即将一对新人送入洞房。

洞房中,灯烛通明,新郎哈桑撩开公主的面纱,但见新娘笑容满面,明艳动人,貌美似月。

新娘新郎同枕共眠,相亲相爱,无以复加,情话绵绵……哈桑如愿以偿,喜在心中,乐在脸上,欣然吟诵道:

> 身材苗条女,明眸动心房。
> 姣好面容秀,明艳欲溢芳。
> 你在我眼里,形象这模样:
> 一半是宝玉,三其一黄金;
> 五其一麝香,六一龙涎香。
> 你诚似珍珠,比珠更光亮。
> 夏娃只生你,天园无二靓。
> 若想折磨我,莫越情思网。
> 若能宽谅我,足见心亮堂。
> 世靠你装点,你是我所望。
> 见你容颜秀,谁能不思量?

讲到这里,眼见东方透出黎明的曙光,莎赫札德戛然止声。

第七百九十二夜

夜幕垂降,莎赫札德接着讲故事:

幸福的国王陛下,哈桑吟完诗,与新娘同枕共眠;洞房花烛之夜,自有一番情趣。哈桑知道娘子还是一颗未打孔的珍珠,欣喜之情难以言表,快慰心波层层荡漾。

闹洞房的公主们站在门外,侧耳聆听洞房里的动静,她们听见新郎哈桑吟诗赞美新娘,再也按捺不住心中的激情,不禁高声喊道:"公主新娘,听到新郎诗兴大发后吟诵的诗歌了吧……他那样爱你,别埋怨我们哪!"

新娘听姑娘们这样一说,不禁心花怒放,心中有一种难以言状的快慰,直笑得抿不上嘴……

哈桑与妻子过着幸福、快乐的生活。公主们每天都为这对夫妇改换娱乐方式,赠送新的奇珍异宝。哈桑的妻子在她们中间自在欢悦,无忧无虑,思念家人和家乡的情感渐渐淡薄。直至完全忘记了亲人。

新婚夫妻恩爱情深,不知不觉四十天过去了。

一天夜里,哈桑梦见母亲形容憔悴,骨瘦如柴,面色蜡黄,而站在母亲面前的他却红光满面,精神抖擞。他梦中听母亲对他说:"哈桑,孩子,你生活得这么好,怎么把娘全忘了呢?你瞧瞧娘的情况吧!自打你离开家,娘无时不在思念你。我在家院中为你堆了一个坟,墓碑上刻着你的名字,天天守在墓旁,日日为你垂泪。孩子,你何时能回到娘的面前,让我们母子团圆呢……"这时,哈桑突然惊醒,泪流满面,哭泣不止。哈桑心中难过,再也没有睡着,只觉难以忍耐这种远离娘亲的异乡生活。

天亮后,公主们照例来看哈桑,和他一起娱乐,而哈桑却不看她们一眼。姐妹们见他闷闷不乐,便问哈桑的妻子:"夫人,哈桑今天怎么啦?"

哈桑的妻子答："我不知道。"

"你去问问他呀！"

哈桑的妻子走到哈桑面前，问道："哈桑，亲爱的，你怎么啦？"

哈桑长长地叹了口气，然后将自己的梦境向妻子说了一遍，继之吟诵道：

狼狈不堪言，有求不见路。因爱灾难至，常力难抵住。

哈桑的妻子把哈桑讲的情况告诉了姑娘们，姑娘们又听到哈桑吟诵的诗，无不同情哈桑。

公主们对哈桑说："哈桑兄弟，以大慈大悲的安拉的美名的名义，你就请便吧！我们是不会阻拦你回去探望你的母亲的，而且我们还将竭尽全力，想方设法帮助你实现这一美好愿望的。不过，哈桑兄弟，你回到故乡之后，千万不要忘记了我们，要与我们经常保持联系，就是每年来看我们一次，也是好的。"

"我一定会来看你们的。"哈桑欣然说道。

姐妹们走去，开始为哈桑携妻回乡做准备。她们为哈桑准备好旅途上吃的干粮，为新娘准备了许多精美首饰和锦衣，每件东西至精至美，价值难以估计。此外，她们还为这对夫妻准备了许多珍奇宝贝。

之后，公主们击打铜鼓，顷刻见数峰神驼应声而至。她们把准备好的东西扎上驼背，让哈桑及其夫人各骑一峰骆驼，其余骆驼驮上二十五箱金砖、五十箱银元宝，在小公主的陪送下，登上了返回故乡的路。

七姐妹陪送哈桑及夫人，走了三天三夜，跨过了常人要三个月才能走完的路程。

千里送客,总有一别。公主们与哈桑及其夫人一一吻别,无不含着惜别的热泪,挥手依依告别。小公主上前与哈桑拥抱,不禁泪水潸然落下,直哭得昏迷过去,不省人事。

过了一会儿,小公主苏醒过来,睁开眼睛,凄然吟诵道:

> 你我分别日,困神离眼时。情深不相见,骨瘦立消失。

小公主吟完诗,同哈桑告别,并叮嘱他说,回到家中,见了母亲,心定下来之后,千万不要中断同她们的联系,每六个月要来一趟。她说:"哈桑哥,如果有什么困难,或者害怕有什么灾难降临,你就敲那面铜鼓,立即会有神驼出来;到那时,只要你乘神驼,来这里是很方便的。哈桑哥,你千万不要忘记我们。"

哈桑听后,向姑娘们立誓日后一定来访,要她们马上回返。

哈桑说:"一定来看公主们!一定!"

哈桑离去,公主们回到宫殿。姑娘们个个为与哈桑分别而感到难过,尤其是小公主,更是依依不舍。

小公主回到宫中后,心中甚感不安,苦闷难耐,食不甘味,夜不成寐。

哈桑带着妻子日夜兼程,跨荒原,越旷野,穿峡谷,攀丘山,送走夕阳,迎来朝霞。感赞安拉保佑,终于平安回到了巴士拉城。

夫妻俩来到门前,离开驼鞍,卸下所有的东西,遣走神驼,然后上前敲门。

哈桑刚一抬手,但听母亲正在低声哭泣,哭得好生伤心,她边哭边吟诵道:

> 眼神无困意,怎尝睡甘甜?
> 万物皆安歇,他却不得眠。
> 本是尊荣主,家财越万贯;
> 今却客异乡,伶仃复孤单。
> 思念火焰烈,炽燃在肋间。
> 思念扼心扉,号哭忍磨难。
> 莫非落情网,忧伤泪潸然?

哈桑听完母亲的诗,禁不住泪水脱眶而出。他使劲地敲过门,听母亲问:"谁呀?"

"娘,我是哈桑。"

母亲打开门,认出是自己的儿子哈桑回来了,惊喜不已,登时昏倒在地,不省人事。哈桑马上拿出玫瑰水,朝母亲的脸上洒了一些。片刻过后,母亲慢慢苏醒过来,母子相互拥抱,母亲连连亲吻儿子,喜泪浸湿了衣襟。

哈桑把行李搬进家中,儿媳拜过婆母,母亲的心方才安稳下来,连声感赞安拉让他们母子久别重逢。母亲吟诵道:

> 时光怜悯我,惜我心火灼。祛除我畏惧,还我欲所得。
> 我定不原谅,他所犯罪过;他的罪恶大,令我白发多。

讲到这里,眼见东方透出黎明的曙光,莎赫札德戛然止声。

第七百九十三夜

夜幕垂降，莎赫札德接着讲故事：

幸福的国王陛下，母亲打开门，认出是自己的儿子哈桑回来了，惊喜不已，登时昏倒在地，不省人事。哈桑马上拿出玫瑰水，朝母亲的脸上洒了一些。片刻过后，母亲慢慢苏醒过来，母子相互拥抱，母亲连连亲吻儿子，喜泪浸湿了衣襟。

哈桑把行李搬进家中，儿媳拜过婆母，母亲的心方才安稳下来，连声感赞安拉让他们母子久别重逢。

哈桑的母亲吟完诗，坐下来，母子俩互诉衷肠。

母亲问哈桑："孩子，你和那个波斯老头儿后来怎么样啦？"

哈桑说："那个老东西不是波斯人，而是一个拜火教徒，他崇拜火，而不崇拜伟大的安拉。"

接着，哈桑述说他被拜火教徒白赫拉姆带走，将他装在骆驼皮里，再让兀鹰衔起来，把他丢在山顶上，以及他在山上看见被拜火教徒利用而丧命山顶的尸骨的情形，从头到尾向母亲说了一遍。后来，哈桑又讲到他如何从山顶纵身跳入海中，幸得安拉默助，将他送到七位公主的宫殿，与公主们结为兄妹，在公主们那里住了下来；后来安拉又怎样把那个拜火教徒送到他所在的地方，让那个坏家伙自投罗网。他告诉母亲他爱上了一个姑娘，如何抓住姑娘，与姑娘结为美满夫妻……一直讲到如何携带妻子回家，母子团聚。

母亲听后，惊异不已，连声赞美安拉保佑儿子平安、健康地回到了家中。

母亲走去看看儿子带回来的那些行李，问里面装的是什么，儿子如实相告，母亲听后非常高兴。

母亲走到儿媳面前，见儿媳长相俊美，身材匀称，明眸皓齿，行止妩媚，喜不自禁。

母亲对哈桑说："孩子，赞美安拉保佑你们平安返回！"

母亲坐在儿媳身边，和她亲切交谈。

过了一会儿，母亲到市上买回十套漂亮衣服和床单、被褥，让儿媳穿上华丽衣服，着意将儿媳打扮一番。

母亲对儿子说："孩子，我们一下有了这么多钱，我们不宜在这里住下去了，快搬到巴格达城去吧！你知道，我们是穷人，人们会怀疑我们在搞炼金术。走吧！我们离开这里，迁到和平之城巴格达去，在哈里发的保护下生活吧！到了那里，你可以开个店铺做买卖。你要敬畏安拉，正是安拉赐予你这么多钱财！"

哈桑觉得母亲的想法很好，于是立即行动，把房子卖掉，处理了家什。他击打铜鼓，神驼当即出现在他们的面前。

哈桑把东西绑扎在驼背上，让母亲和妻子坐上驼轿，赶着骆驼来到底格里斯河岸边。哈桑租下一条船，将东西全部搬到船上，搀扶着母亲和妻子上了船。船载着他们，乘风破浪，逆水而上，不到十天即安全顺利的到达了巴格达城。

哈桑进到城中，在一家客栈里租了一个库房，将所有的东西搬下船，然后运进库房。他在客栈休息一夜，第二天清晨，换上衣服，来到市场。经纪人看见哈桑，便问："兄弟，有什么事情要帮忙吗？"

哈桑说："我想找一座宽敞、漂亮的好房子。"

那位经纪人带他去看一座房子。原来，那座房子是一位前宰相的宅邸,豪华宽敞无比,哈桑看后,觉得十分中意。

通过经纪人,哈桑花了十万第纳尔买下这座漂亮房舍,付了钱,立即把行李从客栈搬到新宅,又去市场购置了一些必需的家什、陈设等,还买了许多男仆女婢,其中包括原来在宰相家中干活儿的一个小奴。从此,哈桑与妻子及母亲过着幸福、安乐、祥和的日子。

光阴荏苒,不觉三年飞闪而过。

哈桑的妻子生下两个男孩儿,一个叫纳绥尔,另一个唤曼苏尔。

一天,哈桑想起云山的公主们,回忆起她们待自己那么好,如何帮助他达到自己的目的,实现自己的理想,因而十分思念她们。于是,立即到巴格达市场上买了许多公主们从来没见过的首饰和绸缎。

母亲见儿子买了那么多好东西,便问:"孩子,你买这些做何用啊?"

哈桑说:"我要去云山看望公主们。她们待我实在太好了,我很想念她们,想去看看她们。"

"孩子,你可不要在那里停留太久呀!"

"我很快就会回来的。"

哈桑特别叮嘱母亲:"母亲,我很快就会回来的。母亲,我要告诉您我走后如何和儿媳相处。我已把她的羽衣放在一口箱子里,埋在地下,你要严加保密,千万不能让她发现;她一旦找到羽衣,会穿在身上,带着孩子飞走的。到那时,我寻不着妻儿的踪影,会丧命的。妈妈,你千万不要向她提及这件事。你有所不知,您的儿媳本是神王之女,普天之下,没有比她的父王兵更强、钱更多的君王了。我的妻子是部族中的女中豪杰,品格高尚,聪慧绝顶,是她父王的掌上明珠。母亲,你要好好照看您的儿媳,千万不要让她出门,也不要让她凭窗眺望。母亲,一旦出点儿什么事,我真怕自己会因她丧命的。"

母亲听后,对哈桑说:"孩子,凭安拉起誓,我不会违背你的意愿的,记住了你的叮嘱。你放心去云山就是了。你回来时,再看看你的妻子,她会告诉你我是怎样善待她的。不过,孩子,你在外面停留的时间不要太久!"

讲到这里,眼见东方透出黎明的曙光,莎赫札德戛然止声。

❖ 第七百九十四夜 ❖

夜幕垂降,莎赫札德接着讲故事:

幸福的国王陛下,哈桑想外出去云山见那几位姑娘,把妻子的情况告诉了母亲,要母亲好好照看妻儿。母亲说:"孩子,凭安拉起誓,我不会违背你的意愿的,记住了你的叮嘱。你放心去云山就是了。你回来时,再看看你的妻子,她会告诉你我是怎样善待她的。不过,孩子,你在外面停留的时间不要太久!"

也许是命中注定,母子之间的谈话全被儿媳听到了,而那母子俩却全然不知。

哈桑带着母亲和妻儿来到城外,敲击铜鼓,顷刻见神驼从四面八方跑来。哈桑把采购来的宝物扎在二十峰驼背上,随即告别家人;当时,他的一个儿子仅有一岁,另一个才两周岁。他又走到母亲面前,再次叮嘱,话别之后,哈桑骑上骆驼,踏上了去云山探望公主们的征程。

哈桑骑着神驼,日夜兼程,穿谷地,越山岭,跨平原,急行十天十夜。第十天清晨,他平安抵达云山宫殿。

哈桑见到七位公主,将带来的礼物送上。公主们见到哈桑,兴高采烈,欣悦难抑,纷纷祝贺哈桑一路顺利平安。大公主接过礼物,安排哈桑住在原先住的那个房间里,随后设宴接风洗尘。

席间,公主们问起哈桑的母亲和妻子的近况。哈桑告诉她们,他的母亲健康安好,妻子生了两个可爱的小宝宝。

小公主见哈桑精神饱满,身体健康,欣喜不已,随口吟诵道:

每逢惠风起,我总问起您;我心从未想,其他任何人。

哈桑在公主们中间生活了三个月,受到了公主们的热情款待。哈桑格外高兴,与公主们一块儿玩耍,一道打猎,一起唱歌跳舞,日子不觉飞逝而过。

让我们回头看看哈桑外出之后,母亲及妻儿的情况。

哈桑离开家的第二天,儿媳对婆母说:"婆母,我和哈桑一起生活了三年,怎么也不让我进澡堂洗个澡呢?"

儿媳话音未落,已见泪流满面。婆母说:"孩子,我们都是外乡人,出门不方便,再说你的丈夫也不在家呀!假若哈桑在家,他会照顾你的;而我在这里人地两生,谁都不认识,没有力量保护你。我给你烧点儿水,在家里洗洗吧!"

"婆母,假若你把这样的话讲给一个女仆,她也会甘愿离开你的家,到市场上去出卖自己的。男人嘛,他们都有嫉妒心,这倒是可以原谅的。不过,男人们都明白,女人要想做一件事,谁也阻拦不住她;不管是去澡堂沐浴,还是做别的什么事情,没有干不成的,她一定会按自己的愿望行事。"

说罢,儿媳哭了起来,连声咒骂自己,抱怨自己不该远离家乡。

婆母怜悯儿媳,知道她非要实现自己的愿望不可,于是走去,立即为她准备洗澡用的东西,然后带着她向澡堂走去。

婆媳俩带着必备之物进了澡堂,脱掉衣服,人们便把目光投向了哈桑的妻子。眼见她容貌俊秀、玉体嫩白,妇女们称赞伟大安拉的绝妙杰作,无不细心观赏她那俊秀的相貌和她那匀称、嫩白的玉体,啧啧称羡,致使到澡堂洗澡的每位女性都跑来围观。她们走出澡堂,逢人便说自己看到了美丽的天仙,一传十,十传百,惹得城中妇女们纷纷拥向澡堂大门,争相观看美人,把澡堂里里外外挤了个水泄不通。

说来也巧,那天,哈里发哈伦·拉希德的一个名叫图赫珐的宫女正好到那个澡堂洗澡。

图赫珐来到澡堂,见那里人山人海,心中好生奇怪。她问出了什么事,人们对她说在看个洗澡的仙女。

图赫珐走进澡堂,看见哈桑的妻子,果然是人美出众,玉体嫩白无比,情不自禁地盛赞伟大安拉的绝妙创造,不禁十分羡慕。

图赫珐没有进浴池,忘记了自己是来洗澡的,而是坐在那里,呆呆地观赏那位美人,直到哈桑的妻子穿好衣服,发现盛装后的美人更是俏丽无双。

哈桑的妻子洗完澡,穿好衣服,走出后堂,来到前堂,坐在地毯上,倚着靠枕休息,妇女们也跟了出来,仍然目不转睛地望着她。

哈桑的妻子离开澡堂，哈里发的宫女图赫珐跟在她的身后，直追到哈桑家门口后，方才转身奔回王宫。

图赫珐回到宫中，见到王后祖贝黛，行过吻地礼，王后问："喂，图赫珐，你怎么在澡堂里待了这么长时间？"

图赫珐兴冲冲地对王后祖贝黛说："王后，我看到了人间奇迹，一个在男人和女人身上都不曾见过的奇迹，致使我神魂颠倒，不知如何是好，竟连澡都没洗就回来了。"

祖贝黛问："什么奇迹？"

"我在澡堂里看见一位美女，她还带着两个漂亮活泼的小男孩儿。王后，那个女子长得太美了，谁也没有见过这样俊秀的女子，以前见不到，以后也见不到，真是俏美绝伦，世上无双。王后，凭你的恩惠起誓，假若哈里发陛下看见这位女子，定会把她的丈夫杀掉，把她夺过来，因为世间没有第二个这样的人。我打听过她丈夫的情况，人们告诉我，他是个经商的，名叫哈桑，是巴士拉人。那女子从澡堂出来，我跟着她一直走到她家门口。我发现她的家是一座旧相府，宅邸有两道门，一道临河，另一道朝陆地。王后，我真担心哈里发得知那女子的美貌，会置教法于不顾，杀掉她的丈夫，纳她为妃。"

讲到这里，眼见东方透出黎明的曙光，莎赫札德戛然止声。

❦ 第七百九十五夜 ❧

夜幕垂降，莎赫札德接着讲故事：

幸福的国王陛下,哈里发的宫女图赫珐见过银匠哈桑的妻子,然后回到宫中,对王后祖贝黛说:"我在澡堂里看见一位美女,她还带着两个漂亮活泼的小男孩儿。王后,那个女子长得太美了,谁也没有见过这样俊秀的女子,以前见不到,以后也见不到,真是俏美绝伦,世上无双。王后,凭你的恩惠起誓,假若哈里发陛下看见这位女子,定会把她的丈夫杀掉,把她夺过来,因为世间没有第二个这样的人。我打听过她丈夫的情况,人们告诉我,他是个经商的,名叫哈桑,是巴士拉人。那女子从澡堂出来,我跟着她一直走到她家门口。我发现她的家是一座旧相府,宅邸有两道门,一道临河,另一道朝陆地。王后,我真担心哈里发得知那女子的美貌,会置教法于不顾,杀掉她的丈夫,纳她为妃。"

祖贝黛听后,说道:"图赫珐,你这个该死的丫头,这叫什么话!难道一个女子会漂亮到这种程度,致使哈里发置教法于脑后,贪图今世享乐,不畏来世惩罚?凭安拉起誓,我一定要亲眼看看这位女子;假若她没有像你说的那样俊美绝伦,我非杀了你这个坏女人不可!哈里发有三百六十个嫔妃,与一年的天数相等,难道其中就没有一个像你说的那样的美女?你如再胡说,我非惩罚你不可!"

"王后息怒!说真的,凭安拉起誓,不仅在巴格达城,就是在所有波斯人和阿拉伯人当中,都挑不出那样靓丽的女子。似乎安拉没有创造第二个像她那样的美女。"

正在这时,王后高声喊道:"来人哪!"

掌刑官迈斯鲁尔应声而至,行过吻地礼,恭恭敬敬地站在王后的面前。祖贝黛王后说:"喂,迈斯鲁尔,你到旧相府去一趟,就是有两道门的宅院,一道门临河,一道门朝陆地的相府。把住在那里的女子及两个孩子和老太太一起带来!快去快回,不要耽搁!"

"遵命!"

迈斯鲁尔离开宫殿,急速赶至旧相府临河门,轻轻叩门……

哈桑的母亲听见有人敲门,便走去问:"谁呀?"

迈斯鲁尔自我介绍说:"我是信士们的长官的奴仆迈斯鲁尔……"

"大人有什么事吗?"哈桑母亲问。

"阿拔斯王朝第六任哈里发哈伦·拉希德的妻子祖贝黛王后请老人家带着儿媳、孙子去宫中见她。因为宫女们告诉王后,说老人家的儿媳貌美出众,闭月羞花,王后想亲眼一看。"

"大人,我们是外乡人,我的儿子又不在家,恐怕进宫有些不方便吧!再说,我儿子出门前叮嘱过我,不要让他的妻子出门,不要去见外人。因此,我怕万一出点儿什么事,儿子回来了,会出大乱子的。大人,你还是行行好,不要强我们所难了。"

"老太太,假若我知道你有什么难处,我是不会让你们去的。不过,这可是祖贝黛王后的意思,她要看看您的儿媳妇,我能不来请吗?您不用担心,你们去去就会回来的。老太太,王后的令违抗不得;如不执行,后悔莫及。老太太,我会把你们平平安安送回来的。"

哈桑的母亲再三求情无用,无法违抗这个命令,只得收拾一下,带着儿媳和孙子跟着迈斯鲁尔走去。

来到王宫,迈斯鲁尔把婆媳及孩子带到王后祖贝黛面前,王后对哈桑的妻子说:"夫人,揭开你的面纱,让我看看你的脸,好吗?"

哈桑的妻子走上去,向王后行过吻地礼,然后揭去自己的面纱。

王后凝目细看,果见女子秀目含娇,明眸皓齿,娇艳妩媚,确实像十四日夜空的圆月,令王宫蓬荜生辉,在座的人无不惊叹女子貌美出众,王后更是惊叹其美;霎时间,大殿中鸦雀无声,所有人的目光一齐投向女子的面容。

片刻后,祖贝黛王后站起来,把哈桑的妻子拉到自己的身旁,把她拉到自己的怀里,让她与自己坐在同一张宝椅上。

随即,王后令宫女张灯结彩,装点王宫,又令宫女们取来最漂亮的衣服和宝石项链,为哈桑的妻子穿戴上。王后说:"漂亮的贵夫人,这衣饰穿戴在你的身上,令我大饱眼福,大开眼界。"

哈桑的妻子说:"尊敬的王后,我还有一件羽衣,倘若我把它穿在身上,你会发现我更美丽,更动人……凡见过我的人,都将称赞那件羽衣之美,还会代代传诵,永世不竭。"

王后问:"你的羽衣在哪里?"

"在我婆母那里,你问她吧!"

王后把目光转向哈桑的母亲,对她说:"老夫人,既然羽衣在你那里,你就拿来让儿媳穿上,让我们饱饱眼福吧,然后你再把羽衣拿回去!"

哈桑的母亲说:"王后,她在说谎!女人有什么羽衣?只有鸟儿才有羽衣啊!"

哈桑的妻子说:"王后,我以我的生命起誓,我说的是实话,我确实有件羽衣。那羽衣装在一口箱子里,埋在家中库房的地下。"

王后听罢,立即从脖子上摘下一条价值相当于波斯科斯鲁和罗马皇帝金库的一条项链,对老太太说:"老夫人,这条项链就送给你了,拿着吧!"

王后把项链递到老太太手里,又说:"老夫人,看在我的生命的分儿上,你回去把羽衣取来,让我们欣赏一下吧!只要让我们看上一眼,你马上可以回去。"

老太太发誓说没有看见过什么羽衣,也不知道如何得到那件羽衣。王后听了大怒,大声呵斥老太太,强行从她身上搜出钥匙,叫来迈斯鲁尔,对他说:"你拿着这钥匙,把旧相府门打开,然后找到那个库房,打开库房门;库房当中的地下埋着一口箱子,你把那箱子挖出来,砸开箱子,取出羽衣,送到我这里来。"

讲到这里,眼见东方透出黎明的曙光,莎赫札德戛然止声。

❖ 第七百九十六夜 ❖

夜幕垂降,莎赫札德接着讲故事:

幸福的国王陛下,王后把价值连城的一条项链递到老太太手里,说:"老夫人,看在我的生命的分儿上,你回去把羽衣取来,让我们欣赏一下吧!只要让我们看上一眼,你马上可以回去。"

老太太发誓说没有看见过什么羽衣,也不知道如何得到那件羽衣。王后听了大怒,大声呵斥老太太,强行从她身上搜出钥匙,叫来迈斯鲁尔,对他说:"你拿着这钥匙,把旧相府门打开,然后找到那个库房,打开库房门;库房当中的地下埋着一口箱子,你把那箱子挖出来,砸开箱子,取出羽衣,送到我这里来。"

"遵命!"

迈斯鲁尔从王后手中接过钥匙,转身走去。

哈桑的母亲站起来,后悔听从儿媳的意见,万不该让她出门洗澡,现在竟引起这么一场麻烦,禁不住两眼泪水簌簌落下。无奈,只得跟着迈斯鲁尔走去。其实,哈桑的妻子要求洗澡,只不过是个计谋罢了。

老太太跟着迈斯鲁尔进了家门,打开仓库门。迈斯鲁尔走进仓库,挖出箱子,取出羽衣,用布包起来,送到宫中,送到了祖贝黛王后的面前。

王后祖贝黛接过羽衣,仔细观看,惊叹羽衣做工精美。王后把羽衣递给哈桑的妻子,随后说:"这是你的羽衣吗?"

"是的。"

"穿上让我们欣赏欣赏吧!"

哈桑的妻子接过羽衣,欣喜不已,连忙翻看一遍,发现羽衣完好无损,一根羽毛都没有脱落,旋即穿上羽衣,把两个孩子抱在怀里,继之周身一抖,变成了一只大鸟。

祖贝黛王后见此情景,惊奇不已;在场的人见了,无不感到新鲜罕见。

大鸟朝前走去,随后翩跹起舞,众人见之,无不称奇叫绝。接着大鸟用流利的话语说:"诸位先生、太太,你们看我美吗?"

"美极了!"众人异口同声。

"我还有更美的动作呢!"

说着,大鸟张开双翅,抱着孩子,飞上殿顶。

在场的人望着大鸟,惊叹道:"凭安拉起誓,这真是美妙异常的技艺,我们从来没有见过呀!"

哈桑的妻子想飞回家乡,想起了丈夫哈桑,于是说:"先生们,太太们,请你们侧耳聆听我的诗歌吧!"

说罢,她吟诵道:

离家访友者,乘驼快如风。

难道你以为,平日我欣兴?
生活在此间,从未享太平。
一日我被俘,落入情网中;
身坐监牢里,囚我是爱情。
羽衣被藏起,你心暗庆幸;
以为我不会,向主祈怜情。
求母藏羽衣,行前千叮咛;
埋在库房里,防我飞回宫。
此言我听到,牢牢记心中;
求主怜悯我,点我心上灯。
借去澡堂机,欲脱狼狈境。
幸得王后见,睹我姿容惊;
左右端详我,赞词无不用。
我对王后说:羽衣增姿容;
若得穿身上,定见奇观生;
姿色添几分,忧烦一扫空。
羽衣何所在?王后问分明。
我开言答道:只在箱中盛。
迈氏受派遣,手到衣入宫。
羽衣光闪闪,照亮王宫厅。
羽衣接在手,打开观一通:
衣袋纽扣全,羽毛均齐整。
羽衣穿在身,孩儿抱怀中;
舒身复展翅,腾飞上殿顶。
呼声婆母啊,请告儿一声:
若想再见我,离家登远程。

哈桑的妻子吟完诗，王后祖贝黛说："漂亮的女子，你下来，让我们再欣赏欣赏你的花容玉貌、绰约风姿吧！赞美伟大安拉赋予你这样的伶俐口才和妩媚姿容。"

她说："过去的已经就过去了，怎么还能再来呢？"

接着她又对哈桑的母亲说："婆母，哈桑出去多日，我感到寂寞。哈桑回来，你告诉他，如果想见我，就让他到瓦格岛来找我吧！"

话音未落，只见她抱着两个孩子，展翅腾空而起，飞回家乡去了。

眼见儿媳携孙子飞去，哈桑的母亲难过得哭了起来，连连扯打自己的面颊，号啕大哭不止，直至昏迷过去，不省人事。

过了好大一会儿，哈桑的母亲缓缓苏醒过来。

王后祖贝黛对她说："老太太，说真的，我万万没有想到会发生这样的事情；如果你早告诉我会出这样的事，我是绝不会让你为难的。我根本不知道她是一位会飞的精灵；假如我早知道此事，我是绝不会让她穿上羽衣的，更不会让她抱起两个孩子的。不过，老太太，容我想想办法吧！"

哈桑的母亲失望地说："没有什么办法好想了！"

说完，老太太转身走出哈里发宫，拖着沉重的脚步回到家中。走进屋里，眼见屋里空无一人，不禁寂寞难耐，她边扯打自己的面颊，边号啕大哭，直至哭得昏迷过去。

过了一会儿，老太太苏醒过来，更加想念儿媳和孙子，恨不得马上要见到儿子哈桑。老太太低头沉思，凄然吟诵道：

骨肉分别日，催我泪潸潸。你离家乡远，为母心抱憾。

分离苦烧心,泪水浸眼帘。今日相分手,可否明团圆?
　　你们别离去,保密成妄谈。但期早日归,往时再复返。

　　老太太在院子里堆了三座坟墓,日夜守在旁边垂泪。
　　因为久久不见哈桑回返,老太太心中忐忑不安,思念之情日甚一日,痛苦难言,凄然吟诵道:

　　你的影像清,在我眼帘中。时刻想到你,不论动与静。
　　爱在骨里淌,似水流果中。一日不见你,心灰意变冷。
　　儿是心头肉,爱子我发疯。爱你我心生,怀疑仁慈情。

　　讲到这里,眼见东方透出黎明的曙光,莎赫札德戛然止声。

第七百九十七夜

　　夜幕垂降,莎赫札德接着讲故事:

　　幸福的国王陛下,哈桑的妻子抱着两个孩子飞走以后,哈桑的母亲悲痛万分,在院子里堆了三座坟墓,日夜守在旁边垂泪。
　　因为久久不见哈桑回返,老太太心中忐忑不安,思念之情日甚一日,痛苦难言,日夜祈祷,眼泪不住流淌。
　　这就是哈桑母亲的情况。

　　让我们回过头来,看看哈桑外出会见公主们的情况。

哈桑到了云山,见到了七位公主。公主们热情招待哈桑,留他在她们的宫殿里住了三个月,然后为他准备了大量钱财,给了他十驮黄金、十驮白银和一驮干粮,送他踏上了返回故乡的征程。

公主们送哈桑走了一程又一程。哈桑说:"公主们,俗话话,千里送客,总有一别。你们回宫中吧,多谢你们了!"

小公主听哈桑这样一说,走上前去,和哈桑拥抱后,哭了起来,直哭得昏迷过去,不省人事。

过了一会儿,小公主苏醒过来,向哈桑告别,深情地吟诵道:

何时才能够,熄我别离火?何时方得见,昔日你与我?
分别之时日,令我多难过!告辞使得我,身体更虚弱。

小妹吟罢,六公主走上前去,与哈桑拥抱,然后吟诵道:

与你告别,如别生命。若失去你,似失亲朋。
与你别离,像火烧心。伴陪着你,似天堂中。

六公主吟罢,五公主走上前去,拥抱哈桑,然后吟诵道:

我们今分手,并非因厌倦;彼此相别离,亦非因丑脸。
你是我之魂,实话对你言;人怎能别魂,斯事世罕见。

五公主吟罢,四公主走上前去,拥抱哈桑,接着吟诵道:

君示离别意,已见泪湿眼。而今相分手,双目泪涟涟。
他是一宝珠,寄放我耳间。相别情难禁,珠落伴泪泉。

四公主吟罢，三公主走上前去，拥抱哈桑，然后吟诵道：

  千万莫离去，分别实难忍。终站歧路上，不觉泪沾巾。

三公主吟罢，二公主走上前去，拥抱哈桑，接着吟诵道：

  自打他们走，苦涩不堪言；容我透底细，思念裂心肝。
  若得驾飞魔，驱使掠长天；凭借一身勇，收缴天下船。

二公主吟罢，大公主走上前去，和哈桑亲切拥抱，然后吟诵道：

  眼见别时至，劝君要忍耐；相距虽遥远，亦莫惧怕此。
  切要耐心等，归返近有时；倘是惜别心，定有回归日。

哈桑和她们挥泪告别，直哭得昏倒在地。片刻后，哈桑苏醒过来，哭着吟诵道：

  依依惜别日，泪如珠断线。
  以歌驱神驼，目送客影远；
  相互两不见，忍耐何从谈？
  我别她们后，惆怅漫心田。
  回头辨路途，你归唯我盼。
  唤声好友啊，且听爱情篇；
  但求你之心，解我心中言。

自打别她们，心境忽黯淡；
生之情趣失，不思活世间。

哈桑告别七位公主，催赶骆驼，日夜兼程，平安顺利回到阿拔斯王朝的都城巴格达。哈桑对自己走后所发生的事情一无所知。

哈桑进了家门，见到母亲，向她问好。哈桑发现母亲面无血色，骨瘦如柴，简直无力向他回礼；他完全不知道因为母亲哭泣、失眠过度，身体竟虚弱到了这种地步。

哈桑打发走神驼，走到母亲跟前，方才看清母亲虚弱不堪。

哈桑泪水如注，不禁一惊。哈桑急忙到房间找妻子和儿子，见那里空无一人，随后找遍家中各个角落，却未见妻儿身影，只觉心慌意乱。哈桑又跑到仓库，发现房门开着，见那口箱子也被挖出来了，打开一看，羽衣不见了。见此情景，哈桑立即意识到妻子拿走羽衣，带着两个孩子飞走了。

哈桑走到母亲跟前，见母亲已从昏迷中苏醒过来，问道："妈妈，你的儿媳和孙子在哪儿？"

母亲说："孩子，安拉会加倍报偿你的。你看哪，院中的那三座坟墓就是她们的。"

听母亲这样一说，哈桑情不自禁地大喊一声，只觉眼前一片黑暗，顿时昏迷了过去。

哈桑一直从早上昏迷到中午，未见苏醒过来，母亲愁眉不展，觉得儿子活命已无希望。

又过了好大一阵，哈桑才慢慢地苏醒过来，一边哭，一边批打自己的面颊，撕扯自己的衣服，不停地在院子里踱来踱去，忧郁彷徨，凄然迷惘，不知如何是好，他吟诵道：

诉说别离苦,有人在我前。活人与死者,惧怕距遥远。

今我心中事,绝不同一般;我未曾听说,更不曾看见。

哈桑吟完诗,抄起宝剑,拔剑出鞘,走到母亲的面前,对母亲说:"母亲,你若不把真实情况告诉我,我就先把你杀掉,然后自杀,一死了之。"

母亲说:"孩子,不要这样!我会告诉你的。"

片刻后,母亲又说:"孩子,把宝剑收起来,让我坐起来对你细细讲。"

哈桑把剑插入鞘中,坐在母亲身边。母亲说:"孩子,你走后第二天,你媳妇哭着叫着要去洗澡。开始我不让她去,但她非去不可,而且说,一个女人想办一件什么事,没有办不到的。无奈,我只得依了她。不料,我所担心的事情终于发生了。后来,王后祖贝黛听她的宫女说你的妻子貌美无比,王后便派哈里发的手下大官来到咱们家,叫我带着儿媳和孙子到王宫去。到了宫中,见到了王后祖贝黛。不知怎的,你媳妇说了穿上羽衣她会更加漂亮,说羽衣埋在仓库的地下,并说仓库的钥匙在我手里。王后非要你媳妇穿上羽衣,要我把羽衣拿来。我告诉她说,根本没有什么羽衣,我也没有见过。于是王后对我大发雷霆,强行从我身上搜去钥匙,那个大官让我跟着他来到家中,硬是取走了羽衣。你媳妇见羽衣完好无损,非常高兴,她穿起羽衣,翩翩起舞,得到王后祖贝黛的频频称赞。过了一会儿,你媳妇抱起孩子,周身一抖,变成了一只大鸟,在宫中走了几步,人们的目光都注视着她,无不说她漂亮。就在这时,她展翅飞上了殿顶……"

"她飞走时,说了什么没有?"

"她说:'哈桑出去多日,我感到寂寞。哈桑回来,你告诉他,如果想见我,就让他到瓦格岛来找我吧!'"

讲到这里,眼见东方透出黎明的曙光,莎赫札德戛然止声。

第七百九十八夜

夜幕垂降,莎赫札德接着讲故事:

幸福的国王陛下,母亲对哈桑说:"王后祖贝黛听她的宫女说你的妻子貌美无比,王后便派哈里发的手下大官来到咱们家,叫我带着儿媳和孙子到王宫去。到了宫中,见到了王后祖贝黛。不知怎的,你媳妇说了穿上羽衣她会更加漂亮,说羽衣埋在仓库的地下,并说仓库的钥匙在我手里。王后非要你媳妇穿上羽衣,要我把羽衣拿来。我告诉她说,根本没有什么羽衣,我也没有见过。于是王后对我大发雷霆,强行从我身上搜去钥匙,那个大官让我跟着他来到家中,硬是取走了羽衣。你媳妇见羽衣完好无损,非常高兴,她穿起羽衣,翩翩起舞,得到王后祖贝黛的频频称赞。过了一会儿,你媳妇抱起孩子,周身一抖,变成了一只大鸟,在宫中走了几步,人们的目光都注视着她,无不说她漂亮。就在这时,她展翅飞上了殿顶……"

"她飞走时,说了什么没有?"

"她说:'哈桑出去多日,我感到寂寞。哈桑回来,你告诉他,如果想见我,就让他到瓦格岛来找我吧!'"

听母亲这样一说,哈桑大叫一声,旋即倒在地上,不省人事。

哈桑一直昏迷到后半晌，方才苏醒过来。

哈桑苏醒之后，边批打自己的面颊，边像蛇一样在地上打滚。

母亲一直守在哈桑的身旁，一直哭到半夜。哈桑边哭边吟诵道：

> 你们离弃他，且看今情景；兴许疏远后，对他生怜情。
> 你们若见之，否认其患病；仿佛你们呀，对他颇陌生。
> 他深爱你们，为此不惜命；若无呻吟声，名列死者中。
> 千万莫以为，别离分量重；对于思恋者，死亡更轻松。

哈桑吟完诗，站起来，在家中转来转去，哭泣不止，泪如泉涌，一连五天不吃不喝。

母亲走到儿子身边，再三劝慰，劝他别再哭了，而哈桑却全然不听母亲的劝告，依旧号啕不止。母亲再三安慰他，而他根本听不进一句话。哈桑边哭边吟诵道：

> 如此待丈夫，究竟因何缘？莫非这就是，羚羊之习惯？
> 扼杀爱情者，该有何话谈？请你讲给我，莫须觉难堪！
> 若我是鹧鸪，展翅飞云间；放眼深谷中，左右仔细观。

哈桑从早到晚一直在哭。一天夜里，哈桑终于合上了眼，进入了梦乡。他做了个梦，梦见他的妻子在哭泣，痛苦不堪……哈桑突然一声大喊，惊醒过来，随后吟诵道：

> 你的身与影，不离我眼中；你在我心里，格外享尊容。
> 若非盼相见，一刻难活命。不见你身影，神魂怎平静？

太阳出来了，哈桑哭得更厉害，泪流如雨，心悲欲碎。此后一连一个月时间，哈桑食不甘味，夜不成寐，一直沉浸在痛苦的海洋里。

一个月过后，哈桑想："自己总是哭天抹泪，又有什么用呢？何不到云山一行，找七位公主，让她们为我想想办法、出出主意呢？"

想到这里，哈桑走去拿来铜鼓，敲击几下之后，顷刻见数峰神驼应声而至。

哈桑牵来五十峰神驼，装上五十大驮伊拉克珍奇宝物，自己骑上一峰，叮嘱母亲看好家，随即登上了三赴云山的征程。期望公主们能帮助他见到自己的妻儿。

哈桑策驼赶路，日夜兼程，顺利到达云山七位公主的宫殿。

哈桑进了宫殿，向公主们赠送了礼物。公主们高兴地收下哈桑的礼物，祝贺哈桑平安到达。公主们说："哈桑兄弟，欢迎你来云山访问。你上次来这里，离去才有两个月时间，为什么这么快又回来了呢？莫非有什么要事？"

听公主们这样一问，哈桑哭了起来。他边哭边吟诵道：

不见心上人，神乱魂不安；情趣一消空，生活失彩练。
我生疾何治？无医病祛难。但得求困神，赐我梦乡酣。
单等惠风起，问之君何迁？爱人留有话，令我泪不干。
谁知其居地，切请一指点；求得芳香溢，滋润我心田。

哈桑吟罢诗，一声大喊，昏迷了过去。

公主们坐在哈桑的周围为他垂泪啼哭。过了一会儿，哈桑缓缓

从昏迷中苏醒过来,吟诵道:

> 但求时光君,勒马收起缰;
> 送回我的爱,带给我希望。
> 使我心得安,让我愿以偿。

哈桑吟罢,泪流不止,直哭得死去活来,终于昏迷过去。过了一会儿,哈桑慢慢苏醒过来,吟诵道:

> 我的病根子,实话对你说:我沉醉于情,你可满意吗?
> 无缘无故走,究竟为什么?望你早归来,切求怜悯我。

哈桑吟完,一阵痛哭,直哭得昏迷不省人事。过了一会儿,哈桑苏醒过来,凄然吟诵道:

> 梦境去不返,反侧接失眠。
> 痛苦实难耐,两眼泪潸然。
> 泪似珠玉落,平地堆丘山。
> 念你心火烈,干柴存肋间。
> 思你泪滴重,内含雷与闪。

哈桑吟罢,泪如雨注,直哭得昏迷不醒。
过了片刻,哈桑从昏迷中醒来,接着吟诵道:

> 你知我苦乐,彼此情相近;互相怀情谊,此彼无区分。
> 安拉厌爱情,不晓是何因!但期我能知,爱情盼我甚?

你的容貌美,眼前频闪现;纵然距遥远,在何地莫论。
我心思念你,鸽唱我欢欣。唤声鸽子啊,夜下想亲人。
使我思恋重,令我苦加深。我的泪不绝,痛哭先生们;
因我不常见,他们影与身。每时想他们,即使夜降临。

小公主听了哈桑的吟诵,见哈桑躺在地上,昏迷不省人事,她一声惊叫,连连批打自己的面颊。

公主们见此情景,纷纷弯下腰去,将哈桑扶起来,为他擦泪。她们都知道哈桑深深陷入了思念的海洋之中。

哈桑苏醒过来之后,她们问:"究竟出什么事啦?"

"我的妻子和孩子……"

"你的妻子和孩子怎么啦?"

"我的妻子穿起羽衣,带着孩子飞走了。"

公主们一惊,问道:"你的妻子是怎样找到羽衣的呢?"

哈桑把自己家中发生的事情,从头到尾向七位公主讲了一遍。

小公主问:"哈桑哥,嫂子飞走时说过什么话没有?"

哈桑说:"她飞走前对我母亲说,'哈桑出去多日,我感到寂寞。哈桑回来,你告诉他,如果想见我,就让他到瓦格岛来找我吧!'"

说罢,哈桑号啕大哭起来,直哭得昏迷过去,不省人事。

公主走去拿来玫瑰水,朝哈桑的脸上洒了些,哈桑才慢慢苏醒过来。

公主们听过哈桑的述说,相互交换眼神,你望着我,我望着你。哈桑打量着她们,但见她们一一低下头去,似乎在思考着什么。

片刻过后,大公主说:"无能为力,只有依靠伟大的安拉了。"

二公主说:"哈桑,把你的手伸向天空吧!倘若你的手触摸到了天空,那么,你便找到了你的妻儿。"

讲到这里,眼见东方透出黎明的曙光,莎赫札德戛然止声。

第七百九十九夜

夜幕垂降,莎赫札德接着讲故事:

幸福的国王陛下,公主们听过哈桑的述说,相互交换眼神,你望着我,我望着你。哈桑打量着她们,但见她们一一低下头去,似乎在思考着什么。

片刻过后,大公主说:"无能为力,只有依靠伟大的安拉了。"

二公主说:"哈桑,把你的手伸向天空吧!倘若你的手触摸到了天空,那么,你便找到了你的妻儿。"

哈桑听二公主这样一说,失望至极,禁不住泪水如注,打湿了衣衫。他边哭边吟诵道:

明眸与红腮,激起我情潮。
失眠来临时,我的耐心消。
嫩白肤色美,令我体疲劳。
兴味一消光,不把万物瞧。
世上有美女,似羚步矫矫;
圣徒看见她,亦会神魂销。

> 行姿像惠风,园中田上飘。
> 因为恋她们,忧虑压断腰。
> 希望寄美人,心中欲火烧。
> 美女眼迷离,漫步身轻摇;
> 容面沐朝阳,乌发似茫宵。
> 令我兴致浓,明眸荡心潮。
> 情场无边际,英雄知多少?

哈桑吟罢诗,哭了起来。公主们深深同情哈桑,也都哭了起来。之后,她们好言安慰哈桑,为他祈祷祝福,愿他与妻儿早日团聚。

小公主走上前来,对哈桑说:"哈桑哥,我们会全力帮助你的。你只管放心就是了。你的目的一定能达到!耐心是取得成功的关键。诗人不是有这样的诗句吗?"

小公主吟诵道:

> 且让司命神,自操杀手锏。
> 无须想什么,安心度夜晚。
> 只在转瞬间,一切大改观。

小公主又说:"哈桑哥,你要坚强些!你要振作精神!一个能活十岁的人,绝不会九岁夭折。你要知道,哭泣、忧愁、苦闷只能给人添病。你只管在这里住下来,好好休息,养好身体,等我们慢慢给你想办法,让你与妻儿团聚。"

哈桑听罢,不禁泪水潸然落下,边哭边吟诵道:

可愈我体弱,难治我心疾。我病有解药,情侣聚一起。

哈桑吟罢,坐在小公主身旁。

小公主一番好言安慰之后,问其妻子飞离的原因和详细情况,哈桑一一如实相告。

小公主说:"哈桑哥,凭安拉起誓,我本想叮嘱你把羽衣烧掉,只因受魔鬼干扰,我竟把此事忘了个一干二净。"

小公主再三安慰哈桑,自此天天陪伴着他。日子久了,哈桑心中更加不安,于是吟诵道:

我有一好友,征服我的心。
安拉定下事,无可改从新。
阿拉伯人中,实有这样人:
具备世间美,羚羊让三分。
我深爱着她,欲火盛难忍;
我因之垂泪,寻之无路津。
美姿若皓月,十四夜空陈。

小公主听罢哈桑的吟诵,知道他深深思念他的妻子,不禁泪流满面,心中难过不已;她转身走到姐姐们面前,哭成了泪人,俯下身去,频频亲吻姐姐们的脚,求她们帮助哈桑找到自己的妻儿,设法把哈桑送到瓦格岛去。

小公主不住声地哭,直哭得姐姐们也难过地流下了眼泪。姐姐们对小妹说:"小妹,你放心就是了!我们一定竭尽全力,让哈桑见到他的妻子!"

哈桑在七位公主的宫殿里住了一年时间,天天哭泣,夜夜垂泪,眼泪从未干过。

公主们有位叔父,名叫阿卜杜·古杜斯。

阿卜杜·古杜斯非常喜欢大公主,每年都要来看她一次,给她送些东西。当初公主们把哈桑与拜火教徒白赫拉姆之间的事情及哈桑如何杀死拜火教徒的事告诉了阿卜杜·古杜斯,阿卜杜·古杜斯非常高兴,随后将一盒香递给大公主,并说:"侄女,你若遇到什么为难之事,或者有什么灾难临头,你就焚上香,同时口念我的名字,我马上就会出现在你的面前,为你排忧解难。"

这句话是阿卜杜·古杜斯在头一年元旦说给大公主听的。

现在一年过去了,大公主对妹妹们说:"我们的叔父整整一年时间没有来看我们了。小妹,你去把香拿来,打着火,焚香吧!"

小公主高高兴兴地走去,取来香盒,打开盒盖,取出香来,递给大公主。

大公主接过香,用火点燃,随之口念叔父的名字。

香未燃尽,只见山谷中荡起一缕烟尘,袅袅升空。片刻后,烟尘散去,但见一位老人骑着大象,呼喊着赶来。

公主们见叔父到来,欣喜不已,情不自禁地手舞足蹈起来。

老人来到她们的面前,离开象鞍,走进宫殿。公主们迎了上去,亲吻叔父的双手,向叔父问安致意。

老人坐下,公主们问道:"叔父,您何故久久不来看我们呢?"

老人说:"说来话长,一言难尽啊!刚才,我正和你们的婶母一起坐着时,突然闻到香味,我便立即骑着大象赶来了。侄女们,你们遇到了什么为难之事呀?"

大公主说:"叔父,您已有一年时间不到这里来了,我们十分想念您老人家。您从来没有超过一年时间不来看我们呀!"

"侄女们,我很忙呀!我本计划明年来看你们。"

公主们感谢叔父来访,向他祝福,为他祈祷。大家坐了下来,和叔父交谈起来。

讲到这里,眼见东方透出黎明的曙光,莎赫札德戛然止声。

❖ 第八百夜 ❖

夜幕垂降,莎赫札德接着讲故事:

幸福的国王陛下,阿卜杜·古杜斯老人来到宫殿坐下之后,大公主说:"叔父,您已有一年时间不到这里来了,我们十分想念您老人家。您从来没有超过一年时间不来看我们呀!"

"侄女们,我很忙呀!我本计划明年来看你们。"

公主们感谢叔父来访,向他祝福,为他祈祷。大家坐了下来,和叔父交谈起来。

大公主说:"叔父,一年前,我给您说过哈桑的事,哈桑就是被拜火教徒白赫拉姆带来的那个巴士拉银匠,他杀死了拜火教徒白赫拉姆。哈桑越过千山万岭,克服了难以述说的困难,终于与神王之女结成了美满伉俪,后来带着妻子返回了故乡……叔父,您还记得吗?"

"记得,记得的。后来情况怎样了?"阿卜杜·古杜斯急切地问。

"哈桑的妻子生了两个男孩儿。哈桑离家来看我们时,不料意外的事情发生了……"

"什么意外事?"

"哈桑的妻子要到羽衣,穿在身上,带着孩子飞回故乡去了。"

"那女子飞走时说过什么吗?"

"她对婆母说:'哈桑出去多日,我感到寂寞。哈桑回来,你告诉他,如果想见我,就让他到瓦格岛来找我吧!'"

阿卜杜·古杜斯听后,摇了摇头,咬了咬手指,然后低下头去,望着地面,继之用手指抠抠地,接着左顾右盼一阵儿,摇着头……

哈桑藏在幕后,目光却一直在盯着老人的一举一动。

大公主对叔父阿卜杜·古杜斯说:"叔父,我们心急如焚,不知所措,您快告诉我们怎么办吧!"

老人点点头,然后说:"这个人自找麻烦、自冒巨大危险呀!他是无法到达瓦格岛的。"

公主们喊了哈桑一声,哈桑应声而至。哈桑走上前去,亲吻阿卜杜·古杜斯老人的手,恭恭敬敬向老人致意问安。

老人见哈桑举止大方,容貌俊秀,甚是喜欢,让他坐在自己的身旁。

公主们说:"叔父,请您把刚才说的话向哈桑解释一下吧!"

老人说:"孩子,你就不要去受那种残酷折磨了!你就是伴着飞魔和行星,也无法到达瓦格岛。因为从这里去瓦格岛,有七道峡谷、七个大海、七座高山,你如何能够到那个地方去呢?谁又能送你到那里去呢?你还是早早打消这个念头,不要自找麻烦了!"

听阿卜杜·古杜斯老人这样一说,哈桑眼泪夺眶而出,哭得死去活来,直至昏迷了过去。

公主们围着哈桑哭泣不止,小公主则哭得更伤心,不住地撕扯衣服,批打自己的面颊,直至昏迷过去。

阿卜杜·古杜斯老人见哈桑哭得如此伤心，怜悯之心顿生。

片刻后，哈桑苏醒过来，阿卜杜·古杜斯老人对哈桑说："孩子，起来吧，振作精神，跟我来吧！"

哈桑见老人有意帮助自己，心中高兴，立即站起身来，与姐妹们告别后，跟着老人走去。

阿卜杜·古杜斯老人一声呼唤，顷刻见一头神象出现在面前。老人骑上象背，让哈桑坐在自己身后，大象立即闪电般地奔驰飞跑。

大象奔驰三天三夜，来到一座蓝石山下，那里的山石全是蓝色的。

山上有个山洞，洞门是用中国铁做成的。阿卜杜·古杜斯拉住哈桑的手，首先让他离开象背，随后自己下地，继之放大象离去。老人走到洞前，轻轻叩门，门即开启，走出一个秃头黑奴，右手持剑，左手握盾，活像一个魔鬼。

秃头黑奴一见阿卜杜·古杜斯老人，即丢下宝剑和盾牌，走上前来亲吻老人的手，然后带领二人进了山洞。

阿卜杜·古杜斯老人拉住哈桑的手，一起走进山洞，黑奴随之将洞门关上。

进去一看，哈桑发现山洞非常宽大，有一条拱顶长廊，一眼望不到尽头。

二人走了约莫一里路，来到一个宽敞的地方，那里有两座黄铜门。阿卜杜·古杜斯老人走到其中的一座门前，推开门，走了进去，随手将门关上。老人对哈桑说："孩子，你坐在门外，千万不要开门，更不能进门！你在这里等着我，我一会儿就回来。"

老人走去，一个时辰后牵来一匹马。那是一匹神马，鞍鞯齐备，行走如飞，赛过百鸟，尘埃难追。

老人把马缰绳交到哈桑的手中,并且说道:"孩子,你牵着这匹马吧!"

随后,老人打开另一道门,但见一片旷野出现在眼前。哈桑牵着马,二人出了门,来到旷野上。老人叮嘱哈桑:"孩子,你带着这封信,骑上这匹神马,信马由缰,马就会把你送到一个地方去的。到了那里,你会看到同样的一个山洞。看见同样的山洞后,就在洞口旁离鞍下马,把马缰系在鞍鞯上,让马自由活动。当你看见那匹马走进山洞时,你千万不要跟着马一起进山洞,而要站在洞口等上五天五夜,不要感到忧愁、烦恼。第六天早晨,你会看见一位黑肤色老人朝你走来,那老人身着黑大袍,白色长髯齐腰。见到老人,你亲吻过他的双手,抓住他的衣角,举过自己的头顶,在他的面前痛哭落泪,直至他同情、可怜你为止。他问你有什么困难事相求,你就把这封信交给他。老人拿到信,不会对你说什么,而是自己走进山洞,让你原地站着。你在原地再站五天五夜,千万要沉住气,不要烦躁。第六天,就会有人出来见你。假若出来见你的是那位白髯老人,那就意味着你将如愿以偿;倘使老人的奴仆来见你,就说明那个奴仆将把你杀死……"

讲到这里,眼见东方透出黎明的曙光,莎赫札德戛然止声。

第八百零一夜

夜幕垂降,莎赫札德接着讲故事:

幸福的国王陛下,阿卜杜·古杜斯老人对哈桑说:"等到第六天早晨,你会看见一位黑肤色老人朝你走来,那老人身着黑大袍,白色长髯齐腰。见到老人,你亲吻过他的双手,抓住他的衣角,举过自己的头顶,在他的面前痛哭落泪,直至他同情、可怜你为止。他问你有什么困难事相求,你就把这封信交给他。老人拿到信,不会对你说什么,而是自己走进山洞,让你原地站着。你在原地再站五天五夜,千万要沉住气,不要烦躁。第六天,就会有人出来见你。假若出来见你的是那位白髯老人,那就意味着你将如愿以偿;倘使老人的奴仆来见你,就说明那个奴仆将把你杀死。孩子,记住了吗?你要知道,冒险会丧命的!你如果怕有什么不测之祸,就不要去冒这个险了;如果不怕危险,你只管去实现自己的愿望和理想。我已把情况对你讲得一清二楚;你如果想去见公主们,骑上这头大象,它就能把你送到我的侄女那里去,她们将把你送回国去;到那时,你虽然失去了你所喜爱的姑娘,安拉会给你另外一位美女的。"

听罢老人这番长长的嘱咐,哈桑说:"老人家,我不达目的,怎能活下去呢?凭安拉起誓,找不到妻儿,我宁可死,决不回返。"

说完,哈桑泪流满面,边哭边吟诵道:

我失心上人,思恋忽加倍;
站起高声喊,痛苦心欲碎。
俯身吻大地,皆因恋情累;
吻地不见果,处境更狼狈。
我心常思念,远去亲朋辈;
痛苦不胜述,兴趣失难追。
他们离去时,口称忍为贵;

岂知别离后,叹息声如雷!
我性喜热闹,最怕此离彼;
一旦君离去,切莫忘聚会。
他们既离开,希望寄于谁?
谁人能与我,朝夕共安危?
当我告别时,人都盼我回。
我本对此事,心中存戒备;
不期灾降临,烈火烧心扉。
亲人隐去后,生活失兴味。
他们若回返,欣喜定复归。
凭主我起誓,不知该何为;
不见亲人面,滚滚珠泪垂。

　　阿卜杜·古杜斯老人听哈桑吟诵的诗,知道哈桑无意改变初衷,相信任何话也对他产生不了什么影响,认定他为达目的不惜冒生命危险,便说:"孩子,瓦格岛由七个岛组成,那里驻扎着一支大军,官兵皆为女子。那座岛上住着无数妖魔鬼怪、魑魅魍魉;到那里去的人,没有能够生还的。孩子,看在安拉的面儿上,你还是赶快回家吧!你恐怕想不到,你要找的那个姑娘就是群岛大王的女儿;你有什么法子能找到她呀?听我一劝,快回去吧!但期安拉助你找到一个更好的美丽姑娘。"

　　哈桑说:"老人家,我爱我的妻子;为了找她,我将不惜粉身碎骨。我一定要找到我的妻儿。我一定要去瓦格岛!愿安拉默助我带着妻儿回家。"

　　"照这样说,你非去不可啦?"

　　"是的!我非去不可!我期望得到你的帮助,但求安拉让我很快见到我的妻儿。"

话音未落，哈桑因思念妻儿心切，忍不住哭了起来。他边哭边吟诵道：

> 你是顶好人，你是我希冀；你在我耳中，你在我眼里。
> 你占据我心，你居我心里。自打你离去，我失神难立。
> 切莫乱猜想，我爱未转移；爱使可怜人，时刻在警惕。
> 因为你隐去，情趣尽失离；我的兴奋情，尽化愁烦意。
> 我坐望星辰，心中苦难提。整日哭不止，双眼泪淋漓。
> 可怜一郎君，夜下神凄迷；只因恋情甚，单盼月升起。
> 唤声风神呀，听我告诉你：此生时有限，代我致敬意。
> 请对他们说：我心苦无比。因为友人们，不知我消息。

哈桑吟罢诗，已是泣不成声，旋即昏倒在地，不省人事。

片刻过后，哈桑苏醒过来。

阿卜杜·古杜斯老人对哈桑说："孩子，你家中还有老母，可不要让老母尝失子之苦啊！"

哈桑说："老人家，凭安拉起誓，我不带着妻儿还家，宁愿一命葬于海岛……"

话未说完，哈桑又哭了起来，边垂泪边吟诵道：

> 凭爱起誓言，誓约不惧远；我本未背约，距离莫须谈。
> 我心存思念，羞于对人言；一旦人听之，定说我疯癫。
> 钟情与痛苦，号啕加埋怨；如何能挣脱，处境如此难？

哈桑吟罢诗，阿卜杜·古杜斯老人知道他毫无退却之意，不惜付出自己的生命。老人把书信递到哈桑的手里,为他祈祷、祝福一番,然后叮嘱说:"孩子,既然这样,你带上这封信出发吧!要妥善保管。我在信中写到的那位艾卜·鲁维士,他是我的老师,也是我的长老,还是所有人与妖的头领,所有的人与妖都听从他的指挥。要记住我的话!孩子,上马赶路吧!祝你一路顺风,大愿成就!"

哈桑跨上神马,一松马缰,只见神马展翅,腾空而起,快似闪电,飞离而去。

哈桑骑着神马飞行十天之后,只见一个巨大黑影出现在面前,其黑盖过夜色,横在东方与西方之间。飞马接近黑影时,一声长嘶,顿时有无数匹骏马飞奔而来,相互擦肩蹭尾,把哈桑包围起来。见此情景,哈桑惊惧不已,一时不知如何是好。哈桑的神马不停地飞驰,群马伴着神马向前奔腾,不多时来到一座洞前。哈桑抬头望去,发现那正是阿卜杜·古杜斯老人描绘的那个山洞。

神马停在山洞前,哈桑离鞍下马,将马缰放在鞍上,旋即神马自动走进了山洞。

哈桑站在山洞前,按照阿卜杜·古杜斯老人的叮嘱,等在那里,思考着事情会有怎样的结局。

讲到这里,眼见东方透出黎明的曙光,莎赫札德戛然止声。

第八百零二夜

夜幕垂降,莎赫札德接着讲故事:

幸福的国王陛下,哈桑骑着神马飞行十天之后,只见一个巨大黑影出现在面前,其黑盖过夜色,横在东方与西方之间。飞马接近黑影时,一声长嘶,顿时有无数匹骏马飞奔而来,相互擦肩蹭尾,把哈桑包围起来。见此情景,哈桑惊惧不已,一时不知如何是好。哈桑的神马不停地飞驰,群马伴着神马向前奔腾,不多时来到一座洞前。哈桑抬头望去,发现那正是阿卜杜·古杜斯老人描绘的那个山洞。

神马停在山洞前,哈桑离鞍下马,将马缰放在鞍上,旋即神马自动走进了山洞。

哈桑站在山洞前,按照阿卜杜·古杜斯老人的叮嘱,等在那里,思考着事情会有怎样的结局。

哈桑一直在洞外站了五天五夜。因为他远离故国、亲人,睡不着觉,思绪万千,痛苦不堪。想到母亲,想到自己离开妻儿之后所遭受的种种艰难,禁不住泪水潸然落下。他边哭边吟诵道:

有药医心病,心却已离去。
谁又能擦干,我的泪如雨?
离别多思念,忍痛在异域;
远离故乡土,思乡成疾聚。
我是钟情人,深情心中寓;
因离妻儿远,身遭灾殃巨。
因情遭磨难,贵者谁未遇?

哈桑吟罢诗,果见一老人从洞中走来,肤色黝黑,身着黑袍。哈桑见那老人与阿卜杜·古杜斯老人描述的特征完全相符,知道他就是艾卜·鲁维士,便立即迎了上去,俯下身,热烈亲吻老人的双脚,扯着老人的衣角,痛哭流泪不止。

艾卜·鲁维士老人问:"孩子,有什么事呀?"

哈桑掏出信,递给老人。艾卜·鲁维士老人接过信,转身走进山洞,什么话也没有说。

哈桑按照阿卜杜·古杜斯的叮嘱,坐在山洞门外耐心等待,泪流满面。哈桑又在山洞外坐了五天五夜,更加觉得忐忑不安,心烦意乱,睡不着觉,恐惧感有增无减。他想到自己远离家乡,不禁泪如雨下,边哭边吟诵道:

> 赞美天之主,情深受煎熬。
> 不识情味者,不晓何为难。
> 倘欲止泪水,便见血成泉。
> 几多友心狠,备尝苦与难。
> 若得人同情,我述泪因缘。
> 我若去穿衣,穿衣亦遭难。
> 我觉寂寞甚,人兽泪潸然。

第六天清晨,太阳刚刚出来,哈桑忽见艾卜·鲁维士老人走出山洞,身穿白色大袍,形容飘飘欲仙。老人向哈桑打了个手势,示意让他进山洞,哈桑跟着走了进去。

艾卜·鲁维士老人拉着哈桑的手,走进山洞。哈桑心中高兴,相信自己的愿望就要化为现实了。

哈桑跟着艾卜·鲁维士老人走了半天时间,来到一道铜拱门前。老人推开铜门,二人走入一条拱形长廊,但见地面全用条纹大理石砌成。

二人继续向前走,一座宽大厅堂出现在面前,厅中央有座花园,那里栽着种种果树,百鸟鸣唱枝头。大厅内有四个小厅,两两相对;每个小厅里有个客厅,各有一座喷水池,池边上竖立着多尊金铸雄狮。每座客厅里都有一个梯形座墩,上面坐着一位老者,四周则堆满了书,还有香炉,香烟缭绕,袅袅升腾;每位老者面前都坐着多位学士,正跟着长老念书,书声琅琅,甚为悦耳动听。

艾卜·鲁维士带着哈桑走到那里,长老和学生们立即起立,以示敬重。旋即,学生们退下,只剩下四位长老。

四位老翁站起身来,走去坐在艾卜·鲁维士面前,向他问起哈桑的情况。艾卜·鲁维士望了望哈桑,对他说:"哈桑,把你的情况向长老们讲一讲吧!"

哈桑听老人这样一说,不禁热泪夺眶而出,哭着把自己的种种遭遇,从头到尾向长老们讲了一遍。

哈桑讲完,四位长老若有所悟地异口同声问道:"你就是拜火教徒白赫拉姆用驼皮裹起来,让兀鹰叼上云山山顶的那个小伙子?"

"是的!正是我。"哈桑说。

四位长老凑近艾卜·鲁维士,悄声问:"老先生,白赫拉姆把他弄到了云山顶上,小伙子是怎样从山顶上下来的,在山顶上看到了些什么呢?"

艾卜·鲁维士对哈桑说:"哈桑,你是怎样从云山上下来、在云山上看到了什么,把那些情况讲给长老们听听吧!"

哈桑立即把自己跳崖下海的历险情况向长老们讲了一遍,还谈到了在山上遇到七位公主,七位公主怎样善待他,他如何杀死拜火教徒白赫拉姆和救出那位穆斯林青年,后来如何捉住飞鸟变成的美丽姑娘并娶之为妻,后来妻子如何抛弃他,带着两个孩子飞走。哈桑把所有的情况及他所经历的磨难讲得清清楚楚,明明白白。

长老们听后，无不惊异万分。

四位长老对艾卜·鲁维士说："老先生，凭安拉起誓，这孩子实在令人可怜哪，望您能帮他找到他的妻子和孩子。"

讲到这里，眼见东方透出黎明的曙光，莎赫札德戛然止声。

➳ 第八百零三夜 ➳

夜幕垂降，莎赫札德接着讲故事：

幸福的国王陛下，哈桑把自己跳崖下海的历险情况向长老们讲了一遍，还谈到了在山上遇到七位公主，七位公主怎样善待他，他如何杀死拜火教徒白赫拉姆和救出那位穆斯林青年，后来如何捉住飞鸟变成的美丽姑娘并娶之为妻，后来妻子如何抛弃他，带着两个孩子飞走。哈桑把所有的情况及他所经历的磨难讲得清清楚楚，明明白白。

长老们听后，无不惊异万分。

四位长老对艾卜·鲁维士说："老先生，凭安拉起誓，这孩子实在令人可怜哪，望您能帮他找到他的妻子和孩子。"

艾卜·鲁维士说："老兄弟们，这是件大事，要去瓦格岛，危险得很哪！我平生第一次看见这么一个轻视生命的小伙子。你们都知道，瓦格岛是难以到达的地方，去那里是要冒生命危险的！瓦格岛上妖兵魔将不计其数，我曾发誓不再踏上那块儿土地，不和他们打任何交道。我尚且如此，这么一个小伙子，又怎能得到岛王的女儿呢？诸位谁能助他一臂之力？"

四位长老说："老先生，这小伙子被爱情缠绕，甘愿冒生命危险去寻找妻儿，且带来了令兄阿卜杜·古杜斯的书信一封，你应全力助他啊！"

哈桑听说艾卜·鲁维士是阿卜杜·古杜斯的胞弟，心中十分高兴，忙站起来，上前俯身亲吻艾卜·鲁维士的脚，并把他的袍角举到自己的头顶，随之哭了起来。哈桑边哭边说道："看在安拉的面儿上，求您帮助我找到妻儿；如若不能，我甘愿丧身异乡。"

四位长老听哈桑这样一说，也都哭了起来。他们对艾卜·鲁维士说："老先生，你行行好，帮这个可怜的小伙子一把，看在你的胞兄阿卜杜·古杜斯的面儿上，给他做件好事吧！"

在四位长老苦苦哀求下，艾卜·鲁维士老人终于说："这孩子真可怜，但有些不知高低深浅。不过，我们尽全力帮他一把。"

哈桑听老人这样一说，欣喜不已，首先亲吻艾卜·鲁维士的手，继之一一亲吻四位长老的手，求他们一定帮忙。

艾卜·鲁维士取来笔、墨和纸，登时修书一封，递给哈桑，并给了他一个皮口袋，里面装着香和火石等物，嘱咐他说："孩子，你要带好这只口袋，遇到什么困难，焚上香，同时呼唤我的名字，我便会出现在你的面前，帮助你摆脱困难处境。"

说罢，吩咐长老唤来一个飞魔。

艾卜·鲁维士问飞魔："你叫什么名字？"

飞魔回答道："奴仆名唤戴赫尼什·本·法格图士。"

"你凑近我一点儿！"

飞魔凑近艾卜·鲁维士。老人对飞魔耳语了几句，飞魔连连点头。艾卜·鲁维士又对哈桑说："孩子，起来，坐到飞魔戴赫尼什的肩上去吧！飞魔将携带你飞上天空，当你听到天使赞颂安拉的声音时，你千万不要开口赞颂;如若不然,你和飞魔都会因之丧命的。"

哈桑听后,说:"听明白了,我一定不说话。"

艾卜·鲁维士又说:"哈桑,飞魔带着你飞行,第二天黎明时分,就会把你送到一片洁白如樟脑的大地上。到了那里,你独自行走十天,便会到达一座城门下,即问国王在哪里。见到国王,首先问安,亲吻国王的手,呈上这封信。之后,国王会叮嘱你一番;千万记住,国王叫你怎样行事,你就怎样行事!"

"遵命!"

哈桑按照老人的叮嘱坐在飞魔的肩上。长老们齐声为哈桑祝福祈祷。

飞魔立即抱起哈桑,腾空而起飞上天空。

飞魔带着哈桑飞行了一天一夜,哈桑听到天使赞颂安拉的声音,但他没有开口应声。

黎明时分,飞魔降落在那片洁白如樟脑的大地,随后放下哈桑,转身腾空隐去。

哈桑按照艾卜·鲁维士老人的嘱咐,独自走了十天十夜,果然来到一座城门下,上前向守门人打听国王所在。守门人立即带哈桑见国王,在路上,守门人告诉哈桑说:"我们的大王名叫哈苏尼。他就是卡夫尔大地的君王,手下兵将无数,可谓铺天盖地。"

哈桑来到王宫正殿,请求觐见国王,即刻获准入殿。

走进王宫大殿,哈桑看见国王,立即行吻地礼。哈苏尼国王问:"小伙子,你有什么事呀?"

哈桑掏出信,吻了吻,呈递给国王。

国王看过信,点了点头,对侍卫说:"把这位小伙子带到迎宾馆,安排他住下。"

侍卫把哈桑带到迎宾馆,安排好房间,一直陪哈桑住了三天,一道吃喝,一起聊天。哈桑把自己的身世、经历全部告诉了那位侍卫。

第四天,侍卫领哈桑来见国王,国王说:"哈桑,我从艾卜·鲁维士老人的信中得知你想去瓦格岛,我们这几天就派人送你去那里。不过,孩子,老夫要事先告诉你,路途上险阻重重,干旱荒原连片,行走十分不易呀!你要忍耐,经得起艰苦的考验,成功是有希望的。我一定想办法把你送到那里去,让你如愿以偿。孩子,你有所不知,迪拉姆将军曾亲率大军进攻瓦格岛,虽然他手下铁骑无数,武器精良,但未能攻克瓦格岛。孩子,看在艾卜·鲁维士长老的面儿上,我一定设法让你达到目的。近期有船开往瓦格岛,我将把你送到船上,把你托付给船长和水手,让他们送你去瓦格岛。如果有人问你是何许人,你就斩钉截铁地回答:'我是哈苏尼国王的门婿。'船到岸后,你下船登岛,便可看见岸边放着许多长椅,你可选任何一张,蹲在椅子下,千万不要动。夜色来临,你看见娘子军把卸下来的货物包围时,就伸手抓住坐在你藏身的那把椅子上的女兵,向她求援。只要你能得到那位女子的帮助,就有办法见到你的妻儿;如果抓不住她,就只能埋怨你自己了,也许因之会命丧瓦格岛。孩子,你要知道,你在以你的生命冒险呀!我只能为你尽这么一点儿力量,别无办法……"

讲到这里,眼见东方透出黎明的曙光,莎赫札德戛然止声。

第八百零四夜

夜幕垂降,莎赫札德接着讲故事:

幸福的国王陛下,哈苏尼国王叮嘱哈桑一番,对哈桑说:"如果有人问你是何许人,你就斩钉截铁地回答:'我是哈苏尼国王的门婿。'船到岸后,你下船登岛,便可看见岸边放着许多长椅,你可选择任何一张,蹲在椅子下,千万不要动。夜色来临,你看见娘子军把卸下来的货物包围时,就伸手抓住坐在你藏身的那把椅子上的女兵,向她求援。只要你能得到那位女子的帮助,就有办法见到你的妻儿;如果抓不住她,就只能埋怨你自己了,也许因之会命丧瓦格岛。孩子,你要知道,你在以你的生命冒险呀!我只能为你尽这么一点儿力量,别无办法。孩子,你当知道,若非天地助你,你是万万不可能来到这个地方的。"

哈桑听哈苏尼国王这样一说,禁不住泪水潸然落下,直哭得昏迷过去。

过了一会儿,哈桑从昏迷中苏醒过来,吟诵道:

我有寿数不可变,寿尽入土自怡然。
寿限之内何所惧,征服雄狮丛林间。

哈桑吟完,向国王行吻地礼,忙问:"国王陛下,船什么时候才到来呀?"

哈苏尼国王说:"一个月后他们到了这里,先把船上的货物卖掉,再用两个月时间采购当地好货,然后起航返回。这样一算,要等三个月时间才能成行。"

哈苏尼国王让哈桑安心住在迎宾馆,让侍卫随时送去哈桑所用的生活用品,包括吃的、喝的、穿的、用的,全部送到他那里去,让哈桑过着国王一样的日子。

哈桑在那里住了一个月的时间,商船果然如期而至。国王和商人们带着哈桑去看商船,哈桑发现船上乘客多得像石头子儿一样,究竟有多少人,只有安拉晓得。大船在海中停泊着,有无数条小船往返于小船和大船之间,正把船上的货物搬运到岸上来。

哈桑一直等到船上的货物全部卸完。货主们把货搬到岸上卖掉。等了两个月,商人们将采购的新货装上了船。

离船起航只有三天时间时,哈苏尼国王把哈桑叫到面前,为他准备好了所需要的一切东西,又格外款待了他一番。之后,哈苏尼国王派仆人把船长叫来,对他说:"船长阁下,我把这位青年托付给你,请你把他带到瓦格岛去,不要告诉任何人。到了那里,让他下船就可以了,不必再接他回来。"

"奴仆遵命!"船长说。

哈苏尼国王叮嘱哈桑道:"孩子,你上了船,不要向船上的任何人吐露你的情况;如有不慎,你会因之丧命,葬身鱼腹。"

哈桑说:"我一定记住国王陛下的叮嘱!"

哈桑为国王祈祷、祝福,祝国王健康长寿,愿国王战胜一切敌人和嫉妒者。哈苏尼国王感谢哈桑的良好祝愿,预祝他旅途平安顺利,如愿以偿。之后,哈苏尼国王同哈桑道别,国王把哈桑托付给船长。

船长把哈桑领去,把哈桑装在一口箱子里,随后将箱子搬到了船上;因为人们正忙于搬运货物,谁也不曾料想到竟有一个人被装在箱子里上了船。

船起锚扬帆了。大船乘风破浪在海上航行了十天十夜。第十一天,大船靠岸,船长将哈桑送上了岸。

哈桑上岸一看,果见岸边放着许多长椅,数量之多,只有造物主知道。哈桑走到一张长椅旁,迅速钻到椅子下面,隐藏起来。

夜幕垂降,走来许多女兵,个个身披甲胄,人人利剑在手。

女兵们看见货物,立即上去把货物搬下来。一阵忙碌之后,纷纷坐在长椅上休息。一个女兵坐在哈桑隐身的长椅上,哈桑扯住她的衣角,顶在自己的头上,然后跪着亲吻她的双脚,边吻边哭,女兵一惊,忙问:"你是何许人?快站起来吧!如若不然,让别人看见,她们会把你杀死的。"

哈桑从长椅下钻出来,站起身,亲吻女兵的双手,并且说:"女施主,帮帮我的忙吧!"

话音未落,哈桑已泣不成声,边哭边说:"女施主,求你怜悯怜悯我这个可怜的人吧!离家别亲之人,急于见到我的妻儿,心中苦不堪言。我冒着生命危险,来求你帮忙,想你是不会拒绝的。我相信,你若能助我一臂之力,来日必进天堂。若实在不能帮我,那么,我求你看在伟大安拉的面儿上,设法掩护我一下吧!"

女兵听哈桑这样一说,看见他那苦苦哀求的模样,怜悯之情油然而生。女兵得知他是冒着生命危险来到这个地方的,认定他必有重要事情。女兵对哈桑说:"你只管放心就是了!现在,你还是钻到椅子下,暂时隐藏起来。明天夜幕垂降时,安拉自有安排。"

哈桑随后告别女兵,钻到椅子下面,躲藏了起来。

片刻后,女兵们点起蜡烛,但见岸边顿时明如白昼;因蜡烛里掺着沉香和龙涎香,不仅明亮,而且微风一吹,芳香四散,香气扑鼻。

天亮了,商人们又开始卸货,一直忙碌到夜幕垂降。

藏在长椅下的哈桑心悲欲碎,泪眼模糊,不知道安拉怎样为他做安排。正在此时,他求助的那位女兵来了,忙把锁子甲、宝剑、镀金腰带和长矛递给哈桑。她唯恐被其他的女兵发现,转身离去了。

哈桑看见那些东西，立即意识到女兵的用意在于让他武装自己，于是站了起来，穿好甲衣，扎上腰带，佩带好宝剑，拿起长矛，然后坐在椅子上，口中不住地念着安拉的美名，祈求安拉掩护他的身影。

片刻后，只见数柄火把、数盏灯笼和烛光出现在哈桑的眼前……

讲到这里，眼见东方透出黎明的曙光，莎赫札德戛然止声。

第八百零五夜

夜幕垂降，莎赫札德接着讲故事：

幸福的国王陛下，藏在长椅下的哈桑心悲欲碎，泪眼模糊，不知道安拉怎样为他做安排。正在此时，他求助的那位女兵来了，忙把锁子甲、宝剑、镀金腰带和长矛递给哈桑。她唯恐被其他的女兵发现，转身离去了。

哈桑看见那些东西，立即意识到女兵的用意在于让他武装自己，于是站了起来，穿好甲衣，扎上腰带，佩带好宝剑，拿起长矛，然后坐在椅子上，口中不住地念着安拉的美名，祈求安拉掩护他的身影。

片刻后，只见数柄火把、数盏灯笼和烛光出现在哈桑的眼前，原来是女兵们的队伍来了。哈桑立即站起来，混入女兵的队伍中，随着她们一道走去。

天亮之时,哈桑随女兵们来到帐篷附近,女兵们各回自己的帐篷去了。哈桑走进一顶帐篷,说来也巧,那正是他所求助的那个女兵的帐篷。

女兵进了帐篷,放下刀剑,脱去甲衣,摘掉面纱。哈桑放下武器,定睛细看那位"女施主",但见她生着一对蓝眼睛,长着一个大鼻子,满脸麻子,没有眉毛,满头白发,面颊皱缩,牙齿外暴,口水流淌,真是奇丑无比,人间罕见。正如诗人所云:

> 她脸一角落,足有九处灾。每一灾难处,地狱见之哀。
> 狰狞一面目,奇丑难寻来;狗熊与之比,豪情亦满怀。

丑老太婆简直就像一条满身带斑纹的毒蛇。她看见哈桑,惊异不已,问哈桑怎样到达此地的,又问他乘哪条船,还问哈桑怎么会平安无事地到达这里。这时,哈桑俯下身去,亲吻老太婆的双脚,泪水簌簌落下,终于哭得昏迷过去。

过了一会儿,哈桑慢慢苏醒过来。他吟诵道:

> 借问岁月神,何日许相见?
> 亲人重聚首,离别苦消散。
> 喜逢心上人,亲情驱责怨。
> 倘若尼罗水,常流似泪泉;
> 荒野早消尽,绝迹天地间;
> 希贾兹得水,埃及喜泛滥;①
> 沙姆无干地,伊拉克不旱。

---

① 尼罗河的泛滥为埃及大地送来的丰收,因此埃及人有庆祝尼罗河泛滥的活动。

唤声知心人,泪淌因路远。

但求怜悯我,骨肉早团圆。

哈桑吟完诗,抓住老太婆的衣角,高高举过头,泪流如雨,乞求老太婆帮助他。

老太婆见哈桑心急火燎,忧愁痛苦不堪,怜悯之心难抑,忙对他说:"孩子,你只管放心!我一定帮助你!"

老太婆问起哈桑的情况,哈桑把自己的经历从头到尾详细的跟老太婆讲了一遍。

老太婆听后,惊愕不已。她说:"孩子,你只管放心就是了!没有什么可怕的。愿安拉默助你,让你心想事成,如愿以偿。"

哈桑听后,十分高兴。

老太婆派人去把领兵们叫来开会,当时正是月末最后的一天。领兵们来到老太婆面前,老太婆对她们说:"明日一早,你们统统出发,带上所有将士,任何人不得迟误,听候我的命令,违令者斩!"

"遵命!"领兵们异口同声。

次日天亮,领兵们带领众将士离开营帐,然后回来向老太婆报告了情况。这时,哈桑才知道,那个"女兵"原来是女兵统帅,名叫莎瓦希。

那一天,哈桑始终全副武装,没有搁下武器。

天亮时分,大队人马已经按照统领的命令离开了营帐,而老太婆却没有和大军一道出发。

大军出发后,营帐中只剩下老太婆莎瓦希和哈桑。

莎瓦希问哈桑:"孩子,靠近我一点儿!"

哈桑走上前去,站在老太婆面前。老太婆问:"孩子,你何故冒生命危险闯到这里来呢?难道你甘心送死?快把真实情况告诉我吧!你不要害怕!有我保护你,你只管放心。我同情你,可怜你,愿意帮助你。你若能以实情相告,我保你如愿以偿,纵使付出我这条老命,也在所不惜。你已来到我的管辖区域,你已经在我的保护之下,我是不允许瓦格岛上的任何人伤害你的。"

哈桑听老太婆这样一说,方才放下心来,随后把自己的事情从头到尾向她讲了一遍。哈桑说到他的妻子,谈到如何看见十只飞鸟,又如何抓住大公主,后来又怎样与她结为夫妻,妻子为他生下两个男孩儿;后来妻子设法找到自己的羽衣,抱着孩子,飞回了自己的故乡。哈桑没有隐瞒任何情况,一五一十地全讲给了老太婆,一直说到他怎样来到了这个地方。

老太婆听后,点了点头,又说:"赞美伟大的安拉,将你平平安安地送到了这里,让你遇到了我;假若你落到别人的手里,不仅不能实现你的愿望,恐怕连性命也保不住。正是因为你心诚,你对你妻儿的深爱和思念,使你决心达到目的;假若你不爱你的妻子和孩子,你也绝不会冒生命危险到这里来。赞美安拉,保佑你安全来到了我们这里。你要知道,来这里的人,很少能活着出去!既然这样,我将全力帮助你,让你如愿以偿!但期安拉默助。"

老太婆接着说:"孩子,你的妻子在瓦格群岛的第七座岛上;我们去那里要走七个月的路程。我们到那里去,首先要经过飞鸟岛地带,那里群鸟拍翅,声响如雷,经久不息;人走到那里,相互听不到说话的声音;要走十天十夜,才能通过飞鸟地带……"

讲到这里,眼见东方透出黎明的曙光,莎赫札德戛然止声。

第八百零六夜

夜幕垂降，莎赫札德接着讲故事：

幸福的国王陛下，老太婆莎瓦希对哈桑说："你要知道，来这里的人，很少能活着出去！既然这样，我将全力帮助你，让你如愿以偿！但期安拉默助。"

老太婆接着说："孩子，你的妻子在瓦格群岛的第七座岛上；我们去那里要走七个月的路程。我们到那里去，首先要经过飞鸟岛地带，那里群鸟拍翅，声响如雷，经久不息；人走到那里，相互听不到说话的声音；要走十天十夜，才能通过飞鸟地带。走出飞鸟地带，就到了走兽地带，那里狮吼狼嗥，百兽嚎叫，声震天地；人走到那里，几乎听不到别的任何声音；也要走上十天十夜，才能通过。过了走兽地带，便进入了妖魔地域，那里鬼怪成群，整日狂呼乱叫，口中喷火，鼻里冒烟，专门阻拦道路，不让人们通过，能使人耳朵变聋，双眼变瞎，听不到声音，看不见光明，而且不要回头看；如若不然，命丧无疑；骑士经过那里，只能把头靠在马鞍上，三日不能抬头，不能离鞍。过了妖魔地域，迎接我们的是一座耸入云霄的大山和一条通往瓦格岛的大河，那河水流速湍急，旋涡处处。"

说到这里，哈桑听得入了神，不时地说一声"不怕"。

老太婆莎瓦希接着说："孩子，你有所不知，我手下的这大军全部由姑娘组成，是支娘子军，我的上司就是统治瓦格岛的一位女王。从这里去那里,骑上快马,日夜兼程,也要走上一年时间。大河的旁边有座大山,名叫瓦格山;这个名字来源于一棵树,树的枝条像无数颗人头。每天太阳出来时,那些人头便齐声叫喊:'瓦格,瓦格,瓦格,瓦格……'以赞美伟大的造物主。我们听到这种叫声,便知道太阳已经升起来了。太阳下山时,那些人头也发出'瓦格,瓦格'的叫声。人们听到这种叫声,也就知道太阳落山了,因而岛得名瓦格岛;任何男子都不能住在我们这里,也不能到我们这里来,更不能踏上我们这片土地。我们到女王那里去,要走一个月时间。这里的老百姓都在那位女王的统治之下。此外,所有妖魔鬼怪都听从女王的指挥。女王手下有无数魔法师。"

老太婆停顿片刻,继续说:"孩子,情况就是这样,征途不止千难万险呀!你如果感到害怕,我就派人把你送到海边,让船长把你送回家去。你若想在我们这里住下去,我不会阻拦你,我会把你当作我的眼睛加以保护的,直到让你实现自己的愿望。"

哈桑听罢老太婆这番长长的谈话,说道:"女施主,我见不到自己的妻儿,是不会离开这里的。我要么见到妻儿,要么身葬异乡。"

"孩子,此事并不难,你放心就是了。孩子,你一定能达到目的,如愿以偿。我将如实把你的情况禀报女王,求女王帮助你实现自己的愿望。"

说罢,老太婆为哈桑祈祷祝福。

哈桑亲吻老太婆莎瓦希的手和头,感谢她的慷慨善举,然后跟着她走去。

哈桑边走边思考事情的后果以及奔走异乡所经历的千辛万苦,禁不住泪水涌流。他边哭边吟诵道:

>忽自情人处,吹来微惠风;
>见我深陷入,迷恋狂爱中。
>相聚黑夜里,黑夜亦光明;
>分别在白昼,白昼黑洞洞。
>别离心上人,灾难万千重。
>心上人远离,世间无亲朋。
>我心中有苦,向谁诉衷情?
>要我忘却你,万万不可能。
>你是唯一美,天下无二重。
>爱你畏责备,此道理不通;
>如此想已在,被责行列中。

哈桑吟罢诗,老太婆莎瓦希下令击鼓上路,大队人马在她的率领下,开始了护送哈桑的征程。

哈桑陷入深思之中,心中烦闷,惴惴不安,不时地吟诗。老太婆一直在安慰他,要他只管放心,而哈桑却无心理会老太婆的要言善语。

大队人马,浩浩荡荡,到达七座岛中的第一座岛,那就是老太婆莎瓦希说的飞鸟地带,即"鸟岛"。

他们刚登上鸟岛,便听到百鸟鸣叫及鼓翼拍翅的巨大响声,哈桑只觉头晕目眩,天旋地转,耳朵轰鸣,两眼模糊,似乎天要塌下来,地要陷下去一样,心中恐惧不已,自认必死无疑。哈桑心想:"一个飞鸟地带就如此可怕,那走兽地带怎通得过呢?"

老太婆莎瓦希看出了哈桑的惊恐神情,笑了起来。她说:"孩子,我们才踏上第一个岛,你就成了这个样子,那如何再到别的岛上去呢?"

哈桑急忙祷告，求安拉保佑自己平安闯过一道道关口，实现自己的愿望。

大队人马继续前进，穿过鸟岛，闯过兽岛，进入妖魔鬼怪岛。眼见一副副狰狞面目，哈桑不禁周身颤抖，万分后悔自己跟着她们到此地来，连声乞求安拉保佑。

哈桑跟着大队人马历尽艰险，方才离开妖魔岛，来到那条大河边，在一座高山下安营扎寨。

老太婆莎瓦希吩咐部下，将一张镶嵌着珍珠宝石的雪花石椅子放在河边，让哈桑坐在那里。将士们搭好帐篷，各自安歇去了。

大队人马休息片刻，吃喝完毕，安心地睡觉了，因为她们已经来到了自己的国土上。

老太婆莎瓦希让哈桑戴上面罩，只露着两只眼睛。

片刻后，忽见一群姑娘走近哈桑的帐篷，脱下衣裙，下到河中沐浴。

哈桑望着她们，只见姑娘们兴高采烈，有说有笑，尽情戏水，根本不知道有一位男子在看着她们，还认为站在那里的是位宫女。那些一个个一丝不挂的女子，面容美如皓月，发髻好似乌云，体态婀娜，身材苗条，腰肢纤细，臀部丰隆。老太婆莎瓦希之所以这样安排，目的在于让哈桑从中寻找自己的妻子。每当有一群女子下河沐浴，老太婆便问哈桑："她们中间有你的妻子吗？"

"女施主，不在呀！"哈桑一次又一次地回答。

讲到这里，眼见东方透出黎明的曙光，莎赫札德戛然止声。

第八百零七夜

夜幕垂降，莎赫札德接着讲故事：

幸福的国王陛下，一群姑娘走近哈桑的帐篷，脱下衣裙，下到河中沐浴。

哈桑望着她们，只见姑娘们兴高采烈，有说有笑，尽情戏水，根本不知道有一位男子在看着她们，还认为站在那里的是位宫女。那些一个个一丝不挂的女子，面容美如皓月，发髻好似乌云，体态婀娜，身材苗条，腰肢纤细，臀部丰隆。老太婆莎瓦希之所以这样安排，目的在于让哈桑从中寻找自己的妻子。每当有一群女子下河沐浴，老太婆便问哈桑："她们中间有你的妻子吗？"

"女施主，不在呀！"哈桑一次又一次地回答。

片刻后，一位女子在三十个女仆的簇拥下走来，姑娘们个个如花似月，人人举止妩媚，只见她们脱下衣裙，陪着那位女子下到河中，快快乐乐地戏起水来。

她们沐浴了一个时辰，然后上岸坐下。女仆们给那位女子送来金丝绣花手帕，女子接过手帕擦身。之后，女仆们送来衣服和首饰，女子穿戴好，站起身来，带着女仆向营帐走去。

哈桑看见那位女子，高兴地说："这位女子真像我在云山湖边看见的那位姑娘；在七位公主的宫殿中，我看见那位姑娘就像她一样和自己的同伴在一起玩耍。"

老太婆莎瓦希问："喂，哈桑，她就是你的妻子吗？"

"不！不是的！凭我的生命起誓，她不是我的妻子，而是我从来没有见过的一个女子。在这个岛上，我还没有发现像我妻子那样漂亮的女子。"

"那么，你就把你妻子的相貌向我描绘一下，也好让我有个印象呀！因为我是这支娘子军的总统领，这个岛上的女子，没有我不认识的。你给我说清楚后，我就能想办法把她给你找来。"

"女施主，我妻子容颜俊俏，身材苗条，脸呈鹅卵形，一双丹凤眼，两眉弯弯似新月，腰肢纤细，臀部丰隆，行路若风拂杨柳，牙齿洁白似玉，右腮上有颗美人痣，言谈举止大方得体，真是举世无双的美娘子。"

"你再给我说得详细一些，也好让我辨认。"

"她面目姣好，脖子细长，两颊似秋牡丹，口像宝石戒指，唇光明亮盖过玉壶、水晶杯，才高八斗，德行高尚，足以登上人间王位。正如诗人所云……"

哈桑吟道：

令我惶惑名,其字闻宇宙;五美她占四,十俏她居六。

哈桑吟罢，哭了起来。之后，他边哭边吟诵道：

我爱你就像,印人恋田园。
又似差使恋,右脚挂木盘;
还像微病者,只恐伤口宽;
二十被七分,公平何其难?
安拉诅咒那,死盯九之男。

老太婆莎瓦希听后，低下头去，沉思片刻，望着哈桑，说："赞美伟大的安拉！哈桑啊，我遇到了你，招来了麻烦；假如我不认识你，那该多好啊！这是个大难题，我哪有能力解决呢？哈桑呀，你说的那个女子不是别人，而是统治整个瓦格岛的国王的女儿啊！哈桑，你睁开眼睛，好好想一想吧！你若还在睡梦中，你就醒一醒吧！你是无法得到她的。因为你与她之间有天壤之别，一个在天上，一个在地下呀！孩子，你还是赶快回家去吧！我想你没有那种福气。你从哪里来，就回哪里去吧！免得我们陪着你一块儿白白送掉性命。"

老太婆不仅为哈桑担心，也为自己感到害怕。

哈桑一听，禁不住号啕大哭起来，泪水簌簌落下，直哭得昏迷了过去，不省人事。

老太婆莎瓦希取来玫瑰水，慢慢洒在哈桑的脸上。过了一会儿，哈桑才慢慢地苏醒过来。

哈桑回想起老太婆刚才说的那番话，不禁忧心忡忡，对生存已经感到失望，泪水簌簌落下，浸透了衣衫。他对老太婆莎瓦希说："女施主，我历经千难万险才到这里，怎好回去呢？我想你是有办法使我如愿以偿的，尤其你是娘子军的总统领，她们都服从你的指挥和调遣。"

老太婆说："孩子，依我之见，你就在这些姑娘中挑选一个做你的妻子，免得你落入国王的手中，到时候我想救你也来不及了。看在安拉的面儿上，你就听我的话吧！只要不是那个女子，哪个姑娘都可以任你选，然后你带着她平平安安返回家乡。你千万不要让我也受你那份苦啊！你已经把自己抛入了大难之中，谁也无法拯救你。"

哈桑不答话，只是痛哭流涕，泣不成声地吟诵道：

我劝责难者,切莫责备我。
我若不垂泪,眼皮用在何?
亲人远离时,泪将面颊没。
思甚骨如柴,恋情谷深堕。
我思意中人,人却不怜我。
山盟海誓后,却单撇下我。
自打离别日,不思吃与喝。
可怜我的心,溶化因情灼。
唤声我的眼,淌泪莫嫌多。

讲到这里,眼见东方透出黎明的曙光,莎赫札德戛然止声。

第八百零八夜

夜幕垂降,莎赫札德接着讲故事:

幸福的国王陛下,老太婆莎瓦希对哈桑说:"孩子,依我之见,你就在这些姑娘中挑选一个做你的妻子,免得你落入国王的手中,到时候我想救你也来不及了。看在安拉的面儿上,你就听我的话吧!只要不是那个女子,哪个姑娘都可以任你选,然后你带着她平平安安返回家乡。你千万不要让我也受你那份苦啊!你已经把自己抛入了大难之中,谁也无法拯救你。"

哈桑不答话,只是痛哭流涕,又哭得昏了过去。

老太婆守在哈桑的身边,往他的脸上洒水。过了一会儿,哈桑苏醒过来。她对哈桑说:"先生啊,你还是返回老家去吧!我把你带回城去,你的身心会变得宽舒,我的精神也会好起来。假若那位公主得知此事,定会埋怨我把你带到这里来。因为还不曾有人类之子到这里来过,说不定会因我把你带到这里来,又让你观看这群姑娘裸浴,而把我杀掉,尽管你没有接近她们,更未触及她们的身体。"

哈桑发誓说,他对她们没有产生过任何邪念。

老太婆莎瓦希说:"孩子,我劝你还是回家乡去吧!你要金银财宝,我给你;你要女人用的金银首饰,我也给你。你听我的话,快回家去吧!不要拿自己的生命去冒险啦!你就听我的劝告吧!"

哈桑听后,苦苦哀求老太婆帮忙,俯身亲吻老太婆的双脚,泪流如雨,说道:"我的女施主,我的期望啊!我已经来到了这个地方,距离我心上人所在之地仅有咫尺之遥,不见到心上人,我怎好回去呢?我希望很快就见到我的妻子,但期我有与妻子相见的福分。"

说完,哈桑吟诵道:

唤声美人儿,怜我深钟情。
你芳盖麝香,百花失姿容。
你所到之处,溢香起惠风。
莫劝莫怨我,识劝早止行。
若知其中事,责怨皆失声。

明眸将我俘,她却倍欣兴;强行将我心,抛入爱河中。
吟诗泪水淌,并非发诗情。红颊熔我心,四肢火燃盛。
弃却我的话,何言开心境?平生爱婀娜,自有激情生。

老太婆听罢哈桑的吟诵，深表同情，忙安慰他道："好吧！你只管放心就是了，用不着忧愁烦恼！凭安拉起誓，我决计为你冒一次险，不让你如愿以偿，誓不罢休。"

听老太婆这样一说，哈桑顿觉心花怒放，欣喜难抑，终于破涕为笑了。哈桑坐下来，和老太婆一直谈到天黑。

夜幕垂降，姑娘们相继散去，有的进城回宫，有的在帐篷里过夜。老太婆把哈桑单独带到一处，藏了起来，以防有人发现他，报告给公主，致使公主一怒之下，将哈桑及带他来的人杀死。老太婆亲自伺候哈桑，向哈桑讲了他岳父的权势非同一般，哈桑听后，心中恐惧至极，痛哭流涕。

哈桑说："女施主，我不想活了！见不到我的妻子，我活在这个世上还有什么意思！我决计以生命冒险，要么如愿以偿，要么一死了之。"

老太婆见哈桑态度如此坚决，为了见到妻子，不惜以生命进行冒险，完全把自己的生死置之度外，正如谚语所云："情人不听光棍儿劝，光棍儿不解情人心。"

老太婆莎瓦希开始考虑使哈桑夫妇团圆的办法……

这个岛国的女王，名叫努尔·胡达。

努尔·胡达是七姐妹中的老大。她的父亲就是统治瓦格七岛和瓦格大地的君王，王宫就设在那块土地上的一个最大的城市中。努尔·胡达是哈桑来到的这个城市的女王。

老太婆莎瓦希见哈桑心急情切，恨不得马上见到妻子，于是站起身来，向努尔·胡达女王的宫殿走去。

老太婆曾是七姐妹的保姆，对她们有抚育之恩。因此，她在努尔·胡达女王那里颇有地位，也很受敬重。

老太婆来到王宫,见到女王,上前行吻地礼。这位女王立即站起来迎上前去,和老太婆紧紧拥抱,让她坐在自己的身边,问她旅途是否顺利。老太婆说:"凭安拉起誓,女王陛下,我旅途平安吉祥。我还给你带了一份薄礼,过一会儿就送来。"

老太婆莎瓦希停顿片刻,又说:"公主啊,时代的女王,我给你带来一件非同寻常的礼品,想让你看一看,以期劳你大驾,帮助我解决一个难题。"

努尔·胡达说:"什么难题?"

老太婆莎瓦希内心恐慌,周身战栗,犹豫了好一会儿,方才开口说:"女王陛下,我在海边遇见一个陌生人,他藏在长椅下,苦苦哀求我帮忙。后来,我设法把他带到娘子军中,我也让他手持武器,以便不让任何一位姑娘认出他。我已经把他带到这里了。"

女王问:"他现在情况如何?"

"我对他说过,你的权势、力量无比;如果你弄明了他的情况,你会杀掉他的。我威胁他,吓唬他,但他仍然说:'我一定要见到我的妻儿;不带妻儿回家,宁可葬身异乡。'他冒着种种危险,克服重重困难,来到了瓦格岛。我压根儿没有见过比他更坚强、更勇敢的男子汉。他深深地沉浸在了爱河之中。"

讲到这里,眼见东方透出黎明的曙光,莎赫札德戛然止声。

❖❖ 第八百零九夜 ❖❖

夜幕垂降,莎赫札德接着讲故事:

幸福的国王陛下,老太婆向女王努尔·胡达讲到哈桑的情况,说:"我对他说过,你的权势、力量无比;如果你弄明了他的情况,你会杀掉他的。我威胁他,吓唬他,但他仍然说:'我一定要见到我的妻儿;不带妻儿回家,宁可葬身异乡。'他冒着种种危险,克服重重困难,来到了瓦格岛。我压根儿没有见过比他更坚强、更勇敢的男子汉。他深深地沉浸在了爱河之中。"

女王听老太婆莎瓦希这样一说,知道了哈桑的情况,当即勃然大怒。女王低头沉思片刻,然后抬起头来,望着莎瓦希,厉声说道:"你这个糟老太婆,竟敢把男人带到瓦格岛上来,还要引他来见我,真是岂有此理!难道你不怕我惩罚你?看在父王的面儿上,念你对我有抚育之恩,我这次就宽恕你了;如若不然,我非把你连同那个男子一块儿杀掉不可,以儆效尤!免得再有人像你一样胆大妄为。你做出这样的事情,真是太大胆了,还没有谁敢这样做过。"

说到这里,女王努尔·胡达低头思考片刻,然后接着说:"你去把那个男子带来,让我看看他是谁!"

老太婆莎瓦希转身走去,不免有些惊慌失措,一时不知该往哪里走。她心想:"这灾难都是哈桑一手造成的呀!"

老太婆走去见到哈桑,说道:"喂,大限快到的人呀,走吧,女王有话要对你说。"

哈桑站起来,跟着老太婆莎瓦希走去,口中不住念着安拉的美名,说道:"安拉啊,请你惩罚我,默助我摆脱灾难吧!"

老太婆边走边叮嘱哈桑,教他到了女王努尔·胡达面前如何开口说话。

哈桑跟着老太婆走到努尔·胡达女王面前,见女王戴着面纱,立即向女王行吻地礼、问安,并且吟诵道:

安拉常令你,尊容久在面;
欣然授予你,神圣王者权。
为你添尊荣,助你胜敌顽。

哈桑吟罢诗,女王示意老太婆让哈桑走近一些,以便听他说话。

老太婆对哈桑说:"喂,哈桑,往前站一站,女王回你礼哪!女王问你叫什么名字,打哪里来,你的妻子、孩子都叫什么名字,你的家乡在哪里……"

哈桑镇静下来,鼓了鼓勇气,说:"当代独一无二的女王陛下,我的名字叫哈桑,心中有说不尽的苦闷;我的家乡在巴士拉城,现住在巴格达;我的妻子嘛,我实在不知道她的名和姓;我的儿子,一个名叫纳绥尔,另一个名叫曼苏尔。"

女王努尔·胡达听哈桑这样一说,当即问道:"你的妻子是从哪里把孩子带走的呢?"

"报告女王,她是从巴格达的哈里发王宫中把孩子带走的。"

"她展翅飞走时,对你们说了些什么?"

"她对我的母亲说:'哈桑出去多日,我感到寂寞。哈桑回来,你告诉他,如果想见我,就让他到瓦格岛来找我吧!'"

努尔·胡达女王听后,点了点头,说:"哦,原来是这样!如果她不想念你,她就不会对你母亲说这句话:'他回来之后,若他思念我,又想见我的话,就让他到瓦格岛来找我吧!'"

哈桑说:"女王陛下,你是王中之王,我把一切情况都告诉了你,没有对你隐瞒任何事情。我向安拉求援,我向你求助,你不要亏待我,求你同情我,求你助我一臂之力,帮我找到自己的妻子,让我与妻儿相见，共享天伦之乐……"

话音未落，哈桑泪水潸然，随之吟诵道：

衷心感谢你，似鸽竭力唱；
纵然到终日，心愿未能偿。
福根在你手，恩情永不忘。

努尔·胡达女王听后，低头沉思片刻，频频点头，然后抬起头来，说："我同情你，为你妻离子散感到难过。我决计把岛上的所有女子都让你看一遍；若你能从中认出你的妻子，我就把她交给你，让你把她带走；若你认不出你的妻子，我就把你杀掉，将你钉在老太婆的家门口。"

哈桑当即说："女王陛下，我同意这个条件，就照你说的办吧！"

哈桑接着吟诵道：

你们将我情，高高空中扬。你们熟睡时，我眼合不上。
你们曾保证，决不延时光；你们背约言，时在握绳缰。
儿时恋你们，不知情怎讲；千万别杀我，我实受冤枉。
你们不惧怕，安拉斩情方；熟睡人怎知，他把星空赏？
看在安拉面，公众听我讲：在我墓碑写：此乃钟情郎。
兴许有青年，同被恋情伤；看见我的墓，致礼倍敬仰。

哈桑吟完诗，又说道："我接受女王陛下提出的条件。毫无办法，只有依靠伟大的安拉了。"

努尔·胡达女王下令把城中的姑娘全部带到王宫来，让哈桑统统看一遍，又命令老太婆莎瓦希亲自把姑娘们带进宫来。

城中的所有姑娘按时赶到王宫，女王让姑娘们一百个、一百个地从哈桑面前走过。

哈桑看过城中的所有姑娘，却未发现自己的妻子。

女王问："在这些女子当中，你看到你的妻子了吗？"

哈桑回答说："女王陛下，我没看见我的妻子。"

女王大怒，遂对老太婆莎瓦希说："你去把宫中的彩女们都叫出来，让哈桑看一看！"

宫中的彩女全都来了，哈桑仍然没看到自己的妻子。他说："女王陛下，我的妻子不在这些女子中间。"

女王勃然大怒，大声对周围的女侍从说道："把他拖出去，杀掉他！免得日后再有人敢来冒险，了解我们的情况，窥探我们的秘密！"

众侍女一齐动手，把哈桑推倒在地，拖了出去，然后用他的衣角将他的双眼蒙住，举着明晃晃的宝剑，站在哈桑的头两侧，等待女王开斩的命令。

就在这时，老太婆莎瓦希走到女王陛下的面前，行过吻地大礼，然后抓住女王陛下的衣角，高高举过自己的头顶，苦苦哀求道："女王陛下，看在我对你有抚育之恩的面儿上，我求求你，千万不要急于斩杀这个小伙子。尤其他还是个可怜的异乡人，冒着生命危险，千里迢迢来到我们这里，经历了世人不曾经历的千辛万苦，幸得伟大安拉默助，方才来到了我们的国家，得到了女王陛下的庇护。假若女王陛下下令将他斩杀，一旦消息传出去，被旅行者听到，他们定会认为女王陛下因讨厌异乡客人而将他们斩杀。女王陛下，无论如何，他现已在你的刀剑之下，就不必这样匆忙行事。如果找遍所有地方，仍然见不到他的妻子，到那时你想把他叫来，我一定能按时把他带来,到那时你再杀他也不迟。女王陛下,你就看在我对你有抚育之恩的情分上,求你宽容他一下。现在由我来为他做担保,让我把他带走。我深深知道你同情他,关怀他,乐意帮助他达到自己的目的;如若不然,我是不会把他带到女王陛下的面前来的。我把他带来,本想让陛下欣赏一下他的诗才和口才,尤其是他能出口成章,而且字字珠玑。既然他已来到我们的国家,吃过我们的食粮,我们就应该保护他……"

讲到这里,眼见东方透出黎明的曙光,莎赫札德戛然止声。

❖━ 第八百一十夜 ━❖

夜幕垂降,莎赫札德接着讲故事:

幸福的国王陛下,女王努尔·胡达命令侍从们把哈桑拖出去杀掉,就在这人命关天的时刻,老太婆莎瓦希走到女王陛下的面前,行过吻地大礼,然后抓住女王陛下的衣角,高高举过自己的头顶,苦苦哀求道:"女王陛下,看在我对你有抚育之恩的面儿上,我求求你,千万不要急于斩杀这个小伙子。尤其他还是个可怜的异乡人,冒着生命危险,千里迢迢来到我们这里,经历了世人不曾经历的千辛万苦,幸得伟大安拉默助,方才来到了我们的国家,得到了女王陛下的庇护。假若女王陛下下令将他斩杀,一旦消息传出去,被旅行者听到,他们定会认为女王陛下因讨厌异乡客人而将他们斩杀。女王陛下,无论如何,他现已在你的刀剑之下,就不必这样匆忙行事。如果找遍所有地方，仍然见不到他的妻子，到那时你想把他叫来，我一定能按时把他带来，到那时你再杀他也不迟。女王陛下，你就看在我对你有抚育之恩的情分上，求你宽容他一下。现在由我来为他做担保，让我把他带走。我深深知道你同情他，关怀他，乐意帮助他达到自己的目的；如若不然，我是不会把他带到女王陛下的面前来的。我把他带来，本想让陛下欣赏一下他的诗才和口才，尤其是他能出口成章，而且字字珠玑。既然他已来到我们的国家，吃过我们的食粮，我们就应该保护他，给他以应有的权利。女王陛下，我已答应让他见到陛下，因为我深知你最能理会离别之苦，尤其是离别孩子的苦楚。在整个宫中，只有陛下的容颜没有让哈桑看了。陛下就请揭开面纱，让哈桑看一看吧！"

女王微微一笑，说："难道他是我的丈夫，我为他生过孩子，致使我也要让他看我的脸面？"

"你就让他看一看吧！"

女王吩咐侍女将哈桑带进来。

众侍女立即将哈桑带到女王面前。

女王撩开自己的面纱，哈桑一眼望去，不由得大喊一声，当即昏迷过去，不省人事。

老太婆急忙取来玫瑰水，轻轻洒在哈桑的脸上。片刻过后，哈桑慢慢苏醒过来，吟诵道：

> 惠风起大地，来自伊拉克；
> 吹遍各角落，耳中闻"瓦格"①。
> 亲朋全了解，此时此刻我；

---

① 瓦格岛因人头树枝发出"瓦格、瓦格"的叫声而得名。

爱情滋味苦,我已饱尝过。
切望同情我,天下心慈者!
我心已溶化,因离别苦多。

　　哈桑吟罢诗,站起身来,再望女王努尔·胡达一眼,又是一声大喊,几乎将宫殿震塌,旋即倒在地上,昏迷过去。
　　老太婆莎瓦希赶忙又把玫瑰水洒在哈桑的脸上,过了一会儿,哈桑苏醒过来。老太婆问:"你怎么啦?"
　　哈桑说:"我的女施主啊,这位女王要么是我的妻子,要么她的长相很像我的妻子。"

　　讲到这里,眼见东方透出黎明的曙光,莎赫札德戛然止声。

第八百一十一夜

　　夜幕垂降,莎赫札德接着讲故事:

　　幸福的国王陛下,哈桑吟罢诗,站起身来,再望女王努尔·胡达一眼,又是一声大喊,几乎将宫殿震塌,旋即倒在地上,昏迷过去。
　　老太婆莎瓦希赶忙又把玫瑰水洒在哈桑的脸上,过了一会儿,哈桑苏醒过来。老太婆问:"你怎么啦?"
　　哈桑说:"我的女施主啊,这位女王要么是我的妻子,要么她的长相很像我的妻子。"

女王听后一愣,对老太婆说:"瞧你做的好事哟!这个异乡人不是疯子,便是神经错乱。你瞧呀,他总是死死盯着我的脸。"

老太婆说:"女王陛下,这是情有可原的,不要责怪他。谚语说得好:'相思之疾,无药可救。'这和疯癫没有什么差别。"

哈桑号啕大哭,边哭边吟诵道:

> 眼见亲人影,思甚心消融。
> 身在亲人乡,热泪垂纵横。
> 骨肉两分离,令我饮苦情;
> 考验我尝够,何当圆我梦?
> 但盼心上人,早返我怀中。

哈桑吟罢,对女王说:"女王陛下,凭安拉起誓,你虽然不是我的妻子,但你最像我的妻子。"

女王听后,笑得前仰后合。她说:"亲爱的,你定定神,好好看看我!你不要疯疯癫癫,更不要惶恐不安。你的愿望就要实现了。"

哈桑忙说:"女王陛下,你是所有遭磨难者的避风港。我看见你的美丽容貌,确乎有些发疯。因为你即使不是我的妻子,长相也很像我的妻子。你想问什么,就请问吧!"

"你的妻子哪里像我呀?"

"我妻子的容颜、气质、风度、言谈和举止都像你,和你一样身材匀称、语言甜美、面颊红润、亭亭玉立、婀娜多姿、明艳动人……"

女王对老太婆莎瓦希说:"阿妈,把他送到住的地方去吧!你要亲自照料他的生活,让我们慢慢弄清他的情况。倘若他真是个守信用、讲义气、重友情的男子汉,我们就应该帮助他实现自己的愿望,尤其他已历尽千辛万苦,闯过重重艰难险阻,来到我们的国土上,吃过了我们的饭菜。阿妈,你把他送回去,托付给下人,你马上就到我这里来。要快去快回,祝你平安!"

老太婆莎瓦希奉命把哈桑带回住处,安排好他的食宿,托付给侍从们,要她们好好照顾他,千万不要怠慢他,吩咐她们把哈桑所需要的东西全部送到他的面前。一番叮嘱之后,老太婆快步回到了女王面前。

女王努尔·胡达命令老太婆莎瓦希带上武器和一千名勇士待命,老太太从命,立即走去穿上甲衣,带上宝剑,并吩咐一千名骑士随时听候她的命令。

老太婆准备停当,回到女王面前,努尔·胡达女王这才命令她立即起程,奔赴女王父亲的京城,去接女王的小妹麦纳尔·西娜。

女王对老太婆莎瓦希说:"阿妈,你率人马去接我的小妹麦纳尔·西娜。你对她说:'大姨想看看两个小外甥,你快带着孩子来吧!'"

女王还特别叮嘱道:"你见到我的小妹麦纳尔·西娜,请对她说:'给你的两个孩子穿上你亲手为他俩做的甲衣,让他俩去见见大姨吧!大姨很想念两个小外甥。'"

女王又特别叮嘱道:"关于哈桑的事,你千万不要对她说!你接到两个孩子后,再对小妹说:'你大姐要你去她那里玩几天!'她把孩子交给你之后,你要立即带他俩来,不要原路而回,而要日夜兼程,不许向任何人透露此事。至于小妹,就让她自己慢慢行动就是了。我敢立誓,如果弄明小妹是哈桑的妻子,两个小外甥是哈桑的儿子,我不但不反对他把孩子带走,还将帮助小妹和她丈夫一起回故乡。"

讲到这里,眼见东方透出黎明的曙光,莎赫札德戛然止声。

第八百一十二夜

夜幕垂降,莎赫札德接着讲故事:

幸福的国王陛下,女王努尔·胡达叮嘱老太婆莎瓦希:"关于哈桑的事,你千万不要对她说!你接到两个孩子后,再对小妹说:'你大姐要你去她那里玩几天!'她把孩子交给你之后,你要立即带他俩来,不要原路而回,而要日夜兼程,不许向任何人透露此事。至于小妹,就让她自己慢慢行动就是了。我敢立誓,如果弄明小妹是哈桑的妻子,两个小外甥是哈桑的儿子,我不但不反对他把孩子带走,还将帮助小妹和她丈夫一起回故乡。"

老太婆莎瓦希完全相信了女王努尔·胡达的话,丝毫不知道她的葫芦里究竟卖的是什么药。

其实,女王虽口里这么说,而心中想的却是:"若小妹不是哈桑之妻,孩子也不像哈桑,我就立即把这小子杀掉!"然而女王口中却说:"阿妈,如果我猜得不错,小妹就是哈桑的妻子。这件事,只有安拉晓得。哈桑说的那些特征,只有我们姐妹具备,尤其是我的小妹麦纳尔·西娜,更是俊俏无双。"

老太婆一听,吻了吻女王的手后,转身离去,回到家中。她见到哈桑,把女王的话如实转达。哈桑听后,高兴得几乎要跳起来,忙走上前去,亲吻老太婆的头。

老太婆说:"孩子,不要吻我的头了,亲我的嘴吧!你就把这一切当作平安的征兆吧!孩子,你只管放心就是了。你一定会高高兴兴，不厌恶和我亲嘴的，正是我让她们帮助你实现了夫妻团圆的美梦，你只管放心，好事还在后头呢！"

说完，老太婆告别哈桑，转身而去。

哈桑望着老太婆的背影，吟诵道：

> 我的情与爱，见证有四个；每个事件中，证人各两个：
> 心儿咚咚跳，四肢打哆嗦；身体瘦如柴，张口便结舌。

片刻后，哈桑又吟道：

> 世有两件事，发生人才知。双眼不垂泪，继以血代之。
> 欲问什么事，稍思方得识：一是别亲人，二者青春逝。

老太婆莎瓦希带上武器，率领一千名全副武装的骑士，登上了去往小公主所在京城的路程。

努尔·胡达女王所在的地方距她父王的京城有三天路程。莎瓦希率领千名骑士抵达那里，见到麦纳尔·西娜公主，向她问安，并转达了她大姐努尔·胡达女王的问候，告诉她说女王想看看她的两个小外甥，还说姐姐在怨责她久久不去看望她们。

麦纳尔·西娜公主说："我应该去看姐姐，但一直未能去。不过，我现在就去看姐姐。"

小公主吩咐侍仆在城外搭起帐篷，备好礼物。

国王见宫中人来人往，热闹非常，又见城外帐篷林立，便问发生了什么事情。侍仆们说："小公主麦纳尔·西娜吩咐搭起帐篷，因为她就要经过那里，去探望她的大姐努尔·胡达女王了。"

国王听后，立即安排了一支大军，护送小公主去看望姐姐，并从自己的金库中取出若干钱财,备下吃的、喝的和珍珠、宝石给小公主做礼物。

国王有七个女儿,除了小女儿,其余六位公主都是一母同胞。大女儿名叫努尔·胡达,二女儿名叫奈吉姆·萨巴哈,三女儿名叫莎姆斯·杜哈,四女儿名叫舍吉莱·杜尔,五女儿名叫古特·格鲁卜,六女儿名叫舍莱芙·白奈特,小女儿名叫麦纳尔·西娜。七公主是女王努尔·胡达的同父异母妹妹,她就是哈桑的妻子。

老太婆莎瓦希走上前,再次向麦纳尔·西娜公主行礼。麦纳尔·西娜公主问:"阿妈,还有什么事吗?"

老太婆说:"你姐姐努尔·胡达女王要你为两个孩子换上你亲手做的甲衣,让我先带他俩走去见他们的大姨,并向大公主报告你即将到达的消息。"

听老太婆这样一说,麦纳尔·西娜公主面色顿改,低下头去,沉思良久,然后摇了摇头,望着老太婆,说:"阿妈,说到孩子,我心情顿时紧张起来。自打孩子出生到现在,别人还没有见过他俩;就是风吹一下,我都有些放心不下。"

"小公主,这是什么话呀!难道你在担心你姐姐会给外甥制造什么麻烦吗?他们的大姨会爱自己的外甥的……"

讲到这里,眼见东方透出黎明的曙光,莎赫札德戛然止声。

第八百一十三夜

夜幕垂降,莎赫札德接着讲故事:

幸福的国王陛下，老太婆莎瓦希对麦纳尔·西娜公主说："你姐姐努尔·胡达女王要你为两个孩子换上你亲手做的甲衣，让我先带他俩走去见他们的大姨，并向大公主报告你即将到达的消息。"

听老太婆这样一说，麦纳尔·西娜公主面色顿改，低下头去，沉思良久，然后摇了摇头，望着老太婆，说："阿妈，说到孩子，我心情顿时紧张起来。自打孩子出生到现在，别人还没有见过他俩；就是风吹一下，我都有些放心不下。"

"小公主，这是什么话呀！难道你在担心你姐姐会给外甥制造什么麻烦吗？他们的大姨会爱自己的外甥的。你若在这件事上违背你姐姐的意愿，那将出现什么情况呢？你姐姐会责备你的。小公主，你的孩子还小，你为他们担心是情有可原的。你知道我是很喜欢你和你的孩子的。我抚育过你们七姐妹，你要体谅我的难处。你把孩子交给我，我带着他们先走，会用我的面颊为他们铺地，为他们打开我的心扉，让他们居住在我的心房里。这样的事情，你不必多嘱咐我。你只管放心吧！我带着孩子先走，会比你早到一两天。"

老太婆苦苦哀求，麦纳尔·西娜公主终于心软了，因为她怕惹怒姐姐，不知道姐姐有什么打算，只得答应老太婆把孩子带走。小公主立即开始为孩子做准备，为他俩换上甲衣，一番叮嘱、祈祷、祝福之后，把孩子交给了莎瓦希老太婆。

一番准备完毕，老太婆带上两个孩子告别离去，按照努尔·胡达女王的安排，走另一条路，穿山过海，日夜兼程，平安抵达女王京城。

老太婆随即带着两个孩子去见努尔·胡达女王。

努尔·胡达女王看见两个小外甥，非常高兴，忙上前紧紧抱住，亲了又亲，吻了又吻，然后让两个孩子坐在自己的腿上。

女王对老太婆说:"阿妈,把哈桑带到这里来吧!他历经千辛万苦,来到我们这个地方,我为他安排了住所,算是救了他一命。不过,直到现在,他仍未摆脱丧命的危险。"

老太婆问:"女王陛下,倘若把他带到这里来,你能让他与孩子见面吗?如果这不是他的孩子,能免他一死吗?"

讲到这里,眼见东方透出黎明的曙光,莎赫札德戛然止声。

第八百一十四夜

夜幕垂降,莎赫札德接着讲故事:

幸福的国王陛下,女王努尔·胡达对老太婆莎瓦希说:"阿妈,把哈桑带到这里来吧!他历经千辛万苦,来到我们这个地方,我为他安排了住所,算是救了他一命。不过,直到现在,他仍未摆脱丧命的危险。"

老太婆问:"女王陛下,倘若把他带到这里来,你能让他与孩子见面吗?如果这不是他的孩子,能免他一死吗?"

努尔·胡达女王一听,大怒道:"糟老婆子,你的骗人把戏要玩儿到什么时候?一个外乡人,胆敢闯入我们的女子天地,窥探我们的秘密,真是胆大妄为!他到了我们这里,摸清了我们的秘密,伤了我们的体面,还想平平安安返回故乡吗?他若能活着回去,定会把我们的秘密透露给各国国王,让那些奔走各国的商人把我们的消息传到四面八方。到那时候,人们会说,有一个人越过妖魔、野兽把持的土地，闯进了神王当政的瓦格岛，又平平安安出来了，这还得了吗？我凭创造天地和世间万物的伟大主宰起誓，如果这孩子不是他的，一定要把他杀掉，根除后患，而且我要亲手将他杀死，决不留情！"

说罢，女王大吼一声："来人哪！"

这一声大吼，吓得老太婆一下子蹲在了地上。

一个侍卫带着二十名侍卫应声而至。问道："女王陛下有何吩咐？"

努尔·胡达女王对他们说："你们跟着这位老太婆，去把她那里的那个小伙子带来，快去快回，不得有误！"

老太婆跟着侍卫们走去，但见她面色蜡黄，周身战栗不止。

哈桑见老太婆回来了，急忙迎上去，致礼问安，而老太婆却冷淡地说："孩子，女王要见你，有话对你说。孩子，我早就劝过你，及早回家去，我给你足够一辈子花用的金银，要你马上返回故乡，你就是不听，非选择这条死路，有话只能对那个暴虐、凶残的女王去说了！"

哈桑听老太婆这样一说，不禁心惊肉跳，悲伤难忍。他说："大慈大悲的安拉，救救我吧！让我挣脱这灭顶之灾吧！大慈大悲的安拉，愿你伸出援助之手，全力拯救我吧！"

哈桑无精打采，跟着侍卫们走去。

来到努尔·胡达女王面前，哈桑突然看见儿子纳绥尔和曼苏尔正在女王腿上坐着玩儿。见此情景，他喜不自禁，随之大喊一声，倒在地上，昏迷不省人事。

讲到这里，眼见东方透出黎明的曙光，莎赫札德戛然止声。

第八百一十五夜

夜幕垂降，莎赫札德接着讲故事：

幸福的国王陛下，哈桑听老太婆这样一说，不禁心惊肉跳，悲伤难忍。他说："大慈大悲的安拉，救救我吧！让我挣脱这灭顶之灾吧！大慈大悲的安拉，愿你伸出援助之手，全力拯救我吧！"

哈桑无精打采，跟着侍卫们走去。

来到努尔·胡达女王面前，哈桑突然看见儿子纳绥尔和曼苏尔正在女王腿上坐着玩儿。见此情景，他喜不自禁，随之大喊一声，倒在地上，昏迷不省人事。

过了一会儿，哈桑慢慢苏醒过来，两个孩子立即认出了自己的父亲，天生的血亲之情促使两个孩子挣脱姨母的怀抱，跑去搂住哈桑的脖子，连声叫着："爸爸，爸爸……"

哈桑紧紧搂住孩子，亲了又亲，吻了又吻。老太婆及在场的人看到这种情景，无不感到欣慰，异口同声说："感谢安拉，终于让父子团聚了！"

哈桑把两个孩子紧紧搂在怀里，止不住泪水簌簌落下，又哭得昏迷了过去。

片刻后，哈桑苏醒过来，吟诵道：

心难忍分别,但期月下逢。人言明日聚,我怎待天明？
自打你离去,生活失欢情。安拉要我死,为爱我献生。

你是一美羚,牧场在我胸。总不离我眼,你的形与影。
倘若你犯法,我甘赔性命;然而你置法,总是在头顶。

努尔·胡达女王见此情景,相信这两个孩子就是哈桑的儿子,小妹麦纳尔·西娜公主就是哈桑的妻子。她的怒气有增无减,冲着哈桑大声呵斥不止。

讲到这里,眼见东方透出了黎明的曙光,莎赫札德戛然止声。

第八百一十六夜

夜幕垂降,莎赫札德接着讲故事:

幸福的国王陛下,女王努尔·胡达见哈桑搂住两个孩子高兴得喜泪纵横,又哭得昏迷过去,相信这两个孩子就是哈桑的儿子,小妹麦纳尔·西娜公主就是哈桑的妻子。她的怒气有增无减,冲着哈桑大声呵斥不止。

哈桑见女王满脸怒气,心中恐慌,倒在地上,昏迷过去。

过了一会儿,哈桑缓缓苏醒过来,吟诵道:

你乃我至亲,如今却远走;你虽远离我,却在我心头。
凭主我起誓,情深我定守。岁月折磨我,我还能忍受。
夜阑难入眠,长叹复搔首。我本一青年,数月别太久。
微风吹拂时,我心为你忧。深情在我心,与日永久留。

哈桑吟完诗,又倒在地上,昏迷不省人事了。

当哈桑苏醒过来时,发现侍仆们已将他拖到门外,自己还在地上趴着。他站起来,跌跌撞撞地走去,简直不敢相信自己已经挣脱了女王的折磨。

老太婆莎瓦希一时感到十分为难,眼见女王怒气正盛,不知如何是好,也不敢跟女王说话。

哈桑走出王宫,不知该往哪里去,只觉得天地狭窄,没有容身之处,既找不到一个人说话,也没有人能够安慰自己,找不到人商量、请教,更找不到旅伴,无法回返家乡,更何况自己也没有办法通过魔怪、飞禽和野兽横行的区域,所以对自己是否能活下去已经感到失望,禁不住泪水簌簌下淌,大哭不止,终于哭得又昏迷过去,倒在了地上。

不知过了多长时间,哈桑慢慢苏醒过来,想到孩子和妻子,想到妻子要去见女王,想到妻子见女王时将出现的情景,感到万分后悔,悔恨自己到这方天地来冒险,恨自己没有听别人的劝阻。

哈桑吟诵道:

失去心上人,教我泪潸然。亲人怎忘怀,即使灾难添?
离别滋味苦,谁能忍常年?你在我们间,铺起责怨毯;
但求我能知,此毯何日卷?你们睡得香,我却难合眼。
你们却说我,将情忘一边。我心恋着你,神魂染病患;
你们是良医,药在你们眼。你们躲避我,难道君不见?
相形下见绌,我备显低贱。有情埋心底,情丝本难掩。
我心恋火生,身魂受熬煎。我终守誓约,但求你们怜。
你我会一堂,可有这一天?你我心相印,魂魄相粘恋?

因为别离苦,我心受摧残。但期告诉我:你今在哪山?

哈桑摇摇晃晃地走去,来到城外,发现那里有一条河,随后顺着河岸,踽踽独行,然而仍不知道自己该去哪里……

这就是哈桑的情况。

让我们回过头来看看哈桑之妻麦纳尔·西娜公主。

老太婆莎瓦希带着两个孩子走后的第二天,麦纳尔·西娜公主正好起程上路去看望大姐努尔·胡达女王,忽见父王的贴身侍卫走来。

讲到这里,眼见东方透出黎明的曙光,莎赫札德戛然止声。

第八百一十七夜

夜幕垂降,莎赫札德接着讲故事:

幸福的国王陛下,老太婆莎瓦希带着两个孩子走后的第二天,麦纳尔·西娜公主正好起程上路去看望大姐努尔·胡达女王,忽见父王的贴身侍卫走来。

侍卫行过吻地礼,说道:"小公主,国王向你问好,他要你去他那里一趟。"

麦纳尔·西娜公主跟着侍卫走去。

麦纳尔·西娜公主来到大殿,国王看见女儿,让她坐在自己的身旁。国王说:"女儿啊,我昨夜做了个梦,担心你踏上这么长的旅途,到了那里,或许会遇到什么麻烦。"

麦纳尔·西娜公主问:"为什么呢?父王梦见什么啦?"

"我梦见自己走进一座宝殿,那里金银无数,珍宝成堆,又仿佛那些金银财宝、珍珠玉石都引不起我的兴趣,只喜欢其中七颗最漂亮的宝石。我从那七颗宝石中挑选了一颗最小、最美、最光亮的宝石;因为我特别喜欢它,所以抓在手里,走出了宝库。离开宝库,我伸开手掌,吻了吻掌中的那颗宝石。就在这时,一只鸟儿从天空俯冲下来,衔起我手心里的那颗宝石,拍翅飞上蓝天,顿时消失在天边。眼见宝石被鸟衔走,我心中甚为难过,突然惊醒过来。醒来之后,我再也睡不着了,便派人请来一位圆梦家。我把梦境向他讲后,圆梦人说:'国王陛下,你有七个女儿,最小的女儿将强行被人夺走。'女儿呀,你就是我最小的女儿,也是我最喜欢的女儿。现在,你就要到你大姐那里去了。我真担心会有什么事情。孩子啊,我看你就不要去了,回自己房间休息去吧!"

麦纳尔·西娜公主听父王这样一说,心怦怦跳个不停,担心两个孩子会遇到什么不测,便低下头去,默默不语。

麦纳尔·西娜公主沉思片刻,然后抬起头来,对父王说:"父亲,我大姐已做好接待我的准备,而且已有四年光景没见过我了,如果我不去看她,她会生气的。我顶多在那里住一个月,到时就回来。我们的四周有白地、黑山、卡夫尔岛,还有鸟岛、兽岛、魔谷,谁能闯过这些险关到我们这里来呢?即使有人来,也会葬身鱼腹。父亲,您只管放心就是,不必为我的旅途担忧。我相信,谁也没有本领踏上我们这块土地。"

麦纳尔·西娜公主再三劝说父王,父王终于同意女儿起程。

讲到这里,眼见东方透出黎明的曙光,莎赫札德戛然止声。

第八百一十八夜

夜幕垂降,莎赫札德接着讲故事:

幸福的国王陛下,麦纳尔·西娜公主对父王说:"父亲,我大姐已做好接待我的准备,而且已有四年光景没见过我了,如果我不去看她,她会生气的。我顶多在那里住一个月,到时就回来。我们的四周有白地、黑山、卡夫尔岛,还有鸟岛、兽岛、魔谷,谁能闯过这些险关到我们这里来呢?即使有人来,也会葬身鱼腹。父亲,您只管放心就是,不必为我的旅途担忧。我相信,谁也没有本领踏上我们这块土地。"

麦纳尔·西娜公主再三劝说父王,父王终于同意女儿起程。

麦纳尔·西娜公主明白了父王所说的意思,对父王说:"我一定听从父王的命令!"

说罢,小公主在千名骑士护卫下登程,父王出城为女儿送行。

麦纳尔·西娜公主深为两个孩子担忧,然而在命运进攻面前,筑起警惕堡垒又有什么用呢?

七公主一行人马日夜兼程,三天三夜后到达那条大河边,随即搭起帐篷,千名骑士驻扎下来。

麦纳尔·西娜公主在几名侍卫的陪伴下来到城里大姐努尔·胡达女王的王宫。进到宫中,忽听两个孩子哭着喊"爸爸",公主禁不住泪水脱眶而出,急忙上前紧紧搂住孩子。她问孩子:"你俩看见爸爸啦?我若知道你们的爸爸还在世,一定立即把你们送到爸爸那里去。"

话音未落,麦纳尔·西娜公主为自己、为丈夫、为孩子哭了起来。她吟诵道:

> 唤声心上人,你我相距远;我深想念你,尽管隔海山。
> 遥望你家乡,胸中多思恋。心思神向往,度日如经年。
> 我们曾共享,多少良宵欢;新人相依偎,恩爱话缠绵。

麦纳尔·西娜吟罢诗,又说:"是我害了自己,也害了孩子,毁了自己的家呀!"

努尔·胡达女王没有向小妹问好,开口骂道:"你这个不要脸的!你哪来的这两个孩子?你没有告诉我们的父亲就结了婚,还是跟野汉子私通?你若跟人私通,就该受重重处罚;要是偷偷嫁了人,连我们都不告诉一声,又为什么离开你的丈夫,带着孩子回来,让人家父子分离?你又为什么把孩子藏起来,不让我们见?难道你以为我们不知道这件事?伟大安拉是无所不知的。安拉向我们昭示了你的秘密,揭露了你的隐私。"

讲到这里,眼见东方透出黎明的曙光,莎赫札德戛然止声。

❖ 第八百一十九夜 ❖

夜幕垂降,莎赫札德接着讲故事:

幸福的国王陛下,努尔·胡达女王没有向小妹问好,开口骂道:"你这个不要脸的!你哪来的这两个孩子?你没有告诉我们的父亲就结了婚,还是跟野汉子私通?你若跟人私通,就该受重重处罚;要是偷偷嫁了人,连我们都不告诉一声,又为什么离开你的丈夫,带着孩子回来,让人家父子分离?你又为什么把孩子藏起来,不让我们见?难道你以为我们不知道这件事?伟大安拉是无所不知的。安拉向我们昭示了你的秘密,揭露了你的隐私。"

努尔·胡达女王遂下令将麦纳尔·西娜公主铐起来,一顿毒打,直打得小公主皮开肉绽;然后用她的头发将她绑住,投入监牢之中。

随后,努尔·胡达女王提笔给父王写了一封信,信中写道:

父王大人:

女儿有要事相禀。

我们这里来了一个男子,名叫哈桑。他对我们说他与小妹麦纳尔·西娜已经结为合法夫妻,且已生下两个男孩儿。但是,小妹从未对我们和父王提及过此事。麦纳尔·西娜在哈桑那里生活几年,之后不辞而别,带着孩子回来了。临行前,妹妹曾对她的婆母说:"哈桑出去多日,我感到寂寞。哈桑回来,你告诉他,如果想见我,就让他到瓦格岛来找我吧!"

我已将这个叫哈桑的男子抓了起来,派老阿妈莎瓦希把小妹和她的两个孩子接到我这里,且吩咐阿妈先接来两个孩子。当我派人把哈桑带进宫中时,他看见孩子,立即认出了他俩。两个孩子见到哈桑,也认出了哈桑,孩子哭着喊"爸爸"。我这才相信两个孩子的确是哈桑的,小妹麦纳尔·西娜也是哈桑的妻子。哈桑的话千真万确,没有半句戏言,也没有什么不光彩的。

不过,父王大人,过错在小妹身上。我实在担心此事会毁坏父王的声誉,致使父王在岛上会传为笑谈。

我这个放荡的妹妹到了我这里,我对她大发脾气,痛打了她一顿,用她的头发将她绑起来,特此禀告,等待父王下令处置她;父王如何裁处,我们就如何执行。父王明白,此类事是我们的耻辱,无疑将会败坏我们的声誉。假如岛上的公众得知此事,必然议论纷纷,当作笑料传播。

切望早日得到父王的复信。

女儿　努尔·胡达

努尔·胡达女王写完信,随即派信使上路,日夜兼程,送到她父王的手里。

国王收到信,打开一看,不禁勃然大怒,即复信给长女努尔·胡达。信中写道:

爱女努尔·胡达:

有关麦纳尔·西娜之事,全权委托你处理。如果事情真像信中所说的那样,立即将她处死,不用再与我商量。

父王　草

努尔·胡达阅毕父王的信,即令道:"侍卫,把麦纳尔·西娜带上来!"

片刻后,麦纳尔·西娜公主戴着手铐脚镣,周身血迹斑斑,身体被她的头发绑着,屈辱、低贱地被带到姐姐努尔·胡达女王面前。

麦纳尔·西娜公主眼见自己如此卑微、受辱,油然想到昔日的尊容、富贵,禁不住泪如雨下,凄然吟诵道:

唤声造物主,敌意欲杀我。他们佯称道,我无望逃脱。
但求造物主,制止此恶作。良人遇磨难,唯你是依托。

麦纳尔·西娜泪流满面,直哭得昏迷过去,不省人事。过了一会儿,麦纳尔·西娜苏醒过来,吟诵道:

灾祸频频至,心里难承担。我忧非单一,应有百千万。

她又吟诵道:

灾临一青年,自有安拉救。灾难环连环,误认无救手。

讲到这里,眼见东方透出黎明的曙光,莎赫札德戛然止声。

第八百二十夜

夜幕垂降,莎赫札德接着讲故事:

幸福的国王陛下,片刻后,麦纳尔·西娜公主戴着手铐脚镣,周身血迹斑斑,身体被她的头发绑着,屈辱、低贱地被带到姐姐努尔·胡达女王面前。

麦纳尔·西娜公主眼见自己如此卑微、受辱,油然想到昔日的尊容、富贵,禁不住泪如雨下,凄然地吟诵起诗来。

姐姐努尔·胡达女王见小妹麦纳尔·西娜吟诗,即令侍从搬来一张木梯子,让麦纳尔·西娜平躺上去,用绳子和她的头发把她的头、双臂和双脚绑在梯子上;看上去姐姐对她毫无同情之意。

麦纳尔·西娜眼见自己遭到如此虐待,痛哭失声,然而却没有一个人救她。她对姐姐努尔·胡达说:"姐姐,你好狠心呀!即使你不可怜我,也不可怜可怜这两个孩子?"

努尔·胡达女王听麦纳尔·西娜这样一说,态度变得更加凶狠,破口大骂道:"你这个坏女人,小婊子!谁会可怜你?安拉是不会同情你的!你是个叛徒,我怎能可怜你呢?"

麦纳尔·西娜说:"姐姐,你不能凭空这样骂我!凭主起誓,我是无罪的。我与人结为合法夫妻,有证婚人,我没有与人私通。你怎可不弄明情况,就骂我是坏女人呢?不过,安拉会拯救我的。假若我真与人私通,安拉会惩罚我的。"

努尔·胡达女王听后,怒斥道:"你怎敢对我讲这种话?"

说着,努尔·胡达女王走到小妹面前,举起皮鞭,朝小妹身上狠抽,直抽得麦纳尔·西娜昏死过去。

随即,努尔·胡达女王又令侍卫取来冷水,将麦纳尔·西娜公主浇醒。

麦纳尔·西娜公主苏醒过来,容颜憔悴,精神不振。

麦纳尔·西娜有气无力地吟诵道:

> 我若做错事,且已成罪过,我定痛忏悔,求主宽恕我。

努尔·胡达女王见小妹还在吟诗,怒气大发,骂道:"小娼妇,你还敢在我面前吟诗,企图为自己开脱罪责?我本想让你回到你丈夫面前,好让我亲眼看看你的放荡行为。你还以此为荣,竟不知道自己犯下了大罪!"

努尔·胡达女王令侍仆拿来带刺的椰枣树枝条,除去叶子。她挽起袖子,用枝条狠狠抽打麦纳尔·西娜公主,从头抽到脚。旋即,又命令侍仆拿来皮鞭,用力抽打,即使落到大象身上,大象也会飞快跑开的。努尔·胡达女王狠抽麦纳尔·西娜公主身体的各个部位,麦纳尔·西娜公主被打得再一次昏过去,不省人事。

老太婆莎瓦希眼见女王如此凶狠,小公主麦纳尔·西娜被打得这样惨,边哭边咒骂女王,转身离开了那里。

努尔·胡达女王呼喊侍仆们,吩咐说:"你们去把老太婆抓回来,把她带到我的面前!"

侍仆们追去,把老太婆抓了回来,带到女王面前。女王下令将老太婆揉倒在地,捆绑起来,并吩咐宫女把她拖出王宫。宫女们立即行动,将老太婆莎瓦希扔到了王宫大门之外。

我们回过头来,看看哈桑的情况。

哈桑强忍悲痛,沿着河岸走去,来到一片旷野。他满目愁云,对生已感到绝望;因遭沉重打击,神志恍惚,简直辨不清黑夜与白昼。

哈桑走到一棵树下,无意中发现树枝上夹着一张纸条。他伸手扯下纸条,见上面写着这样一首诗:

　　有关你命运,我已安排好;
　　你在娘肚里,全然不知晓。

你恋意中人,她将你拥抱;
除却你忧愁,此事我担保。
只管服从我,惆怅莫须要。

讲到这里,眼见东方透出黎明的曙光,莎赫札德戛然止声。

第八百二十一夜

夜幕垂降,莎赫札德接着讲故事:

幸福的国王陛下,哈桑强忍悲痛,沿着河岸走去,来到一片旷野。他满目愁云,对生已感到绝望;因遭沉重打击,神志恍惚,简直辨不清黑夜与白昼。

哈桑走到一棵树下,无意中发现树枝上夹着一张纸条。他伸手扯下纸条,见上面写着一首诗。

哈桑读过纸条上的诗,自觉有救,心中一阵兴奋,相信自己一定能够与妻儿团聚。

哈桑朝前走了几步,发现自己已经站在一处十分荒凉的地方,孤孤零零,形影相吊,心中不胜害怕,周身抖作一团。他吟诵道:

思恋惠风来,掠过亲人地;代我向他们,传达问候意。
请对他们讲:钟情我着迷;我的情真切,盖过天下奇。
但期同情我,情化惠风起;吹过我身边,愈我骨中疾。

哈桑吟完诗,又朝前走了一会儿,见两个孩子正在打架、争吵,但见两个孩子面前放着一根铜杖,上面刻着符咒;铜杖旁边放着一顶皮便帽,上面嵌着用金属片制成的帽檐和符咒。两个孩子为争夺这两样东西,打得头破血流。一个孩子说:"只有我才能要这根铜杖!"

另一个孩子说:"只有我才配得到这根铜杖!"

哈桑走上前去,把两个相互厮打的孩子拉开,问道:"你俩为什么争吵、打架呢?"

两个孩子齐声说:"叔叔,你给我们裁决一下吧!感赞安拉派你来为我俩做公正裁决。"

"究竟为了何事?你们讲清楚后,我来给你们裁决。"

一个孩子说:"我俩是亲兄弟。我们的父亲是位大魔法师,原来就住在这里的一个山洞中。父亲去世后,留下这顶帽子和这根铜杖。我和弟弟都想得到这根铜杖。我的弟弟说只有他才应该得到这根铜杖,我说只有我才配得到这根铜杖。叔叔,请你给我们裁决一下,结束我们的争斗吧!"

哈桑听后,问:"这顶帽子和这根铜杖有什么差别呢?从外表上看,铜杖能值六第纳尔金币,帽子只值三第纳尔金币,是不是呀?"

"叔叔,这两件东西的功用可大啦!"两个孩子异口同声。

"什么功用?"

"每件东西都有它的奇特功用……要论价值,这根铜杖可换整个瓦格岛的一年税收,而这顶帽子也值这么多钱。"

"孩子,看在安拉的面儿上,你俩就给我讲讲这两件东西的功用吧!"

一个孩子说:"叔叔,这两件东西可是个了不起的秘密呀!我父亲活了一百三十五岁,一生精心保管这两件宝贝,把秘密全部藏在了这两件东西之中,使它具有特殊功用,并把运行的天体和所有的符咒全都刻在了上面。他刚完成工作,便溘然与世长辞了。"

另一个孩子说:"叔叔,你不要看不起这顶帽子!谁戴上这顶帽子,身影便从人们眼中消失;只要戴上这顶皮帽,人们就都看不见他了。叔叔,这根铜杖更是神奇无比,谁掌握了它,一切妖魔鬼怪都受他的指挥;只要用它一敲地面,天下君王就都变成了他的臣民。"

听孩子这样一说,哈桑低下头去,沉思片刻,心想:"凭安拉起誓,安拉有意解救我,为我送来了这两件宝贝!我有了这铜杖和皮帽,定能成为一名胜利者;我比这两个孩子更需要这两件宝贝。我必须马上想办法得到这两件东西,凭借这两件宝贝的威力,就可以把我的妻子和儿子从那个暴虐的女王手中解救出来;有了这两件宝贝,我就可以征服任何邪恶势力,平安离开这个黑暗的地方。也许正是安拉把我带到这两个孩子面前,让我从他俩手中得到铜杖和皮帽这两件东西的。"

想到这里,哈桑抬起头来,望着两个孩子,说:"如果你们俩想结束这场争执,现在我就考考你俩。谁赢了,谁就要这根铜杖;谁输了,谁就要这顶皮帽。只要我考考你们俩,我就能分辨出谁该要哪件东西。你们俩同意这样裁决吗?"

两个孩子异口同声:"叔叔,我们同意你考我们,以便选出胜者!"

哈桑又问:"你俩服从我的裁决吗?"

"服从!"

"我投一颗石子儿,你俩去抢,谁抢到石子儿,这根铜杖就归谁;抢不到石子儿的,就只能要这顶帽子了。"

"同意!"

哈桑捡起一颗石子儿,用力一掷,石子儿顿时消失在视野之中。两个孩子争先恐后向石子儿飞去的方向跑去。他俩跑远之后,哈桑戴起皮帽,拿起铜杖,离开原地去验证那两件宝贝的功用去了。

两个孩子跑回原来的地方,不见哈桑的踪影,四处寻觅,也没找到;其实,哈桑戴着帽子,手握铜杖,就站在他俩身边,哈桑看得见他俩,他俩看不见哈桑。哈桑这才相信,他手握的是两件珍宝:一是隐身帽,二是降魔杖。

捡到石子儿的那个孩子呼喊他的兄弟,说道:"要为我们俩裁判的那个人到哪里去了呢?"

另一个孩子说:"我没看见,不知道呀!他究竟飞上了天,还是钻入地下了呢?"

两个孩子相互埋怨说:"隐身帽和降魔杖全丢了。你没拿到,我也没拿到。我们的爸爸早就叮嘱过我们,不要把秘密告诉外人;不然,日后会有人从我们手中夺去这两件宝贝,而我们把爸爸的嘱咐全忘光了。"

片刻后,兄弟俩垂头丧气地离开了那里。

哈桑见两个孩子走远了,他这才戴着皮帽,手握铜杖进到城中,果然谁也看不见他。

哈桑径直来到老太婆莎瓦希的住处;因为他头戴隐身帽,手握铜杖,老太婆看不见他。哈桑走近老太婆头前的一个壁架,见上面放着一些玻璃器皿和瓷器,便伸手摇动壁架,架上的玻璃器皿和瓷器哗哗啦啦掉在地上,摔了个粉碎。

莎瓦希眼见那些东西碎在地上,急忙站起身来,扑打自己的面颊,边收拾那些被摔碎了的东西,边自言自语道:"看来,定是努尔·胡达派来的妖魔在故意与我作对。求安拉解救我，让我挣脱她的训斥和折磨。安拉啊，她能把她的异母妹妹都打成了那个样子，我这个异乡人落在她的手里，还能活命吗？"

讲到这里，眼见东方透出黎明的曙光，莎赫札德戛然止声。

第八百二十二夜

夜幕垂降，莎赫札德接着讲故事：

幸福的国王陛下，哈桑便伸手摇动壁架，架上的玻璃器皿和瓷器哗哗啦啦掉在地上，摔了个粉碎。

莎瓦希眼见那些东西碎在地上，急忙站起身来，批打自己的面颊，边收拾那些被摔碎了的东西，边自言自语道："看来，定是努尔·胡达派来的妖魔在故意与我作对。求安拉解救我，让我挣脱她的训斥和折磨。安拉啊，她能把她的异母妹妹都打成了那个样子，我这个异乡人落在她的手里，还能活命吗？"

老太婆沉思片刻，大声说："魔怪呀，凭大慈大悲、全知全能的创造万物的伟大安拉起誓，你是谁？请告诉我吧！"

哈桑答话："我不是魔怪，而是哈桑。"

哈桑摘下隐身帽，出现在老太婆面前。老太婆立即认出哈桑，急忙把哈桑领进小房间。老太婆问："你为什么又回来啦？快远走高飞，隐藏起来吧！那可恶的女王把你的妻子打得死去活来，你若再落到她的手中，还不知会发生什么事情呢！"

接着，老太婆把麦纳尔·西娜公主受折磨的情况向哈桑说了一遍。老太婆说："女王把你赶走之后，她后悔了，随后派人去抓你，还给了那个人一堪他尔的黄金，且让那个人在王宫里取代我的职位。女王发誓，一旦把你抓回来，就把你的妻儿和你一道杀掉。"

哈桑听后，泪水潸然落下。他说："女施主，我如何才能离开这个地方，摆脱暴虐女王的折磨呢？我有什么办法解救我的妻儿，然后带他们回家乡呀？"

老太婆说："你只能自己救自己了！"

"我一定要把我的妻子和儿子救出来！"

"孩子，你赶快藏起来，等待安拉允许你行动时，你再设法吧！"

哈桑拿出铜杖和皮帽那两件宝物给老太婆看了看，老太婆高兴极了，她说："好哇！赞美伟大的安拉！安拉能使枯骨复生。凭安拉起誓，你和你的妻儿都可以免于一死了，你们现在得救了！我知道这两件宝贝的功用，也认识宝杖的主人。还是宝杖的主人教我学会了魔法。那位老人活了一百三十五岁，精心制成了这根魔杖和这顶魔帽。老人刚做完这两件宝贝，便溘然与世长辞了。孩子，我曾亲耳听那位魔法老人对他的两个孩子说：'你们俩都没有福分享用这两件宝贝。日后会有一位异乡人来，强行从你俩手中夺去这两件宝贝，而你们俩不知道那个人用什么方法夺走。'两个孩子说：'爸爸，请告诉我们，那个人怎样从我们手中夺去这两件宝贝吧！'老人说：'我也不知道。'孩子，这两件宝贝是怎样到你的手里的？"

哈桑把得到这两件宝贝的经过讲了一遍，老太婆听后非常高兴。

老太婆说："孩子，听我对你说说我的打算吧！那个暴虐女王对我大加凌辱，我不能再在这里住下去了。我要到魔法师们住的山洞去，和他们一起度过余年，直到我的天年竭尽。孩子，你戴起这顶魔帽，手握这柄魔杖，去找你的妻子和儿子吧！到了她们所在的地方,你用魔杖击地,并且说:'精灵们,出来!'这时,符咒上的那些精灵都会走出来,来到你的面前。当一位精灵部落的头领出现在你的面前时,你就可以命令他按你的意志行事了。"

老太婆说完,哈桑与她告别,转身走了出去。哈桑头戴魔帽,手握魔杖,行至妻子被关押的地方,只见妻子被反绑在木梯子上,头发缠在梯撑上,形容憔悴,泪眼模糊,心悲欲碎,处境十分狼狈;两个孩子坐在梯子旁边玩耍,麦纳尔·西娜望着他俩,泪流不止,深为自己无辜遭受折磨、毒打而感到悲伤。

哈桑听见妻子吟诵道:

奄奄一息存,惊色含眼中。
情火燃肺腑,沉默不作声。
幸灾乐祸者,见之亦同情。

哈桑眼见妻子遭受如此折磨和屈辱,不禁泪水夺眶而出,簌簌落下,直哭得昏迷过去,不省人事。

过了一会儿,哈桑苏醒过来,见孩子正在那里玩耍,而他们的母亲却因极度痛苦而昏迷过去,于是摘下头上的魔帽,出现在孩子的面前。两个孩子高声喊道:"爸爸……爸爸……"

哈桑赶忙戴上魔帽,将身子隐藏起来。

麦纳尔·西娜被孩子的叫声惊醒。听到孩子哭喊着叫爸爸,不禁心悲欲碎,肝裂肠断,难过地问道:"孩子,你俩在哪儿?你们的爸爸在哪里?"

这位母亲随即回想起与丈夫一起度过的美好日子,想起别离丈夫之后发生的一切,禁不住泪珠滚滚,泪满面颊,淌湿了一片屋地;因为她的手被捆着,连泪都不能擦,丝毫动弹不得,任凭蚊蝇

叮咬自己的皮肤,没有任何人能帮她一下,她只有痛哭流泪。她边哭边吟诵道:

　　回想离别日,泪河滚滚流。
　　唱歌赶驼去,心中难忍受。
　　回返不知途,苦闷漫心头。
　　幸灾乐祸者,谦恭频顿首;
　　重创我身魂,害我肌肤瘦。
　　唤声灵魂啊,亲人远去后;
　　生活滋味失,乐趣烟云收。
　　爱情故事多,讲与亲和友。
　　奇迹连成串,听来不觉忧。

讲到这里,眼见东方透出黎明的曙光,莎赫札德戛然止声。

第八百二十三夜

夜幕垂降,莎赫札德接着讲故事:

幸福的国王陛下,哈桑进了房间,看见自己的儿子,听到妻子吟诵的诗歌,且发现妻子吟完诗,左顾右盼,想知道此时此刻孩子为什么突然高声喊了起来,呼唤他们的爸爸,却一个外人也没看见,因而觉得非常奇怪,不知道孩子们这个时候为什么呼唤他们的父亲。

哈桑眼见妻子那样受折磨，泪水夺眶而出。他走到孩子跟前，摘下隐身帽，孩子立即看见父亲，齐声喊道："爸爸，爸爸！"

母亲再次听到儿子喊爸爸，随口说："伟大安拉力胜一切！"

麦纳尔·西娜公主又是一惊，心想："怪呀！为什么孩子又喊起他们的爸爸来了呢？"

想到这里，麦纳尔·西娜公主又哭了起来。她吟道：

家中灯火暗，双眼泪纵横。亲人已远去，难耐乃心情。
他们有地位，高居我心中；借问先生们，何时踏归程？
回返复亲善，怜我泪叮咚。曾扫眼中云，肋间火仍熊。
我期人留下，意志却不从；分别终摧毁，我盼聚心声。
亲爱人儿哟，我有言切听：及早归来吧，我泪已淌空。

听完妻子的吟诵，哈桑再也忍耐不住，摘下隐身帽，出现在妻子的面前。

麦纳尔·西娜公主一下认出了丈夫，情不自禁大喊一声，整个房间为之震动。

麦纳尔·西娜公主问："亲爱的，你是怎样来到这里的呢？是从天而降，还是从地下钻出来的呢？"

话未说完，麦纳尔·西娜公主泪漫双眼。

见此情景，哈桑止不住眼泪，也哭了起来。

麦纳尔·西娜公主说："亲爱的，现在不是哭的时候，也不是怨责的时候，一切都是安拉早就安排定的。看在安拉的面儿上，你赶快藏起来，从哪里来，回哪里去吧，以免有人看见你；如若不然，有人将此事告诉我的姐姐，我们就都活不成了。"

哈桑说："夫人哪，我是冒着生命危险来到这里的。我已下定决心,要么一死了之,要么带着妻儿胜利返回故乡。"

麦纳尔·西娜公主听丈夫这样一说,微微地笑了,久久地摇着头,然后说:"亲爱的,带妻儿胜利返回故乡,那是不可能的。除了伟大的安拉,谁也救不了我们,你快逃命吧,不要往火坑里跳。我姐姐手握重兵,谁也抵挡不了她。就算你能救我们,带我们离开了这个地方,你又怎能离开这瓦格群岛呢!你在路上想必是遇到了无数困难,就连妖魔鬼怪都难以闯过,又怎么能穿过峡谷、荒原和死亡地带,回到家乡呢?你还是赶快走吧,不要给我忧上添忧、烦上添烦了!"

"亲爱的,我以你的生命起誓,不把你们带走,我绝不会离开这里的。"

"男子汉哪,你怎么能完成这件事呢?你想想自己究竟是人,还是神呢?人是无法从这里逃出去的。只要你能平平安安回去,我就放心了!至于我,安拉自有安排,你不要管我了。"

"娘子,我有隐身帽和魔杖……"

随后把自己从那两个孩子手里喜得两件宝贝的经过向妻子讲了一遍。

哈桑正说话时,努尔·胡达女王闯了进来,听到了他俩之间的谈话。

哈桑看见女王,立即戴起隐身帽。

努尔·胡达女王问妹妹:"坏女人,你在同谁说话?"

麦纳尔·西娜公主说:"能同谁说话?只有这两个孩子同我说话。"

话音未落,努尔·胡达女王挥起鞭子,狠狠向妹妹身上抽去。

哈桑就站在旁边,妻子挨打的情形,他看得一清二楚。

女王努尔·胡达不住地挥鞭,直把麦纳尔·西娜打得昏迷过去。之后，她又吩咐侍女将麦纳尔·西娜公主抬到另一个房间。侍女从命，立即行动，把麦纳尔·西娜公主移往另一个房间。哈桑紧紧地跟了过去，但谁也看不见他。

麦纳尔·西娜公主依旧昏迷不醒，侍女们在一旁看着她。

过了一会儿，麦纳尔·西娜公主慢慢苏醒过来，凄然吟诵道：

> 我深悔分别，泪流漫眼帘。我已许过愿，倘若时倒转。
> 不让分别话，挂在吾嘴边。我告嫉妒者，丧生因忧怨！
> 凭主我起誓，我愿已实现。欢乐波涌来，兴极泪潜然。
> 何故眼泪淌，借问我的眼：常因悲哭泣，兴亦惹泪涟。

麦纳尔·西娜公主吟罢，侍女们相继离去。

哈桑见侍女们已走，便摘下隐身帽，出现在妻子面前。麦纳尔·西娜公主说："夫君呀，我之所以有今日的遭遇，因我没有听你的嘱咐，未经你允许便离开了家。夫君，看在安拉的面儿上，请你不要责怪我。我现在才明白，女人因为不知道丈夫的价值，才与丈夫分开。我错了，大错了，我求安拉宽恕我的过失，求安拉使我们重聚。从此之后，我再也不违抗你的意志，永远服从你的命令。"

讲到这里，眼见东方透出黎明的曙光，莎赫札德戛然止声。

第八百二十四夜

夜幕垂降，莎赫札德接着讲故事：

幸福的国王陛下，哈桑见侍女们已走，便摘下隐身帽，出现在妻子面前。麦纳尔·西娜公主说："夫君呀，我之所以有今日的遭遇，因我没有听你的嘱咐，未经你允许便离开了家。夫君，看在安拉的面儿上，请你不要责怪我。我现在才明白，女人因为不知道丈夫的价值，才与丈夫分开。我错了，大错了，我求安拉宽恕我的过失，求安拉使我们重聚。从此之后，我再也不违抗你的意志，永远服从你的命令。"

哈桑心疼自己的妻子，说道："你没有错，是我错了。我不该把你留在不了解你的能力和价值的人身边，而自己一人独自外出远行。伟大安拉已经赋予我力量，我能够解救你。你希望我把你送回你父王那里，让你在那里享受到安拉赐予你的全部权利，还是马上跟我回我的家乡去，获得彻底解脱呢？"

麦纳尔·西娜公主说："亲爱的，能够解救我的只有伟大安拉。亲爱的，你快回去，放弃你的想法吧！你不了解这里有多少危险。你若不听我的劝告，就等着瞧吧！"

她说完，吟道：

> 我觉正如意，你怎发雷霆？
> 往时既过去，当忘旧事情。
> 世有中伤者，仍在躲避中；
> 见有抵触意，当即改行径。
> 我全相信你，中伤岂可容？
> 有密宜切保，即使剑悬颈。
> 整日思念甚，但求喜报灵。

麦纳尔·西娜公主说罢,她和两个孩子都哭了起来。

侍女们听到他们的哭声,立即走进囚室,见麦纳尔·西娜公主和她的两个孩子都在哭泣,没有看见哈桑,因此十分同情她们,侍女们也跟着哭了起来。边哭边咒骂努尔·胡达女王暴虐无道。

哈桑忍耐至夜幕垂降,负责看守她们的侍卫们离去睡觉之后,方才站起身来,抖了抖精神,走到妻子的身旁,为她解开绳索,取下镣铐,吻了吻妻子的头,将她紧紧抱在怀里,频频亲吻妻子的眉心。然后对妻子说:"我是多么思念我们的家园,多么期望我们相聚在故乡!这究竟是相会在梦中,还是醒着呀?"

旋即,哈桑抱起大儿子纳绥尔,麦纳尔·西娜公主抱起小儿子曼苏尔,在夜幕掩护下,快步来到宫门前,但见大门紧锁。

见此情景,哈桑说:"无能为力,只能依靠伟大的安拉了;我们属于安拉,我们都要回到安拉那里去!"

夫妻俩都对逃脱感到绝望,哈桑说:"消愁解忧的主啊……"

他用拳击掌,又说道:"所有的事情都考虑到了,唯有没料到这一点。天亮之后,他们会把我抓回去的。事到如今,该怎么办呢?"

哈桑吟诵道:

> 白日在我心,印象向不错;未曾来遮掩,天命带来祸。
> 夜与你讲和,你即受诱惑。清净夜色里,偶尔生混浊。

哈桑吟罢,泪如雨下。见丈夫落泪,妻子也哭了起来,饱受屈辱的情景一一涌上心头。

哈桑望着妻子,吟道:

  可恨时光佬,总与我为敌。降灾我头上,日复一日里。
  间或偶得安,时来怀敌意。一日心清净,次晨神凄迷。

哈桑又吟道:

  时运背弃我,不知我为难;纵使灾与祸,已经化解完。
  灾祸怎为敌,时让我望看;如何忍耐之,我亦请其观。

  麦纳尔·西娜公主说:"凭安拉起誓,我们只有一死,方能摆脱眼前这场巨大灾难;如若不然,天明之后,我们将会遭受到更大的痛苦和折磨。"

  夫妻正在绝望之时,忽听门外有人说话:"麦纳尔·西娜公主,只有你答应听从我的安排,我才给你们俩开门。"

  夫妻俩听有人说话,默不作声了,想回原来的囚室里去。这时,又听门外的那个人说:"你俩为什么沉默无言,为什么不答话呢?"

  这时,夫妻俩方才听出说话人是莎瓦希老太婆。夫妻俩这才回答说:"你说怎么办,我们就怎么办。我们听你的安排,快给我们开门吧!现在不是说话的时候,快开门吧!"

  老太婆说:"凭安拉起誓,你们俩要立誓答应把我带走,不把我丢在这个暴虐女王的身边,我才给你们开门。你们把我带走,你们遭难,我跟着遭难;你们平安,我随你们平安。我愿意与你们同甘苦共患难。我绝不留在这个暴虐女王的眼前,因为她每时每刻都在蔑视我、折磨我。公主啊,你是知道我的本领的。"

  夫妻俩得知确实是老太婆莎瓦希在门外说话,方才完全放下心来,立誓答应老太婆的要求,老太婆这才将门打开了。

夫妻俩走出宫门一看，发现老太婆骑着一个罗马红色瓦罐，罐耳上系着一条椰枣树叶纤维绳子；瓦罐滚动起来，疾驰如飞，赛过纳季德产的阿拉伯纯种良驹。

老太婆走到哈桑夫妻俩面前，说："你俩跟我来吧！什么都不要怕！我通晓四十种魔法，其中最简单的一种，我就能凭借它的威力，将这座城市变成波涛的大海，让城中的每个人都变成鱼虾；这一切，天明之前即可成为现实。不过，因为畏惧公主父王的权势，也要照顾公主们的利益，我不能做这种坏事。因为他们奴婢成群，帮凶无数。尽管如此，我仍然想让你们见识一下我的魔法所产生的奇迹。求伟大安拉保佑，现在就请你俩上路吧！"

哈桑夫妻一听，十分高兴，相信自己已经得救。

讲到这里，眼见东方透出黎明的曙光，莎赫札德戛然止声。

❖ 第八百二十五夜 ❖

夜幕垂降，莎赫札德接着讲故事：

幸福的国王陛下，老太婆莎瓦希对哈桑夫妻说："你俩跟我来吧！什么都不要怕！我通晓四十种魔法，其中最简单的一种，我就能凭借它的威力，将这座城市变成波涛的大海，让城中的每个人都变成鱼虾；这一切，天明之前即可成为现实。不过，因为畏惧公主父王的权势，也要照顾公主们的利益，我不能做这种坏事。因为他们奴婢成群，帮凶无数。尽管如此，我仍然想让你们见识一下我的魔法所产生的奇迹。求伟大安拉保佑,现在就请你俩上路吧!"

哈桑夫妻一听,十分高兴,相信自己已经得救。

他们来到城外,哈桑用魔杖击打地面,同时说:"符咒上的侍仆们,你们全都到我这里来吧!"

突然间,大地开裂,冲出七个魔怪,个个脚插大地,人人头刺蓝天。他们向哈桑行了吻地礼,然后异口同声说:"主公大人,我们来啦!有什么吩咐,就请下令,我们一定服从你的指令,即使命令我们填海搬山,我们也会立即行动。"

哈桑对他们的诚恳和迅速回答感到高兴,于是振作精神,稳定情绪,信心倍增,问魔怪们:"你们叫什么名字?属于哪一部族?"

魔怪们再次向哈桑行吻地礼,然后说:"我们是七位魔王,每位魔王统治着七个部落,共统治着四十九个部落,包括各种妖魔鬼怪、魑魅魍魉、飞魔水怪、山鬼海妖,等等。主公大人,就请下命令吧!我们都是你的奴仆。谁手握这根魔杖,谁就是我们的大王,我们就听他的指挥,服从他的调遣。"

哈桑听后大为高兴,妻子和老太婆莎瓦希也很高兴。

哈桑对魔王们说:"我要你们把你们的魔兵魔将全部带到这里!"

魔王们异口同声道:"主公大人,假若我们把部下兵将全部带来,我们担心你和你的同伴会感到害怕。因为我们的部下兵将不但数目多,而且相貌、性情、肤色和体态各不相同,有的有头无身,有的有身无头,有的形同猛兽,有的像狮子,有的似豹子。不过,主公大人,假若主公大人非要看看魔兵魔将,我们就先把兽兵兽将喊来,让你检阅一下。主公,现在有何吩咐?"

哈桑说:"我要你们来,是为了让你们把我和妻儿及这位善良的老太婆送往巴格达城。"

魔王们听哈桑这样一说,纷纷低下头去。

哈桑问:"你们为什么不答话?"

魔王们齐声说:"主公大人,我们坚守苏莱曼大帝为我们制定的约法三章。我们曾向大帝宣誓,决不背负人类中的任何一员远行。从那时起,我们不曾用肩扛过任何人,也没有背过任何人。不过,我们现在可以为主公大人鞴几匹神马,你们骑上,便可以送你和你的妻儿回国去。"

哈桑问:"这里距巴格达城有多远?"

"快马飞奔,要用七年时间。"

哈桑感到奇怪,遂问:"怎么我来的时候用了不足一年时间呢?"

魔王们说:"那是因安拉怜悯虔诚善良的信士;如若不然,你就来不到这里,更看不到这里的一切。阿卜杜·古杜斯长老让你骑上大象和神马,使你三天走完了普通马三年才能走完的路程,而艾卜·鲁维士老人把你托付给飞魔戴赫尼什,仅一日一夜便走完了三年的路程。这是伟大安拉降给你的恩惠。艾卜·鲁维士是阿绥福·本·白尔海亚的后裔,他能背诵伟大安拉的美名。从巴格达到云山公主的宫殿是一年路程,而从这里到巴格达要用七年时间。"

哈桑听魔王们这样一说,惊异不已。他说:"赞美伟大的安拉!只有安拉才能化难为易,救助断肠之人,缩短距离,制服强暴,为我们带来安慰,把我送到这里来,让我与妻儿团聚。我真不知道现在是在梦中,还是醒着。难道我是在说梦话,或者是个醉汉?"

哈桑望着魔王们,对他们说:"那就让我们骑上你们的神马吧!骑神马,几天才能到巴格达?"

魔王们说:"一年便可到达!但一路上要征服各种艰难险阻,穿越峡谷、荒原和许多死亡地带。不过,主公大人,我们担心你会受到这座岛上居民的伤害，而且也担心你会遭到本岛大王、魔法师和妖术师们的暗算……"

讲到这里，眼见东方透出黎明的曙光，莎赫札德戛然止声。

第八百二十六夜

夜幕垂降，莎赫札德接着讲故事：

幸福的国王陛下，哈桑望着魔王们，对他们说："那就让我们骑上你们的神马吧！骑神马，几天才能到巴格达？"

魔王们说："一年便可到达！但一路上要征服各种艰难险阻，穿越峡谷、荒原和许多死亡地带。不过，主公大人，我们担心你会受到这座岛上居民的伤害，而且也担心你会遭到本岛大王、魔法师和妖术师们的暗算，说不定他们会打败我们，将你们从我们手中抢去，也许我们会因而遭殃。他们知道此事，会对我们说你们是暴虐无道之辈，怎敢侵犯本岛大王，从大王的国中带着人离去，甚至携带公主外出，真是胆大妄为！主公大人，倘若只是你一个人走，那就好办了。不过，把你送到这座岛上来的人，他们也一定能把你送回故乡，让你在不久之后，见到你的母亲。主公大人，你只管下定决心，把一切托付给伟大安拉，什么也不要怕就是了。我们听你的吩咐，一定把你送回国去。"

哈桑说感谢他们，并对他们说："安拉嘉奖你们。"

哈桑又说："请你们快把神马牵来吧！"

魔王们异口同声道:"遵命!"

魔王们脚一跺地,大地立即开裂,魔王们钻地而去,顷刻之间不见踪影了。

片刻过后,魔王们再次出现,牵着三匹鞍鞯、辔头齐备的骏马,每副鞍头前都挂着鞍袋,一个是水囊袋,另一个是干粮袋。

魔王们把马牵到他们的面前,哈桑翻身上马,怀抱着长子;麦纳尔·西娜公主离开雄狮背,纵身骑上另一匹马,抱着另一个孩子;老太婆莎瓦希离开红瓦罐,跃上第三匹马,他们随即踏上了征程。

哈桑一行骑着马,走了整整一夜。东方透出了黎明的曙光,他们望见一座大山,便朝大山走去,口中不住地念着伟大安拉的美名。

他们在大山脚下走了整整一个白天。正在行进时,哈桑忽见一座巨大山峰出现在面前,那山峰就像一根烟柱,直插蓝天。哈桑念了几节《古兰经》文,祈求安拉保佑他们免受恶魔侵扰。

他们离那座山越近,看得也越清楚,原来那不是山峰,而是一个魔鬼,头像巨大的圆屋顶,犬齿像两把钩子,鼻子像水壶,耳朵像盾牌,嘴大如山洞,牙齿似玉柱,手像梳子,腿像桄杆,头入云中,脚插大地,手握巨型宝剑,背荷一个盾牌。

哈桑见是魔怪,立即弯腰行礼。

那魔怪说:"哈桑,你不要害怕。我是这座海岛的头领;该岛是瓦格群岛的第一座岛屿。我是穆斯林,笃信安拉。你们的情况,我已经得知,晓得你们要经过这里。我知晓你们经历的千辛万苦之后,便想离开这个魔鬼把持的地域,一心想到一个没有人,也没有妖的地方定居,独自生活在那里,安心膜拜安拉。我可以为你们当向导,直至送你们走出这个海岛。我只在夜间出来,你们只管放心就是了。"

哈桑听魔怪这样一说,自认脱险有望,心中欣喜不已。他望着魔怪,说:"安拉给你报偿!请跟我们一起走吧,愿安拉保佑你。"

魔怪在前引路,哈桑一行心定神安,继续前进,边行边谈。哈桑把自己寻妻路上所经历的种种艰难一一讲给妻子听。

魔怪带着他们整整走了一夜,神马像闪电一样飞奔,直至东方大亮。

讲到这里,眼见东方透出黎明的曙光,莎赫札德戛然止声。

第八百二十七夜

夜幕垂降,莎赫札德接着讲故事:

幸福的国王陛下,哈桑听完魔怪的一番话后,自认脱险有望,心中欣喜不已。他望着魔怪,说:"安拉给你报偿!请跟我们一起走吧,愿安拉保佑你。"

魔怪在前引路,哈桑一行心定神安,继续前进,边行边谈。哈桑把自己寻妻路上所经历的种种艰难一一讲给妻子听。

魔怪带着他们整整走了一夜,神马像闪电一样飞奔,直至东方大亮。

太阳出来了,他们各自从鞍袋里取出水和干粮,吃过喝过,继续前进。

那魔怪带着他们离开大路,踏上了另一条不见人迹的临海之路,继之穿越峡谷和荒原,走了整整一个月时间。第三十一天,忽见身后荡起一股烟尘,顷刻遮天蔽日,一片黑暗笼罩大地。哈桑眼见此情此景,不禁面色蜡黄。随后,他们听到刺耳的喧嚣声。

莎瓦希老太婆望着哈桑,说:"孩子,瓦格岛大军追我们来了!他们马上就要追上我们了。"

哈桑急切地问:"阿妈,我们该怎么办呢?"

"用魔杖击打地面!"

哈桑用铜杖一敲打地面,地面顿时裂开,七位魔王立即破土而出。

七位魔王向哈桑致意问安,恭恭敬敬地行吻地礼,然后说:"主公大人,我们来了。不要害怕,有何吩咐只管说。"

哈桑听他们这样一说,颇为高兴。他说:"魔王先生们,你们来得好!追兵在后,现在是你们大显身手的时候了!"

"主公大人,你先带你的人马上山,让我们来对付他们!因为我们知道你们真理在手,而他们是虚伪的。安拉必然助我们战胜他们。"

哈桑及妻儿和老太婆离鞍下马,将神马打发走,随即上了山。

讲到这里,眼见东方透出黎明的曙光,莎赫札德戛然止声。

第八百二十八夜

夜幕垂降,莎赫札德接着讲故事:

幸福的国王陛下,哈桑用铜杖一敲打地面,地面顿时裂开,七位魔王立即破土而出。

七位魔王向哈桑致意问安,恭恭敬敬地行吻地礼,然后说:"主公大人,我们来了。不要害怕,有何吩咐只管说。"

哈桑听他们这样一说,颇为高兴。他说:"魔王先生们,你们来得好!追兵在后,现在是你们大显身手的时候了!"

"主公大人,你先带你的人马上山,让我们来对付他们!因为我们知道你们真理在手,而他们是虚伪的。安拉必然助我们战胜他们。"

哈桑及妻儿和老太婆离鞍下马,将神马打发走,随即上了山。

过了不一会儿,女王努尔·胡达亲率的右军和左军赶到了。两支大军在各自将领们的指挥下列队排成阵势,开始与七位魔王的大军交战。两军相遇,战斗异常激烈,勇敢者冲锋陷阵,胆小鬼抱头鼠窜,神兵妖将喷火吐烟,直杀到夜幕垂空,双方鸣金收兵,各回营地,燃起篝火。

魔王们上山来到哈桑面前,向哈桑行吻地礼,哈桑对他们表示感谢,祝贺他们取得胜利。哈桑细问他们与努尔·胡达女王的大军进行交战的情况,魔王们说:"主公大人,追兵只能与我们对阵三天,请主公放心就是。我们今天打败了他们,生擒了他们的两千名兵将,被我们杀死的不计其数。"

魔王们告别哈桑,下山回到营中。他们点燃的篝火一直烧到东方大亮。晨光普照大地之时,他们披挂完毕,纵身上马,冲入敌阵。两军交战,剑飞矛舞,战马嘶鸣,似大海波涛相互撞击。战斗异常激烈,直杀得追兵锐气受挫,斗志消退,纷纷逃窜。努尔·胡达女王的兵逃到哪里,就败在哪里,终于一败涂地,溃不成军。瓦格岛的将士大部分丧命,努尔·胡达女王及其大将们全部沦为俘虏。

第二天早晨,七位魔王来到哈桑面前,为哈桑摆上一把镶嵌着珍珠、宝石的雪花石宝椅,让他坐下。他们又给哈桑的妻子麦纳尔·西娜公主摆上一把包金的象牙座椅,旁边还放了一把椅子,请老太婆莎瓦希坐下。

魔王们把俘虏带到哈桑面前,但见不可一世的努尔·胡达女王戴着手铐脚镣,形容狼狈不堪。

老太婆莎瓦希看见努尔·胡达女王,说道:"暴虐的昏王,你也有这一天!像你这样的无道女王,只配把你和你的两只饿狗一起绑在马尾上,让马把你拖到海边,让饿狗撕破你的皮,吃你的肉,喝你的血!你想想,你是怎样对待你妹妹的吧!小妹按照安拉及其使者规定的教律,与人结为合法夫妻。结婚完全符合伊斯兰教法律,而且伊斯兰教中没有出家修道一说。女人本来就是为男人而降生的。你为什么对小妹那样残酷?你该当何罪?"

老太婆莎瓦希说到这里,哈桑下令处死全部俘虏。老太婆高声喊道:"把他们全部处死,一个不留!"

麦纳尔·西娜公主见姐姐戴着镣铐,情不自禁地哭了起来。

努尔·胡达女王问麦纳尔·西娜公主:"小妹,在我们的国土上,能把我们打败的人,究竟是谁?"

麦纳尔·西娜公主说:"那不是别人,而是哈桑。他有安拉默助,天下君王都在他的统治之下,不仅打败了我们,也征服了神王。"

麦纳尔·西娜公主稍作停顿,又说:"安拉默助哈桑战胜、征服、俘虏你们,靠的是这顶神帽和这柄魔杖。"

努尔·胡达女王这才知道小妹是凭借什么力量逃生的。她开始苦苦哀求麦纳尔·西娜公主饶恕。

麦纳尔·西娜公主问哈桑："我姐姐已在你的面前,她没有做什么值得你怨责的事情,你打算怎样处置她呢?"

哈桑说:"她把你折磨得那么厉害,不该受惩罚吗?"

"她折磨我的事,倒是可以原谅的。我离开父王,已使父王伤心不已;若再严惩姐姐,父王会承受不住这种打击的。"

"你看怎么办好?我听你的安排。"

麦纳尔·西娜公主下令为俘虏松绑。于是魔将们立即动手,为所有的俘虏松了绑,也为努尔·胡达女王取下了镣铐。

麦纳尔·西娜公主走到姐姐跟前,与姐姐紧紧拥抱在一起,双双泪如雨下。

姐妹俩抱头痛哭了好一会儿,努尔·胡达女王对小妹说:"小妹,我做了错事,请勿责怪!"

麦纳尔·西娜公主说:"姐姐,这都是命中注定的事。"

姐妹俩各在一张椅子上坐下,一阵交谈。之后,麦纳尔·西娜公主为姐姐努尔·胡达女王与老太婆莎瓦希说和,以期二人重归于好。

哈桑打发走为魔杖效力的魔王兵将,并对他们帮助他打败敌人的善举表示衷心感谢。

麦纳尔·西娜公主向姐姐努尔·胡达讲述了自己与哈桑成亲及哈桑为寻妻儿所经历的种种艰难。她说:"姐姐,哈桑之所以能够征服千难万险,正是因为安拉支持他,给了他无穷力量,致使他闯过道道险关,进入我们的国家,生擒了你和你的众将领,打败了你的军队,同时也战胜了统治神王的父王。因此,我们不应该忽视他的权利。"

努尔·胡达女王听后,对麦纳尔·西娜公主说:"小妹,凭安拉起誓,这个人确实经历了种种艰难困苦,是个了不起的男子汉。

小妹,莫非他的所有作为都是为了你?"

讲到这里,眼见东方透出黎明的曙光,莎赫札德戛然止声。

第八百二十九夜

夜幕垂降,莎赫札德接着讲故事:

幸福的国王陛下,麦纳尔·西娜公主向姐姐努尔·胡达女王讲述了自己与哈桑成亲及哈桑为寻妻儿所经历的种种艰难。她说:"姐姐,哈桑之所以能够征服千难万险,正是因为安拉支持他,给了他无穷力量,致使他闯过道道险关,进入我们的国家,生擒了你和你的众将领,打败了你的军队,同时也战胜了统治神王的父王。因此,我们不应该忽视他的权利。"

努尔·胡达女王听后,对麦纳尔·西娜公主说:"小妹,凭安拉起誓,这个人确实经历了种种艰难困苦,是个了不起的男子汉。小妹,莫非他的所有作为都是为了你?"

麦纳尔·西娜公主斩钉截铁地回答道:"正是!"

她俩一直谈到次日东方大亮。

太阳出来了。哈桑准备起程,开始相互告别。麦纳尔·西娜公主已使姐姐与老太婆重归于好,老太婆仍留在女王身边。

哈桑握着魔杖,击打地面,魔王立即出现,向哈桑行礼、问安。他们说:"赞美安拉保佑你平安无事!主公大人,有什么事要我们做,请只管吩咐,我们一定在转眼之间为你办妥。"

哈桑表示感谢,对他们说:"安拉赐福给你们!请速为我们鞴两匹快马!"

顷刻,魔王牵来两匹好马,鞍鞯、辔头齐备。哈桑骑上马,抱着大儿子,麦纳尔·西娜公主骑上另一匹马,抱着小儿子。

努尔·胡达女王和老太婆先后上马,与哈桑夫妻告别回返。

哈桑携带妻儿走了一个月时间,来到一座城市,只见那里果树成行,果实累累,河渠纵横,清水流淌。

他们来到树下,离鞍下马,坐下来休息。正在谈话时,忽见一彪人马朝他们走来。哈桑看见他们,立即站起身,迎上前去。走近一看,原来是卡夫尔国王哈苏尼。

哈桑走上前去,拜见哈苏尼国王,亲吻国王的双手。

哈苏尼国王离鞍下马,和哈桑一起坐在树下,向哈桑致意,并祝他平安,为他感到高兴。

哈苏尼国王说:"哈桑,把你的经历从头到尾给我讲一讲吧!"

哈桑随即将自己的经历向哈苏尼国王讲了一遍。

哈苏尼国王听后,觉得十分新奇,惊异不已。国王说:"孩子,进入瓦格岛又能平安回来的,除了你,再没有第二个人。真是一件了不起的事情!赞美安拉保佑你平安无事。"

哈苏尼国王说完,站起身来,纵身上马,让哈桑跟他同行,哈桑从命上马。

哈桑携妻儿进入哈苏尼国王的京城,哈苏尼国王让他们到迎宾馆下榻。

哈桑及妻儿在那里住了三天,有吃有喝,有玩儿有乐,然后向哈苏尼国王告别,继续赶路。

千里相送,终有一别。哈苏尼国王送哈桑夫妻走了十天,然后告别回返。

哈桑携带妻儿继续前进。一个月之后，他们行至一座大山洞前，但见地面全用黄铜铺成。哈桑问妻子："你认识这座山洞吗？"

"不认识。"麦纳尔·西娜公主说。

"这里住着一位长老，名叫艾卜·鲁维士。他待我恩重如山；我正是通过他，才认识哈苏尼国王的。"

接着，哈桑把见到艾卜·鲁维士长老的情况向妻子讲了一遍。

话音刚落，艾卜·鲁维士长老走出山洞。哈桑看见老人，立即离鞍下马，上前亲吻老人的双手，向老人致意问安，老人也向他问好。祝贺他平安回返。

艾卜·鲁维士长老把哈桑夫妻领进山洞，坐下畅谈。哈桑把他在瓦格岛上的遭遇向艾卜·鲁维士长老讲了一遍。老人听后，惊奇不已。老人问："哈桑，你是怎样救出你的妻儿的呢？"

哈桑向老人讲了喜得魔杖和神帽的经过。老人听后，十分惊奇。老人说："安拉不绝人之生路。若无这两件宝贝，你是无法救出你的妻子和儿子的。"

"是的。"哈桑连连点头。

二人正交谈时，忽听有人敲门。艾卜·鲁维士长老开门一看，见来客是阿卜杜·古杜斯老人，只见他骑着一头大象。

艾卜·鲁维士长老迎上前去，向阿卜杜·古杜斯问安，二人热烈拥抱，欣喜异常。

进到洞中，艾卜·鲁维士长老对哈桑说："哈桑，把你的经历给阿卜杜·古杜斯老人讲一遍吧！"

哈桑把进出瓦格岛的经历向阿卜杜·古杜斯老人讲了一遍，一直讲到喜获魔杖和神帽。

讲到这里，眼见东方透出黎明的曙光，莎赫札德戛然止声。

第八百三十夜

夜幕垂降,莎赫札德接着讲故事:

幸福的国王陛下,艾卜·鲁维士长老和哈桑正交谈时,忽听有人敲门。艾卜·鲁维士长老开门一看,见来客是阿卜杜·古杜斯老人,只见他骑着一头大象。

艾卜·鲁维士长老迎上前去,向阿卜杜·古杜斯问安,二人热烈拥抱,欣喜异常。

进到洞中,艾卜·鲁维士长老对哈桑说:"哈桑,把你的经历给阿卜杜·古杜斯老人讲一遍吧!"

哈桑把进出瓦格岛的经历向阿卜杜·古杜斯老人讲了一遍,一直讲到喜获魔杖和神帽。

阿卜杜·古杜斯老人说:"孩子,你既已救出妻儿,这魔杖和神帽留在你身边也就没有什么用了。你就将这魔杖送给我,将神帽送给艾卜·鲁维士长老吧!"

哈桑听阿卜杜·古杜斯老人这样一说,低下头去,实感羞于拒绝他的要求。哈桑心想:"这两位老人待我恩深似海;正是他俩把我送到了瓦格岛;如果没有他俩,既到不了瓦格岛,也不可能救出我的妻子和孩子,更得不到魔杖和神帽。"

想到这里,哈桑说:"好吧!我愿意将这两件宝贝送给二位老人。不过,二位老人家,我担心日后我的岳父大人率领大军闯入我的国家,我一时无力抵抗,致使我丧命在他们的刀剑之下。我若没有这两件宝贝，无法打败他的神兵仙将。"

阿卜杜·古杜斯老人说："孩子，你用不着担心害怕！我们只需派探马守住此地，便可抵挡住你岳父发来的任何一兵一将。因此，你什么也不要怕，只管放心就是了。你不会受到任何伤害。"

哈桑听后，深感不好意思，随即把神帽送到艾卜·鲁维士长老手中。他对阿卜杜·古杜斯老人说："老人家，你送我回到家乡，我再把这魔杖送给你。"

两位老人都非常高兴，随即给哈桑备下大量金银财宝。

哈桑在二位老人那里住了三天时间，然后准备起程。阿卜杜·古杜斯老人准备与哈桑同行。哈桑和妻子各抱一子骑上马背。阿卜杜·古杜斯老人吹了一声口哨，顿时看见一头大象扬蹄跨过旷野，来到老人面前。

阿卜杜·古杜斯老人骑着大象在前面走，哈桑及其妻儿骑马在后边跟随。

艾卜·鲁维士长老送别他们，转身回到山洞。

哈桑及其妻儿骑马跟着阿卜杜·古杜斯老人穿山越岭，跨过荒原，向故乡前进。

阿卜杜·古杜斯老人带着哈桑夫妻抄近路，走捷径，终于踏上了接近故乡的大地。

哈桑眼见自己携妻带子已近家园，兴奋不已。他想到自己经历的种种艰难，由衷感赞安拉给予他的巨大恩惠。他吟诵道：

> 但得主默助,阖家近团圆；彼此相拥抱,庆贺偿宏愿；
> 相诉新奇事,离别苦亦言。见亲眼疾除,心却更思念。
> 话语藏心中,待到会面谈。责备以往事,怨尽情久延。

哈桑吟罢诗，放眼望去，但见眼前出现一座绿色圆屋顶宫殿和一个喷水池，并且远远望见那座云山和云山上的绿色宫殿。

阿卜杜·古杜斯老人对他们说："哈桑，好消息来啦！今夜，你就在我的侄女们那里做客吧！"

哈桑一听，十分高兴，妻子的脸上也露出了笑容。

他们在圆屋顶宫殿门前下马稍事休息，吃饭喝水。

休息片刻，继续上马前进，终于来到了云山上的绿色宫殿门前。出门迎接他们的是阿卜杜·古杜斯老人的侄女。她们走上前来，向客人致意问安。叔叔阿卜杜·古杜斯老人向她们问好后，说道："侄女们，我为你们的兄弟哈桑解决了难题，帮他救出了他的妻儿。"

姑娘们迎上前去，一一与哈桑夫妻拥抱，争相问安，热烈祝贺他们夫妻团圆，仿佛是沉浸在了节日的欢乐之中。

小公主走上前来，与哈桑亲切拥抱，禁不住高兴得热泪盈眶。哈桑也淌下了欢乐的泪水。接着，小公主向哈桑倾诉了离别之后的寂寞以及所遇到的件件事情。

小公主吟诵道：

自打你远去，抬头人不见；只有你的影，频临我眼前。
刚刚一合眼，你影即出现；仿佛你就在，我的目帘间。

小公主吟罢诗，欣喜难抑，手舞足蹈。

哈桑对她说："小妹妹，在这件事上，我首先要感谢你，愿伟大安拉赐给你幸福。"

接着，哈桑把路途上的经历及如何救出妻儿的经过，从头到尾向七公主详细讲述了一遍，讲到自己遭遇的种种艰难，谈及与妻子的大姐之间发生的事情,说到如何救出了妻子和两个儿子;此外,哈桑还谈到了自己在路途上所看到的种种奇观以及所遇到的种种危险,妻子的姐姐甚至想把他及他的妻儿全部处死,幸得安拉默助,方才化险为夷。随后,哈桑特别向七公主讲到了魔杖和神帽的功用。哈桑告诉小公主说,艾卜·鲁维士长老和阿卜杜·古杜斯老人索要那两件宝贝,因为想到她的情义,自己才答应将宝贝送给二位老人。小公主对此表示感谢并祝哈桑幸福安康。

哈桑说:"小妹妹,你给我做了那么多好事,我是不会忘记你的。凭安拉起誓,你始终都在帮助我。"

讲到这里,眼见东方透出黎明的曙光,莎赫札德戛然止声。

❖ 第八百三十一夜 ❖

夜幕垂降,莎赫札德接着讲故事:

幸福的国王陛下,哈桑把路途上的经历及如何救出妻儿的经过,从头到尾向七公主详细讲述了一遍,讲到自己遭遇的种种艰难,谈及与妻子的大姐之间发生的事情,说到如何救出了妻子和两个儿子;此外,哈桑还谈到了自己在路途上所看到的种种奇观以及所遇到的种种危险,妻子的姐姐甚至想把他及他的妻儿全部处死,幸得安拉默助,方才化险为夷。随后,哈桑特别向七公主讲到了魔杖和神帽的功用。哈桑告诉小公主说,艾卜·鲁维士长老和阿卜杜·古杜斯老人索要那两件宝贝,因为想到她的情义,自己才答应将宝贝送给二位老人。小公主对此表示感谢并祝哈桑幸福安康。

哈桑说:"小妹妹,你给我做了那么多好事,我是不会忘记你的。凭安拉起誓,你始终都在帮助我。"

小公主走去和哈桑的妻子麦纳尔·西娜公主亲切拥抱,然后又把两个孩子紧紧搂在怀里,亲了又亲。小公主对哈桑妻子麦纳尔·西娜公主说:"公主啊,你怎么一点儿同情心也没有,竟使哈桑父子分离,令哈桑心急如焚,难道你想置哈桑于死地?哈桑哥哥为了寻找你,几次险些丧命,好悬哪!"

麦纳尔·西娜公主说:"这都是伟大安拉的裁决呀!人力奈何不得!欺骗安拉的人,必受到安拉惩罚。"

七姐妹端来饭菜,宾主一道就餐。

哈桑一家在她们那里住了十天时间,一直沉浸在舒适、欢乐的气氛中。

十天过后,哈桑准备起程,小公主为他备下大量金银财宝,并与哈桑拥抱道别。哈桑望着小公主,吟诵道:

恋情因远甚,别离爱更深。远离苦中苦,相思熬煎人。
孤独夜漫长,情侣两下分。泪水腮边挂,不觉雨淋漓。

哈桑吟罢诗,将魔杖送给阿卜杜·古杜斯老人。

老人接过魔杖,欣喜不已,连声感谢哈桑,随后,转身骑上大象,踏上了归程。

哈桑及妻儿骑上马,出了公主们的宫殿。公主们送了一程,转回宫去。哈桑一行踏上了返回故乡的归程。

哈桑携带妻儿跨旷野,越荒原,跋涉两个月零十天,平安回到和平之城巴格达。

哈桑来到家门前，上前敲门。

哈桑的母亲因为儿子外出久久不归，食不甘味，夜不成寝，痛苦不堪，终于病倒在床，食水不进，睡不着觉，朝夕泪淌不止，不时地念叨着儿子的名字，以为哈桑再也没有回来的希望了。

哈桑伸手正要敲门，听到母亲边哭边吟道：

> 看在安拉面，呼请先生们；行动莫迟疑，医治患病人；
> 其体瘦如柴，更有破碎心。若蒙会一面，亲情沐周身。
> 安拉万能主，何必愁亲近！初看难为事，顷刻易降临。

母亲吟罢诗，忽听门外有人喊道："母亲，我回来了！我们团聚的日子来到了……"

母亲一听，便知是自己的儿子哈桑叫门，然而她却半信半疑，挣扎着向大门走去。

母亲开门一看，果见自己的儿子哈桑站在门外，身旁站着儿媳和孙子，母亲惊喜不已，大喊一声，随即倒在地上，昏迷不省人事。

哈桑细心照拂母亲，过了一会儿，母亲慢慢苏醒过来，紧紧抱住儿子，哭了起来，喜泪浸湿了衣衫。

片刻后，母亲唤家仆把儿子带回来的所有东西搬到家中。

哈桑和妻儿进了家门，母亲将儿媳和孙子紧紧搂在怀里，连连亲吻，从头吻到脚。母亲说："公主啊，如果我果真有什么失礼之处，有什么对不住你的地方，我就求安拉宽恕我。"

母亲望着儿子，问："孩子，你怎么一走这么久才回来？"

哈桑说："母亲，说来话长……"

接着，哈桑把救出妻儿的过程向母亲讲了一遍。

母亲听完,又是一声大喊,顷刻倒在地上,昏迷不省人事。

哈桑取来玫瑰水洒在母亲的脸上,母亲缓缓从昏迷中醒来。母亲说:"孩子,可惜你失去了那两件宝贝——魔杖和神帽;如若不然,你就将成为天下第一君王。无论如何,我还要赞美安拉,正是安拉保佑你和你的妻儿平安顺利地回到了家中。"

阖家团圆,一夜安歇,幸福快乐,自不待言。

次日清晨,哈桑换上一套用最好衣料做的华丽衣服,走到市场,买回男仆女婢,还买了布匹、衣物、床上用品和种种陈设,应有尽有,豪华无比,就连君王们也没有享用过。

随后,哈桑又购置了房舍、花园和土地。从此以后,哈桑和母亲以及妻儿过着恬静、快乐、舒适、幸福的生活,直至天年竭尽。

万赞归于长生不老、久在永存的主!

讲到这里,莎赫札德戛然止声。

妹妹杜娅札德说:"姐姐,你讲的故事真精彩,真美妙,真动人!"

莎赫札德说:"如蒙国王陛下厚恩,能再留我一夜,我将要讲更精彩、更美妙、更动人的故事。"

舍赫亚尔国王心想:"我不能杀她,我要听她接着讲故事……"想到这里,国王说:"天色还早,你就接着讲下去吧!"

莎赫札德开始讲《渔夫海里法》的故事:

相传,很久很久以前,巴格达城里有个渔夫,名叫海里法。

海里法一贫如洗,穷困潦倒,连老婆都没能娶上。

一天,海里法背起渔网,照习惯向河边走去,想赶到渔人们到来之前,撒上几网。

海里法来到河边，扎起腰带，卷起裤管，涉入水中，撒下网去，连拉两网，什么也没有打到。随后，他又撒了十网，也没有打到一条鱼，心中闷闷不乐，一时不知如何是好。

海里法说："万物非主，唯有安拉。我求伟大安拉宽恕，我向安拉忏悔。无能为力，只有依靠伟大万能的安拉。安拉所想的世间必有；安拉所不想的，世间定无，信士的生计靠的是伟大安拉；安拉赐予信仆生计，谁也无法阻拦；安拉不赐予信仆生计，谁也无可奈何。"

说到这里，海里法惆怅满怀，吟诵道：

时光降大灾，劝君强忍耐。世主向慷慨，灾过福必来。

渔夫海里法坐下，低头沉思片刻，然后又吟诵道：

岁有甜与苦，皆由主安排；世人奈何之，劝君切忍耐。
忧虑夜似疮，愈后黎明来。年轻经事端，闪过不思揣。

海里法吟罢诗，心想："我再撒最后一网，完全依靠安拉赐福，但期安拉不让我失望。"随即站起身，走近河边，用尽全身力气，将网撒入河中，等了一会儿，便开始起网，只觉得这一网很沉很沉，只得慢慢地往上拉……

讲到这里，眼见东方透出黎明的曙光，莎赫札德戛然止声。

第八百三十二夜

夜幕垂降，莎赫札德接着讲故事：

幸福的国王陛下，渔夫海里法撒了数网，什么都没有打上来。他吟罢诗，心想："我再撒最后一网，完全依靠安拉赐福，但期安拉不让我失望。"随即站起身，走近河边，用尽全身力气，将网撒入河中，等了一会儿，便开始起网，只觉得这一网很沉很沉，只得慢慢地往上拉……

渔夫海里法好不容易把网拉上了岸，发现网中打上来的不是鱼，而是一个独眼、跛腿的猴子，不禁晦气满怀，随口说道："无可奈何，只有依靠伟大的安拉了；我们属于安拉，我们都要回到安拉那里去。我怎么这么倒霉？为什么大白天竟出现如此不吉利的事情？不过，这都是由安拉决定的，人无可奈何啊！"

海里法从网中拉出那猴子，系上绳子，牵到河岸边一棵树下，把猴子拴在树干上，随后扬起手中鞭子，想抽打猴子。出乎意料的是安拉让猴子开口说话了。只听那猴子用伶俐的口齿说："喂，海里法，且慢动手，不要用鞭子抽我！把我拴在这棵树上，你到河中撒网捕鱼就是了，全心依靠安拉，安拉会赐给你生计的。"

海里法听猴子这样一说，便背起渔网，向河边走去，随后把网撒到河中。片刻过后，当他拉纲起网时，发觉这一网更沉，他想了好多办法，才把网拉上岸来，发现这一网打上来的又是一只猴子，只见那猴子龇牙露齿，涂着黑眼圈，染着手指甲，腰间围着一块儿破布,不住地笑着。

见此情景,海里法说:"赞美安拉,把河里的鱼全都换成了猴子。"

渔夫海里法转身走到拴在树上的那只猴子面前,对猴子说:"喂,倒霉的猴子,你瞧瞧呀!你出的主意多臭!正是由于你出的点子,我才又打上一只猴子。你独眼跛腿,出不了什么好主意,白白让我辛苦,一迪尔汗都挣不到,更不用说能挣得一第纳尔。"

说着,海里法抄起皮鞭,在空中抡了三圈,很想朝那只猴子身上猛抽一顿。猴子求饶道:"渔夫大人,看在安拉的面儿上,看在我那位朋友的面儿上,你饶了我吧!你需要什么东西,只管向我那位朋友去要,他会使你如愿以偿的。"

海里法放下手中的皮鞭,原谅了那只猴子,随后来到另一只猴子面前。那猴子说:"喂,海里法,你只有听我的话,才对你有利。倘若你听我的话,服从我的安排,不违抗我的意志,我保你成为富有的人。"

海里法说:"你想说什么话,让我服从你呢?"

"你把我拴在这里,然后就去河中撒网;之后我怎么说,你就怎么办。"

海里法背起渔网,走到河边,将网撒下去。等待片刻之后,开始拉起网,觉得这一网又很重。他费了好大力气,方才把网拉上岸来,只见打上来的还是一只猴子;这是一只红毛猴子,腰中缠着一条蓝布,手和脚的指甲全都染着颜色,也涂着黑眼圈。

见此情景,海里法说:"赞美伟大的安拉,感谢伟大的世人之主!今天真是大吉大利的日子,好兆头都在第一只猴子的面孔上。今天是猴子称霸的日子;河里一条鱼也没有,我出来就是为了捉猴子。赞美伟大的安拉,那河里的鱼全都变成了猴子!"

海里法望着第三只猴子，说："倒霉的东西，你是老几呀？"

红毛猴子说："喂，海里法，你连我都不认识？"

"不认识呀！"

"我是开钱庄的犹太商人艾卜·赛阿达的猴子。"

"你为老板做什么事啦？"

"我一早陪着他，他赚五第纳尔；我一晚陪伴着他，他又赚五第纳尔。"

海里法望着第一只猴子，说："喂，倒霉的猴子，你瞧瞧人家的猴子多好哇！而你呢，你只有用跛腿、独眼陪伴着我，让我倒尽了霉，变得一贫如洗，穷困潦倒，饥寒交迫，难以生活下去。"

说着，渔夫抄起鞭子，在空中挥舞了三圈，直想往第一只猴子身上猛抽。

艾卜·赛阿达的那只红毛猴子对渔夫海里法说："喂，海里法，请你高抬贵手，放过那只猴子吧！请到我这里来，我有话要对你说，告诉你该怎么办。"

海里法放下鞭子，走到红毛猴子跟前，问道："猴大人，你有什么话要对我说呀？"

红毛猴子说："拿起你的网，到河里撒网打鱼去，就让我和这两只猴子坐在这里。不管你打上来什么东西，都要拿到我这里来，我有话要对你讲，保证会让你感到高兴。"

讲到这里，眼见东方透出黎明的曙光，莎赫札德戛然止声。